彩瓷 帆影

纪红建 著

湖南文艺出版社
HUNAN LITERATURE AND ART PUBLISHING HOUSE

图书在版编目（CIP）数据

彩瓷帆影 / 纪红建著 . -- 长沙：湖南文艺出版社，
2023.2
ISBN 978-7-5726-0875-9

Ⅰ.①彩… Ⅱ.①纪… Ⅲ.①报告文学—中国—当代
Ⅳ.①I25

中国版本图书馆 CIP 数据核字 (2022) 第 178051 号

彩瓷帆影
CAICI FANYING

作　　者：纪红建	开　本：	710 mm × 1000 mm　1/16
出 版 人：陈新文	印　张：	25.5
责任编辑：谢迪南　陈小真　丁丽丹	插　页：	9
王　琦　张潇格　沈世悦	字　数：	203 千字
装帧设计：格局创界文化 Gervision	版　次：	2023 年 2 月第 1 版
出版发行：湖南文艺出版社	印　次：	2023 年 2 月第 1 次印刷
（长沙市雨花区东二环一段 508 号　邮编：410014）	书　号：	ISBN 978-7-5726-0875-9
印　　刷：湖南省众鑫印务有限公司	定　价：	78.00 元

目 录

序 篇

支 点

故乡

的　颜　色

　　我行走在印度尼西亚，在邦加－勿里洞省的勿里洞岛，在春天的西北海岸。蔚蓝色的天空，翠蓝色的海水，褐色白色相间的岩石，清澈的海水，以及脚下的白沙。在异国他乡，遇到这幅艺术性很高的"立体画"，我颇感惊诧。这确实是个曾经被世界遗忘的角落呀！这个位于印尼苏门答腊东部的新晋网红小岛，沙子既柔软又如椰糖般洁白，绵绵的细腻白沙和环绕海岸线的椰树林形成极具吸引力的海滩风光……我却是从一部电影，或者说一本书，开始走近这个南太平洋小岛的。十年前，这部名为《天虹战队小学》的印尼电影入围香港国际电影节亚洲国际大奖，也是唯一一部非东亚的影片，一时间引起轰动，也引起了我浓厚的兴趣。电影讲的就是勿里洞岛上，一位校长和两位老师，带着10个渔民的孩子的故事。他们的生活条件极其简陋，没有桌椅，没有校服，没有计算机，可他们却很快

　　　　　　　　　　　　　　　　　　　　彩瓷帆影

乐：一起玩耍，互相鼓励，他们有蓝天，有草地，有彩虹……后来，我又看到译林出版社出版的图书《天虹战队小学》，让我对勿里洞岛又有了进一步认识。我的这位作家同行，叫安德烈亚·伊拉塔，他就是勿里洞岛土生土长的，《天虹战队小学》是他2005年创作的一部小说。正是安德烈亚·伊拉塔小说的成功，以及电影的轰动效应，更多的人从中得知勿里洞并慕名前来这个景色美丽的小岛观光。现在的勿里洞岛也正朝旅游城市发展，一切都充满希望。

现在是傍晚六点，天气闷热，下起了阵雨。我独自一人，没有带伞，固执地走向雨水深处，任由它拍打着身躯，即使离家四千多公里，还隔着辽阔的海域，我内心的罗盘，不在沙滩，也不在海水，而是一种追寻，甚至可以说是一种忏悔与救赎。我甘愿接受他乡雨水对我外表与内心的洗礼，面对着辽阔的南中国海。此时，我满脑子的"黑石号"，满脑子的长沙彩瓷。

说来愧疚。我完全可以，或者说理应更早知道勿里洞岛的。具体地说，不是勿里洞岛，而是勿里洞岛海域的"黑石号"。在电影《天虹战队小学》诞生的十年前，一艘唐朝沉船在印度尼西亚勿里洞岛海域被打捞出水，因其附近有一块巨大的黑色礁石，该船被命名为"黑石号"。这是一艘阿拉伯商船，一千多年前，它满载物美价廉的中国瓷器，和其他商船一样，准备漂洋过海，前往阿拉伯地区从事商贸活动，但不料却在勿里洞岛海域意外沉没，沉入海底千年。对于有着悠久历史和璀璨文明的中华民族来说，在其曾经无比辉煌的海上丝绸之路上发现古代沉船可谓见怪不怪，但"黑石号"却给了我们惊喜，甚至是颠覆性的认知，它让我们看到了一条清晰而具体的海上丝绸之路。在"黑石号"出水的67000余件文物中，其中98%是中国陶瓷，而这98%的中国陶瓷中竟然有56500多件是长沙铜官窑瓷器。在我心中，这可不只是沉睡与远去的历史，更是生动而鲜活的现实图景。独具一格的釉下彩瓷，就已经令那个历史时期惊艳了，还附之充满生活气息的精美书画，极具时代气息的浪漫诗文，它的生命变得永恒，即便今天我们手握瓷器，依然能感受到它的脉动与温度。

1998 年前，"黑石号"尚未被发现，印尼苏门答腊一带风传着海底宝藏的故事，不少渔民在勿里洞岛附近海域捞海参时，总会捞起一些碎瓷片和几件瓷器，上岸后他们便把这些瓷器卖给古董商。1998 年，德国人蒂尔曼·沃特法带着他的打捞公司发现了唐朝时期的沉船"黑石号"，历经数月的打捞，56500 多件长沙铜官窑瓷器在沉寂千余年后，得以重新面世。2002 年，在上海召开的一次"古陶瓷研究会"上，当时一名参与水下考古的台湾女士将"黑石号"的发现告诉与会人士，此事立即引起了有关方面的高度关注。两年后，新加坡酒店业富商邱德拔的后人捐巨资，协助圣淘沙集团以 3200 万美元购得"黑石号"几乎全部宝物，并在 2005 年永远落户于新加坡，珍藏于亚洲文明博物馆……

然而，这一切我在相当长时间内都毫不知晓。

没错，我不是文博专家，也不是陶瓷古玩界的藏家，没有关注，或许不算我的大错，可我至少还算个作家，是读者眼中的所谓"文化人"，更何况我来自这些彩瓷的故乡——湖南省长沙市望城区，我是它们不折不扣的"娘家人"呀，情理上是说不过去的。仔细想来，我对长沙铜官窑其实并不陌生。唐朝古窑址现在大都归纳到长沙铜官窑国家考古遗址公园，而这个公园便位于今天的望城区铜官街道彩陶源村。彩陶源村地处湘江东岸，它的南边便是曾经波光粼粼的石渚湖。石渚湖以前是湘江边的一处浅水湖泊，后来围湖造田，今天已经被人工打造成了唐朝模样的古镇。虽然这个人工古镇以盛唐建筑为主，辅以明清建筑、民国建筑，但现代的建筑设计者和建设者，让它有了更为丰富的表达和呈现。商家在广告语中信誓旦旦，要带我们回到盛唐。诚然，这符合了现代市场规律，也符合了一些人期盼自己凭借拆迁一夜暴富的心理，也客观地让我的家乡变得更加华丽、喧哗和明亮。

可能我是个固执的人，只坚信自己的大脑，儿时的记忆中的一个模糊瞬间，我都感到无比亲切与真实。我的家就住在彩陶源村湘江对岸的一个村子，现在叫湘江村，我家偏北，彩陶源村偏南，两村中间隔着洪家洲，呈斜对角，岛上的居民世世代代以捕鱼为生，已经有四五百年历史了。如今他们在政府的安排下都已经整体搬迁了，即便如此，我仍记得隔江相望时彩陶源村的模样，仍记得父亲给我讲述他赶着鸭子横渡湘江，在彩陶源村临近湘江处的瓦渣坪上岸并进入石渚湖的场景。父亲和他的上百只鸭子曾数次在那片埋藏或是夹杂着唐朝瓷片的土地上行走，但他不曾带回半块残片，话语中也很少涉及瓦渣坪的瓷片。父亲是地地道道的农民，或许他看不透一块破烂的瓷片，或许他也从未做过通过古董发财的美梦。

湘江村斜对岸，偏北，烟囱耸立，青烟袅袅，那是今天的铜官古街，近现代以来，以制作陶瓷远近闻名。彩陶源村唐朝窑场，在彩陶源村北4公里处的铜官古街上的陶瓷作坊，我无法直接说出它们之间的某种内在联系，但却始终认为那是唐朝铜官窑薪火传承的见证。父亲这辈子似乎就是为建房子而忙碌。刚从爷爷家分家，搬出茅草屋，父亲盖起了红砖屋，平房，水泥瓦房。再后来，随着改革开放的深入，父亲放鸭挣钱了，他又盖起楼房来，二层，是从铜官古街上买回来的瓦，绿釉瓦。我清楚地记得，父亲租了一条小木舟，顺流而下到铜官，买到绿釉瓦后，再逆流而上。父亲从湘江边挑着绿釉瓦回家的身影，依然停留在我的脑海中，父亲小心翼翼卸瓦时发出的清脆声响，依然在我的耳畔回荡。不仅儿时，就是现在，我的记忆与生活都充满铜官古街上陶瓷品的声响。当年家里盛水的大水缸，母亲用来腌制咸菜的坛子，泡姜盐芝麻豆子茶的罐子、茶杯，甚至大小菜碗和饭碗，都是从那里横渡湘江过来的。

我的家，彩陶源村唐朝窑址，铜官古街上的陶瓷作坊，在地理上呈三足鼎立之势，按理说，已经植入了我的记忆，甚至灵魂深处。但遗憾的是，我过去所有的认知和情感都是那么的狭窄，所有对长沙铜官窑的关注与重新审视，都处于被动。我从未想过我家江对岸的长沙铜官窑竟然是海上丝绸之路的起点之一，更没想到通过它，沿着湘江、长江、东海、南海、印度洋、阿拉伯海望去，竟然会看到一条沧桑而辉煌的人类发展和文明进程的道路。

2000 多年前，我们的先辈筚路蓝缕，穿越草原沙漠，开辟出联通亚欧非的陆上丝绸之路；我们的先辈扬帆远航，穿越惊涛骇浪，闯荡出连接东西方的海上丝绸之路。古丝绸之路打开了各国友好交往的新窗口，书写了人类发展进步的新篇章。中国陕西历史博物馆珍藏的千年"鎏金铜蚕"，在印度尼西亚发现的千年沉船"黑石号"等，见证了这段历史。

在我看来，2017 年 5 月 14 日，国家主席习近平在首届"一带一路"国际合作高峰论坛开幕式上的演讲，不是外交辞令，而是中华民族延续千年，高度凝聚和概括的以和平合作、开放包容、互学互鉴、互利共赢为核心的丝路精神。这是人类文明的宝贵遗产。

雨依然在下，越下越大，我走向雨水的更深处。我不是头脑发热，我知道自己来这里是做什么。不说忏悔，至少是一次探寻，或者说朝圣——我要想办法去祖先涉足过的地方朝圣，虽然我现在连陶瓷界的新兵都算不上，但以彩瓷"娘家人"的身份总无可厚非。

我喜欢白瓷，那种洁净的白色无与伦比；我也喜欢彩瓷，那是故乡的颜色，是中华民族的灿烂与斑斓。

焦　躁　不安

　　我彻夜难眠，内心既兴奋又焦虑，担忧因为天气原因一时去不了勿里洞岛外海"黑石号"沉船的位置，期盼着第二天一早起来风平浪静，能够顺利出海。想必一千多年前，不论是来自大唐的商人，还是来自阿拉伯的商人，他们都是这样一边焦虑，一边祈祷的吧！

　　早上六点，天已大亮，我焦虑不安地行走在街道上。看多了大城市的繁华和喧嚣，这里却是异常宁静。街道很小，也很宁静，早起的居民也显得非常悠闲，他们用印尼语交流着。除了民房，还有酒店、教堂、菜市场，乃至废弃的房屋。勿里洞岛虽然已经开放旅游，但仍然非常"原生态"，房屋不高，普遍陈旧。与沙滩和海水等美丽的自然风貌相比，岛上的人文景观就要逊色得多。

　　阿财就住宾馆附近，吃过早饭，我就与他商量起出海之事来。他是我在这个岛上的向导，福建籍客家人。刚知天命的阿财不仅热情好客，还始终保持着中国人的勤劳朴实。他开了一家小商店，还有一个小餐馆，兼着干出租汽车的活儿。阿财告诉我，岛上原来华人挺多的，广东客家人和福建客家人都有，后来由于种种原因，岛上的华人陆陆续续搬走了，有的搬到其他地方，有的回到了中国。阿财的父母留了下来，但可惜的是在他上小学二年级时，华文教育就被禁止了。他的汉语还讲得不错，但他的孩子丢失了汉语，只会讲印尼语和英语。

阿财知道我心里想的是什么，见我对周围的风景有点心不在焉，他便一边开着车，一边滔滔不绝、满脸自豪地跟我讲述着关于"黑石号"的事儿。他说，勿里洞岛附近海域发现沉船是常有的事儿，但最为著名的沉船当属"黑石号"。20世纪90年代中期，印尼苏门答腊一带风传着一个关于海底宝藏的故事：一位渔民在勿里洞岛附近海域捞海参时，捞起一些碎瓷片和几件瓷器，上岸后他把这些瓷器卖给一个古董商。让渔民感到意外的是，这个古董商不仅很痛快地买下他的瓷器，还出大价钱请他做向导继续寻宝。他们很快发现更多宝物，古董商杀害了渔夫携宝返乡。但不久，古董商的家遭到满门血洗，宝藏的线索消失。从此，勿里洞岛海域沉船宝藏的神秘传说不胫而走。

后来呢？

后来的事我在湖南多多少少地听说了，但我还是想听到最接近原味和真实的说法。我恭敬地坐着，偏着头，目不转睛地看着阿财。他看着我那副虔诚的样子，又笑着不紧不慢地说了起来。阿财说，不久后，德国老板蒂尔曼·沃特法来了，个子很高，很帅气，也很热情。他原来是德国一家水泥厂的老板，也干得有声有色，从厂里的印尼工人口中听到海底宝藏的故事。对收藏和潜水感兴趣，也富有冒险精神的他，便从北冰洋来到了南太平洋寻宝。他把开水泥厂的积蓄都拿了出来，买了船，也购置了潜水和打捞设备。寻宝性质的海洋打捞需要得到印尼政府的允许，并规定打捞范围和打捞目标。蒂尔曼·沃特法获得了政府许可，但最初的目标不是"黑石号"，而是"黑石号"沉船点附近的另外一艘明代商船"鹰潭号"。那艘船比"黑石号"要大一些，而且在蒂尔曼·沃特法打捞之前，已经有很多人知道了。"鹰潭号"的沉船海域海水更深，打捞难度更大，之前许多有意向打捞它的人都无功而返。蒂尔曼·沃特法同样没有成功，转而发现了在其附近的"黑石号"，地点就在勿里洞岛西北150公里处。这是一艘阿拉伯船，因在它不远处有块黑色的大礁岩，而得名"黑石号"。

阿财的热情，对"黑石号"浓厚的兴趣与满满豪情，让我深深感受到了这个华夏子孙血脉的温度与律动。

我们的汽车沿着海边往西南行走，大概经过五个村庄后，阿财告诉我说，到了。我一激灵，迅速从故事中走出，没有再纠结。没有纠结，不是放弃，而是在另一个更加充裕的时间里，用一种更加从容的姿态走进那段故事。此刻，我只想以最快的速度走近"黑石号"沉船，我把所有的希望寄托在了耐先生身上。大概五十来岁，皮肤棕黑、五官分明的耐先生从一幢两层的房屋里走了出来，先用简单的中文跟我打招呼，然后用印尼语与阿财寒暄起来。来的路上，阿财已经跟我说了，耐先生是勿里洞岛出了名的能人，他不仅是个医生，还对收藏陶瓷等古董非常在行，甚至会讲马来语，在新加坡还开了个公司。找到他，离"黑石号"就不远了。

阿财与耐先生用印尼语叽里呱啦地交流着，说话的时候，阿财还附之肢体配合着，耐先生双手交叉放在胸前，头略微抬起，仰望着大海深处上空的蓝天白云。耐先生一边听，一边点着头，有时露出微笑。看得出，他对一切都胸有成竹。说完，耐先生又拿出手机，叽里呱啦地和别人交流着。

不久后，陆续有人来到耐先生家。男女都有，大都是勿里洞岛的渔民，有的挑着担子，有的提着篮子。就在耐先生家屋前的水泥坪上，他们在地上垫上一层厚厚的布，然后把宝贝小心翼翼地拿出来，摊在布上，一时间耐先生家屋前简直成了个小古玩市场。大都是陶瓷，有白瓷，有青瓷，也有白釉绿彩瓷。我对陶瓷没有研究，不能准确判定年代，也没有辨别真伪的能力。我只能猜想，白瓷可能来自河北邢窑，青瓷可能来自浙江越窑或广东窑，白釉绿彩瓷可能来自河南巩义。渔民们向我展示的，还有各种奇怪与漂亮的宝石。

渔民们展示的这些陶瓷品相并不算好，很显然是被人挑剩的。耐先生真还有不少好东西，两个高高的陶瓷罐子，非常完好，应该是古代船上用来装淡水的。但他的两只碗更让我感到亲切与惊喜，那应该是青釉褐绿彩飞鸟纹碗，虽然我分不出真假，但我知道，单从表面来看，那应该是长沙铜官窑的瓷器。从他们娴熟的动作和似乎会说话的眼神就能看出，他们应该经常与古董收藏家打交道。我在来印尼前，就听说了不少来自中国、新加坡，也包括印尼本地的藏家，到这里收集古董文物的故事，有次湖南博物馆的专家就曾在这个岛上收购了两大箱子陶瓷等文物，作为标本运回国内。虽然我还没有找到收集古董文物的店铺，但我已经感觉到，这里的每一个渔民家都是一个店铺，每一个渔民都算得上半个专家。

见我没有购买的意向，一个女子沉着脸，不耐烦地收起自己的陶瓷。我也觉得挺不好意思的，当时我只是跟阿财说，如果能在岛上看到"黑石号"上的长沙铜官窑瓷器就好了，并没有说要购买他们的瓷器。或许是阿财误解了，也或许是他有意为之——如果不这样，就看不到瓷器了。毕竟这些古董，在这些渔民手里都成了商品，商品是用于买卖的，如果不说购买，他们是不会展示出来的。看着我难为情的样子，阿财冲我笑了笑，用汉语说，没事的，不用担心。随后，他用印尼语跟他们做了解释，几乎是喊话，说跟以前来的中国人不一样，我不是古董商，是一个作家，是来书写印尼和中国友好交往的。

渔民们都走了，没有欢声笑语，也没有唉声叹气，我与耐先生商量起探访"黑石号"的事来。耐先生告诉我，这些年来，随着"黑石号"声名鹊起，越来越多来自世界各地，特别是来自中国的专家和游客探访"黑石号"。前些年要准确到达"黑石号"所在的海域，必须依靠德国人，他们有大船，还能定位，能快速精准地找到那里。现在去的专家和游客多了，岛上的渔民大多学会了定位，也能开着自己的机帆船准确地找到那里。

我不想把自己的这一天定格在岛上，我想走向大海，更快地走近"黑石号"。但耐先生告诉我，我只能耐心等待，因为他要帮我联系渔民，租渔民的机帆船，还要联系潜水员，并跟他们谈好价格。

他乡遇故知，该是多么亲切与幸福的事情，更何况这位故知非同寻常。回到宾馆，看着大海深处厚厚的乌云，阴暗的天空，还有滂沱的大雨，我在房间里焦躁不安地走动着。是激动与感动，还是愧疚与恐惧，面对历史的烟云，现实的光影，我诉说不清。

晚上八点左右，阿财敲响了我房间的门。他给我抱来一个大大的榴梿和一个大大的椰子，并向我笑着介绍说，榴梿和椰子是他家自产的，熟透了，自己掉到了沙地上，不是在树上砍的，口感、味道，绝非在中国海南买到的可比！

我担心的还是第二天能不能去探访"黑石号"。阿财看我脸色沉重，又笑着对我说："还要告诉您两个好消息。第一，明天上午是个晴天，会风平浪静的，海岛上的雨来得快，去得也快，根本就不用担心。第二，耐先生已经帮我们联系好了一切，约好明天早上8点在丹绒格拉扬码头出发。"

　　我大口地吃起榴梿来，确实是其他地方不可比拟的。

祈　　祷

　　第二天早上，来到丹绒格拉扬码头时，这里已经非常繁忙了。放眼望去，满眼碧海蓝天白云金沙椰林。码头的船已经成群结队了，有的游客正欢笑着登上小机帆船，有的已经驶出码头，走向深海。我知道，这些游客大都来自中国，但此时我的心早已到达碧海深处。

　　有一艘更大一点的机帆船停在码头，在众多小船当中，它显得更为打眼。耐先生在船上向我们招着手，他身边站着两个晒得黝黑的小伙子，那应该是潜水员，船尾部的动力边站着一位个头不高，但同样黝黑的中年男子，那应该是渔民或船主。走近机帆船，耐先生伸出右手扶着，我微笑着，用手势向他表示，不用，不用。虽然我从小很少见到大海，但也算是在水中"泡"大的孩子，因为我家就在湘江河畔，从小就在江里嬉戏打闹，对水和船非常亲切。

　　船上还散发着点点鱼腥味，船舱内的四周涂成湛蓝色，既像蓝天，也像碧海，可能这是当地渔民对大海的热爱，或许是把大海当作神一样崇拜。船舱上放着潜水面罩和供氧机，以及橙色救生衣。阿财考虑周到，不仅带来一箱矿泉水，还给我带来防晒霜。他说，从丹绒格拉扬码头出发到"黑石号"所在海域，虽然只有两三海里，也只是在浅海区，但太阳光太强，要多涂点防晒霜，防止晒伤皮肤。

伴随着轰隆隆的马达声，机帆船从码头驶出。随着机帆船的渐渐深入，海水不但没有变得深沉，却相反愈加水清沙幼起来，海中间一片清澈无边的拖尾白沙滩如海市蜃楼般逐渐呈现在眼前。随后，机帆船驶入一望无际的海平面。我想，如果不是心中有个强烈而美好的期盼，心灵该是多么的孤独、寂寞，甚至恐惧呀。

一个黑点出现在了我的视野中，它在海浪中或隐或现，但随着机帆船的前进，黑点越来越大，海浪也无法掩饰它的存在了。那就是传说中的黑石礁，非常庞大。耐先生微笑着告诉我，前面就是"黑石号"沉船地点了，这里并非深海。我立马站了起来，大家也都站了起来，就像教徒对上帝那样敬畏与虔诚。

船主停下发动机，机帆船缓缓前行，他把铁锚抛到水里，船定格在了地球表面的这一坐标点，也定格在了时空坐标上。船离黑石礁约150米。这里很偏，不是主航道，也看不到其他来往的船只。除了黑石礁，只有更远处隐约可见的无名小岛。汪洋大海上风和日丽，那一切早就归于平静，就像什么都没发生过一样。我知道，1200年前"黑石号"船员与残酷无情的大自然搏斗的那一刻，对于历史的长河来说，那只是转瞬即逝。他们的船，他们的瓷器，他们的身躯，还有他们对生命的呼唤与呐喊，很快就被海浪淹没。

我没有在海里潜过水，更没有潜水资质，阿财、耐先生、那两个年轻的潜水员以及船主都建议我不要下水。我觉得很无奈，只能站在船上焦急地等待着历史的回响。我知道，在蒂尔曼·沃特法组织大规模的打捞前，来自勿里洞岛的渔民曾多次探访"黑石号"，当时就打捞了不少瓷器，更何况后来的大规模打捞。耐先生已经告诉我，能不能打捞到东西，就要看运气了。我笑着对他说，没关系的，我不是来考古发掘的，也不是搞文物收藏的，我是来打捞历史与记忆的。"黑石号"船体早已解体，并沉入海中，被泥沙淹没，蒂尔曼·沃特法他们打捞走的，也只是船上有价值的器物，而船体的残骸，一些残片，以及它在历史中的足迹，并没有被打捞。

两个年轻的潜水员先后跳进了大海，我坐在船上默默地祈祷着。大约二十分钟后，他们先后冒出了水面。一个手里拿着一小块黑色的烂木头，一个手里提着一小袋乱七八糟的海底碎片。烂黑木头七八十厘米长，十来厘米厚。1200年了，它没有完全腐烂，因为上面附满贝壳和沙洞，也有可能是岁月的沉淀，它沉得不可思议。这堆碎片中，既有贝壳、小石块，也有破碎的瓷片。破碎的瓷片，釉层已经磨损和破坏，由于在海底沉睡千年，海水侵蚀，胎釉的表层形成一层自然均匀的氧化层，它们显得暗淡无光，但却掩饰不了彩瓷的光芒。

这是我梦寐以求的时刻，我恭敬地捧着它们。耐先生他们看着我那副虔诚的样子，都微笑着，因为海底远不止这些，也远不止"黑石号"这艘沉船，他们早已见怪不怪了。我们的祖先用辛勤和智慧，把陶瓷洒满了东亚、南亚、西亚甚至北非的海岸及其附近海域。这些看似是被狼狈、胡乱丢弃的各不相干的残片，却是一道中华瓷器与文明的完整风景。

鞠　躬

　　我紧握一块来自故乡的瓷片，弯着腰走上了沉船不远处的黑石礁。这是一块巨大的黑石礁，长年累月，上面附着贝类、藻类及其他一些海洋生物的尸体一层一层地累积，久而久之便成为现在的黑色礁石了。论个头，在茫茫大海中，它根本算不了什么，也就沧海一粟。应该有海鸟途经，甚至在这里繁殖，但无人居住。然而，因为与"黑石号"沉船的缘分等因素，黑石礁便从千千万万的黑色礁石中脱颖而出，闪烁着耀眼的光芒。

　　礁岛上有间极其简单的小房子，且已破烂不堪，里面也只是乱七八糟地扔了一些烂木头，破碎的瓷片，以及一些船上用的破旧物品和潜水的工具等。耐先生向我介绍说，这是当年打捞人员和渔民休憩的场所，他们认为不值钱的，没价值的，也不方便带走的，就留在了这里，这房子也算是关于"黑石号"的一个小小陈列室。

不！这是一座关于"黑石号"的博物馆，而且肯定是离沉船最近的博物馆，同时也可能是关于"黑石号"最早的一座博物馆。我在心里反驳着耐先生的说法。但我最终没有将这番心思说给他听，我知道，他的话本来带着自谦。我没有什么不满，相反，一种感恩的情绪油然而生。

我低下头，走进这间小房子，犹如走近久别重逢的亲人。我蹲下身子，先抚摸着一块黝黑的烂木头，那裂缝，就像一位沧桑老人的手一样粗糙，也像老人额头上的皱纹。随后，我又抚摸一块瓷片，用食指划过它的纹饰。虽然残缺，甚至破碎，但依然能看到彩绘，触摸到零星的模印贴花。没有看到文字，或许写在了另一块破碎的瓷片上，那可是唐代诗词。

走出小房子，我转身又向它深深地鞠了一躬。不是因为小房子里的"亲人"，而是这座破烂的小房子为我的"亲人"遮风挡雨，让它们有了精神与灵魂的归宿。

站在凹凸不平的礁石上，海风吹拂着我的思绪。

没有谁能说清 1200 年前"黑石号"沉没时的具体情形。可能因为天灾，也有可能因为人祸。谁会想到，这艘在当时极其普通的船只和它所承载的彩瓷，会迎来另一种命运呢。"黑石号"的沉没看似不幸，但却不是它生命的结束，反而是新征程的开启，在海底沉睡1200 年后，最终被历史的浪花冲洗成人类的宝贵财富。

黑石礁肯定见证了"黑石号"垂死挣扎的那一刻，也见证了海上丝绸之路的繁华与寂寥。蒂尔曼·沃特法先生，以及新加坡饮流斋陶瓷鉴赏会会长、东南亚陶瓷学会副主席林亦秋先生都曾对我说，从南海到爪哇海的古代沉船在二千艘以上。海南省博物馆原馆长丘刚也曾说过，据初步统计，在中国南海水域已经发现了近千艘古代沉船，而到目前为止中国能"下水"的考古工作人员只有 50 多个，水下考古工作任重而道远。不能忘了，还有数以万计的顺利返航回到家乡的船只，黑色礁石上也有它们历史的帆影。

站在礁石上，向北远眺，满眼繁忙。那是辽阔的南中国海，是船来船往、商贾如织的南海丝绸之路。两千多年来，沿线各国使节、商人、僧侣、旅行家，沿着这条海上航路，往返于东西方涉海国家与地区。这是一条沟通东西方经济、文化交流的重要桥梁，沿线各国族群海洋文化的各自发展与相互交流、互相融合，形成了深厚而多元的海上丝绸之路文化，也让中国、印度、波斯、埃及等世界文明古国紧密联结在一起。

此时，我才意识到，我来到了一个支点上。

拜　谒

　　我知道，要让这个支点撬动历史，必须去拜谒那两只碗。

　　于是，我乘小飞机从勿里洞岛来到雅加达，再从雅加达乘大飞机飞往新加坡。在飞机上，我就领略到新加坡的秀丽风景。新加坡是一个美丽的花园城市，这是一个小岛外加 63 个小岛构成的多岛之国；这是"亚洲的十字路口"，是著名的国际金融中心；这里还是一个移民国家，这里有多元发展的文化，华人的习俗、印度的风情、马来人的传统、欧洲人的信仰尽在这里融为一体。绿树繁花的优美环境，富有规划的城市建设，四通八达的交通网络，数以万吨的航船吞吐，共同构成了眼前的新加坡。但我无暇顾及，急匆匆地赶往亚洲文明博物馆。

　　我的脚步在新加坡河北岸渐缓并最终停止。北岸是古典殖民历史时期建筑，南岸则是密集排列的金融大楼，十余座桥梁依次横跨于河岸。走进亚洲文明博物馆，外形新颖简约、夹于博物馆原有的殖民建筑当中的郭芳枫楼，四面皆是落地玻璃窗的滨河翼楼，以亮丽的姿势走进了我的视野。郭芳枫楼充分反映了新加坡兼容古今的城市面貌，而面向新加坡河的滨河翼楼，则无疑体现了新加坡文化发展与新加坡河息息相关的唇齿关系。

我必然走进滨河翼楼。其实它就是邱德拔展馆，2015年新开设的展馆，里面放置着数以万计的各种瓷器，造型有趣，花纹精美，这在国内的博物馆也并不多见。其中唐代沉船"黑石号"的系列展品，让人仿佛穿越到过去。邱德拔家族于十多年前买进这些文物，并收存于圣淘沙岛。多年后，这些已有近1200年历史的唐代文物，终得以重见天日。

走进展厅，恍若隔世，既熟悉，又陌生。展厅异常安静，像一条静静流淌的历史之河。我小心翼翼地行走在唐代的瓷器世界。这里的每一块瓷器，都因为流淌着先民的血液而充满思想。用心观察，就会发现，它们在用色彩、文字、书法、绘画等跟后人进行交流与对话，并表达着对后人的寄托与期盼，向往和追求。

我试图静静地与它们进行交流。突然，一只瓷碗亲切而又沉重地向我打起招呼。我惊喜万分。它是青釉褐绿彩，上面有题记。我从上至下，从右至左，一个字一个字慢慢地读着：湖南道草市石渚孟子有明（名）樊家记。

瓷碗的铭文揭开了"黑石号"器物身份之谜。"湖南道"是当时的行政机构，石渚既是地名也是窑名，就是长沙铜官窑所在地。草市是指唐代因当地的某种特产而兴建的交易市场，孟子是这件器物的名称。这是迄今为止发现的有关"湖南道"的最早实物见证。而"草市""樊家记"表明当时不仅有了瓷器的交易市场，还有了瓷器生产的广告宣传。"有明"应为"有名",是樊家作坊自我标榜的广告语。

我继续在唐代的瓷器世界行走,又一只瓷碗让我惊喜起来。展览者很有心,让瓷碗底部面对参观者。我首先关注到的是这只碗底部如乳房状的凸起,原来瓷器底部的乳突特征并非完全始于元代,而早在唐代就有了萌芽,或者说零星出现。接着我关注到碗外围的九个字:宝历二年七月十六日。宝历为唐敬宗李湛的年号,宝历二年也就是公元826年。这只碗告诉了我们它出产的年份,由此也可基本确定沉船年代。

我又从相反的角度来看这只瓷碗,看到的是碗心,也看到了长沙彩瓷的另一面。接近阿拉伯风格的碗心图案,说明唐代长沙铜官窑为适应西亚市场需求,已经在调整自己产品的艺术特色,让其富有异域风情。正如亚洲文明博物馆的策展研究员史蒂芬·墨菲博士所说,这批文物所讲述的故事是早在公元9世纪时,中国唐朝已有大规模的海上贸易,贸易不再局限于陆地上的丝绸之路,当时显然就已有"环球化"的商贸概念。

一头是长沙铜官窑的南北融合、创新突破,一头是长沙彩瓷打拼海外、走向世界的坚韧与豪迈。两头都无比地丰富、奥秘与广阔。

这一切,都必须从位于湖南东部偏北的长沙铜官窑开始,从彩陶源村开始,从石渚湖开始。

"黑石号"复原模型（长沙铜官窑遗址管理处供图）

"黑石号"上出水的"宝历二年七月十六日"瓷碗（林安供图）

"黑石号"上出水的"湖南道草市石渚盂子·有明樊家记"瓷碗（长沙铜官窑遗址管理处供图）

第一部

古岸陶为器

古岸陶为器，高林尽一焚。

焰红湘浦口，烟浊洞庭云。

——唐代诗人李群玉《石渚》

漂 泊 的 灵 魂

一

　　回到长沙，我的心情更加复杂起来。随着采访的深入，源远流长、博大精深的长沙彩瓷，愈发让我感到头绪繁多，相互纠结。我必须调整情绪，重新开始，这将是一段豪迈而艰辛的寻根之旅。

　　有一天，我来到了位于长沙市北郊的望城区铜官街道彩陶源村。这里是我的家乡，老家就在湘江的那边，我到这里来得太多，也非常熟悉，但我现在才知道，我熟悉的都是些皮毛，根本就没有深入她内心。我在内心不断嘱咐自己，从现在开始，一定要重新解读长沙铜官窑，重新品读这里的每一片瓷片。只要是谈论长沙彩瓷的任何一个人，我都需要认真倾听。

　　我把车子停在新建的铜官窑古镇靠湘江边的停车场。很快，我听到了水流的声音，这是彩陶溪奔向湘江的脚步声。八公里长的彩陶溪自东向西蜿蜒全村，两岸树木葱郁。在世俗与浓郁的商业氛围中，她的脚步声依然是那么响亮而清新。水是生命之源，河流是文明的摇篮。虽然彩陶溪是前几年由新河改名而来，新河也不过是1964年冬至1965年春修筑的一条用于撇洪的人工河，但当曾经波光粼粼的石渚湖完全被人工打造的唐朝古镇填满后，彩陶溪便显得更加珍贵而灵动。

我站在彩陶桥南头，陷入沉思。长沙彩瓷像一位绚丽多彩、才华横溢、国色天香的"湘妹子"，早在1200年前就已远涉重洋，走遍了朝鲜半岛、日本、东南亚一带，越过印度洋、阿拉伯海，直奔波斯湾沿岸，而抵达伊朗、阿曼、沙特阿拉伯、伊拉克，以及红海之滨的埃及等20多个国家和地区。但岁月无情，往事如烟，这些光辉的经历已逐渐被历史的风尘所湮没，以至于人们早已忘记了她的故乡在何处。

我暂时还无法迈过彩陶桥，必须先去寻找它曾经漂泊的灵魂。

二

我先翻开了长沙历史的书页。

20世纪30年代的长沙南门口古玩市场，经常可以看到一个大个头、高鼻梁、蓝眼睛、黄头发的美国小伙。他总是背着包，微笑着，先很有礼貌地与老板们打着招呼，然后仔细地打量着每一件古玩。独特的外表，以及对古玩如痴如醉的模样，使他在很多古玩店老板和古玩行家脑海里留下了深刻的印象。

美国小伙叫约翰·H.柯克斯，才二十出头，是长沙耶鲁中学（现长沙雅礼中学）美籍教员，喜爱历史与艺术品。

在当时，湖南的特质对柯克斯和他的前辈有着强大的吸引力。1901 年 2 月 10 日，恰逢美国耶鲁大学创办 200 周年，该大学的部分毕业校友在退休校长蒂莫西的召集下，会聚康涅狄格州，正式成立了雅礼协会，旨在到中国兴医办学。雅礼协会想到海外发展，印度和非洲都曾是他们的首选地。但是，耶鲁与中国颇有历史渊源，使得中国成为必然的选择。特别是协会中的哈蓝·比奇和安森·斯托克斯等人都倾向于到中国。"了解上帝意图的基督徒知道，上帝的手也在中国皇朝金銮宝殿之下。而且，这个令人惊讶的帝国多少年来一直成功地坚守着自己的意志。一个如此强大的国家已经存在了 5000 年之久，这个历史事实就是她将来仍会继续存在的证明。我们可以肯定，上帝高瞻远瞩，一定会为这个世界保留这个国家。"

哈蓝·比奇这样表达着自己的理由。他相信，中国肯定是一个伟大的国家，会对下一代世界领导者产生重要影响。

雅礼协会派遣来华选择办学地点的首批人员德士敦，在对中国进行数月实地考察后，得出如此结论：

"我对长沙虽然一无所知，但罗伯特·哈特说，据在上海的一些人介绍，湖南人最为倔强，敢为人先，而且非常有主见。这些特性足以吸引我选择此地。"不久后，在印度工作的美国医学专家胡美博士，带着建立医院和医科大学的梦想，放弃安逸的生活，挈妇将雏，漂洋过海，来到了中国，来到了长沙。他买下了长沙西牌楼街的一家旅馆，创办了雅礼医院。在医院的南面，一路之隔，创办了"雅礼大学堂"，后发展成湘雅医学院及雅礼中学。

三

那时的中国，军阀混战不休，乱成一团，政府既无禁止文物出国的法律、法规，又缺乏对旧书业、古玩业的必要管理，致使许多古董流向市场，民间盗墓贼甚至军阀四处挖坟掘宝，国宝也由此渠道外流，竟畅通无阻。

而作为历史古城的长沙，盗墓成风，职业盗墓者被称为"土夫"或"土夫子"。著名考古学家及古文字学家商承祚在《长沙发掘小记》中写道："解放前，长沙盗墓甚炽"，长沙古墓葬"经土夫子盗掘，破坏无法统计"。

彼时，政府当局并没有专门机构进行监管，湖南文物古迹保护管理还设置在当时的省教育司下。这就导致了许多文物、古物，大都由私人保存收藏，更有不少是大户工商业主、军政要员、古董商、当铺、钱庄或票号商人等，通过"土夫子"收购而得。

雅礼中学的创办，无疑是湖南教育近代发展史上的一个重要标志，这是外国人在湖南兴办教育的滥觞，深刻影响了湖南教育与社会的发展进程。

当时的雅礼，不仅汇集了美国的知识分子，也吸引了不少湖南当地的知识分子。比如钱无咎、左尘龄等老师，就来自长沙本地，他们有个共同的爱好：收藏。

刚来长沙时，柯克斯对收藏并没有多少概念，但在钱无咎等老师的影响下，他渐渐对收藏有了兴趣。钱无咎，1886年出生，毕业于湖南公立高等实业学堂。毕业后，先是在长沙明德中学当老师，后来又来到雅礼中学。在从事教育的同时，他潜心收藏古玩和研究古钱币，后来不仅成了长沙本地有名的教育家，也是赫赫有名的古钱币收藏家。

虽然钱无咎比柯克斯大了整整二十岁，但他对这个善于学习与钻研的美国小伙子非常赏识。只要逛古玩市场，或是参加拍卖会，钱老师都会带上柯克斯。柯克斯学习钱老师如何鉴别古董，如何跟文物贩子或是普通老百姓讨价还价。

还有一个人与柯克斯有过交集。这个人叫蔡季襄，1898年出生于长沙，是民国时期长沙著名文物专家。由于他家中殷富，在20世纪20年代至30年代，蔡季襄的个人收藏活动十分活跃，四方文物汇集蔡宅。30年代中期，他被聘为南京紫金山博物馆馆员。因多年为古董商鉴别文物，他认识了不少被称为"土夫子"的盗墓工头。蔡季襄不仅卖给了柯克斯包括长沙瓷器在内的许多珍贵文物，还与他为争购古玩发生过争执。

钱无咎、左尘龄、蔡季襄等人热衷于收藏古董，这并没有错，像蔡季襄晚年还挽救了国家许多重要文物的命运，受到了收藏界和文博系统的高度肯定。但另一个不容否定的事实是，那个年代文物流失海外极其严重。

《全球防止非法贩运文化财产报告》中指出：在全球47个国家的218个博物馆中，有中国文物163万件，且均是文物中的精品。散落在世界各地民间的中国文物应是博物馆中的10倍，约1700万件。

这其中，当然包括来自长沙铜官窑的彩瓷。

四

彼时的长沙铜官窑瓷器还只是流落街头的"孤儿"，无家可归的漂泊灵魂。

1936年夏的一天下午，乌云笼罩着古城长沙的天空，不一会大雨滂沱，路上行人稀少。

突然，长沙古城南门口外的一户人家走出一位三十岁左右的男子，他先是在家门口四处张望，然后打着雨伞，背着沉重的布袋，趁着暗淡的天色，冲入大雨中。

男子来到了雅礼中学，打听着那个叫柯克斯的美国老师。在雅礼，谁都知道柯克斯在搞收藏，除了教学，他要么外出收藏古董，要么把自己关在房子里研究古董。

大家都指向雅礼中学灯光最亮的一间房子。那是柯克斯的宿舍，不大的房间，里面整齐有序地摆放着各种各样的古董。高大的美国人，正在灯光下细细琢磨着他的宝贝。他是那么地投入，以至于背着布袋的男子站在门口，他全然不知。

站在门口的男子被房间里的那幕吓坏了，满脸煞白。不是美国人的高大，不是他的投入，也不是他收藏的古董之多，而是这个美国人的柜子里摆满了和他布袋里一样的"冥器"，此时他竟然还拿着其中的一件仔细打量着。

这个美国人充满晦气，必须赶紧把"冥器"卖给他，男子心想。但美国人发现男子时，他投来的却是甜蜜的微笑。同时，他张开双臂，微笑着耸耸肩。男子满脸惊恐，赶紧往后退了几步。美国人赶紧上前，拉住了男子的手。

随后，男子有些惊慌地从布袋里掏出二十来只碗。那是白釉碗，浑浊带灰白色，状如凝脂，积釉似蜡泪，润泽而不甚光亮。有些不透明，有碎纹。"Very good（非常好）！"美国人惊喜地叫了起来。

美国人问男子需要多少钱，男人说，您随便给点就行。美国人显得很绅士地说，那不行，得按市场行情给。男子拿到美国人给他的一袋沉沉的光洋，内心欢喜地离开雅礼中学。一出校门，男人就把刚才背碗的布袋给扔了。而美国人却拿着这些碗爱不释手，虽然他不能确定它们的具体年代，更不知道娘家在何处。

回家后，男子把这件事深深地藏在了内心深处，直到新中国成立后，20世纪60年代，他在生命的弥留之际，才将这个心中的秘密告诉他的儿子。近60年后的一个下午，他的儿子在长沙都正街一户古老而静谧的房屋里，向我讲述了80年前的那个故事。

此时，他的儿子——彭大爷，已是耄耋之年。彭大爷告诉我说，他父亲卖给美国人的那些碗，是他家建房子时从地里挖出来的。当时老百姓大都认为，从地里挖出来的陶瓷，都是给死人陪葬的，晦气，不吉利，都会悄悄砸碎扔掉，当作什么也没发生。他父亲还算有见识的，没有将挖出来的碗砸碎扔掉，而是在晚上悄悄收起藏好，卖给了美国人，还卖了个好价钱。但早知道这是文物，就不应该卖掉，更不应该卖给美国人。

可谁又会想到，这些"晦气"的"冥器"，就产自长沙城北边50里的铜官窑，还是看得见摸得着的中华文明史呢。

五

1937年，已在长沙生活五年的柯克斯踏上了回国的旅程。

那年春天的一个早上，雅礼中学的中国和美国同事，帮着柯克斯把他这几年在湖南收藏的大量文物，先用软纸和棉花一个一个包好，然后再分别放进实木做的箱子里，最后装了满满一车。而这其中，足足有两箱是来自长沙铜官窑的瓷器。

那时的长沙，文夕大火尚未发生，古城还一片繁荣景象。煤气汽车载着柯克斯和他心爱的文物，经过繁华的市区，赶往位于小吴门的火车站（今芙蓉广场以南）。而柯克斯的中国同事微笑着向他挥手道别，甚至有两个要好的一直送到火车站，帮着他把这些文物搬上了开往广州的火车。

还有许多令人心痛的历史印痕。

柯克斯没有急于回国，他在从香港乘轮船回美国前，先在香港举办了一个长沙出土文物展览。虽然这个展览准备仓促，比较简单，但还是吸引了许多西方人的关注，而此时的东方巨龙还在渐渐苏醒之中。这也是长沙铜官窑瓷器最早的一次国际性展览。

回到美国后，柯克斯再次对从长沙收藏的文物进行了认真细致的整理。1939年3月26日至5月7日，他在耶鲁大学艺术博物馆举办了长沙出土文物展，展览后又将部分长沙瓷器捐给了此博物馆。这是国外第一个长沙铜官窑瓷器特展。

再后来，这批长沙瓷器中的一小部分又跨越大西洋来到英国伦敦的一个拍卖会上。有收藏家对这批来自中国唐朝的瓷器赞不绝口，不仅收藏了它们，还四处打听，想弄清它们的前世今生。

在此期间，长沙出土瓷器热极一时，为外国收藏家竞相收购，特别是在香港文物市场上十分抢手，大量长沙铜官窑瓷器就是此时被一批批地贩卖出境。早年曾在香港拍得大批长沙铜官窑瓷器的英国医药官埃塞克·牛顿博士，就是最早研究长沙铜官窑的学者之一。

但这些对于长沙铜官窑产品的个体研究，宛如瞎子摸象，所获仅是一鳞半爪。

隔着时空，面对背井离乡，如同孤儿般流浪的长沙彩瓷，我不知道该说些什么。

我办公桌的左边堆着各种各样的书籍，右边摆了一些报纸。虽然有些凌乱，但我还是一眼就看到了一张报纸上醒目的标题——流失海外的湘籍文物，何时归来？

这不正是我此时思考的问题吗？我连忙拿过报纸，是2019年3月10日的《潇湘晨报》。是记者唐兵兵采写的：

美国当地时间2月28日，美国政府向中国返还361件（套）流失文物，这是自2009年中美签署限制进口中国文物政府间谅解备忘录以来，美方规模最大的一次中国文物返还。据中国文物学会统计，从1840年鸦片战争以来，超过1000万件中国文物流失国外。

1938年2月，考古学家商承祚路过长沙，正好赶上湖南空前的文物热，来自各地的盗墓贼、文物贩子齐聚长沙，进行着一场刺激的淘金之旅。就在商承祚来到长沙的前一年，美国人柯克斯（柯强）携带大量湖南文物回到美国，并于1939年3月26日—5月7日，在耶鲁大学美术馆举办长沙出土文物展。三年以后，商承祚在成都举办长沙古器物展览，展品是自己在长沙搜集的220余件文物。展览是商承祚对于文物的守护，也算是对文物流失的一种抗议。

很难统计湖南文物流失的数量，更别说追回。文物在曲折的漂流之中，早已变得模糊不清，它们从哪里出土？经历了怎样的贩卖交易和长途旅行？又经历了怎样的守护与争斗？它们终于留在了异国他乡，也终于成了一个个难解的谜题。

历史的迷茫中透射出希望的曙光。

一只
背水壶

一

都是背井离乡，但这只褐彩背水壶给了我力量与豪迈。

撒哈拉上，沙丘起伏，大漠孤烟。20世纪20年代的一天，一支贝都因人驼队，向撒哈拉沙漠深处艰难地跋涉着。贝都因人，一个在沙漠上生活了上千年的古老民族。撒哈拉沙漠是世界第二大荒漠，仅次于南极洲，是世界最大的沙质荒漠。这里火热、壮美、寂寞、浩瀚，但同样残酷无情。但剽悍、骁勇、顽强的贝都因人无所畏惧，一直在这片土地上顽强地生存和发展着。

突然，领队停了下来，驼队也跟着停了下来。他看到，前面一个小沙丘的位置露出半截瓷罐。领队跳下骆驼，跑过去，扒开沙子，一只壶口和系纽残缺的瓷罐展现在他眼前。这个瓷罐——或者说称之为壶，是比较大的那种，壶嘴不长，也比较小，但"肚子"大。领队小心地擦拭着瓷罐上的沙子，褐彩逐渐显现。他认真一看，这不是一般的褐彩，是釉下褐彩。让他惊奇的是，上面还用阿拉伯文写着伊斯兰教常用语"真主最伟大"。

继续扒，沙子里露出了动物和人的骨骸。见多识广的领队马上意识到，这是没有走出沙漠的先辈。虽然他不能确定先辈的身份和年代，但他可以确定这只瓷罐是先辈们迁徙时用的背水壶，而且这只壶产自古老而遥远的东方大国——中国。

领队带着他的队员，先是面向骨骸，抬起双手至胸前祈求三次，然后他们又面向遥远的东方，抬起双手至胸前祈求三次。随后，他们便带着这只残缺的釉下褐彩背水壶继续前行。

驼队一路险象环生。一次，沙暴突然降临，漫天飞沙，几乎要将所有生命的印记给彻底地掩埋。驼铃已经凝止，只有匍匐在地上的驼峰，在与飞沙的摩擦对抗中，显示着一种不屈而向上的力量。领队和他的队员，在心里祈祷沙暴平息，祈祷每一匹骆驼都能化险为夷。沙暴过后，他们像所有的骆驼一样，从沙尘里爬起来，以一种千古不变的姿态，抖一抖身上的沙土，继续前行。

驼队最终安全抵达开罗。为了感谢背水壶带给他们的吉祥与平安，领队又带着他的队员向这只来自东方的壶，抬起双手至胸前祈求三次。

很快，这个故事走出了茫茫的撒哈拉沙漠。随后，东西方的考古学家、文物专家和收藏家，将目光移向釉下褐彩背水壶的故乡——中国。甚至有的专家学者直接跑到中国来寻找答案，但一无所获。

"不奇怪！在撒哈拉沙漠上发生这样的一幕完全有可能，应该还不是孤例。早在一千多年前，根据阿拉伯地区人们的喜好、流行纹样而设计制作，符合他们审美标准的长沙瓷器，就已经远涉重洋，进入红海，到达古埃及、坦桑尼亚等北非国家了。这些外销瓷中，不仅有碗、碟、瓶等，还有背水壶。撒哈拉沙漠上一直生活着游牧民族，以及众多的驼队，他们专程定制并使用长沙窑的背水壶完全有可能。"

当我把这个故事讲述给故宫博物院研究员、中国古陶瓷研究会副会长李辉柄听时，已经耄耋之年的李老，兴奋地给了我肯定的回答。

我在《湖南陶瓷》一书中读过与长沙铜官窑背水壶相关的描述。作者是已经作古的周世荣，全国著名的考古学家、陶瓷研究专家，湖南省文物考古研究所原研究员。

卷沿矮颈扁体背水壶：小口，深腹，扁体，肩部与下腹两侧附有系纽，以便引绳携带。这类背水壶带流或不带流。其中有一件釉下褐彩背水壶，上用阿拉伯文书有伊斯兰教常用语"真主最伟大"，这类壶便于游牧民族迁徙时携带。个别背水壶的造型为葫芦状或双鱼状。其中双鱼背水壶用两个相连的鱼嘴充当壶口，鱼鳍处巧妙地做成系纽。

二

然后我把目光转向亚洲东部，太平洋西北部的岛国——日本。

1932 年秋的一天深夜，位于日本东京的东洋陶瓷研究所一间简陋的办公室依然亮着灯光。时年 32 岁的东洋陶瓷研究所研究员小山富士夫，与时年 25 岁并刚从东京大学毕业的青年学者三上次男，正一边喝着热茶，一边兴致勃勃地聊着陶瓷的话题。

他们没有被日本军国主义的狂热影响，而是沉浸在另一个世界，被中国彩瓷深深吸引着，对中国充满向往与崇敬。进入20世纪以来，中国陶瓷就成了日本考古界的热门话题。现实和历史让他们离不开中国陶瓷这个话题。日本出土中国陶瓷的遗址太多太多了。绝大部分在西部地区，这主要是因为西部地区靠近中国东部沿海，海路运来的陶瓷绝大部分在此集散。西部地区据统计有近50处中国陶瓷遗址，相关文物在奈良法隆寺、京都仁和寺、立明寺、于治市、福冈市、久留米市、西谷等地均有出土和收藏，仅鸿胪馆遗址就发现2500多个陶瓷片。

当时，小山富士夫不仅专攻中国陶瓷的研究，还有了自己的窑场，独立制陶，已经是卓有成就的古陶瓷专家了。而三上次男，还只不过是一名刚刚大学毕业的青年，但他对中国古代历史，特别是东北亚历史情有独钟。因为共同的志趣与追求，小山富士夫和三上次男的心紧紧连在一起。

三上次男指着小山富士夫办公桌上一块彩色瓷片问道："老师，这是唐三彩吗？"小山富士夫摇着头说："不是，应该不是。"三上次男有点不解地问道："为什么？"小山富士夫说："很显然，这些彩色瓷片的烧成温度比唐三彩高得多，更何况还有图案纹饰。"三上次男还是不解地问道："它不是唐三彩，可它会是中国哪个窑口的呢？"小山富士夫继续摇头说："这几年，我把所有能查到的唐朝文献都查了，但没有记载。"

三上次男内心非常敬佩小山富士夫，一直把他当作自己的老师。小山富士夫一连串的摇头与回答，让他们陷入一阵沉寂。

三上次男喝了一口茶后，打破了沉寂。他问小山富士夫："不知老师听说没有，前几年，埃及人在撒哈拉沙漠找到了一只釉下褐彩背水壶，听说也是来自中国。"小山富士夫喝了一口茶说："早就听说了，可惜还没找到它的出产地。"

他们又陷入沉寂。

三

他们的沉寂，让坐在毛泽东文学院安静的办公室的我，也陷入沉思。

中日关系，犹如一本厚重的历史书。中日关系既源远流长，也曲折复杂，既有友好交往的历史，也有过冲突与不幸的过往。

我深吸一口气，理性地翻开了这本"历史书"。

陶瓷是这本"书"的切入点。在中国古陶瓷研究领域，日本学者的探究精神令世界陶瓷学界钦佩。除了小山富士夫、三上次男，还有三杉隆敏、上田恭辅、矢部良明等一连串名字被一次次写进中国陶瓷研究史，他们的研究成果也多次被中外研究学者参考和引用。日本学者对中国古陶瓷研究的贡献，欧美学者是难以企及的，中日文化的亲和性是日本学者取得这一优势的必要条件。

有日本学者认为：中日两国正式的政治交往始于汉朝。而中日两国的民间交往早已开始，中国的物产，中国的文化已被日本人了解。中日文化的亲和性，就是建立在这种长期的交往和了解中，这其中最重要的因素便是汉语言文字。汉语言文字是维系中日文化生生不息、代代衍传的重要纽带。其实研究中国古陶瓷的欧美学者大多是深谙汉语的汉学家或有中国血统的华人，而日本学者则是地道的日本人。日本学者先天的语言习惯和传统的文化脉系正是欧美学者所缺乏的。

彩瓷帆影

唐长沙铜官窑青釉褐斑模印贴花壶

（长沙铜官窑遗址管理处供图）

长沙铜官窑"春水春池满"青釉诗文壶
（长沙铜官窑遗址管理处供图）

东汉晚期，中国真正意义上的瓷器出现了。在这之前，中国的农业技术、金属器具和纺织品等传入日本，改变了日本人固有的日常生活观念，弥生时代的"远贺式陶器"便是例证。日本开始从中国引入瓷器和制瓷技术就是在此之后。

日本古代史籍《日本书记》记载：

> 大明七年（463年），日本天皇曾派遣使臣吉备君等到朝鲜，邀请数十名中国制瓷匠师前往日本传授技艺。

但目前已有的考古成果还不能印证这一历史记载。

从目前日本出土的中国古陶瓷看，日本开始引入中国陶瓷当在唐代。日本著名的"奈良三彩"便是模仿中国输入的"唐三彩"而制成的。从日本出土和公私收藏的中国陶瓷分析，日本从中国引入瓷器的窑口有：唐三彩、越窑、邢窑、建窑、长沙铜官窑、耀州窑、吉州窑、赣州窑、巩县窑、磁州窑、龙泉窑、官窑、汝窑、钧窑、哥窑、定窑、德化窑、景德镇窑等。

"历史书"变得宽阔而厚重。日本对中国陶瓷的引入是全面而广泛的，几乎包括中国所有著名窑口的瓷器。时间从唐代到明代从未间断。

也有疑惑。中国清朝以后的瓷器在日本很少发现，为什么？或许是因为日本战国时代丰臣秀吉发动的"陶瓷战争"给日本陶瓷业带来了空前的繁盛，18世纪以后日本瓷器一度取代中国瓷器成为销往欧洲的主要商品。我想，这也可能是近代欧洲对日本文化广泛产生兴趣的一个重要原因。事实上，19世纪以后中国瓷器已成帝国之落日，难维生计。

但这并不妨碍中国陶瓷对日本广泛而深入的影响。中国古陶瓷在日本被用作食器、饮器、容器、装饰器、崇拜器、礼器、艺术收藏品等，上得天皇青睐，下受臣民喜爱。

日本史籍《仁和寺御室御物实录》中说："青瓷多盛天子御食，是大臣朝夕之器。"

日本友好社会活动家中岛健藏也说："我们可以断言，如果不谈中国的影响，那么根本无法说明日本的传统工艺美术。"

四

1941年夏的一天，小山富士夫告别家人，奔赴中国。

与他那数以百万计带着枪炮入侵中国的同胞不一样，小山富士夫携带的是：一张中国地图，一台照相机，十几张包括长沙彩瓷在内的中国陶瓷拓片。

小山富士夫的家人和朋友为他这一趟中国之旅的安危担忧不已。出发前，他也曾致信一位在日本陆军华北方面军任职的大学同学，表达着自己对中国陶瓷文明的向往，并急切想来华北窑口探寻。同学告诉他，当前中国战火纷飞，时局动荡，难保安全。

小山富士夫就这样来到了华北。

他的第一站是河北曲阳。这里是定窑窑址，也是中华白瓷的一个代表性窑场。他拿着中国陶瓷界的泰斗人物、北平大学教授叶麟趾先生的《古今中外陶瓷汇编》，对照书中公布的定窑的名称、位置、瓷品和典型特征等资料，认真地考察着。这是中国北方白瓷的中心，始于唐，为邢窑的后继者，在五代时期就已经发达。瓷器胎骨较薄而且精细，颜色洁净，瓷化程度很高。釉色多为白色，釉质坚密光润。他知道，定窑在中国陶瓷发展的历史上闪烁过光芒，在中国陶瓷史和世界陶瓷发展史上留下辉煌的一页。

可是来自唐朝的中国彩瓷呢？它的故乡又在何方？

小山富士夫一路往南，继续探寻。

接着，他考察了河北巨鹿古镇，这座古镇曾出土宋磁州窑瓷器，从而揭开近代磁州窑研究的序幕，由此闻名于世。继而，他又来到位于邯郸市的彭城镇。当时这里正发生激烈战争，小山富士夫甚至是在日军坦克车的掩护下，冒着生命危险，走进彭城窑场的。

最终因为战争等因素，小山富士夫没有继续走向中国南方，更没有找到唐朝彩瓷的故乡。后来，他依然怀着对中国陶瓷文化与艺术的深厚情感，远赴欧、亚、美洲30多个国家进行古陶瓷史考察。虽然他著作等身，成了当时日本最杰出的代表性人物之一，但唐朝瓷器上的那一抹点亮他灵魂的彩色，在他心中永远挥之不去。

五

其实三上次男也特别渴望像小山富士夫那样到中国去探访窑口，但历史条件已经不允许了。不过三上次男没有气馁，更没有失望，而是满怀希望地将目光投入南海、印度洋、波斯湾、红海等周边国家。

这无疑是个智慧的选择，因为那是中国瓷器走向南亚、中亚、西亚、北非等地，最终与西方文明交汇与碰撞的路径。在那里，他可以感受到中国陶瓷文化散发着的璀璨光芒。

没有到中国本土进行陶瓷研究，三上次男有些无奈，但他还是因祸得福。后来他在自己杰出的代表作《陶瓷之路——东西文明接触点的探索》中写道：

我对中亚和西亚的历史和考古学感到兴趣，还是四十多年前在旧制高中读书时开始的。进入大学以后，就决心以此为终生事业。此后，情况又有所变化，因为从事了东北亚的古代和中世纪史专业，兴趣就进一步扩大，从而涉及了东西方世界之间的意义广泛的接触史，即所谓东西方交往关系的研究。

这样，我才进行了陶瓷器的研究，希望通过陶瓷对于贸易、社会和文化等方面的关系，来探索东西方交往的实况。

战后，因为无法去中国大陆从事研究工作，上述希望就倍感强烈。由于偶然之间对运往中东的中国陶瓷的研究，因而发现我对于西亚陶瓷的情况茫然无知。于是又不得不对伊斯兰陶瓷（即所谓波斯陶器）进行了研究，并且引起了兴趣，这样不知不觉地消磨了二十年岁月。

三上次男有过三次踏实而令人敬佩的行走。

第一次，是 1955 年。他一路南来，先后对南海、印度洋等周边国家进行了深入细致的调查，发现了大量陶瓷，其中有来自唐朝但不知窑口的彩瓷。

最令人敬佩的是，三上次男和他的日本同行不畏艰辛，曾于 1964 年和 1966 年先后两次远涉重洋，在埃及首都开罗郊外的福斯塔特遗址进行考古发掘。他们艰辛地对出土的六七十万片瓷片进行了逐片的分类和比较后，惊奇地发现了大量中国古陶瓷碎片，据统计约有一万二千片。他在《陶瓷之路——东西文明接触点的探索》中说："中国陶瓷输入开罗的数量使人惊讶，好像家家户户在当时都使用过中国瓷器。"

正是这种虔诚也让我们看到了中国古陶瓷文化特有的魅力和海

外学者精研探求的治学精神。

此时，三上次男对于来自唐朝的彩瓷不再陌生，他知道，它们来自中国湖南长沙，一个叫铜官的地方。他还找到了传说中的釉下褐彩背水壶，了却了自己多年的一桩心愿。

三上次男更是表现出超越民族与国界的对文明的珍视：

> 如今，从遥远的埃及送来的中世纪的中国和埃及陶瓷片，又重新展现在眼前，于是，脑海之中就浮现起在开罗考察时的种种往事，联想到由陶瓷而引起的人类历史上的错综复杂的关系，溯昔抚今，不胜感慨。

我的思绪该回来了，因为更多的充满爱国情怀的仁人志士在为那只釉下褐彩背水壶寻找故乡。

故乡，　曙光

一

那只釉下褐彩背水壶，更是陈万里的心结。

赶到北京故宫博物院时，已经下午四点了。她建立于1925年10月，位于北京故宫紫禁城内，是在明朝、清朝两代皇宫及其收藏的基础上建立起来的中国综合性博物馆，也是中国最大的古代文化艺术博物馆，其文物收藏主要来源于清代宫中旧藏，是第一批全国爱国主义教育示范基地。

北京的冬天，天黑得很快，光线开始慢慢变暗。即将闭馆的故宫，游客渐渐稀少，但可看到威武雄壮、尽显英姿的武警官兵，感受到浓烈的青春气息。在神武门前，我望着"故宫博物院"那五个苍劲有力的大字，心中油然升起敬意与豪迈。

随后，我在午门前静静地等待着。透过时光的隧道，一位老人点亮了一盏灯。那位老人便是陈万里。那盏灯不仅点亮了故宫博物院那间简朴的办公室，也渐渐点亮了新中国陶瓷研究的曙光。

那是 1954 年夏天，当时的中央文化部社会文化事业管理局在北京主办了一个"基本建设工程中出土文物展览会"，展出了 3700 余件文物，其中以陶瓷占大多数。这次展览，在全国考古界引起巨大轰动。

作为当时享誉世界的古陶瓷专家，陈万里不可能不关注这次展览。他 1892 年出生于江苏苏州，早年从医，平生多才多艺，研究过昆曲，能唱能演，还是摄影家。但他最钟情的还是陶瓷，经过不懈的努力，他成了用现代科学方法研究中国古陶瓷的开拓者。

陈万里还是我国近代第一位走出书斋，借鉴运用当时在西方流行的田野考古方法对古窑址进行实地考察的学者。为考察浙江龙泉青瓷，他自 1928 年起曾"八去龙泉，七访绍兴"，搜集了大量瓷片标本，进行对比研究，开辟了一条瓷器考古的新途径。即使在今天，那些古瓷器标本也是弥足珍贵的古陶瓷研究的第一手资料。

瓷器是中国古代重大的发明之一，是中国对人类文明史做出的杰出贡献，所以中国在世界上被誉为"瓷国"。然而长期以来，陈万里因"以数千年陶瓷著称的中华，竟没有一部陶瓷史"而感慨。研究瓷器发展的历史，文献史料与实物史料是不可缺少的两大方面。实物史料除传世品外，还包括来源于古瓷窑址的调查与古墓葬发掘两个方面。以这两者相互印证的研究方法，是陈万里创导的科学方法，为我国瓷学研究奠定了基础。1946 年，他撰著的《瓷器与浙江》一书堪称从传统的"书斋考古"走向窑址考古的一座里程碑。这标志着我国陶瓷学进入了一个崭新的阶段，为现代陶瓷学研究奠定了科学的基础。陈万里因此也被学术界誉为"中国陶瓷考古之父"。

这个文物展览会期间，陈万里几乎每天都要到展览现场转转，他发现，若是不去，总会觉得心里不踏实，哪里不自在。而事实上，每去一次会让他陷入更加深层的思考，还有无尽的烦恼，特别是湖南郊区工地月亮山出土的那些白釉瓷，以及在撒哈拉上传说的那只褐彩背水壶。

陈万里曾东渡日本留学，与小山富士夫和三上次男等日本陶瓷专家有过接触，知道他们一直在研究东方陶瓷，特别是对中国陶瓷情有独钟。对那些来自中国唐朝，但不知产自何窑址的彩瓷的了解，以及撒哈拉上那只褐彩背水壶的传说，都是他从小山富士夫和三上次男那里听说的。

二

灯下的陈万里，个头不高，不胖不瘦，光头，蓄山羊胡。黑框眼镜后面，是一双智慧的眼睛。陈万里先提起笔，想写点什么，但最后他还是没有下笔。随后，他干脆放下笔，背着手在办公室里踱来踱去。陈万里的思绪四处飞扬。他把陶瓷看得比自己命还重要。

后来抗日战争爆发，京城动荡不安，迫不得已，他举家赴南方，并在长沙暂住数月。作为陶瓷专家，他很快就摸清了长沙古玩市场的情况。他购买了一些古玩，有不少是陶瓷，其中有只带翠绿色斑点的白釉大碗。

当时，陈万里还无法认清这只白釉大碗，更不可能与那只釉下褐彩背水壶联系起来。一是时局不允许，当时的人们颠沛流离，搞考古必然是一件奢侈的事情，甚至是不切实际的行为。二是全国各地发掘出的没有定论的瓷器太多，一大批窑址等着他们去发现与发掘，这只白釉大碗，只不过是中国陶瓷史浩瀚大海中的一滴水。

彼时，白釉大碗与褐彩背水壶同病相怜，都是无家可归的孩子。陈万里是享誉全国的古陶瓷大家，但也无可奈何，他的探索也只能一步一个脚印，从错误中吸取教训，从未知走向已知，然后走向成功。

一开始，他认为这只白釉大碗来自北方，是唐朝著名的瓷窑邢窑的产品。不过邢窑烧造地点究竟在何处，当时还没有定论。有人说在邢台的内丘，但没有找到烧窑遗址；有人说在邢台的临城，甚至在内丘与临城的邻接地带，一个叫磁窑沟的地方发现了烧窑遗址，可是在一块有明弘治七年（1494 年）及隆庆三年（1569 年）的窑神庙碑记里，却未曾提到唐朝，所得碎片，亦非白瓷，故不能证明为邢窑所在的地方。

即便如此，并不影响陈万里对邢瓷的喜爱与敬仰。他知道，邢窑是中国白瓷的发祥地，也是中国古代最早的官窑之一。在唐朝，邢窑白瓷与越州窑青瓷分庭抗礼，邢窑白瓷它不以纹饰取胜，而注重造型与釉色的相互衬托。唐朝李肇所撰《唐国史补》说："内丘白瓷瓯，端溪紫石砚，天下无贵贱通用之。"说明邢窑白瓷在当时深受人们喜爱，而且非常普及了，不仅供国内使用，还远销国外。

陈万里在 1952 年底到 1953 年初写的《邢越二窑及定窑》中，对邢瓷进行了美妙的描述：

关于邢瓷的本质，可以一谈的，就是它的胎土色白细洁，而极坚硬。釉白颇润泽，有时微微闪黄，带一点乳白色。胎与釉之间，有一层下釉，就是俗称的护胎釉。它的制品，就现在所认为是邢瓷的，平底折边。胎厚重，平底处有没釉的。短嘴的把壶，纯然的唐的作风。白釉很厚，有到底的，亦有不到底的。烧成火度，已达千度以上。观察器形全面，令人有一种浑厚凝重的感觉，这与后来的定瓷，大不相同。

再后来，陈万里又改变了看法，他觉得"往年在长沙所出土的，似乎可确定为岳州窑"。原因有二：一是唐代陆羽《茶经·四之器》中，岳州窑列宜茶青瓷名窑第 4 位；二是在离长沙城更近的岳阳市湘阴县铁角嘴窑头山一带发现了唐朝窑址。

没错，他的思维被现实绑架着，他的陶瓷研究之路，使埋藏在他心中二十多年的那只釉下褐彩背水壶，变得漂浮不定，若隐若现起来。好在，不论如何曲折，他的心随同他那积贫积弱、满目疮痍的祖国一起，正冲破黎明前的黑暗，走向光明。

三

1949 年 10 月 1 日中华人民共和国的成立，开辟了中国历史的新纪元。

伴随新中国的成立，中国考古学也进入了春天。由于基本建设工程，即修建水库、公路以及普查文物等工作的展开，一批批文物纷纷展露在世人面前。在出土的文物中，陶瓷占了绝大多数，几乎在每一个基本建设工程进行中，或多或少地都有些陶瓷的发现。面对新中国的勃勃生机，陈万里既兴奋又忧虑，他感到了一种前所未有的紧迫感和使命感。

其一，自从 1949 年底来到隶属于中央人民政府文化部的故宫博物院那天起，他就深刻地意识到，故宫博物院不仅延续着中华历史文脉，承载着国家记忆，还承担着对全国文物的考古发掘和保护等工作。面对着全国各地热火朝天的工地上不断被挖掘出来的文物，特别是陶瓷，他焦急万分，即便自己有三头六臂，也跑不过来呀。

其二，一时间众多陶瓷的出土，无疑拓展了陈万里的视野，丰富了他的知识，给整个中华陶瓷器的研究带来了无数宝贵的材料，甚至在不断颠覆着陈万里之前的某些观点。

这其中就有他对那只白釉大碗的重新认识。

可敬的是，陈万里表现出作为一名古陶瓷大家的风范。他的思维不固化，能够及时反省和检讨自己，甚至表现出深深的自责。

1954年夏天的那个晚上，他在办公室冥思苦想三个多小时后，终于提笔，一气呵成写下《写在看了基建出土文物展览的陶瓷以后》，并发表在当年《文物参考资料》第9期。

此文对全国出土的陶瓷进行全新考量，其中当然也包括湖南的白釉瓷：

> 湖南长沙郊区工地出土了好些白釉瓷，颇有人以为是邢窑的作品，我起初也有同样的看法，及至经过几次反复的审察以后，我觉得有点不相同。本来邢窑之为邢窑，到今天没有发现它的烧造地点，所以认识得还不够。……此次长沙出土的白瓷，第一可以肯定的，是它的年代，确乎李唐的制作。……好像以后江西景德镇早期所烧的白釉，也是略带水清色的一般。因而就胎釉的色泽看，与邢窑作品有所不同。再说造型，胎骨较薄，无邢器的厚重，瓷碟的边缘，向外侈开，很多形式并不整齐。瓷碗更较粗，只是有五三，三五五四，四八四记号的那件大碗是折边的。这从造

型看来，说是邢窑亦不相称。所以总结起来说，仅仅时代是唐无可疑，其他方面与邢窑所显示的特点，一无相似之处。那末，最后的问题就来了！如说不是邢，是否长沙附近在当时有仿烧邢器的窑场？我以为这是很可能的，因为邢器之在当时，为一种天下无贵贱通用之的器物，由于销售的市场，如此的广阔，各地仿之生产的，自然会不少。证以越器通行了以后，南北各地受到它的影响很大，因而产生了各方面的青瓷。禹县神后镇烧造了天青釉上带着红斑的作品，于是黄河两岸很多的地方窑，起而仿造。这就可以证明长沙之白瓷，正是仿造当时的邢瓷，是一件极可能的事。最近岳州窑的遗址，经过调查以后，已经很清楚了；此后在长沙附近，或者会发现一处唐代烧制白釉的瓷场。

对于那只釉下褐彩背水壶和白釉大碗，虽然陈万里认识还不全面不深入，还有些肤浅，甚至偏见，但透过65年的岁月，我看到了他眼中闪烁着希冀的光芒。沿着光芒，是它们通往故乡的路。

四

与此同时，湖南的文物考古工作也在一穷二白的情况下，轰轰烈烈地开展起来了。1950年10月湖南省文物管理委员会成立，负责全省文物的保护、征集和整理研究工作。

但新中国成立初期，湖南的文物考古工作并非一帆风顺。

吴铭生，1927年出生，1952年起从事考古工作，在工作期间曾担任过省博物馆考古部副主任、省考古学会秘书长、省文物普查办副主任、《中国文物地图集·湖南分册》常务编务兼编辑组组长、湖南省第六届政协委员、民盟湖南省直文化总支主委、民盟湖南省委文化文史委员会副主任委员。1990年被省政府聘任为省文史研究馆馆员，享受终身制待遇。

遗憾的是，我与吴铭生老先生未曾谋面。但从他年近九旬时撰写的《漫谈湖南考古工作的开端》，我读到了那个年代文物考古工作白手起家的艰辛：

> 上世纪五十年代初，长沙在近郊进行基本建设工程，在平地和取土过程中发现了很多古墓，由于我省缺乏考古技术力量进行抢救，导致地下文物遭受破坏。基于这种情况，中国科学院考古研究所于1951年10月委派著名考古学家夏鼐组队来长沙，进行古墓葬的发掘，工作队的成员有安志敏、王伯洪、石兴邦、王仲殊、陈公柔、钟少林等。当时雇用的发掘工人，就是有名的长沙"土夫子"。工作队在市郊五里牌、伍家岭、识字岭、陈家大山等处发掘了不少的战国、西汉及唐宋时期古墓葬160余座。出土的珍贵文物有铜兵器、漆木器、铜镜、玉璧、琉璃器等等。通过这次发掘，对长沙地区的战国楚墓和汉墓形制有了具体了解，对研究长沙楚文化和地方古代历史获得一些可贵的实物资料。这次发掘的重要意义：一是开湖南考古工作之先河，为科学发掘古墓葬揭开了序幕；二是规范了"土夫子"发掘古墓的操作程序和方法，为今后打下了基础。

夏鼐率工作队来长沙考古，无疑揭开了湖南考古的序幕！

到北京参加"基本建设工程中出土文物展览会"的湖南彩瓷，就是这个时候发掘的。

有个小插曲。

1952 年 2 月，工作队将发掘的文物和资料全部带回北京整理。当时的湖南省文管会副主任陈浴新对此颇有意见，认为长沙出土的文物应归本地所有，不能由考古研究所带走。于是，他一方面写信向中国科学院"告状"，另一方面在未经中南文化部批准的情况下，擅自组成"长沙市近郊古墓葬清理工作队"，雇用"土夫子""挖宝"。由于当时只要"文物"，一不绘图，二不作文字记录，三不照相，使所发掘的古墓葬受到破坏，出土的文物研究价值也缺乏科学性。这种单纯"挖宝"的违法行为，受到中南军政委员会的通报批评，责令当地政府做出检讨。

于是，中南文化部遂从所辖各省调集文物考古干部，由文物科科长顾铁符率队来长沙支援，配合基建工程清理地下古墓葬，并进行业务培训。

一时间，长沙考古界热闹非凡。

当时参加支援的有著名考古学家、中山大学教授商承祚，广西大学黄文宽、方一中，中国历史博物馆陈佩馨（女），湖北的刘启益、程欣人、谭维四、王富国，广东的李晋乾，江西的何国维，等。由于商承祚对湖南考古情况非常熟悉，且有着特殊的情感，组织上让他担任业务顾问。

中南文化部的举措，对于当时的湖南文物考古界来说，无疑是雪中送炭。而湖南人一直有着"敢为天下先"的担当精神，面对这样的历史机遇，他们当然会紧紧抓住。

时任湖南省文物事业管理局局长的胡真，高度重视这项工作。他不仅协调省文管会的戴亚东、蔡季襄等人协助工作，还从培养本省的考古业务人员出发，借此契机将吴铭生、李政光、罗敦静三人同时调入省文管局，作为"学徒"培训。

有点让人觉得不可思议的是，当时吴铭生、李政光、罗敦静三人都还只是二十出头的毛头小伙，虽然具有高中文化，但他们原来从事的工作，与文物考古并不沾边，甚至风马牛不相及。吴铭生原来在衡阳岳南文工团工作，李政光在省里的湘江文工团工作，罗敦静则在湘潭建设文工团工作，他们毫无文物考古知识基础，对文物保护工作的重要意义亦无认识，只是服从组织的分配而接受了安排，抱着既来之则安之的心态工作。

门外汉如何爱上文物考古的呢？

吴铭生的《漫谈湖南考古工作的开端》继续向我们讲述：

顾铁符先生对我们要求很严格，晴天随大家上工地，学习古墓葬的清理操作程序和基本技术。首先是学写器物标签和照相，然后学绘图测量和文字记录。如今凡是查阅过五十年代古墓葬资料的同仁，都对顾先生工作认真的作风，表示称赞。在雨天的日子里，顾先生就请商教授授课，讲青铜器、玉器、古文字等一些基本知识。使我等既感到考古学的深奥，又觉得自己很无知，如商周青铜器的名称，其中有些字都不认得，内心深感不安，常借用《商周彝器通考》这本书，看图识字，反复阅读，才逐步熟悉器形和名称。我等通过不断地学习，不断地发掘实践，才逐步增长了知识，树立了专业思想。这支来长支援的队伍，在顾铁符先生的领导下，做了大量工作，清理了400余座古墓，出土文物3000余件，其中不乏珍品。如仰天湖M25楚墓出土的竹简，保存较好，具有重要研究价值，为长沙做出了贡献。更富有意义的事是，为湖南培训了考古工作人员，为今后工作的开展奠定了基础。

1953 年 1 月，湖南省文化事业管理局批准成立"湖南省文物清理工作队"，仍归省文管会领导，任命戴亚东为副队长，全面负责湖南省的文物考古工作。

建队伊始的两大任务：一是扩大队伍，二是业务培训。胡真局长对队伍的建设非常重视，从各方面增调干部来充实队伍，先后调来的有罗少牧、周世荣、高至喜、郭雄、陈海波、文道义、张欣如、杨桦、柴永贤、彭青野、阎德民等，加上最初调来的吴铭生、李政光、罗敦静、蔡季襄等，共 10 余人。同时正式录用任金生、何炳初、李光运、漆孝忠、苏春兴等 10 余人为发掘技工。

为了培养干部，提高业务能力，湖南省文化事业管理局和省文管会领导，将戴亚东、吴铭生、罗敦静、陈海波、周世荣、高至喜、郭雄、罗少牧、文道义、张欣如等人，先后保送到由文化部、中国科学院考古研究所和北京大学举办的第一、二、三、四期考古训练班学习。在当时的情况下，湖南的文物考古队伍颇具规模，步入正轨，开始担负重任，走上发展的道路。

这段历史绕不开，必须铭记。没有新中国成立之初国家及各省市文物考古队伍的建立与发展，那只釉下褐彩背水壶和白釉大碗，以及千千万万的唐代长沙彩瓷，要找到自己的故乡，不知道还要往后推迟多少年。

五

1953 年 3 月 25 日清晨，年轻的吴铭生和何国维，从长沙码头出发，坐上一艘小火轮，直奔湘阴县铁角嘴。

旅客共有三十来人，统舱，不分男女，全是地铺。三月的湖南还透射出丝丝寒意，但和煦的阳光抚摸着经历了一冬寒冷的大地，江的两岸无不流淌着春天的气息。

对于首次执行调查任务的吴铭生和何国维来说，他们不仅没有感觉到丝毫艰辛，更多的是好奇与兴奋，甚至期望。小火轮随着波澜起伏的湘江水，迅速顺流而下。两位年轻人来到船舷边，欣赏着湘江两岸风光，看着两岸的大堤、树木、花草、飞鸟……

当然，湘江并不平静。小火轮有时大幅度摇摆，甚至倾斜得厉害，这是急流与漩涡在作怪。湘江不同寻常，中国大多数河流都是自西向东流，它则由南往北流，截然不同的方向，也意味着湖南人敢为人先。

吴铭生背着个包袱，准确地说，是个布袋，里面除了换洗的衣服和洗漱用具等，还有与瓷器相关的一些资料及几件瓷器残片。瓷器残片中，有几件是豆绿色半瓷质器物残片，还有两件则有所不同，虽是豆绿色，但带了彩。

出发的前天下午，戴亚东队长与吴铭生以及何国维进行了一次长谈。戴亚东说："岳州窑是唐代六大青瓷名窑之一，唐人陆羽在他的《茶经》中把岳州窑列为第四。当时出品的形制怎样，在何处烧制，因为年代久远，文献记载又都不详细，无可查考。特别是近年来长沙近郊唐宋古墓葬清理工作中出土了大量青釉瓷，文物界都觉得应该是岳州窑，但就是缺少科学根据。这次湘阴方面提供的疑似岳州窑窑址线索非常重要，你们一定要'细致''严谨'，你们的调查不仅要为岳州窑找到故乡，更要经得起历史和时间的考验。你们不仅要带几块青釉瓷器，还要带两块带彩的青釉瓷器。视野也要放宽一点，不能局限在铁角嘴调查，也要到铁角嘴下游和上游进行调查。"

老师语重心长，学生毕恭毕敬。

吴铭生站在甲板上，手摸着包袱里的瓷器残片，遥望着滚滚而去的湘江水，陷入思索。他想到了长沙市郊黄泥坑的"王清墓"，里面有唐文宗太和六年（832年）的墓铭，让他印象深刻的是墓中的半瓷质器物；他又想到了老师强调的带彩的青釉瓷器；他还想到了传说中的釉下褐彩背水壶和白釉大碗……

眼前一切的一切，对于一个二十出头的毛头小伙来说，是那么的陌生与新奇，让他充满无限的期待。

我有些迫不及待了，想即刻去铁角嘴。

六

从长沙城区出发，不到一个小时我就驱车赶到了湘阴县铁角嘴。铁角嘴地处湘江边，其实是个镇，有一石矶伸入湘江，其质如铁，因以得名。虽然水运衰落，但依然可以看到这个湘江古镇曾经的繁华。临江的房屋，依然存在的船舶厂……都能让我想象到当年水运盛行的繁华景象。

在窑头村，我不得不停下脚步。这一带明显比附近地势高，有些地方还裸露出黄泥土。显然，这里并不是传统意义上的湖区，而是一个小山包，或者说是湘江边一块高耸的滩涂。在这里，无论是烧制陶瓷，还是运输陶瓷，都具有得天独厚的条件。

看我在这里东张西望的，一个老人从屋里走了出来。个不高，瘦瘦的，但人非常热情。他问我在找什么，需不需要他帮助。我说，来寻访岳州窑窑址。老人一听是来寻访岳州窑窑址，更加高兴，紧紧地拉着我的手说，要找岳州窑窑址，到窑头村就对了。老人还说，别看是春天了，但倒春寒一来，比冬天还冷，"来，先到我屋里烤烤火"。

老人家的火炉很旺，就像他那颗炽热的心。老人姓周名正良，六十六岁，祖祖辈辈都生活在窑头村，世世代代都是渔民。其实窑头村是以前的名字了，后来村村合并，改叫岳州窑村了。这一带是高岭，叫张树岭。虽然在湘江边，但地势高，不需要围堤，也不担心水淹。下面都是黄泥土，以前烧瓦的泥巴都在这里挖。

谈起岳州窑的话题，周正良变得兴奋起来。他说，他们这里有两处古窑址，一处是白骨塔，一处是窑滑里。白骨塔原来是窑岭，后来不烧窑了，渐渐成了坟山，再后来白骨塔没有了，坟山也受到了破坏。窑滑里在江边，东、北靠着湘江，西、南与农田相连。这个窑址不大，但是当时保存最完好的一个窑址，还可以看到以前的砖墙痕迹。这里流传"谁能开得窑头山，金银财宝用箩担"的顺口溜，村里老人说，原来日本人来过窑头山，挖了些陶片装上跑了。

周正良说，村上一直流传着三个故事。

第一个故事：窑头山原来有个金鸡窝，早起到江边背纤的男子经常能看到金鸡，但没有谁能抓住。一天早上，一个纤夫抓住了一只金鸡，但被金鸡反咬一口，咬得手鲜血直流。

第二个故事：窑头山窑滑里原来烧制蒸钵，不管哪家办红白喜事，都要用蒸钵。只要香烛一点，鞭炮一放，蒸钵就自动来了。

第三个故事：窑头山一直流传着窑神的故事。一天，周正良的叔叔来到窑滑里附近打鱼，突然看到窑神，并且窑神越变越高。情急之下，他叔叔一网撒下去，窑神就不见了。

这些故事与其说是民间传说，毋宁说是岳州窑的佐证。

对于岳州窑，周正良满脑子的记忆。

小时候，他经常在窑头山上放牛，到处是山，牛还可以满世界地跑。那时不仅能看到成形的窑址，还随手就可以捡到陶瓷残片。即使是现在，每当江水退去时，在河滩上也能找到一些古瓷片。但后来，为了发展经济，在这一带办过化工厂、船舶厂等，窑头山遭受严重破坏。

七

岳州窑的记忆，在周正良的脑海中，变得越来越远，越来越模糊。对于吴铭生和何国维当年来窑头村调查的情况，他只是从村里老人口中听说过只言片语。

我必须找到当年吴铭生和何国维实地调查岳州窑后撰写的调查报告。在湖南省文物局、长沙市文物局、望城区文物局、湘阴县文物局，打听过不少专家，但他们谁也无法还原当时的情景。为了找到当时的文献，我跑到省图书馆翻阅了 20 世纪 50 年代初所有的文物杂志与书籍，终于在 1953 年第 9 期《文物参考资料》中找到了《岳州窑遗址调查报告》。杂志已经发黄，但字迹依然清晰。

吴铭生和何国维先是乘小火轮来到铁角嘴，然后他们沿着湘江西岸继续往北行走。大约五里后，他们到达窑头山吴家祠堂，在吴家祠堂约百米处，发现了古窑遗址。经勘查并访问当地乡政府干部及老百姓，他们又得到一些新线索。于是，他们又改由沿湘江西岸南行，继而发现了白骨塔和窑滑里两处古窑遗址。

他们把从长沙带来的瓷器残片与这里的瓷器残片进行了认真对

比研究，惊喜地证实，长沙近郊出土的豆绿色半瓷质器物与窑头山遗址发现的瓷片完全吻合，并初步明确窑头山就是岳州窑遗址。

两位年轻人便在窑头山扎扎实实干了三天。拍照，绘图，走访记录，他们用汗水为岳州窑准确地找到了故乡。

随后，他们又分别到了铁角嘴下游的乌龙嘴和上游的铜官进行调查，但收获不大。

不过，这并不影响他们这次调查的完美。从《岳州窑遗址调查报告》中，我们能感受到他们的欣喜：

去年在长沙市郊黄泥坑清理的"王清墓"内，有唐文宗太和六年的墓铭，其中葬的半瓷质器物，与这次窑头山所发现的碎片完全相同，似可证明窑头山的碎片，系属唐代遗物，而窑头山的遗址，也为唐代遗址。

湘阴是南朝刘宋时划分罗县一部而设置的县。隋开皇初湘阴并入岳阳县，不久又改岳阳为湘阴。唐武德初改天下诸郡为州，湘阴隶于岳州，八年并罗县入湘阴，是湘阴南境窑头山一带，未变更隶属关系，实为唐岳州属地，就是陆羽《茶经》所称的"岳州窑"所在地。《古瓷考异》谓唐岳州窑器有白、赤、青三色，依这次所得标本以米黄、红棕、定（靛）青三色为主，虽然各有深浅的不同，而其中除白色与米黄色略有出入外，其余都和《古瓷考异》所说相同。

⋯⋯⋯⋯⋯

这次调查的收获，第一是唐岳州窑遗址，经这次调查后已初步得到了比较可靠的线索，发现了古窑的一部分遗址。第二，初步证实了长沙近郊唐墓出土的半瓷质器物为唐岳州窑系古窑的出品。以上二点在提供研究中国陶瓷史的资料上是有一定的意义的。

如果说凡事因为遗憾才算完美，那他们这次调查最遗憾的当属没有为那两块带彩的青釉瓷器找到故乡，甚至是迷茫的。

《岳州窑遗址调查报告》也记录了他们的迷茫：

> 在铁罐咀（即铁角嘴）上游之铜官，现在只烧黄色、绿色，及红棕色之厚胎缸、钵等器物。据当地老年人说，从来没有听说其他地方有古代窑址的传说或遗迹。

作为长沙彩瓷故乡的人，我有种莫名的伤感。我不抽烟，也不喝酒，只有猛喝两口浓茶。

我突然想到乡愁。

乡愁是一棵没有年轮的树，在每个人的心里扎根，融入血脉，永不老去。这些年，随着社会的飞速发展，随着中国城镇化不断加速，很多生活在当下社会的人都在说：望不断的乡愁，回不去的故乡。

岂止生活在当下的人有乡愁，我们的先辈也有乡愁，他们将乡愁寄托在了彩瓷等事物上，他们留下的历史与印痕，就是不想失去故乡。

长沙彩瓷就是生动鲜活的例子！

走进它，就走进了先辈的灵魂家园。

来自

湖南的 消息

一

思绪还要回到北京。

还是故宫博物院那间简朴的办公室，还是那盏灯下，还是夏天，只是时间向后推移了整三年。中国考古界深深铭记着这个年份：公元 1957 年。

陈万里正认真阅读着一份报告。

这份报告来自湖南。报告中提到：1956 年湖南省文管会对全省进行文物普查时，在距长沙五十余里的铜官镇一个叫瓦渣坪的地方，发现了大量带彩瓷标本，并初步知道了它们的烧制地点。报告认为这是陆羽《茶经》里记载的岳州窑的一个窑系。

与报告一同而来的还有一些瓷片。看着青瓷片中夹杂的几块彩瓷片，陈万里双手一摊，身体向椅背上一靠，脸上露出一丝甜蜜的微笑。

无疑，这是陈万里这些天难得一见的笑容。

1956年，国务院发出文物普查的通知，并接着召开了全国第一次考古工作会议。随后，各地采取灵活措施，开展文物普查工作，并一直持续到1959年。虽然第一次全国文物普查取得了较大成果，产生了积极的影响，但由于各种历史条件的限制，也存在一些不足。比如普查规模小，不规范，没有留下统计数据。

但湖南的文物普查令陈万里非常满意，不仅速度快，文物普查不到一年，就上交了报告，而且还解开了他多年的一个心结。

二

第二天早上，陈万里就带着冯先铭、李辉柄等几个从事陶瓷研究的年轻人来到文华殿内的陶瓷馆。

这是六七年前新建的一个馆。

新中国刚一成立，著名收藏家，当时主持全国文物工作的郑振铎便提议在故宫建一座陶瓷馆，并捐出自己收藏的两千余件古陶瓷。陶瓷馆建立后，在中央政府的支持下，故宫又从全国各地收购和"调拨"了不少出土或传世的古陶瓷。南京、上海多见的六朝青瓷，洛阳、西安出土的唐三彩和白瓷，以及过去不被看重的磁州窑瓷器等等，纷纷被"请"进昔日的皇宫。加之海内外收藏家的不断捐赠，几年之后，故宫的古陶瓷收藏已是"官民并集"，蔚为大观了。从红陶、灰陶、彩陶、黑陶、白陶到原始瓷、青瓷、黑瓷、白瓷，以及五光十色的颜色釉瓷和色彩缤纷的釉下彩、釉上彩瓷器等，展现出中国陶瓷 1000 多年绵延不断的发展历程。

陈万里他们欣喜地走到几件曾被他们认定为唐三彩的带彩瓷器前。

<h1 style="text-align:center">三</h1>

陈万里、冯先铭、李辉柄等人，都不约而同将目光转移到了长江以南的湖南。要去湖南，必须去，迫不及待。

趁他们还没来湖南，我必须先介绍一下陈万里的两位得力助手。

先介绍冯先铭。

1921 年出生于北京的冯先铭，祖籍湖北武汉。高高瘦瘦，性格内向，但做事踏实。早年就读于辅仁大学西语系，受其父冯承钧（著名历史学家、翻译家）的影响，对历史有浓厚的兴趣。1947 年进入北京故宫博物院工作，1956 年以后专门从事陶瓷艺术的研究。

选择研究陶瓷，也是冯先铭一个纠结的选择。

当时故宫正清理院藏物品，请来一些精于鉴别的古董商和前清遗老，冯先铭随他们一起工作，耳濡目染，学到不少东西，特别是在古陶瓷方面，由于早就喜欢，更是多有所获。不过，研治古物在过去算是"冷门""小道"，要选择古陶瓷作为自己终生治学的对象，对喝了一肚子洋墨水、曾发愿秉承父志而从事汉学传译的冯先铭来说，内心是非常纠结的。

然而此时，丰富而又源远流长的陶瓷世界，让冯先铭思想有了波动。他权衡再三，终于不再犹豫，决意走"冷门"，在古陶瓷研究上一展身手。

作为我国古陶瓷研究的重要奠基者和组织者之一，冯先铭最得意的大作，便是1982年问世的《中国陶瓷史》。可以说，这是一项功彪史册的浩大工程。作为牵头人，冯先铭为此做了大量筹划组织工作，并独自或与人合作撰写了其中分量较重的两个篇章。

后来，冯先铭在1992年底的一次访谈中感慨道：

> 编写一本内容详确的陶瓷史，是我们这代人的夙愿。过去人们对古陶瓷多满足于赏玩，好古而不知古，仅有的几本陶瓷著述也几乎都是古董鉴赏家之言，其中疏漏和问题自然不少。这与我们这个"瓷国"的身份地位是很不相称的。为改变这一状况，自1954年起，在老一辈古陶瓷学者陈万里的带领下，我们故宫就开始了古窑址调查工作。四十年来，已调查了大半个中国两百多个市、县的数百处古窑址，解决了不少问题。后来考古、科技和工艺美术等方面的专家学者也关注到古陶瓷，特别是中国硅酸盐学会的同志尤为热心，他们借助科技手段对古陶瓷制作工艺展开研究，也取得很大进展。这样，一部寄托两代古陶瓷学人梦想并汇聚多个学科成果的大书才得以面世。该书在海外也引起关注，日本的东洋陶瓷学会随即组织翻译出版，为表彰中国同行的工作，去年他们还向我授予了"小山富士夫纪念奖"。

四

再介绍李辉柄。

1950年下半年，十七岁的李辉柄，离开故乡湖北沙市（现属荆州），踏上了他的军旅生涯。

李辉柄祖籍湖南省常德市临澧县。当年爷爷去世后，奶奶带着父亲三姊妹来到沙市，并改嫁到这里。由于家里穷，老实的父亲没上过学，大字不识，十二岁就当学徒，学木匠。

李辉柄生在沙市，长在沙市，但他的童年并不幸福。他兄弟三个，一个哥哥，一个弟弟。弟弟不到两岁就夭折了，紧接着妈妈去世，当时他不到四岁，连妈妈长什么样都没记住。

1950年10月抗美援朝战争爆发，"雄赳赳，气昂昂，跨过鸭绿江，保和平，为祖国，就是保家乡……"《志愿军战歌》很快就唱进了校园，当兵入伍是年轻人的荣耀。

12月1日，各报登出了中央军委与政务院的通知，号召全国青年学生参加军事干部学校。号召见报后不久，沙市就举行了动员青年参军大会。会上，《志愿军战歌》《共青团员之歌》歌声阵阵，群情激昂。有军人上台声讨侵略，有学生上台宣誓参军，会议开得异常热烈，当场就有很多人报名参军。

当时正上初二的李辉柄就是其中的一位。回到家，他先把自己报名参军的消息告诉了父亲，父亲斩钉截铁地说："那不行，你必须在家当学徒，学什么都可以，就是不能离开家。"他又把这个消息告诉奶奶，想得到她的支持，没想到奶奶的反对更加坚决。但李辉柄是铁了心要参军，便动之以情，晓之以理，最终把父亲和奶奶说得泪眼婆娑。

李辉柄他们最先来到武汉，因为他们在当时算是"知识分子"，便被分配到南京军事学院学习。他当兵是奔着抗美援朝去的，本以为在南京学习两年后就可以上战场了，但没想到命运跟他开了个玩笑，也让他的理想和目标发生了急速转弯。

1952年正值"三反""五反"运动，故宫博物院出现了盗宝现象。于是，故宫博物院向中央军委提出申请，要求有军人进行保卫。

中央军委一个电话打给刘伯承院长，说要调半个连的兵力保卫故宫。刘伯承毫不含糊，马上就调了40多人赶往北京。

这其中就包括李辉柄。他没多想，以为就是出个临时公差，要不了多久就会回到军事学院，再上朝鲜战场。然而，当1952年底"三反""五反"运动结束后，他们并没有如愿回到军事学院，而是因为国家的需要、工作的需要，他们脱下军装，按排级待遇就地转业，作为"新鲜血液"，注入故宫博物院。

刚听到这个消息，李辉柄和几个战友躲在墙根处哭了好几天鼻子。他们不愿意转业，还想着上朝鲜战场；他们不愿意在故宫工作，一是对故宫不了解，二是他们觉得这是一个"大庙"。但军令如山，他们不得不接受现实。

望城 来客

一

必须找到见证者。

陈万里、冯先铭等老先生均已作古，李辉柄老先生呢？来北京之前，我就打听到，他还健在，但已是耄耋之年，具体情况如何，不得而知。在故宫博物院办公室当副主任的一位湖南同乡告诉我好消息，李老虽已耄耋之年，但身体状况还不错，依然潜心研究陶瓷，偶尔还会出门参加一些与此相关的活动。我内心一阵惊喜，就像打听到失散多年的亲人的下落一样兴奋。

拜谒故宫的第二天下午，我很忐忑地给李老发了一条短信息，介绍了我的基本情况，来北京的目的，并且特别说明我来自长沙铜官窑瓷器的故乡——望城。之所以强调我的望城身份，是因为我的不自信，李老是著名的古陶瓷研究专家、故宫博物院研究馆员、故宫博物院学术委员会委员，我担心他对我这个外地来的陌生人不理睬。也可以说，是我低看了他，担心他高高在上，不接地气。

我愈发肯定自己的担心了，李老一直没有回信息，到傍晚还没回，到深夜还没回，第二天依然没回。我也想过，是不是发错电话号码了，于是又一个数字一个数字地核对，没错，就是这个号码。我在故宫东华门附近的一家小宾馆坐立不安。因为一段历史，因为一种情结，还因为对李老他们这样的陶瓷专家的敬仰与感激。

不能再等了，必须直接打电话。这天下午两点半左右，我拨打李老的手机。一直响铃，没人接听。就在我开始担心与胡思乱想之时，响铃断了，电话那边，传来缓慢而又轻柔温和的声音。我预感到，接电话的就是他老人家。他问："哪位？"其实我已经很有礼貌地问候过他了，并简要地做过自我介绍了，但他好像什么也没听见。我说："我来自望城，专程来拜访您的。"他又问："哪里来的？"我说："望城来的。"他有点惊讶地说："你是望城人啊。望城是个有底蕴的地方，望城人很朴实，也很热情。"我说："是的，是的，我是望城的一位作家，正在写一本关于长沙铜官窑的纪实作品。"我在电话这头感受到了李老对望城的深厚情感，以及接到我电话后他内心的欣喜。

李老非常和蔼，还向我解释为何没有回我的短信息。他说，自己年岁已高，加上眼睛不好，几乎不看短信息，我发的信息，他根本就没看。他的晚年有些孤独，但他更怀旧了。

我问李老，我能否现在就去拜访他。

他说，行，行，行，随时欢迎。我感受到了李老的平易近人，更感受到了作为一名望城人的骄傲与荣光。

我赶紧背上包，打个的士，直奔广渠门外大街，一个叫富力城的小区。"富力城"，我很快就记在了心里，就像李老内心深深记着"望城"一样。他已经在电话中再三嘱咐我了，富裕的富，力量的力，城市的城。一个老人重复甚至啰唆的话语，此时化成了春风和阳光。

初冬时节，阳光明媚。阳光下的富力城显得时尚年轻，环境幽雅，路面洁净。洁白的雪花还未造访这个冬天，小区里还飘荡着丝丝绿意。

是李老亲自开的门。一开门，他就伸出那宽厚而温暖的大手说，欢迎望城来的客人啊。个儿不高，但很敦实；沧桑脸庞上，是满头银发。室内设施乏善可陈，唯一的亮点，便是挂在客厅里那几幅与陶瓷和考古有关的书法和图片。

我们坐在客厅的沙发上，他再一次紧紧地握着我的手问道，你真是望城的？我回答说，是的，我真是望城的，我的家就在铜官窑古窑址的河那边。他思索了一下说，你是靖港的。我非常感动，他能精准地说出"靖港"。我说，也算是，我是新康的，以前确实属于靖港区公所。他感慨道，时间真快，一晃六十多年过去了。

他带我来到书房。书房不大，非常拥挤，甚至有些凌乱，高高的书柜摆满了各类陶瓷和考古的书籍，中间摆着一个大的书法台，既可挥毫，也可办公，但此时上面也堆满了书籍。他说，自从退休后，书房便是他的世界，他的视窗。

在他的世界，我走进了那段岁月。

二

1953 年 1 月 22 日，是腊八节。

春节即将来临，年仅 20 岁的李辉柄想家了，想奶奶，想父亲，想哥哥。刚到南京军事学院时，他写信回家报了平安；刚到故宫博物院时，他又写信回家，说自己临时公差，保卫故宫，但要不了多久就会回到军事学院，还会上朝鲜战场。现在既然已经脱了军装，转业到故宫工作，该给家里写信了，告诉家里自己的工作情况。

李辉柄给我大概讲述了当时的情景。

那天晚上，在寒冷的办公室里，他铺张稿纸，提起毛笔，写起信来：

> 我和战友上不了朝鲜战场了，我们就地转业在故宫工作。虽然我不太情愿，但没办法，我只能服从组织安排。到故宫快一年了，但我对这里并不了解，总觉得这里像一座大庙，阴森森的……现在我的工作主要是值夜、巡查、查岗，以后会安排做什么工作我还不知道，但故宫很大，里面可学的东西很多。

没多久，李辉柄他们有了新的工作安排，但还没有分到具体的工作岗位，特别是没有分到专业的岗位上。他们做的事大多是临时性的，有时做保卫工作，有时候做房屋修缮工作，有时做清洁工，有时还充当搬运工。哪里需要，就到哪里。那时故宫的工作，正从无序走向有序。

李辉柄就这样工作了三年多。看上去，这些工作是临时性的，似乎没具体系统地学什么，但这是故宫对他影响和熏陶最为重要的时期。首先，他对故宫的认识从一纸空白到姹紫嫣红，发现故宫到处都是"宝"，是一座名副其实的宝库；其次，在他心目中，故宫从一座"大庙"渐渐变成一座收藏中华几千年文化的知识宝库。他对故宫的敬畏，也从害怕"大庙"的阴森，变成了对深厚历史与文化的敬仰。

1956年春天，李辉柄他们这批年轻人被领导叫到办公室，逐一谈心。领导问李辉柄，到故宫来了多久了。他说，三年多了。领导问，有什么感悟。他说，这是一座知识的宝库，有做不完的学问。领导笑了，说，小李，你能有这番感悟，在故宫的这几年你没白待。领导又问，将来有什么打算。他说，还没有具体打算，反正领导安排我做什么我就做什么，干什么都行。领导说，那怎么行，得有打算，故宫不仅是座宝库，更是知识的海洋，你们还是孩子，未来的路还很长，必须搞点专业才行。他说，我文化不够，水平不高，怕搞不了专业。领导说，你是南京军事学院的，虽然只上了一年多，但算得上小知识分子了，必须到业务部搞业务。自己先考虑考虑，看愿意搞哪行。

经过几天思索，李辉柄决定选择陶瓷专业，并且是40多个战友中唯一选择这个专业的。他向领导给出三点理由。其一，子承父业。父亲是个木匠，算是个手工业者，虽然故宫的陶瓷以保管、陈列和研究为主，但陶瓷的制作也应属手工艺范畴。其二，水平有限。业务部除了陶瓷专业，还有青铜器、玉器、书画等专业，他当时还没有认识到中国陶瓷的博大精深，总觉得研究陶瓷比较土，书画等专业需要很深的学问，而自己水平有限，难以在这方面有所作为。其三，老师影响。来故宫的这四年，只要有空闲，他就会到陶瓷馆转转。这里汇集了各朝各代各种各样的陶瓷，琳琅满目。到陶瓷馆，他经常会碰到一个光着头的老头儿。一来二去，他们就熟了。老头儿捣鼓陶瓷，需要什么东西时，他总会及时递到老头儿手中。老头儿看小伙又爱学又机灵，非常喜欢他，有什么事儿，总喜欢带着他。

老头儿正是故宫博物院大名鼎鼎的陶瓷专家陈万里。

三

故宫外朝东侧、协和门以东的文华殿安静低调。殿内的陶瓷馆，琳琅满目，千姿百态。现在的人们，包括我在内，可能并不觉得这些色彩各异的陶瓷有多美丽，但几百年前、几千年前呢？对于它们的主人来说，这些陶器必定能为他们千篇一律的生活增添些情趣吧，必定会给他们的生活和未来带来希望吧。

一眼千年，相隔千年宛如初见；一眼千年，沉默也胜万语千言。陶瓷本来是冰冷的，但这些器皿拥有了它们的创造者给予它们的悠悠情思，也就有了生命与灵魂。

一天，陈万里带着李辉柄等学生，悄然行走在馆内，动作很轻，声音很小，生怕打破了馆内的宁静，生怕惊醒了沉睡千年的历史。

在一件褐色瓷器面前，陈万里停下了脚步。注子直口，阔颈，丰肩，腹壁斜直，平底。器物通体施青釉，釉色青中略显灰黄。令陈万里激动的是，器物上的贴花纹，不仅朴实、自然、生动，还是椰枣纹，上面还覆盖大块褐色釉。

疑惑！激动！愧疚！

面对学生，陈万里有些沉重地说，这类彩色瓷器明显是一种外销西亚的产品，以前我们把它们归属唐三彩，这是个天大的错误，甚至是个不可饶恕的罪过。后来，又归属到北方邢窑、岳阳的岳州窑，但事实上没有充足的依据，只是胡乱猜测。位于湘阴县铁角嘴的岳州窑并没有这种带彩色的瓷器。这几年，长沙郊区工地出土了不少白釉瓷，跟这件器物非常相似。长沙周边，应该有唐代烧制白釉的瓷场，只是还没有发现。

陈万里还对他的学生们说，一定要多关注湖南，多关注长沙，要尽快找到这处瓷场。

彩瓷和长沙，就这样走进了李辉柄的生命……

四

我连续两天采访李老，深刻感受着他浓浓的望城情结。

提炼一下，大概体现在四个方面：

其一是对铜官窑心存愧疚。很长时间没有为长沙彩瓷找到自己的故乡，让它们到处流浪，灵魂没有归宿。他觉得自己作为一名古陶瓷研究者，是心存愧疚的，即便当时他还只是一个刚入行的毛头小子。

其二是对望城这片土地的敬畏。虽然长沙铜官窑晚于越窑和定窑，甚至一直淹没在历史的尘埃之中，但最终，历史还是掩盖不了它的光芒。这个窑口出土的瓷器极富艺术创造性，不仅种类繁多，而且造型别致美观，样式新颖多变。有釉下彩、模印粘花、刻花、印花和镂空等装饰技法，其中以釉下彩最具特色。瓷器的绘画丰富多彩，以花草树木、飞禽走兽、山水人物为主，如花间小鸟、双凤朝阳、芦鸭戏水等。它们有的用单线勾勒，有的用彩色渲染，有的用笔泼墨，虽然构图简单，但技巧娴熟，意境精深，充满了生命的活力。瓷器纹饰除花草、树木、鸟兽、鱼虫、人物、园林景观外，还有不少是诗文书法，这在当时是罕见的，可以说开创了以诗文书法来装饰瓷器的先河。这些，都是望城先辈的智慧结晶。虽然望城本地出土的瓷器，还不如外国出土的多和好，如椰枣纹，或是高鼻子络腮胡的异域大汉"贴花",但却足以让望城自豪,因为这里是智慧和文明的发源地。什么是海上丝绸之路?长沙彩瓷就是最好的物证,它们让这条历史之路,这条辉煌之路,依然找得到,并且看得见,摸得着。

其三是对望城这片土地的牵挂。自从他的老师陈万里告诉他,在长沙周边可能有瓷场后,望城就在冥冥之中走进了他的心灵,即便那时他和他的老师对望城这片土地还有些陌生。特别是1957年夏天到铜官窑调查后,他更是与这个窑口的命运紧密相连。以后的岁月,只要来到湖南,他必定要想方设法看看铜官窑;且不论走到哪里,哪怕去马来西亚、新加坡等东南亚国家,他总要探寻长沙彩瓷的足迹和气息。

其四是为望城这些年来的努力而感到欣慰。一见到李老,我就一个劲地介绍铜官窑这些年来的巨大变化,不仅保护了窑址周边地区,还在彩陶源村建了个长沙铜官窑博物馆。这个馆藏有1200多年前长沙铜官窑陶瓷6200件,其中有1200件完整精品器,特别是有162件(套)是从海外征集归国的"黑石号"沉船打捞出水的文物。听到这个消息时,李老眼眶都湿润了。他一个劲地喃喃自语,那好啊,回家了!我一直关注铜官窑的发展,人们对长沙彩瓷的认识越来越客观和深刻了,望城政府也做了很大的努力,这是好事。

在书房里我感受到,李老对于像长沙彩瓷这样的古陶瓷,其足迹,其胸襟,像陶瓷海洋一样浩瀚无边。治学严谨、知行合一的他,自从20世纪50年代始,跟随老师陈万里研习古陶瓷,实地调查全国重要的古陶瓷遗址,足迹遍及大江南北。同时,对清宫旧藏的官窑瓷器进行过深入研究,先后发表过调查报告和专题考证、论述等方面的文章百余篇。他还参与撰写了《中国陶瓷史》中的有关章节,主编《故宫博物院藏文物珍品大系》中的《晋唐瓷器》与《两宋瓷器》两卷，编辑出版了《陈万里陶瓷考古文集》，出版专著有《宋代官窑瓷器》《中国瓷器鉴定基础》《青花瓷器鉴定》等，在中国古陶瓷研究领域具有重要的学术地位。

从陶瓷海洋走出，与李老握手道别时，他主动提出送一幅他自己写的书法——"浩然之气"。他说，别无他意，望城来客，赠之书法，寄托相思。

拿着四平尺的横幅书法，我感到沉甸甸的。这是一个老人对一片土地的深厚情感，对一段历史的崇高敬意。

回宾馆的路上，我抑制不住内心的激动，将这一情景告诉了望城区人大常委会副主任邓建华。他还是一位优秀的作家，也是我文学的启蒙老师，以前当过文化局局长，为望城的文化发展，特别是为铜官窑的保护与开发做出了巨大贡献。

他发来微信说：

> 李老他们太不易！曾经用脚步丈量中国土地，站在历史第一现场，与土地贴得如此之近。因为酷爱陶瓷，便把望城融入血脉。人啊，我们的初衷不在于互相恭维，而在于真实感受到自己对一段历史的补白。你找到李老，我感觉他一定会感谢上苍，让他在有生之年，等来了他该等的人。

看着这条信息，我心头有些酸楚，但更多的是欣慰。

跟着李辉柄他们的步伐，我走向60多年前的望城。

陶都　泪

一

　　1957 年 7 月 3 日，南方正值梅雨季节，陈万里带着冯先铭和李辉柄踏上了前往湖南的旅途。他们有些迫不及待，走得匆忙，带的行李除了换洗的衣服和必备的生活用品，就是两个用来装标本的布口袋。

　　他们先从京汉铁路坐火车到达武汉，在武汉稍作停顿后，再从粤汉铁路坐火车前往长沙。就在他们一路南行之时，湖南方面也在为北京专家前往铜官镇瓦渣坪调查积极准备着。省文管会高度重视，当时主持全盘工作的副主任陈浴新交代蔡季襄，一定要陪同北京来的专家搞好调查。陈浴新还安排文物清理工作队队长戴亚东，提前与望城方面沟通，规划调查路线。去年，就是戴亚东他们在望城铜官镇的瓦渣坪发现了古窑址，只是他们认为，这可能是陆羽《茶经》里记载的岳州窑的一个窑系。

7月6日，当陈万里一行三人来到长沙时，阴雨正笼罩着这座古城。陈万里与蔡季襄早有交集，老朋友见面，分外亲切。当天晚上，蔡季襄为陈万里一行接风。热爱考古和收藏的老朋友，有聊不完的话儿，但他们聊得最多的还是陶瓷，还是新发现的瓦渣坪古窑址。

第二天早上，陈万里一行在戴亚东的带领下，前往瓦渣坪古窑址。瓦渣坪位于望城县铜官镇古城大队（现彩陶源村），是当地的俗称，因四处都是破碎瓷片而得名，它包括都司坡、挖泥塅、蓝家坡、廖家屋场、胡家垅、长坡垅等地。它南临石渚湖，西靠湘江，北抵觉华山，东搂古城山。

他们首先从长沙码头乘轮船到望城码头，再从望城码头乘小船过湘江，上岸后，再步行三四里到达瓦渣坪。李辉柄年纪最小，当时还只二十出头，他眼里有活，总是跟着陈万里鞍前马后。于是后来在很长时间里，望城人一直以为李辉柄只是服侍陈万里的一个马夫，而忽略了他陶瓷专家的身份。

雨中的行程并不顺利，即便他们穿着雨衣，打着雨伞，但身上还是被淋湿。雨季的湘江水流湍急，还有漩涡，而他们坐在小船上过江，小船随着大浪颠簸。我完全能够想象到，他们的瓦渣坪之旅该有多么惊心动魄。

陶瓷让他们平静了下来。一路上，戴亚东兴致颇高，滔滔地讲述着去年在瓦渣坪的所见所闻，以及对彩瓷的由衷惊讶与赞叹。陈万里很感兴趣，听得津津有味，还不时问些问题。

但陈万里脑海中，不仅闪现着那只褐彩背水壶，那只带翠绿色斑点的白釉大碗，以及故宫里的彩瓷，还想到了东亚、南亚、中亚、北非，太平洋、印度洋，东海、南海、阿拉伯海、红海。

他大脑里是陶瓷的海洋。

二

于瓦渣坪而言，这是一个极其平常的下午。

女人们要么在喂猪、喂狗、喂鸡，要么就在菜园里松土种菜。喂狗、喂鸡的容器，全是瓷器，形状各异。靠山吃山，靠水吃水，瓦渣坪瓷片多，家家户户喂养牲畜家禽的容器，都是从自家田地里挖出的瓷器。男人们要么在山上忙碌，要么在稻田里耕耘。早稻即将成熟，田地里已经一片金黄。男人们的锄头底下，总会在不经意间冒出一块瓷片来，他们随手往屋檐下一丢。孩子们完全适应了地下的瓷片，他们光着脚丫子，四处跑着。上山放牛、砍柴的孩子捡起瓷片玩起拼图，搭起积木来。在稻田里忙碌的孩子则来到水塘边，用瓷片打起水漂来——瓷片有微微的弧形，擦着水面飞行。

见到此情景，陈万里他们既激动又辛酸。望城方面问是否先到古城大队大队长那里了解了解情况。陈万里手一摆说，不用了。在他看来，现在这段历史的尘土，已经拨开。他们站在了历史的厚土上，可以与之亲密地交流。

他们首先来到蓝家坡。看着四处是绿彩白瓷和绿釉破片，陈万里脸色凝重。他弯下腰，捡起一块绿釉瓷杯口沿残片，看着润泽的釉色，轻轻抚摸起来。

由蓝家坡东行约半里，便是廖家屋场。屋场后有一大窑堡，几乎全部由残破窑具及青黄釉绘褐彩的碗碟残片堆成。

这里住了不少村民，几个小孩跑过来看热闹，但有些羞涩。陈

唐长沙铜官窑白釉绿彩写意纹壶（林安供图）

唐长沙铜官窑青釉褐斑褐红彩云气纹碗

（长沙铜官窑遗址管理处供图）

万里微笑着问他们，小朋友，家里有没有从土里挖出来的瓷器。小孩纷纷往后面躲，露出腼腆的微笑。陪同调查的人说，拿一些过来看看。一个小孩站出来说，我回去拿些过来。说完，小孩兔子似的往家里跑去。

很快，一阵咣当咣当刺耳的碰撞声传来。

陈万里他们循声望去，那个小孩正高兴地用绳子拉着一串瓷器跑过来。小孩用草绳穿过瓷壶"耳朵"，将十来只瓷壶串在一起，拖着在地上跑。

面对小孩的"疯狂"行为，陈万里他们赶紧上前制止。陈万里说，孩子，这是文物，不能在地上拖着走。小孩哪懂陈万里的心思，只知道傻傻地笑着。

陈万里蹲下身子，仔细打量着破损的白地绿彩、青釉绿彩、青釉褐绿彩壶。他越看，脸色愈加沉重。陈万里问小孩，能不能拿两个。小孩迅速从绳子上取出两个，送给陈万里。陈万里又问，给多少钱呢。小孩说，要什么钱，我们这里到处都是。

但小孩一直盯着陈万里他们抽烟，机灵的李辉柄看出了小孩的心思，他立即掏出烟来，给小孩递上一根。小孩高兴得不得了。

看着这个小孩用瓷器换来了一根烟，其他小孩也飞速地往家里跑去。没过多久，他们各自咣当咣当拖来一串瓷器，只为换上一根烟。

陈万里再也抑制不住内心的悲伤，泪水滴落下来，打在了沉睡千年的瓷片上。

带着一种沉重，他们随后又来到都司坡、长坡垅、觉华山等地。

特别是在都司坡，这里同样遍地瓷片，青黄釉、黄釉绘绿褐彩以及白釉绘绿彩的都有。黄釉瓷片，瓷胎灰白色；白釉瓷片，瓷胎白中微泛。一只花形大碗，虽然残缺，但造型及釉色、花纹都非常精美。

在这里，一位老人告诉陈万里他们，瓦渣坪有个传说，唐朝的时候就有人在这里烧制陶瓷器，后来因为战争，也没有了料土，才迁到别处。至于是什么时候停止烧造的，已经无人知晓。老人还抱怨说，他们这里一到涨水季节，堤外涨水堤内也跟着涨。为什么？大堤下面全是瓷片，无法填实，涨洪水的时候，大堤内就直冒水。田里全是瓷片，不好种，有的就荒了。荒田里长满草，村民就割了去喂猪。有的干脆直接把猪圈建在荒地上，猪拱出来的也是瓷片。

听着老人的讲述，想到那只带翠绿色斑点的白釉大碗，以及撒哈拉沙漠上传说的褐彩背水壶，陈万里激动不已。随后他对戴亚东他们说，可以肯定，瓦渣坪窑址是唐朝的窑口，也是目前发现的历史上第一个彩瓷窑，之前有些归类到唐三彩和岳州窑等其他窑口的彩瓷，瓦渣坪才是它们的故乡。他还感慨地说，一千年前在一种瓷器上就能烧出三种不同色泽的花纹，真是了不起！特别是褐绿彩，都是釉下彩，尤其难得，这简直是世界陶瓷史的一个奇迹。

离开瓦渣坪时，陈万里他们的两个布口袋装得满满的。彩瓷太多，而他们只需用来做标本，于是他们只收集了那些保存好，褐绿彩的，带回北京。

陈万里还一再嘱咐戴亚东他们：这个窑址价值很大，有世界意义，一定要好好保护！

回京的路上，陈万里的心情既激动又沉重。

三

陈万里年岁较高，身体欠安，李辉柄虽有干劲，但刚入行当，经验不足，于是对铜官窑进一步调查研究的重任，便落在了冯先铭的肩上。

冯先铭对带回的标本，以及原来故宫收藏的长沙彩瓷标本，进行仔细研究。随着研究的深入，陈万里的判断不断得到肯定。冯先铭决定以文字的方式，让铜官窑公之于众，宣布长沙彩瓷的故乡。为了万无一失，他于1959年冬又到瓦渣坪复查，再次确认：瓦渣坪窑址是唐朝时期的一个彩瓷窑。

1960年第三期《文物》杂志发表了冯先铭的《从两次调查长沙铜官窑所得到的几点收获》，这是长沙彩瓷封存上千年之后，第一次面向世人。这不只是一篇文章，更是长沙彩瓷回家后喜悦的泪水。60多年过去了，这十四页的文章，读来依然令人激动与兴奋，骄傲与自豪。

冯先铭在文中写道：

> 铜官窑瓦渣坪烧制的瓷器，它所采用的装饰方法超出了当时一般规律，突破了传统的单色釉，烧成了青釉带褐绿彩的瓷器，在一件瓷器上面出现三种色彩。一千年以前能够用三种不同金属烧出三种不同色泽的花纹，这一成就应当给以极高的评价。

冯先铭的这个报告除了确认了长沙彩瓷的故乡，它的历史地位，详尽描述了釉下彩的风格、特点，还特别说到它走出国门、走向海外的历程：

> 中国瓷器唐代时传到国外的很多，多年来在印度、埃及、伊朗和日本等国的古城废墟和寺院里都发现有越窑、邢窑和三彩陶

器的碎片和完整器物。这一方面说明了唐代海上交通的发展，文化经济上的交流情况，也说明这些陶瓷器在当时是深受欢迎的，这也可以从文献上得到印证。

于是，许多漂泊的灵魂找到了故乡：

二十多年前朝鲜龙媒岛的古遗址里出土了一件青釉褐斑贴花人物壶，壶肩部两面有双系，一面有八方形短流，与流相对的一面有一柄，两系及流下各贴一人物，上各有一褐彩圆斑。这种壶以往长沙唐墓中时有出土，解放后治淮工程中在安徽省寿县、亳县也各出土一件。这种壶因寿县出土过，曾怀疑它是寿州窑，现在知道它也是铜官窑的出品。朝鲜出土的还有类似者两件，一件比龙媒岛出土的稍大，造型釉色都大同小异，柄下有褐彩书"卞家小口天下有名"八字。另一件基本上与前两壶相同，人物上没有褐斑，柄下有"郑家小口天下第一"八字。这种贴花人物壶，人的形象大致相同，都是作乐舞的胡俑，身着短服，帽有飘带，或吹笛，或奏乐，或做舞姿，足下都踏有圆垫。从风格上看，吸收了外来因素。贴花人物多固定在流及两系的下面，有三面都贴人物的，有一面贴人物两面贴坐狮的，也有两面贴人物一面贴双鸟纹的。铜官窑贴花壶有不带褐斑的，有贴花双鱼纹的，很别致。从三件壶上的字看，知道"卞家""郑家"和"张家"是铜官窑中有名的作坊，因为瓷器烧得很美，就写上了带有宣传性的"天下有名"和"天下第一"了。

冯先铭还认为，铜官窑的瓷器不仅传到了国外，国内其他地方

瓷窑也吸收了它的优点:

> 四川邛崃窑就是其中典型的一个。两个窑所烧瓷器基本上差
> 不多,青釉褐斑、绿斑的风格一样,在轮旋方法上也相同,这些
> 特点绝不是偶然的巧合。一个时期里的产品是有其共同点的,但
> 又各有其地域性的特点,特别在轮旋和支烧方法上绝少有完全相
> 同的,而这两个窑的巧合说明它们之间的关系是比较密切的。邛
> 窑瓷器中仿上林湖越窑式样花纹的很多,还有印花鹦鹉纹小盒和
> 海棠式杯等等。善于学习的邛窑匠师对铜官窑器从成形轮旋以至
> 施釉全部工序的尽量模仿,使得两窑产品在风格上区别很小。

虽然长沙彩瓷找到了故乡,但陈万里、冯先铭、李辉柄却高兴
不起来。他们知道,关于铜官窑的研究与开掘,才刚刚拉开序幕。
要让其面目客观、真实地呈现出来,不是件容易的事儿。

四

对于长沙铜官窑来说,陈万里、冯先铭、李辉柄他们不是过客,
而是归人。他们倾其一生研究陶瓷,牵挂着这个没有亲情,也毫无
血缘的古代瓷窑。

新中国成立后,陈万里不辞辛劳地走遍了我国南北各地,调查
了许多窑址,发表了一些调查报告与重要论文。《中国青瓷史略》是
他继《瓷器与浙江》之后,根据考古新发现对越窑与龙泉窑青瓷进
行研究的重要成果。20世纪60年代初他又对北方瓷窑最为集中的
河南、河北两省进行了调查,发表了《调查平原、河北两省古代窑

址报告》与《邢越二窑及定窑》《谈当阳峪窑》《禹州之行》等文章。其中《建国以来对于古代窑址的调查》一文则是他对 20 世纪 50 年代 10 年间陶瓷考古的一个基本总结。

陈万里不仅是中国新瓷学研究的开拓者，而且也是培育中国新一代瓷器研究人才的一代宗师。新中国成立后，甚至改革开放后，我国在陶瓷考古与科研方面所取得的丰硕成果应该说与他是分不开的。

令人遗憾的是，就是这么一位瓷学巨擘，却在 1969 年死在了牛棚里。李辉柄曾告诉我，晚年的陈万里身体不好，加之年岁已高，他的生活非常凄惨。他称陈万里为恩师，说恩师对他特别好，就像父亲对儿子一样。

这一幕，成了李辉柄多年来作为晚辈和学生的一个心结。于是在恩师去世 28 年后，他发起组织为恩师整理编辑出版了《陈万里陶瓷考古文集》。他觉得，这是对恩师最好的回报与怀念。

这本书的封面，是以绿釉为底色，明丽而雅致，黄釉瓷壶浮在绿釉之上，徜徉在悠悠历史的长河中。这个封面告诉我们，陈万里是陶瓷世界不可分割的一部分。

遗憾的是，2020 年 9 月 20 日凌晨，同样与陶瓷融为一体的李辉柄也永远沉睡在了浩瀚的陶瓷世界。

而以谦和的人品、渊博的学识被国内外人士誉为"中国古陶瓷研究第一知名学者""中国陶瓷泰斗"的冯先铭，同样怀着对陶瓷的无限眷念，于 1993 年离开人世。

令人欣慰的是，冯先铭的女儿冯小琦继承了父亲的衣钵。她不断钻研，不仅整理、发表了冯先铭留下来的大量学术著作，让它们得以公之于世，例如《瓷器鉴定的五大要领》《冯先铭陶瓷研究与鉴定》等，同时她也做了更深入、细致的研究，出版了大量自己的论著，如《宋代瓷器》（上、下卷）、《中国古代窑址标本》（河北、河南卷）和《中国古陶瓷图典》（窑口部分）等。在故宫博物院工作的36年里，她先后在保管部陶瓷组、研究室、古器物部从事古陶瓷的保管、研究、陈列，古陶瓷窑址的调查与标本的整理工作。

于"死而复生"的长沙彩瓷而言，于博大精深的陶瓷而言，他们都是有功之人。他们让梦想变成了现实，又从现实变成了历史，变成了传说。

艰难的现实

一

我必须回到现实的彩陶源村了。

连绵的春雨，阻挡不了桥上的繁华，我在人流中艰难穿过彩陶桥。但桥下潺潺的流水声，依然那么清澈而淡定，似乎一切与它无关。就像铜官窑的彩瓷，可以意气风发地跑向海外，也可以在长达千年的时间里保持沉默。但彩瓷依然是彩瓷，它的色彩，它的品质，它的志向，依然如初。

显然，我走进了一座公园。这里处处显得古朴雅致，唐式风格建筑遍布其中，水车随着彩陶溪缓慢地转动，挺立山顶的觉华塔见证着彩陶源村的变化。

没错，彩陶源村依托"长沙窑"的文化底蕴，取得了不凡的成绩。

2010年4月被确定为"长沙市城乡一体化示范村"，2011年7月被评为"全国特色景观旅游名村"……再后来，入选了国家森林乡村，还获得全国文明村镇称号。在确定旅游为彩陶源村主业后，村民慢慢从种植转而开始搞起了经营。不少在外奋斗的村民也选择了返乡创业，从事旅游相关的工作。村里建设了村级卫生室、农家乐、家庭旅馆、旅游商品市场。

历史文化氛围浓郁的遗址公园还提供了陶艺吧，让游客可体验一把玩泥巴做陶瓷的趣味，还有专门的师傅教游客做陶器，如"长沙窑大唐陶吧""彩陶桥陶艺"等，显然成了这里一道独特的风景。

当然游客们最终的目的地是谭家坡龙窑遗迹馆。

过了彩陶桥，沿着村道一直往北，只需步行十来分钟，便看到一条小溪。从小溪处右拐，就是谭家坡龙窑遗迹馆。这里游人如织。这个龙窑遗址是迄今为止世界上保存最完整的唐代龙窑遗址，全面展示了铜官窑瓷器从和泥、拉坯、上釉到烧制的全过程。

但是不久后，为了更好地保护古窑址，从彩陶桥到谭家坡龙窑遗迹馆一带，也就是古窑核心区被整体迁移、异地安置了。

长沙彩瓷愈发显得珍贵，但它却本真如初。变化的不是彩瓷这样的物体，而是人，包括人的认识、态度、思维。

二

现实中的彩陶源村，或者说铜官古窑，似乎一切如此美好。其实不然，事情没有这么简单，还有很多辛酸的事儿被外表掩盖。

我想到了覃小惕跟我说的。

他是湖南文艺出版社的一个退休干部，退休后一直潜心研究铜官窑，还担任了长沙窑研究会副会长兼秘书长，成了湖南颇有名气的民间收藏家。

他告诉我说，虽然故宫博物院专家多次来长沙复查铜官窑，认定其打破了当时"南青北白"的陶瓷生产格局，开创了彩瓷时代，铜官窑的重要性得到进一步确认，但人们对它的认识需要一个过程，当然也跟社会发展密切相关。他打了一个比喻，就如千年前铜官窑在历史中肯定不是瞬间消失，而是经历了痛苦挣扎的过程一样，现在它浮出了历史的水面，人们要客观认识它本真的面目，肯定也不是一蹴而就的事，也需要经历一段艰辛的过程。

周世荣是他非常崇敬的老师，也是忘年之交，两人感情深厚。周老弥留之际，连老伴都不认识了，但还认识覃小惕。"你是我们长沙窑研究会的秀才啊！"周老紧紧握着他的手说。

早些年，覃小惕就写过周世荣的小传，发在《长沙窑研究》（创刊号）。其中就写到铜官窑的不易，周老的不易，考古的不易：

　　1964 年……当地在石渚湖边进行了大规模的农田水利建设，大规模地破坏长沙窑遗址，周老闻知遗址遭破坏，心急如焚，不惮"白专"的帽子，毅然带领老工人任同志前去开展抢救性发掘，走家串户收集从水利工程中出土的长沙窑瓷器，还自掏腰包购买糖果去换取小孩手中的长沙窑瓷器，并在李家园子进行试掘，从此打开了国家正式发掘长沙窑遗址的大门。

　　两三年后，受"文革"的影响，湖南的考古工作自然也停止了，只是"山人不知山雨至，犹拔芦柴晒路边"，周老那时居然还发表了几篇简报和论文，将那"白专"的帽子戴得更结实了，可惜那帽子仿佛是"华盖"，命运不济时戴着要倒霉的。很快，

1969 年，周老因此而下放到湖南省的偏远地区——零陵的瑶乡山村去了，宛如封建社会的流放刑罚一般，把家人都连累了。

"周老说到这段历史的时候，总会掉泪！"覃小惕说。

不是因为自己受苦受累，而是瓷器遭受到破坏，文物的价值一下不能被人们所接受和理解。

当然，也有收获。当年周世荣写的发掘报告《石渚长沙窑出土的陶瓷器及其有关问题的研究》提出了三点看法，或者说对铜官窑有了进一步认识，进一步明确：

第一，长沙窑有可能是从湘阴窑演变而成；

第二，该窑首先烧制青器，然后逐步烧制釉上和釉下彩等彩瓷，但以釉下彩为主要特色；

第三，长沙窑的年代，大致兴起于 8 世纪后期，盛于 9 世纪中期，而衰于 10 世纪初期。

三

波光粼粼的石渚湖，虽然有过贫穷落后的记忆，但在我看来，更多的是令人流连忘返，给人以灵感和诗意的地方。在历史上，作为湘江滩涂的它，更是一片烟波浩渺之地。

我返回彩陶桥，朝南望去，波光不再，而是一个人工打造的崭新的唐朝古镇。我想，我会很快忘记它原来的模样，更何况以后的年轻人，更不要说外地来此旅游的游客了。

想着这些，我快步迈向南岸。

南岸，即石渚湖南岸。像北岸的陶源溪一样，南岸也有一条排灌的小河，或者叫渠道更为准确。它们都是 1964 年冬当地政府在石渚湖进行围湖造田时，新开的排灌渠道。渠道不宽，但很深。北边是石渚湖，南边紧挨山包。石渚、油船嘴、老窑上……犹如渠道串起的一颗颗珍珠。然而，现实告诉我，今天的南岸与北岸相比，南岸显然黯然失色，甚至正在或者已经消失在人们的视野中。

我走在由水泥铺成，但已经四处裂缝的渠堤上。北边已经是铜官窑古镇的商品房住宅小区，是现代元素与古代元素相融合的楼房；南边呢，还是山包，还是身姿伟岸的樟树，并且弥漫着樟花清香，山坡上点缀着民居。显然，石渚湖南岸变化不大，但因为铜官窑古镇的存在，加之北岸彩陶源村的兴起，它几乎成了一个被人忽略的角落。

从紧挨渠堤的一户民居家走出一位老人。我用望城话与他交流，我们立即就亲近起来。他叫覃运坤，石渚湖村罗家园组人，82 岁了。因为他在兄弟中排行第三，大家都称他覃三爹。他们家祖辈已经在这里住了几百年了。虽然看上去，他行动不是太方便，但听说我是来了解老窑址的，他兴致一下就上来了。

"那边！"他指着湘江的方向对我说，"有个瑞景酒店，你看建得多好，有钱真能办事。"

瑞景酒店我当然知道，还在那里参加过几次活动。四星级酒店，环境幽静，西边可眺望湘江，东边铜官窑古镇的风景可尽收眼底。老人告诉我，原来的石渚老街和石渚老窑址就在瑞景酒店一带。原来那里是个山包，湘江洪水上涨的时候，淹不到，所以被先人选作窑址。后来要修铜官窑古镇，老街拆迁了，山包被推平了。

老人拉着我沿着渠堤往里走。他说，古窑不只石渚有，油船嘴、老窑上等地都有，最厉害的是老窑上。听祖上人说，这个山冲两侧的山包上共有7处窑址，这里的窑址比石渚湖对岸的窑址都要早，所以叫老窑上。老人的家就处于老地名油船嘴和老窑上之间，只是当地年轻人大多已经对这些老地名陌生了。

他把我带到他家屋后的山坡上，山坡上的土，要么长着树和草，要么被绿苔覆盖。他用手拨开一处绿苔，是窑灰，与里层的红土颜色显然不同。他告诉我，那就是被烧过的土层，沿着山坡挖上去，就是一条明显的龙窑，专家早就鉴定过，肯定是唐朝的。瓷土山上有的是，整个唐朝都没挖空。

我好奇地问他，既然有龙窑，应该有不少瓷器。他摇着头说，早就破坏了，尘归尘、土归土了。原来这里四处是瓷片，但没人要。

他说到1964年冬天。

那年冬修水利，他们不仅修了条堤，把石渚湖围了起来，还在四周修了撇洪渠。工地上一片热火朝天，大家肩挑背扛，你追我赶。当年他正年轻，有使不完的劲儿。他是修南岸撇洪渠队伍中的一员，挖土的时候，瓷片到处都是，还有破损的大陶缸片，也会挖出一些完好的碗。瓷片和着泥巴挑走了，埋到了渠堤里，保留完整的碗，他就带了回来。一个冬天下来，他家四周的窗台上全都码满了挖出来的碗。谁也没觉得它们有多重要，谁也没有在乎它们，就那样放在那里。偶尔，家人会拿几个去喂鸡喂狗。不光他家这样，石渚湖南岸和北岸家家户户都这样。

其实知道它们价值的不乏人在。第二年春天的某天晚上，覃运坤家窗台上的瓷碗被洗劫一空。不光他家，村里只要有瓷碗放在窗台或是台阶上的，都遭受同样的境遇，当然石渚湖北岸的村民家里也是如此。但他们没有大惊小怪，甚至有村民认为，偷走就偷走吧，放在家里还碍事呢。

　　我手里握着一份 2010 年的资料,这是我为此次采访做的功课。那年 3 月中旬至 7 月底,湖南省文物考古研究所协同湘潭市博物馆、南京大学历史系等单位的专业人员组建长沙铜官窑遗址考古工作队,在长沙铜官窑有序展开考古工作。考古工作队在石渚湖南北两岸周围约 2 公里范围内确查窑址 68 处,其中石渚湖北岸窑址 60 处,南岸窑址 8 处。南岸窑区窑址分布密度较北区稀疏,特别是老窑上窑址群引起专家关注。这里以烧制粗陶胎质的大型盛器为主,胎壁厚重,器型粗大,以大陶缸为主,且有以水波纹装饰大型盛器口沿下部的特点。

　　我们聊着石渚湖的前世今生,聊着聊着,覃运坤眼里泛起了泪花。显然,他的忧伤,不只包含着他对往事和乡愁的回味。

四

　　改革开放的春天到来之前,考古界就已再次迎来曙光。

　　1972 年,长沙发现了马王堆汉墓,"造反派"对此束手无策,他们只得紧急召回下放到农村的"白专"们,其中就包括下放到湘南一个乡村的周世荣。正在"面朝黄土背朝天"干着农活的周世荣,背上行李就往长沙跑。

　　回到长沙后,周世荣和他的同行们立即投入马王堆一号汉墓的工作中,震惊世界的马王堆一号汉墓就在他们的科学发掘下公之于世了。特别是在第二年的马王堆二、三号汉墓发掘中,他更是以精湛的考古功力与深厚的理论基础而担任了业务组的副组长,领导着其他专家成功发掘了马王堆汉墓,发现了大量弥足珍贵的西汉帛书和竹简。在整理帛书和竹简时，他更是展示了自己不俗的考古功底，因此而成为国家特调进京的专家，与著名古文字学家、史学家唐兰、李学勤等一起整理马王堆的西汉帛书和竹简。

人的才华总是掩盖不住。在整理帛书和竹简过程中，周世荣的绘画功底又起到了非凡的作用。于是，专家组让他为周恩来总理绘制《导引图》。周总理收到后，非常高兴，也非常惊喜，将图挂在病房墙壁上。据说，这幅图陪着周总理度过了他生命的最后时光。

1978 年，改革开放的春风吹起，铜官窑也再度迎来春风。这年 1 月和 11 月，石渚湖两次修整堤垸。

虽然依然是被动发掘，但相对于 1964 年，显然更加主动而重视，留下的遗憾也更少。特别是发掘规模更大，长沙市文物局文物组对施工范围内的窑址作了进一步调查。研究成果不仅引起了学术界的广泛讨论，还引起了国际考古界的关注。而这次发掘的领队正是著名考古学家萧湘，他不仅考古，也一直致力于铜官窑及诗句的研究，著有《唐诗的弃儿》《中华彩瓷第一窑——唐代长沙铜官窑实录》等，特别是《唐诗的弃儿》，在业界广为人知。

长沙市文物局文物组撰写的《唐代长沙铜官窑址调查》作了丰富而细致的描述，调查发现了两个窑区，即铜官镇（今铜官街道）窑区和石渚湖（即瓦渣坪）窑区。在铜官镇的蔡家水、沙湾李、誓港三处发现了唐代窑的瓷片和刻画"陈"字的匣钵，在沙湾李地采集有贴花、印花和碗类等陶瓷残片。在石渚窑区，主要调查了挖泥塅、陈家坪、枫树嘴、胡家坳、灵官嘴、蓝岸嘴、蓝家坡、灰坪、廖家坡、廖家坝、堆子山、都司坡、长坡垅、尖子山、王田坪、石渚、油船嘴等 17 个地点，除王田坪和油船嘴两处没有发现釉下彩瓷器外，其他地方几乎都采集到了釉下彩瓷标本。共发现了 13 处窑包，清理了 2 座砖窑，开了 2 条探沟，出土文物 2223 件。出土的文物，主要以实用器物为主，包括生活用具、文具、俑、玩具、钱币、窑具以及其他工具等。令人惊喜的是，在出土的文物中，题有诗文及款识的器物有 54 件，带纪年铭文的 3 件，以及各种彩绘装饰的器物，如人物纹、花草纹、飞禽纹、走兽纹、游鱼纹和祥云纹等。

窑址时间进一步得以明确：上限年代始于初唐，下限年代晚至五代。

五

虽然周世荣没有参加 1978 年铜官窑的调查与发掘，但他却深度参与了 1983 年铜官窑的发掘。

正是因为在北京工作期间展示出来的才华，让国家文物局领导认识到他的考古功力，这次国家对铜官窑进行大规模科学发掘，省市两级考古部门联合组成发掘小组时，尽管他并无一官半职，却被文物局指定为发掘负责人。

果然，周世荣不负众望，和考古界的金则恭、熊传薪、何介钧、高至喜等一大批专家学者一起，在近 10 个月里，他们发掘了 8 个地点和 7 个探方，发掘出 12 座窑炉，其中包括 1 座完整的龙窑和上万件瓷片、器物。

对于此次发掘，《长沙窑》一书中做了详细的记录。该书由李辉柄主编，周世荣、李建毛、李效伟副主编，湖南美术出版社于 2004 年 12 月出版，堪称一部集长沙窑最深、最新研究成果的大作。

在 8 个地点共发掘窑址 10 座（宋元窑 2 座除外），开大探方

3个，小探方3个，发掘面积760平方米，出土形制可考的陶瓷器7000多件，器形70种，有壶（1980件）、碗（1383件）、罐（1961件）、洗（483件）、盒（474件）、瓶（322件）、盘碟（213件）、水注（201件）、灯与烛台（188件）、盂（168件）、杯盏（166件）、器盖（109件）、盆（97件）、炉（71件）、系纽鸟（68件）、纺轮（61件）、笔捺（60件）、碾碌与碾槽（59件）、枕（48件）、盏托（36件）、三孔哨（36件）等。

为较全面地了解长沙窑各窑区不同窑炉产品的特点，进一步摸清长沙窑产品的内涵和上下年代问题，特选择7处窑炉进行试掘……

相对于1978年的被动发掘，这次发掘是主动的，不仅将窑址调查与发掘所出土的以及国内外出土的长沙窑资料作了汇总，并在此基础上进行了系统研究，就长沙窑兴起的历史背景及其年代、产品的主要特点及销售等问题做了专门探讨。无疑，这是对长沙窑研究阶段性的成果。

麻烦也紧随而来。

铜官窑的真实样貌逐渐从浩瀚的历史中显露出来，长沙彩瓷更是被越来越多的人认识、理解，甚至喜爱。当然，它的价值，包括历史价值、商业价值，也越来越高。

于是，一些利欲熏心者在金钱的刺激下，开始铤而走险。特别是窑址附近的个别村民，开始从朴实的农民，曾经对瓷器无动于衷的农民，变成贪婪的文物偷盗者。他们不光偷盗文物，还学会了鉴定，拿到长沙清水塘文物古玩市场或是更远的地方进行交易，甚至到了海外，特别是东南亚一带。如果有来自铜官窑的瓷器被盗，首先知道的一般都是华人。他们一是发声，说怎么不保护好；二是想办法收购，尽量不让瓷器流到外国人手里。当然，国内购买被盗瓷器的人士实际上变相保护了文物，因为他们大都不是以赚钱为目的，而是喜爱瓷器。

其实，现在发掘出来的长沙彩瓷，虽然完整度、色彩等会有不同程度的损失，但本质上它们还是千年之前的彩瓷。变化的是时代，是不同时代的人对它们的认识与理解。

一时间，窑址附近盗窃猖狂。古龙窑，房前屋后，菜地山林，田间地头，甚至包括河滩处，都成了偷盗者活跃的区域。特别是蓝岸嘴窑区，更是成了重灾区。

于是便有了 1999 年长沙市文物考古研究所再次发掘铜官窑。这次发掘的重点是蓝岸嘴窑区。虽然专家们是带着遗憾与担忧进行发掘的，但《长沙窑》的记载还是让我们欣喜：

此次挖掘面积 300 平方米，出土陶瓷器共 1692 件（除匣钵外），其中印模 11 件，碾磙与碾槽 71 件，壶 488 件，罐 41 件，瓶 7 件，盒 33 件，盘 26 件，碗 274 件，钵 7 件，盂 32 件，笔掭 9 件，水注 17 件，砚台 1 件，炉 11 件，枕 7 件，洗 21 件，灯 32 件，烛台 13 件，擂钵 19 件，镇纸 47 件，哨 20 件，笛 1 件。瓷器中青釉占 81%，酱釉为 10.5%，余为绿釉、白釉、蓝釉及红釉等。素面、贴花、釉下彩、题铭分别为 56%、4%、39.4%、0.6%。

再后来。2009 年，这里被国家文物局大遗址保护项目立项，确定建立铜官窑国家考古遗址公园；2010 年，为配合国家考古遗址公园建设，湖南省文物考古研究所启动新一轮勘探和发掘……

重新面世后的铜官窑虽然步履艰辛，但它的家园在一天天变好，更加生态，更加文明，更加平淡，更加朴实。或者，那才是它想要的家园。

柞　木

一

后来者居上。

相对于蓝岸嘴、蓝家坡、廖家坡、都司坡、长坡垅、石渚、油船嘴、老窑上等窑址来说，谭家坡发现相对较晚，但早期发掘的龙窑残窑较多，保存较好的少，而谭家坡一号龙窑却是迄今为止世界上保存最完整的唐朝龙窑遗址，也成了铜官窑国家考古遗址公园最大的亮点。

这是从1983年周世荣组织发掘铜官窑这一历史事件中走出来的故事。

当时周世荣他们选择了7处窑炉进行试掘，而首当其冲的便是谭家坡窑。其实谭家坡窑来得有些偶然，在此之前，一个姓蔡的老人在菜地里挖红薯时，发现这里不仅有残瓷，还发现了山坡上的古龙窑。闻讯而来的周世荣他们跑到谭家坡来察看，惊喜地发现这是一处保存较为完好的古龙窑。

参加发掘的，除了周世荣、萧湘，还有后来担任过湖南省文物局副局长，在湖南省文化厅副巡视员岗位退休的何强，以及后来担任湖南省文物考古研究所编辑出版与公众考古中心主任的张兴国等人。除了考古队的工作人员，还有当地的不少村民也参与见证了，人员最多的时候大概有六七十人。

当时一号龙窑窑址还一片荒芜，甚至还是一片红薯地，没有太多的参照物。周世荣站在这片荒芜的山坡上，指着几棵矮小的柞木说，大家记住了，窑口就在小树这里。

无意之间，这几棵矮小的柞木，便成了见证者，甚至是守候者，情感的寄托者。

当年张兴国负责文字和影像的记录工作。后来他回忆，虽然重复的工作难免会有些枯燥乏味，但谭家坡一号龙窑窑址却不断给他们一些意外的惊喜。

《长沙窑》记载：

窑址正南北向，通长 41 米，宽度 2.8 米至 3.5 米不等。根据山坡的自然坡度而起伏，可分 5 段，最陡处 23 度，最平缓处 9 度。窑顶已坍塌，结构不明。窑壁用青砖砌成，残存高 1.4 米。整个窑可分为窑头、窑床、窑尾三大部分。窑头有火门和火膛。窑床的东壁设有一个窑门，西壁有两个窑门，进入窑门后下面有二级台阶，证明原窑床外面高于窑床底部。也就是说，该窑属于半地穴式的龙窑。窑尾残存矩形烟囱，发掘时除填土中包含较多的残破匣钵和青砖外，窑室底层还出土了大量完整的、排列有序的匣钵，个体匣钵中还残留有未取出的青瓷碗和变形或生烧的直口鼓腹壶等。

而在张兴国看来，最令他欣喜与陶醉的还是彩瓷呈现给人的艺术质感与历史厚度。

比如穿孔系纽印模。出土的文物上不仅有记载年份，还有名有姓，比如"开成三年张宗周记"。出土的瓷器上，除了能够清晰辨别工匠的字迹之外，还能直接辨识出器物的功用。

又如酒盏。陶瓷上面写了"酒盏"两个字，还用褐彩画了两只鸟，非常生动。拿起酒盏，仿佛自己穿越到了唐朝，正拿着酒盏喝酒。

这次发掘无疑是张兴国考古生涯中最难以忘怀的一次：这个窑址不仅规模大、成体系，而且这些残次瓷器都产于唐朝，能够全面展示唐朝的制瓷工艺。考古发掘区域窑场制瓷有关遗迹，取泥洞、淘洗池、储泥池、陶车坑、工棚、烘烤炉、釉缸、装窑台面等28处，出土可修复文物上万件。

是的，他们穿越时空回到了千年前的大唐，走进了当时的世界工厂。

二

21年后的2004年，望城文化部门正在积极保护铜官窑，并准备申报国家文物局大遗址保护项目，想打造国家级考古遗址公园。

此时，当年正值青壮年、风华正茂的周世荣、萧湘、何强、张兴国等文物工作者，有的成了文物界泰斗级的专家或是权威专家，有的成为文物部门的领导。那几棵矮小的柞木呢，也长大了，枝繁叶茂，更加结实了。

那年夏天，望城县文物局第一次正式搭建钢架保护棚保护谭家坡一号龙窑窑址。虽然那几棵柞木不太碍事，但文物局的干部和施工队看它们没有用处，且上面还有两个马蜂窝，打算把这几棵树砍掉。

"绝对不能动！谁要是动了，我就动谁！"时任望城县文化局局长的邓建华话语坚决而霸气，"树与龙窑一样，都是文物和历史的见证者。"

直到今天，那几棵柞木依然安静而顽强地守候着谭家坡一号龙窑。柞木虽然矮小，其貌不扬，但木材质地硬、强度高、比重大、结构密，就如同湖南人的任劳任怨、百折不挠、意志坚强、有韧劲。

另一种　　幸运

一

虽然他们来得有些迟，但最终还是来了。这是铜官窑的另一种幸运。

1996年12月初的一天，刚刚22岁的刘欣被所长叫到办公室。他有些迷茫，也有些忐忑。

刘欣是望城乔口人，1991年12月入伍，在山东沂蒙山区当兵四年，被评为优秀士兵，立过功获过嘉奖，还入了党。1995年底他退伍回到家乡，第二年12月初正式安置到望城县（现望城区）文化局所属的文物管理所（后改为文物局）。虽然刘欣在部队表现优秀，但对于文物工作"一窍不通"。

所长没有一下切入正题，而是先跟刘欣聊了一些其他情况。家

唐长沙铜官窑青釉褐绿彩花鸟纹标本
（林安供图）

唐长沙铜官窑青釉褐斑褐绿彩莲花纹碗
（长沙铜官窑遗址管理处供图）

是哪儿的，什么时候当兵的，在部队都干过什么，都有什么特长。可能是刚从部队回来，刘欣的回答很机械刻板，就像他原来当新兵时与班长的对话，他当班长时与连长的对话。

刘欣的过于拘谨，没有让所长觉得不适，反而让他深深感慨，当过兵的就是不一样。所长问，去过河东没有。刘欣有点惊讶，不知所长问此话的含义。刘欣说，去过，有战友是铜官的。所长又问，去过铜官窑没有。刘欣摇了摇头。

所长抽了口烟，内心多少有些矛盾：让一个人做与兴趣毫不相干的事情，他有些于心不忍。但没有谁比他更适合，当兵出身，年轻强壮，又是党员。所长又抽了口烟说："所里要对铜官窑核心区进行保护，也围了起来，所里准备派你到那边负责安全保卫工作，想听听你的想法。"让所长没想到的是，刘欣毫不犹豫地就把话接了过来："所长，我没有意见，坚决服从所里安排，只是对文物一点都不懂。"所长微笑着说："没关系，没关系，不懂可以慢慢学。"所长是发自内心地微笑，因为他知道，要保护好铜官窑的唐代瓷器，除了专业知识，更可贵的是责任心。

二

1996年12月16日，星期一，天气阴冷。

上午9点，刘欣背上洗漱用品、换洗衣服等，向铜官窑出发。县文化局领导和所领导非常重视，局分管领导和所领导以及所里的一个同事，开车送他过去。一同给他带去的，还有一张简易床、被褥、煤炉子、锅碗瓢盆、油盐酱醋，以及两筐藕煤。县城在湘江之西，铜官窑在湘江之东，他们必须越过湘江。那时湘江在望城境内还没有一座桥，他们只得从丁字镇到白沙洲的渡口过河。

三个多小时后，他们来到瓦渣坪，来到谭家坡。以谭家坡为中心的核心保护区有50多亩，已经被简易的红砖围墙围了起来，之前所里也请过当地一个姓舒的老人开门落锁。虽然山上树木茂盛，一片翠绿，但山路泥泞，房屋破败，特别是那间面积只有十来个平方米的传达室，里面的陈设异常简陋。这便是刘欣日后办公，以及吃喝拉撒的场所。

领导们一而再再而三地跟刘欣强调铜官窑的重要性，嘱咐他要保重身体，注意安全，特别是人身安全。但当领导们看着眼前简陋的房子，看着杂草丛生的山坡、泥泞难行的山路时，他们又压低了声音。内心深处，他们有种愧疚和不安。

与领导和同事们挥手道别后，刘欣便开始与古窑和彩瓷做伴，与寂寞为伍了。头一晚，很难熬。传达室没有电视机，更没有手机，他就那样躺在床上，听着北风吹得树枝哗哗作响。偶尔，会从山路上传来脚步声，或是狗叫的声音。刘欣还保持着当兵时的机警，他连忙披上衣服，打开手电筒朝山路看去。他就这样来回折腾，一直到凌晨才睡着。

实际工作比想象中的还要多，还要复杂。他不仅要自己做饭吃，还要对窑址进行巡防。白天要巡防，晚上更要巡防；核心保护区要巡防，核心保护区外的外围保护区也要巡防。东至大坡组，南至石渚湖堤，西至湘江河畔，北至太丰村，外围保护区有四五百亩。外围是村民的生活区域，巡防难度非常大。

没有监控，只有靠他辛勤的脚步，敏锐的双眼。当过兵的刘欣天不怕地不怕，吃过饭后，他就在核心区和外围区来回转悠。湘江发洪水，他在山里来回跑；村里老人去世刚刚下葬山里，夜晚他就在坟边经过；面对偷盗者，他从未畏惧。

到底是年轻还是责任给了他勇气，他自己也没弄清。

三

一年后，万坤也跟着刘欣的脚步来到铜官窑。

万坤也是望城本地人，也是个退伍兵，只比刘欣小两岁。年龄、经历，以及对铜官窑的认识都差不多。虽然刘欣在此积累了一年的生活经验，但情况也好不到哪儿去，他们面对的依然是杂草丛生的山坡。但就是这样两个对瓷器"一窍不通"的年轻人，成了铜官窑那个时期最忠诚的守护者。

一天到晚嗅着瓷器的味道，踩着瓷片满山跑，两个血气方刚的小伙子渐渐对瓷器有了感觉，有了认识，有了感情。渐渐地，他们对于自己守护铜官窑有了一种豪迈感。"铜官窑是国保单位，是釉下彩的发源地！"每每向亲戚朋友介绍铜官窑时，他们都会情不自禁地夸奖起来。

他们几乎 24 小时巡防。白天好点，因为怕人看见，偷盗者不敢明目张胆地偷盗。一到晚上，偷盗者就开始行动了，乘着夜色，在山坡上，在河滩边偷盗。雨夜，尤其是冬天的雨夜，偷盗者更加猖獗。越是这个时候，他们的巡防就越是谨慎。用他们的话说就是，每天都是一场面对狡猾"敌人"的战争，都需要斗智斗勇。他们在部队学到的各种战略战术，从来没有用于真正的战争，却用在了这个没有硝烟的古窑"战场"。

一个天寒地冻的冬夜，他们巡防到了湘江的河滩边。此时湘江"瘦"了，河滩裸露，沉睡水下大半年的古老瓷器，终于有了透气的机会，但也给偷盗者提供了绝佳的时机。突然，他们听到河滩上传来铲子铲土的声音，似乎几个黑影在闪动。当兵出身的他们，立即警惕起来，赶紧关掉手电筒，然后卧倒，观察前方动静。他们又找了一个逆风角度，几近低姿匍匐，向前移动。近了，近了，更近了……就在快要接近偷盗者时，河滩上的一块瓦片划破了万坤的右手，他忍不住发出一声"哎哟"。听到声音，两名偷盗者撒腿就跑。刘欣和万坤站了起来，向偷盗者扑去。但偷盗者早已留了后路，他们朝湘江跑去，跳上一艘划子（小船），朝蔡家洲划去。刘欣和万坤气得直跺脚，好在偷盗者留下了工具，也没有带走瓷器。

县文化局和文物所也会经常联合当地派出所进行突击巡逻。有时局里开车从霞凝那边过渡口，开到石渚，再从石渚步行前往；有时直接从湘江西岸的高沙脊坐划子，悄然接近铜官窑。不论哪次行动，刘欣和万坤都是"侦察兵"和"先锋队"。

别看他们年纪轻，却能与当地群众打成一片。更厉害的是，他们还在群众当中做思想工作，动员他们共同保护铜官窑。他们对群众说，随着社会的发展，这里肯定会开发起来，如果这里被偷盗者挖得稀巴烂，瓷器都被偷了，以后真正要开发时就会千疮百孔，无法开发。他们还对群众说，以后要是真开发了，不仅会改变自己的家园，还能带来效益。最开始，有些群众对晒得黝黑的两个小伙子苦口婆心的动员无动于衷，但渐渐地，他们的思想观念开始转变。于是，群众纷纷加入巡防之中，数百双眼睛白天黑夜盯着铜官窑一带，只要稍有风吹草动，他们就拿起工具喊捉贼。

再后来，刘利辉也加入这支巡防小分队中来。

对于他们来说，那段岁月注定是他们人生永恒的记忆。由于交通不便，当时的铜官窑还异常偏僻，又因为他们常年驻守那边，找对象成了一个老大难的问题。亲戚、朋友和同事都给他们介绍过对象，女方总会问，什么单位的。他们说，文物管理所的。女方又问，在哪里上班。一开始他们还会豪情满怀地说在铜官窑，后来他们发现女方只要听到在铜官窑就会畏惧和退缩，他们便改口了，说暂时被所里派到铜官窑负责安全保卫工作。但还是很少有女孩能够理解，她们觉得铜官窑太偏僻，太遥远。

而事实上，刘欣他们工作的铜官窑在当时不仅偏僻，而且条件艰苦，甚至有几分悲壮。冬天北风呼啸，简陋的小屋异常寒冷，白天可以生火取暖，晚上呢，他们只有紧紧地抱着被子。夏天更麻烦，一是蚊子满天飞，二是蛇四处爬。特别是晚上，屋里屋外全是蚊子。虽然他们把从部队带回的蚊帐装上了，但蚊帐外蚊子嗡嗡的叫声同样令他们烦躁不安。更可怕的是蛇，有无毒蛇，也有毒蛇，眼镜蛇、百节蛇等都有，残窑是蛇的天堂。在明处看到蛇不可怕，可怕的是它们躲在暗处，冷不丁地冒了出来。所以他们晚上出门必须穿雨鞋，手里还带着根长棍子，用来打草惊蛇。

一天晚上，万坤巡防回到传达室。实在太累了，有点瞌睡，但因为还要巡防，他不敢睡觉，便靠着被子看一会电视。靠着被子时，他总感觉被子里面有东西，拉开被子一看，一条蛇盘成一圈。再认真一看，是一条百节蛇。于是他和刘欣立即穿上雨鞋，找来一根长竹子，把百节蛇赶走。

后来万坤好不容易谈了个女朋友，女朋友不仅理解他的工作，还给予大力支持。一天，万坤的女朋友坐划子来到了铜官窑。传达室很小，没有个人空间。刘欣很识趣，以巡防为由，走出了小屋，给万坤和他女朋友留下自由空间。但刘欣刚走不久，万坤和他女友就感觉到有人在敲门。万坤心里有些不爽，埋怨刘欣不识趣，极不情愿地去开门。一打开门，万坤和他女友都吓了一大跳。一条眼镜蛇立在门口，脑袋竖得老高。万坤女友当场就哇哇哭了起来，万坤赶紧关上门，把女友抱在怀里，拍着肩膀。

当时铜官窑一带疯狗也多，经常有疯狗咬死人的事发生。所以不论冬天还是夏天，他们都会尽量穿厚点的衣裤，身上随时带上遮挡物。

局领导和所领导知道他们工作艰辛，也时刻惦念着他们。每年除夕或是大年初一，领导们总要带上物资去慰问他们，给他们鼓劲加油，稳定军心。

回想起那段岁月，时任望城县文化局局长的邓建华也是感慨万分："虽然那时候铜官窑的管理不太规范，文物也有些损失，但总体来说还算保存完好的。""还得感谢铜官窑的偏僻，如果当时太繁华，铜官窑早就被踏平了，也就没有我们今天的铜官窑国家考古遗址公园了。"

铜官窑是幸运的。

2006年长沙铜官窑遗址管理处成立，负责窑址的开发、保护等全部的工作，刘欣、万坤和刘利辉他们如释重负。此时，十年过去了，他们的青春已经抛洒在了铜官窑的坡坡岭岭和湘江河滩。

魔　　力

一

村道像蛇一样蜿蜒前行。

过彩陶桥沿村道前行，途经谭家坡龙窑遗迹馆，往北约 300 米，经过湖南省考古研究所长沙铜官窑基地，再往北 50 米左右，村道右边不远，是一栋老式平房，属彩陶源村大坡组。这是一栋典型的湖南老式民居，并排五间房，左右两边最外侧的房间前面各伸出一间耳房，总共就有七间房。虽然外墙已经刮白，但木梁、木门、木窗，以及部分裸露的土砖告诉我，这是一栋有年头的房屋。屋前的禾坪有个破旧的摇井，摇井旁边立着两口盛满水的大缸。几只鸡在禾坪里埋头寻找着食物。房屋的右前方是两棵参天的樟树，房屋后面是一片翠绿的竹林。

虽然这样的房屋在长沙农村已经非常少见，但更让我诧异和感兴趣的却是，房屋前面、禾坪最南边的那座小龙窑。小龙窑由红砖砌成，约5米长，1米多高；烟囱的高度和龙窑的长度差不多，也是红砖砌成。旁边搭了一个钢结构雨棚，里面放了摆放陶瓷坯子的木架子，还有一堆白炭，那一定是用来烧窑的。

这是一座缩小的袖珍龙窑，只开了两个窑口，窑洞里没有瓷器，也没有火花。我打开靠近烟囱的那个窑口，猫着腰，朝里望去，里面空空如也。一束光亮从烟囱照射进来。我顺着光亮向外望去，光亮来自天空，那是历史的天空。

我两手灰白，沾满了白色的尘土。

二

"吱呀"一声，东边耳房的木门打开了，走出一个六十来岁的阿姨。中等个头，体态偏瘦，手里端着饭碗。她微笑着向我打着招呼，我快步迈了过去。我以为她是这个家里的女主人，但还没等我开口说话，她就问了起来，一定是找吴小平的吧。看着我惊讶的样子，她又补充说，不找他，谁会跑到这鬼地方来。

阿姨很热情，先是自我介绍说，她姓刘，是1968年12月与吴小平一同从长沙上山下乡到常德的知青。今天他们七八个知青在这里聚会，每年他们都要聚一聚。刘阿姨说，吴小平这个人很犟，近些年每年邀请他们到铜官一带聚会，其实他们都一把年纪了，又大都不会开车，从长沙城到这边远的地方不方便，也不容易，但他们都拗不过他。人是犟了点，但情感纯洁而真挚，还和当年下乡一样。

刘阿姨领着我进屋，一桌人正围坐在四方桌边，坐在宽长板凳上。头发花白的他们，热闹地吃着饭，你一言、我一语，说得情绪高涨。特别是男士，不停地喝着酒，喝得满脸通红。桌上菜并不多，但有腊鱼腊肉，每人跟前都有一个酒杯。刘阿姨敞开嗓门，努力地向她的知青朋友介绍我，但无济于事，他们在象征性地打过招呼后，又开始沉醉于友谊和醉意之中。

刘阿姨是个知性女人。听说我在寻访铜官窑，便挨着我坐到角落，聊了起来。她说："我对铜官窑算不上了解，但这些年却见证了吴小平着魔铜官窑的情况。"

1951年出生的吴小平，毕业于湘潭大学。最开始，他是当老师的，在江西财院当老师。后来，他调回老家长沙当公务员，先是在湖南省委党校工作，后来又到长沙市委党校工作，最后来到长沙市机关工作，甚至还下过海办过公司，干的工作都与经济有关。

1988年，或者说更早，他就与铜官窑结缘了。那时作为国有企业的铜官陶瓷公司还比较吃香，当时要面向社会招聘一个副厂长。因为对陶瓷感兴趣，还在江西财院当老师的他听到这个消息后，跑到望城报了名。当老师的文化知识自然不差，他的笔试成绩相当好，进了前三，入围了。但实践经验、操作能力，他都不占优势。最后，他败在了面试环节。他有些失望，但对陶瓷的兴趣却没有丝毫的减弱，相反，还进一步点燃了对陶瓷的热情，激发了斗志。他属于愈挫愈勇的人。正是这一品质，让刘阿姨他们更加喜欢吴小平。

2011年，吴小平退休。退休前，他就一直梦想做一件自己喜欢，也能跟朋友分享快乐的事儿。用他自己的话说，梦不大，那就是在自家门口的长沙铜官窑玩玩泥巴，看看窑火，喝口禅茶，品味窑火。2012年一开春，他就只身来到铜官镇的古街上。说服老婆后，他从多年的工资积蓄中拿出一部分，在古街上买了一栋风雨飘摇的破房子，在这里潜心研究铜官窑。不但研究和开发长沙铜官窑的新产品，还创作关于长沙铜官窑的研究专著。

但后来，他觉得还是离铜官窑古窑址远了点。于是，他于2018年初在彩陶源村大坡组租了这栋老房子。这样他不仅离古窑址更近了，也方便建小型龙窑，开发自己的新产品。

刘阿姨像个专业讲解员一样，又带着我一个屋子一个屋子地参观。房子都重新铺了地板，墙也刷得很白，还装了空调，但还是显得异常简陋。特别是四处摆着矮小的桌子，桌子上摆满了各种类型、大小不一的陶瓷坯子。我很奇怪，怎么没见卧室。刘阿姨笑着指了指头顶说，他住在阁楼上，爬梯子上下。

"哐当！"突然从另一间屋子传来陶瓷被打碎的声音，我们赶紧循声而去。是刚才我们进来参观时，没关门，屋外的一只公鸡跟进来了，飞到了桌子上，碰倒一个大陶瓷罐。陶瓷罐至少是半干，或者已经干了，正等待着入窑，在烈火中涅槃，赋予神奇的文化密码。

这时，一个个头不高，戴着眼镜，满脸通红、浑身酒气的男子气冲冲地跑了过来。看到大陶瓷罐被摔碎，他满脸"阴云"，嘴里骂骂咧咧的。他先是责怪刘阿姨，知道开门，就不晓得关门，摔碎的不是陶瓷，而是他的心。接着他骂起那只闯祸的公鸡，再给老子闯祸，老子就一刀将你这个畜生砍了，炖了吃了。

趁此机会，刘阿姨马上向吴小平介绍起我来。他略有醉意，似乎听清了刘阿姨的话，又似乎没听清。但一会后，他跟跟跄跄送来两本书，扔到我手里。其实是一本书，《百问长沙窑》，只是分成了上下两卷而已。还扔给我一句话："对于铜官窑，我想说的，想做的，都写在书里了，你自己去悟吧。我喝酒去了。"担心我尴尬，刘阿姨笑着打起圆场："吴小平一喝起酒来，就什么都忘了，其实人特别好。"

三

从中午到傍晚，这栋老式平房里一直热闹非凡。我索性坐在门口宽长的板凳上，认真地看起吴小平关于铜官窑的著作来。当然，这只是我认识和走近他的一个开始，真正认识一个人，认识一段历史，是需要时间、精力和智慧的。后来，我还陆陆续续读了他的《长沙窑传统工艺与技法》《长沙窑"非遗"历史文化研究丛书》等著作，边读边思考，边思考边研究，才渐渐理解了他与铜官窑的孤独对话。

很显然，用酷爱、冲动等词来形容已经不够了，而应该是入魔，或是着魔，他常常乐在其中而不能自拔。一天到晚，一年四季，他就这样沉浸在陶瓷的世界里。通过长期与长沙铜官窑的亲密接触，他不仅深刻地了解了它，而且提炼了千年前长沙铜官窑的部分特色元素，又用这些元素开发长沙窑的新产品。

比如，他采用长沙铜官窑传统工艺、草灰釉，以手工拉坯成型的方式，采用微型楼式多层龙窑，用柴火炼制过数十件（套）内含长沙窑元素的"春、夏、秋、冬"工夫茶具以及陶制二胡、陶笛、陶箫、陶唢呐、陶磬、陶鼓等陶制乐器。他梦想借用手中的这些实物，在品茶中聆听陶乐，穿越1200年岁月，实现与古人的神交与对话，探求长沙铜官窑更多的秘密，寻找一条传承长沙铜官窑文化的新途径。

与其他陶艺人不同的是，吴小平还将自己的认识、理解和研究，形成文字，著书立说。从他的《百问长沙窑》不难看出，他是一个敢想、敢说、敢写的知识分子，善于汲取行家的研究成果，但不随波逐流，明辨是非而不固执己见，具有湖南人敢为人先的勇气。

与吴小平的勇气相比，我更喜欢他的探索精神。从长沙铜官窑提出种种问题，然后一一探索与解答。问在先，答在后。先提出问题，再找答案，有随机性、普遍性和探索性。就像两人交谈时互问互答一样，在关注中询问，在提问中思考，在回答中解惑，还不时渗入一些能自圆其说，属于自己的一些看法和观点，共同探讨长沙铜官窑一千多年前的那些事儿。他以求真的心态，摒弃名利，共享长沙铜官窑千年唐韵的文化大餐。

虽然在探索中有困惑和难题，如涉及唐代长沙铜官窑生产工艺、制泥、制釉、烧成技术和民俗文化、生产、经营、市场、经济、运输、对外交流、信息等方面的问题，但入魔的他，却无比快乐。正如他在《百问长沙窑》前言中所言："有探求一解的乐趣，有答对如同中奖一般的喜悦，有神秘鬼蜮的吸引和发现藏宝后的笑语。"

四

在探访长沙铜官窑的这几年，我遇到了许多，也听说了许多像吴小平这样着魔陶瓷的人士。不分行业，不分年龄，不分性别，不分地域，不分国度，但却有一个共同特点：大都是知识分子，都敬畏历史。

2002年夏的一天，某领导携夫人，从北京来到湖南。领导懂文化历史，也敬重文化历史，他点名要看铜官窑。来到铜官窑后，领导小心翼翼，言谈举止都非常讲究。就在参观铜官窑旧址过程中，领导夫人插话，说了句与铜官窑无关的话，被领导劈头盖脸一顿批。"这里承载着中国历史和文脉，神圣不可侵犯。"领导说。

2003年早春，"画坛鬼才老小孩"黄永玉来到铜官窑。当时的黄永玉虽然年近八旬，但叼着烟斗的他，却健步如飞。在窑场做过小工的他，对陶瓷情有独钟，于是主动为铜官窑题字：长沙铜官窑。长沙铜官窑考古遗址公园入园处便是彩陶桥，整个桥体建筑为仿木结构，站在桥上可以欣赏彩陶溪及沿岸秀美风光。不过最引人注目的，还是遗址公园的"遗迹式"门楼，门楼为断壁颓垣的仿窑背造型，透出苍凉、厚重的历史感，上面那五个字便是黄永玉的亲笔题字。参观完古窑址，他又主动提出到铜官街上看看，并在那里买了一对陶瓷油盐罐。

2004年冬天，音乐家、作曲家谭盾带着妻子和几位好莱坞影星来到铜官窑。年轻时他曾下放望城，在这里有过最孤独也是最难忘的一段经历。他对铜官窑并不陌生，虽然当时铜官窑条件还不算好，但他却能深刻感受到古窑址的深刻内涵。当时他随口说道，应该烧制一窑乐器，搞一场陶乐会。当时大家一听，觉得谭盾是在开玩笑，认为这是天方夜谭。现在看来，这样的想法却是那么地现实而富有意义。

比这三个故事发生的时间更早些，是一个冬天，一个专门研究陶瓷，并对长沙铜官窑颇有研究的日本友人，还是个博士后，来到了铜官窑窑址。受小山富士夫和三上次男等人影响极深的他，第一次来到梦寐以求的铜官窑。

有一个细节，令当时在场的相关人员愧疚不已：那个日本友人在彩陶源村要经过一段用陶瓷铺就的道路时，他脱下鞋子，脱下袜子，弓着身子，赤着脚，走过这段路。

他说，他不能踩在陶瓷上，那是对历史的不敬，那是对文化的亵渎。

此时，我似乎明白了"魔力"二字的含义。

滔　滔
江　水

一

魔力从何而来？

湘江！去问湘江！我向湘江走去，它已经张开宽大的臂膀拥抱着她的孩子。我走向铜官窑古镇边的河滩，河的那边是蔡家洲，洲上正一片忙碌。

我坐在河滩上，看着湘江里来往的船只，如此熟悉而又亲切。这种场景，很容易勾起我对儿时的记忆，以及对遥远历史的遐想。

滔滔江水，连绵不绝，犹如那奔腾不息的历史洪流。

我隐约看到一个诗人。

他叫李群玉，生于公元808年，澧州人。他很有才华，诗写得特别好。《湖南通志·李群玉传》称其诗："诗笔妍丽，才力遒健。"

《全唐诗·李群玉小传》则载：早年杜牧游澧时，劝他参加科举考试，并作诗《送李群玉赴举》，但他"一上而止"。

公元847年的一天，李群玉路过铜官。当时的这里，炉火冲天，煤烟滚滚，到处挖山取土，很有工业文明的气象。他目睹长沙铜官窑烧制陶器时洞火冲天的壮观情景，为之动容，于是挥毫泼墨，写下《石渚》：

> 古岸陶为器，高林尽一焚。
> 焰红湘浦口，烟浊洞庭云。
> 迥野煤飞乱，遥空爆响闻。
> 地形穿凿势，恐到祝融坟。

李群玉是诗人中考察和描写长沙铜官窑的第一人。他的诗，让我们看到了熊熊的窑火，看到熊熊的窑火烧出了大唐的繁华气象和绚烂多彩。

二

陶瓷不只是人们的生活用具，或者艺术品，更是人们情义的产物，是时代的见证者，甚至是个错综复杂的综合体。

沿李群玉来长沙铜官的时间再往前推92年。

公元755年，唐天宝十四载，十一月十五日，陕西临潼骊山华清池。那天，玄宗皇帝李隆基正与爱妃杨玉环一起泡着温泉。忽然太原有人骑快马来报，说平卢、范阳、河东三镇节度使兼河北道采访使安禄山在十一月九日起兵反叛了。

玄宗皇帝不敢相信自己的耳朵，也不肯相信这个现实。"小心安禄山造反！"经常会有人在他耳边提醒。可他一直没有当回事儿，人家不一直没有造反吗？

让玄宗皇帝没想到的是，这次却成真了。很快，朔方也快马加鞭送来同样的消息。但他仍持怀疑态度。直到平原郡太守颜真卿派李平前来报信，叛军已过平原郡向洛阳进发。这时的玄宗皇帝才恍然大悟：安禄山确实反了！于是他急忙召集宰相商议对策，并着手准备离开骊山返回长安。

玄宗是唐朝的第七位皇帝，在他之前有高祖、太宗、高宗、中宗、睿宗等皇帝。"天宝"是玄宗皇帝的第三个年号，也是最后一个年号。第一个是"先天"，只用了一年零四个月；第二个是"开元"，意思是一个新世纪的开端，这个年号用到了第三十个年头，即公元742年，改为"天宝"。

为何要改年号为"天宝"呢？玄宗皇帝给了一个说法：因为玄元皇帝天宝赐。玄元皇帝又是谁？其实他并不是唐朝一个实实在在存在的皇帝，而是春秋时期集哲学家、文学家和史学家于一身的老子李耳。唐朝奉李耳为始祖，唐高宗李治于乾封元年（公元666年）二月追号为"太上玄元皇帝"。玄宗皇帝改年号为"天宝"，还有一层含义：效法尧、舜，希望自己成为尧、舜那样的王者。

其实开元年间还是中国古代少有的太平盛世，但玄宗皇帝一改"天宝"，就显露出他自足的心态。这种心态对保持盛世的局面非常不利。他骄傲了，历史便毫不留情地给了他应有的教训。安禄山发动的军事叛乱，把他的尧舜梦击得粉碎。

于是，造成大唐由盛转衰的安史之乱，就这样爆发了。只是在当时，谁也没意识到这场动乱将造成多大的灾难，更没有预见到它在中国历史上产生的巨大影响，中国社会各方面都发生了变化，其中也包括当时红红火火的陶瓷业。

这场持续八年之久的战乱，使全社会遭到了一次空前浩劫。特别是北方生产大受摧残，田地荒芜，人民流离失所。于是，大量中原人口南迁。

当时南北交通主要有三条线路：东线以京杭大运河为通道；中线为"零桂之线"，是河南、湖北、湖南线，是中原通往湖南的交通要道，即由河南经陆路进入荆襄地区，改水路入汉水，进长江，溯湘江南下，再至两广地区；西线即由关中进入四川。

为避免战祸，中原人南迁大多沿这三条线路进行。山东、河北居民多走东线，沿运河南下，进入安徽南部及江浙地区。关中豪民、百姓则经西线进入四川。而河南地区居民迁往江南，则走中线进入两湖地区。这一条捷径，只需几天时间即可到达目的地。

失去土地的南迁人口中夹杂着大量窑工，特别是河南窑系的能工巧匠，这其中有相当一部分来到了湖南。他们进入长江后，途经洞庭湖，然后沿着湘江逆流而上，感觉哪里适合他们生存，他们就在哪里扎根。

迁徙之路充满艰辛，他们越山丘、蹚河流、冒风雨、宿野外，有呼喊、有呻吟，还有绝望，甚至死亡。最令他们头疼和心酸的是受到所到之地居民的排斥。"楚地不知秦地乱，南人空怪北人多。"晚唐诗人和词人韦庄在他的七言律诗《湘中作》中如此记载。

但千年之后回望窑工先民充满悲壮的迁徙之路，却是如此诗意而美妙。是的，他们用自己的艰辛甚至生命，写就了中国彩瓷史的辉煌。

于是，第一批南迁人口来到石渚一带。这批人中有不少窑民，他们看到石渚一带交通方便，瓷土丰富，靠近江边有山，山上还有茂盛的树木，就重操旧业，做起了陶瓷。

这批人，他们曾经过岳州窑，特别是铁角嘴窑头山，离石渚只有 12 公里之遥，那里在汉唐时期已经是名满全国的青瓷产区了。看着那里的繁华，他们何曾不想在那里扎根呢？但他们并不受欢迎，他们受到了排斥，甚至威胁。不得已，他们只得继续南迁。但他们不想走得更远，最终他们选择了石渚一带。后来，又有一批批南迁窑民来到这里。

虽然当地人对他们并不欢迎，但至少这里没有成规模的窑区，被排斥的程度远不如在岳州腹心区那么重。于是，他们得以生存与发展。选择石渚一带，除了避免受到排斥，有可资借力的自然资源，还有两点好处：一是这里位于岳州窑的边缘地带，可借助岳州窑的渠道销售自己的产品；二是这里又靠近潭州，拥有丰厚的人文资源。

对于中国彩瓷发展意义更为深远的是，南北方的陶瓷思想在这里得到了碰撞，陶瓷技艺在这里得到了空前的融合。

河南是中华文明的重要发祥地，从夏朝开始，经商周到汉唐，直至宋金时期都是我国重要的政治、经济、文化的中心。河南地区出土陶瓷器数量之多，种类之丰富，位居全国前列。特别是河南地区的唐代墓葬、窑址和遗址中，均出土了大量唐三彩器物标本。

唐三彩是一种低温铅釉的陶瓷制品，主要有黄、白、绿三种颜色，所以被称为唐三彩。实际上它不只有三种颜色，还有天蓝、褚红、茄紫、浅绿、深绿、黑等多种颜色，而且不一定每件唐三彩都三色俱全。利用三色铅釉在高温下相互融合的上釉技术来制造出绚丽无比的色彩，在坯体上刻画胎体装饰的图案，使唐三彩更加异彩纷呈，变化无穷，色彩斑斓。

唐三彩其实是唐代多彩釉彩的统称，人们称之为唐三彩也是出于对唐三彩蓬勃生机的赞美。唐三彩多出土于唐朝东都洛阳，故又称为洛阳唐三彩。

但唐三彩的烧制温度、选料等与瓷器都不一样，不能混为一谈。如唐三彩的胎体质地松软、制作粗糙，而瓷器制作精细，胎体透亮，敲打时会发出清脆悦耳的声音。

南迁来到石渚一带的北方窑民，他们中有一部分曾是唐三彩的制造者，但唐三彩是陶器，而非在石渚一带制造的瓷器。

这意味着他们要创新，不仅要探索新的技艺，还要赋予丰富的文化内涵。

他们没有放弃，也没有屈服，而是逆流而上。经过半个多世纪的努力，石渚便成了集生产与销售为一体、产销两旺的陶瓷草市。这里生产的彩瓷不仅享誉全国，还成了中晚唐海上丝绸之路兴盛时最活跃的弄潮儿。

也有不同的声音。

有专家将比长沙铜官窑早诞生的四川邛崃窑比作"姐妹窑"。虽然两窑址距离较远，但装饰风格、工艺流程，特别是产品形态的相似，让专家产生了无限联想。

他们认为，在安史之乱及之后的数十年里，临邛及其周边地区也曾经历多次社会动乱和内战，难免使陶瓷手工业生产屡遭破坏，从而，导致部分丧失生产资料的陶瓷工匠远走他乡。远走他乡，逃向何方？到北方，不行！皇帝都一度逃离北方，跑到四川来了。何况去北方的"蜀道难，难于上青天"。往西南方跑，也不行！南诏早已依附吐蕃反叛唐朝。唯一的出路是顺水而下，经南河到岷江，再转航进入长江，"两岸猿声啼不住，轻舟已过万重山"，到长江中、下游地区去谋生是唯一的理想之途。正是这个时期，湖南长沙窑创始了。

还有专家认为，邛崃窑自南朝建窑以来，主产青瓷，发展到隋唐时掀起一股产瓷高峰，受中原唐三彩及鲁山花瓷的影响，改变以往单一烧青瓷而转向彩瓷方面发展，器物也由生产日用必需品逐步扩大为生产一些陈设瓷及雕塑件等，生产方式的转变也为邛崃窑产品参与市场竞争赢得了商机。

说法诸多，都有鼻子有眼的，但谁也说服不了谁。

唐朝作为中国历史上最耀眼的一个朝代，经济繁荣，文化开放包容，即使长沙铜官窑和邛崃窑都地处偏僻，但也阻挡不了它们的碰撞与交融。

三

玄宗皇帝虽有醉生梦死、穷奢极欲的一面，但他却和他的前任皇帝，以及其他继任者一样，都致力于国家的经济社会发展。陶瓷业就在他在位期间得到了飞跃发展，在隋代青、白瓷成熟的基础上进一步发展，出现了"南青北白"的局面。这一时期还出现了成熟的黑、黄、花瓷，其中最引人注目的是创烧出中外闻名的唐三彩和釉下彩，而长沙铜官窑便是釉下彩的发源地。

单色釉的白瓷最早出现在汉朝，到了隋朝，白瓷生产已经成熟。此时的白瓷胎质洁白，釉面光润，胎釉已不见白中泛黄或泛青的现象。到了唐朝，白瓷生产更是遍地开花，窑口林立，有史料可查的就不下于几十个，如河南的巩县窑、鹤壁窑、密县窑、登封窑、郏县窑、荥阳窑、安阳窑，山西的浑源窑、平定窑，陕西的耀州窑，安徽的萧窑，等等。

玄宗皇帝喜欢瓷器，也需要瓷器，特别是白色瓷器。这与他的才华有关，也与他的多情有关，瓷器扮演了某种公共角色。

玄宗皇帝一生最倾心三位女人：武惠妃、梅妃和杨贵妃。贵妃杨玉环名闻天下，却少有人知道玄宗帝王生涯中，有着长达十年都与白衣天使般的梅妃江采萍朝夕相伴的故事。

最早被玄宗皇帝宠幸的妃子武惠妃过世后，玄宗皇帝伤心至极，终日不思朝政，精神恍惚，高力士为解皇帝之忧，跑遍大江南北，终于在福建莆田物色到姿色超群、才压群芳的妙龄少女江采萍。

玄宗皇帝一遇采萍，相见恨晚，从此精神倍增。采萍也确不负圣恩，琴棋书画无一不精，还能写一手清丽隽怡的好散文。更爱素雅脱俗的白色，整日白衣白裙，宛如凌波仙子。她还随身携带一支白如羊脂的玉笛，兴来之时就吹奏一曲，常把玄宗送入飘忽如仙幻境中。她更喜白梅，说自己是白梅转世，所以，她闺房中的瓶子必须是白色，插上一枝怒放的白梅，玉笛声悠悠，白衣裙飘飘，是何等的圣洁。

为此，玄宗皇帝赐她为"梅妃"，为博得采萍一笑，即钦定类雪似银的邢窑为大唐官窑。

因为喜爱陶瓷，玄宗皇帝也成了"花瓷"乐器的"忠实粉丝"。

在一个春风沉醉的夜晚，擅长音律的玄宗皇帝在经过一场酣畅淋漓的拍鼓表演之后，扭头对同样擅长音律的宰相宋璟说道："不是青州石末，即是鲁山花瓷。"玄宗皇帝称赞的正是鲁山花釉腰鼓。

四

滔滔江水，将我带入更加浩瀚的历史，陶瓷的世界。

陶瓷发展史，本身就是一部人类文明的发展史。

正如"陶瓷"二字的排序一样，先有陶后有瓷，瓷器由陶器脱胎而来，与生活密切相关。当我们的祖先学会用火的时候，便开始将土与火结合。祖先们在使用火的过程中发现被火烧过的泥土变得坚硬且有形，并且其中一些四边向上兜起的"泥块"还能够保存雨水。受此启发，我们的祖先开始有意识地尝试着用泥土制作他们想要的器物，然后放到火上去烧，人类最早的 DIY 作品——陶器就这样诞生了。

关于陶器究竟是怎样发明的，目前还缺乏可靠的材料加以详尽说明。摩尔根在《古代社会》一书的注引中曾经指出："古奎是十九世纪最早提出陶器发明方法的第一个人，即人们将黏土涂于可以燃烧的容器上以防火，其后，他们发现只是黏土一种可以达到这种目的。因此，制陶术便出现于世界之上了。"恩格斯在《家庭、私有制和国家的起源》一书中则进一步指出："可以证明，在许多地方，也许是在一切地方，陶器的制造都是由于在编制的或木制的容器上涂上枯土使之能够耐火而产生的。在这样做时，人们不久便发现，成型的枯土不要内部的容器，也可以用于这个目的。"

恩格斯的话令我信服。在人类学会用火以后，偶然落入火堆中的土器，被烧成坚硬的器物，这一现象随时都会启发先民们去尝试制作陶器。陶器的发明应是多源的，有各种发明的方法。考古成果也说明，陶器的发明并不是某一个国家或某一地区的古代先民的专利品，只要具备了必要的条件，任何一个古代农业部落、人群都有可能独立制作出陶器，它是人类在长期生活实践中各自独立创造出来的。

大家都比较认同的是，最早的陶器是手制的，并在篝火中烧制。

烧制时间短但火达到的最高温度可以很高，约在900℃左右，而且达到的速度很快。黏土与沙、沙砾、打碎的贝壳调和后会被用来在篝火中烧制陶瓷器，这是因为它们提供了一个开放的坯体质地，令水及其他挥发性成分可以轻易离开。

到目前为止，人类还无法确定最早的陶器诞生于何地，但却知道，捷克的维纳斯是目前人类发现的最古老的陶器。这是一件裸体女性陶质雕像。1925年发现于捷克斯洛伐克布尔诺南部摩拉维亚盆地下维斯特尼采村的旧石器时代遗址，时间为公元前29000年至公元前25000年。它高111毫米，最宽处43毫米，由黏土雕塑成形后经500℃至800℃烧成。其外形与大多数其他维纳斯相似：特别大的胸、腹和臀部，头部相对较小，身体其他部位细节较少。

这可能是对生殖崇拜的象征。

五

中国人更是将土与火的结合发挥到了极致，甚至如诗歌般浪漫。

中国最早的陶器出现于新石器时代早期。大约在距今15000年左右，首先在中国南方可能已经开始制陶的试验，到距今9000年左右大致完成了陶器的发明和探索。接下来的磁山文化、大地湾文化、仰韶文化、马家窑文化、大汶口文化、龙山文化等，均可看出古代中国人的制陶工艺不断发展，品质提高，种类增多。

公元前4000年左右，彩陶出现。"半坡彩陶"就是仰韶文化的一部分。在公元前2500年至公元前2000年的龙山文化中，又出现了黑陶。这是中国制陶工艺的一次高峰。商朝时，有研究认为是当时印欧语系的游牧民族带来陶轮的技术，令陶器量产化。周朝时，以陶轮制作的陶器会以更高温烧制，令其硬度增加，同时人们亦会使用绿色的釉料。秦朝的陶俑兵马俑成为当时最具代表性的陶器，而在此时陶器的描绘主题由动物转变为人。到了汉朝，陶器的描绘主题因为佛教的传播而出现了佛的形象。到了唐朝，中国出现了白色的陶瓷，而同时亦出现了其他陶像，唐三彩成为当时艺术精华的代表。到了宋朝，瓷器技术开始成熟，令中国的陶器的辉煌被瓷器完全盖过。此时开始，中国成为让世界为之惊羡的陶瓷王国。

六

陶器正在朝前发展之时，瓷器就已经诞生了。它们在相当长的时间里共同存在，或平行发展，或相融共生。

说到瓷器，我想每一个中国人都会充满骄傲和自豪。毫无疑问，中国是瓷器的故乡，瓷器的发明是中华民族对世界文明的伟大贡献。

大约在公元前16世纪的商代中期，中国就出现了早期的瓷器。因为其无论在胎体上，还是在釉层的烧制工艺上都尚显粗糙，烧制温度也较低，表现出原始性和过渡性，所以一般称其为"原始瓷"。

随着陶瓷的制作工艺进一步成熟，在春秋战国时期，出现了在1200℃以上高温焙烧而成的青瓷。但那一阶段的瓷器工艺简单，质量较低，还只能算是"原始瓷器"。但不论如何，青瓷的出现，标志着瓷器登上历史的舞台。至东汉中晚期，青瓷的烧制进入了成熟阶段。瓷胎已烧结，不吸水，胎体致密坚硬，撞击时作金属声。胎体透光性良好，釉层透明有光泽，无剥釉现象，已经达到近代瓷的标准，是现代意义的瓷器。

其后，我国的瓷器的发展呈现出从无釉到有釉，又由单色釉到多色釉，然后再由釉下彩到釉上彩，并逐步发展成釉下与釉上合绘的五彩、斗彩的特征。随着瓷器烧制工艺的不断发展，瓷器的纹饰越来越多样，瓷器的品种越来越多，从釉色来看，瓷器有青瓷、黑瓷、白瓷、红瓷之分；还有釉下彩与釉上彩等瓷器之分。

而在瓷器史上曾经闪烁耀眼光芒的长沙彩瓷，它始于初唐，盛于中晚唐，衰于五代。兴盛时期，它与越窑青瓷、邢窑白瓷，共同构成"南青北白长沙彩"的局面，它们一起并称中国三大出口名瓷，蜚声海内外。

至宋代时，名瓷名窑已遍及大半个中国，是瓷业最为繁荣的时期。当时的汝窑、官窑、哥窑、钧窑和定窑并称为宋代五大名窑，比较有名的还有柴窑和建窑。被称为瓷都的江西景德镇在元代出产的青花瓷已成为瓷器的代表。青花瓷釉质透明如水，胎体质薄轻巧，洁白的瓷体上敷以蓝色纹饰，素雅清新，充满生机。青花瓷一经出现便风靡一时，成为景德镇传统名瓷之冠。

高级瓷器拥有远高于一般瓷器的制作难度，在古代皇室中不乏精美瓷器的收藏。作为古代中国的特产奢侈品之一，瓷器通过各种贸易渠道传到其他国家，如今，精美的古代瓷器作为具有收藏价值的古董被大量收藏家所收藏。

多姿多彩的瓷器是中国古代的伟大发明之一，在英文中"瓷器（china）"与"中国（China）"同为一词，充分说明中国瓷器的精美绝伦，完全可以作为中国的代表。

七

欧洲人对瓷器的喜爱和崇拜，在英国人埃德蒙·德瓦尔的《白瓷之路：穿越东西方的朝圣之旅》中处处都能感受到。

早在欧洲掌握制瓷技术之前一千多年，中国已能制造出相当精美的瓷器，并早就传入欧洲。一些中国瓷罐的破碎残片，在笨重的陶罐旁发出诱人的光芒，它们是同时被发现的。没有人知道这些瓷器循着怎样的轨迹来到了英国肯特郡的某块墓地，或者意大利乌尔比诺的某道山坡。

在中世纪的欧洲，瓷器零星地出现在约翰·贝里公爵和几位教皇的财产清册中，而皮耶罗·德·美第奇在遗嘱中特别提到了 una coppa di porcellana，"一只瓷杯"。

埃德蒙·德瓦尔在《白瓷之路：穿越东西方的朝圣之旅》里说：

> 欧洲各国的君王们互赠礼品，在外交使节递交的礼单上，在牡马、瓷罐和金丝织锦的壁毯之间偶尔可以瞥到一抹白色。它是如此的珍奇，以至于中世纪的佛罗伦萨流传着一种说法，认为瓷器可以阻止毒药发挥药效。精美的青瓷碗用银饰深深镶裹，隐身于一只圣餐杯中；它镶嵌了底座，在宴会上用作大酒壶。我们甚至能在佛罗伦萨的祭坛画上瞥到瓷器的身影：国王直直地跪在年幼的基督面前，似乎在向他进献装在中国瓷罐里的没药；这敬献显得恰当合宜，因为没药稀罕又神秘，而瓷罐则来自遥遥的东方。

对于欧洲人来说，瓷器是远方的同义词。

1291 年，马可·波罗从中国回去，带回了丝绸和织锦、晾干的麝香、鹿头和鹿蹄，还带回了他的故事，包括一座叫"Tinju"的城市瓷器的故事：

人们制作瓷碗，这些碗大小不等，美轮美奂。瓷碗只在这座城市制作，别处没有；它们从这里出口到全世界。在这座城市，瓷碗到处都是，且价格低廉，一个威尼斯银币可以买到三只精美的瓷碗，其玲珑可爱，简直无法想象。这里的杯盘碗盏用易碎的泥土或者黏土制成。土块似乎采自矿山，被堆成高高的山丘，三四十年间听凭雨打风吹，日晒雨淋。此后，灰土变得如此细腻，用它做成的杯盘呈天蓝色，表层晶莹剔透。你们要明白，当一个人把这种土堆积成山时，他是为了自己的子孙后代；风化成熟需要漫长的等待，他本人无法从中获取利润，也不可能把它派上用场，但他的儿子将继承它得到酬报。

这是西方文献第一次提到瓷器。

马可·波罗将瓷器描述成了无与伦比的美丽事物。他还从中国带回了一只灰绿色的小罐子，是用那种质地坚硬光洁的白土制作而成，他，他的亲戚朋友，从来没有见过。正是在威尼斯，瓷器有了它的名字porcelain，从此他们开始了对它梦寐以求的漫长历史。

再后来，欧洲的一些耶稣会士，来到中国作为使团传教。他们经常写信回家，信中提及的，除了会士在中国的生活和传教情况，以及对家人的问候等，还会提到中国的瓷器。许多人在期盼着他们的信，人人都有来自中国的消息。要想懂得瓷器，就必须把提到瓷器的只言片语拼接起来，从故事和消息中寻找瓷器在哪里制作、如何制作、为何制作。

中国的瓷器来到了法兰西，来到了凡尔赛。1689年法国王室一本配有精美插图的财产清册显示，国王的儿子，路易十四的王太子的房间藏有381件中国瓷器。就连瓷器的意象也传到了法兰西宫廷，包括永乐皇帝兴建的那座奇特的尖顶瓷塔的图画。当时的法国财政大臣柯尔贝尔甚至宣布，要让人在法国制作瓷器，他不在乎是不是仿制品，只要是瓷器就好。

第
二
部

题诗安瓶上

买人心惆怅，卖人心不安。
题诗安瓶上，将与买人看。

——长沙铜官窑瓷器题诗

历史　　坐标

　　我是一名报告文学写作者。我始终觉得，以事实为依据，追求事物的客观真实，不只是一种责任，更应该成为一种习惯。

　　我的思绪必须暂时回到新加坡，回到亚洲文明博物馆的邱德拔展馆，那里有来自大唐久远而真实的声音。

　　"湖南道草市石渚盂子有明（名）樊家记"。

　　"黑石号"上的一只瓷碗刻有如此铭文。千年之后，这十四个字被赋予了更加深刻而深远的价值和意义。

　　"宝历二年七月十六日"。

　　"黑石号"上的另一只瓷碗虽然被海水浸泡得微微泛灰，但它的历史价值没有褪色，它的外侧，略近圈足部分的九个字，为我们揭开了沉船的年代之谜。宝历是唐敬宗的年号，宝历二年即公元826年。

这是世界釉下多彩陶瓷的坐标，也是历史的坐标。

在长沙彩瓷的世界里，在整个中国彩瓷的世界里，这两只碗只是沧海一粟。但文字赋予了它们深刻的内涵，不仅让它们成为历史坐标，更是支点。

"卞家小口天下第一"。

"郑家小口天下有名"。

"许家绝上一升茶瓶好"。

…………

岂止"黑石号"上，在长沙铜官窑旧址，在东亚的日本、朝鲜半岛，东南亚诸国，南亚的印度、巴基斯坦、斯里兰卡，西亚诸国，非洲的埃及、肯尼亚及坦桑尼亚等出土的长沙彩瓷中，都有类似的广告。

历年的考古中人们发现，除去定制产品中的客户姓氏，长沙铜官窑遗存留有窑工姓氏的窑具和产品中，据不完全统计，有赵、张、周、庞、何、卞、郑、李、陈、戴、孔、黄、王、龙、冯、刘、廖、樊、罗、徐、田、杨、郭、高、许、元、杜、康等至少 28 个不同姓氏，远比这个地方现在的姓氏构成复杂而多元。

时光隧道那一头，必定是个人声鼎沸、热闹非凡的移民聚落。

要找到千年之前的见证者，这似乎让人觉得不可思议。但赵、张、周等 28 个姓氏的窑工，以"樊家记"为代表的数十家瓷器作坊，都是历史的见证者。他们见证了什么，因何见证，本身就是一个故事。

我想让他们从历史中走出来，从古老而残破的作坊里走出来，从干巴而枯燥的长沙铜官窑学术考据中走出来……

瓷 土 芬芳

一

　　我在彩陶源村一带探寻、思索、徘徊与遐想，又在书的海洋里
徜徉，想把当时釉下彩瓷器的故事的所有情节衔接起来。

　　沿村道，经陈家坪龙窑遗址，再经谭家坡龙窑遗迹馆，再向北
行走五六百米，便是长沙窑研究中心。2012 年 5 月 31 日，正式揭
牌成立的长沙窑研究中心，占地 30 亩，总建筑面积约 6500 平方米，
包括一栋三层的综合楼、三栋文物库房、一栋整理库房。作为湖南
省考古所的文物周转库房和研究基地，这个中心发挥着文物储放、
整理、周转，标本陈列，办公和考古研究等作用，对于提升湖南省
考古研究水平，加快考古研究成果向公众普及和展示起到了一定的
推动作用。

但我却是被这里瓷土的芬芳吸引而来。一路采访过来，多人提到这里的瓷土。瓷土即高岭土，是一种非金属矿产，也是一种以高岭石族黏土矿物为主的黏土和黏土岩。因为它非常细腻，黏性大，较湿润，渗水性小，潮湿时呈青灰色，故称青膏泥，晒干后呈白色或青白色，故又称白膏泥。长沙窑研究中心一带的高岭土，呈白色而又细腻，是上等的高岭土。

正因为此，这里的山坡早被唐朝湖南道石渚的窑民挖空，在岁月沧桑中，变成了泥洞和风口。据说，长沙窑研究中心开工建设时，发现这一带下面全是空的。打地基时，一打就是空的，再打还是空的。本来花一两百万可以打好的地基，最后花了四百多万。但这并没有让当时的决策者失望或是失落，而是让他们感到欣喜与亲切，更加坚定了他们将研究中心建在此处的决心与信念。就这样，高岭土很好地将历史与现实黏合在了一起。

唐朝的石渚，上等的高岭土曾经无处不在，让这里的窑火熊熊燃烧；今天的彩陶源村，留下约 20 处泥洞和风口，让后人回味与思索。

浑身散发着瓷土芬芳的石渚，无疑是名副其实的历史之花。

掀开历史的面纱，我似乎看到，在花儿淡淡幽香的吸引下，蝴蝶蜜蜂千里迢迢赶来，停在花朵上，与花朵细语，与露珠嬉戏，划过一道道美丽的弧线。

二

公元 758 年夏的一天，在滂沱大雨中，十八岁的樊翁从风雨飘摇的码头，登上了石渚这片陌生的土地。

樊翁老家东都洛阳，那里经济发达，城市繁荣，是全国人民向往的地方。特别是那里生产的唐三彩，仕女俑体态丰盈，文臣俑峨冠博带，武士俑威风赫赫，骏马俑矫健昂扬……它们以其出神入化的造型、精美细致的雕塑技巧赢得了世人的青睐，不仅闻名全国，在国际上也负有盛名，甚至影响了多个国家的制陶史。樊翁的祖辈一直是巩义黄冶窑的窑工，见证了唐三彩的兴起与繁荣。

　　然而，三年前的那场战争，打破了黄冶窑的宁静，洛阳的宁静，整个唐朝的宁静。公元 755 年 12 月 16 日（唐天宝十四载十一月初九），安禄山在范阳起兵叛乱，叛军很快攻占了河南河北大部分地区。仅仅一个月后，安禄山就攻占了东都洛阳。后来，叛军又攻破长安，自此天下大乱。自从安史之乱后，官军、叛军都不是善类，杀良冒功，劫掠百姓，盗贼猖獗，匪患横行，中原地区一片凄惨，城乡萧条颓败，人烟断绝，兽游鬼哭。《资治通鉴》说："洛阳四面数百里州县皆为丘墟。"《旧唐书》说："汝、郑等州比屋荡尽，人悉以纸为衣。"可见安史之乱使河南人民遭受了一场空前浩劫。

　　樊翁的父亲也是名老窑工，受父辈的影响，他从小就对陶瓷充满热爱，耳濡目染下也渐渐地明白其中些许道理，并跟随父辈学习陶瓷烧制技艺。经过十多年的摸索与沉淀，对矿土的挑选、舂捣、淘洗、沉淀，晾干后做坯，用含铜、铁、钴、锰、金等矿物制作釉料的着色剂，以及二次烧成法，他都娴熟地掌握了，成为黄冶窑有名的师傅。

　　虽然樊翁的父亲在安史之乱的前两年便离开人世，但他却已经把陶瓷制作的技艺与精神传授给了自己的三个儿子。樊翁是家中最小的儿子，当他跟随自己的两个兄长以及洛阳的其他父老乡亲背井离乡时，已经十五岁了，在窑场摸爬滚打三四年。

或许因为陶瓷，在躲避战乱，迁徙南方途中，樊翁他们心中多了一份笃定。或者说，不论他们如何颠沛流离，他们心中始终装着陶瓷。在整个南迁的群体中，有贤士大夫和农工商人，其中还有拥有先进丝织技术的手工工人，但最有归属感、最容易融入迁徙之地的，便是夹杂在迁徙大军中的窑民。

　　樊翁他们南迁，目的地就是岳州。那里有闻名全国的窑口，特别是岳州窑的青瓷，更是享誉全国。当他们过洞庭，沿湘江南下，进入今湘阴境内时，便有宾至如归的感觉，湘江两岸散发着瓷土的芬芳，窑火熊熊燃烧，绵延数里。

　　然而，初来乍到的"唐三彩"很快就感受到了水土不服。岳州人并不欢迎他们，岳州窑的窑工更不欢迎他们，并且排斥他们，甚至对他们制作唐三彩的技艺不屑一顾。资源有限，养家糊口不易，岳州窑的窑工不想自己平静安定的生活受到干扰。即便如此，仍有一部分河南来的窑工进入岳州窑的腹心区，并经过不断努力，最终被岳州窑窑工接受。樊翁他们深刻感受到了背井离乡的苦楚，寄人篱下的辛酸。

　　去石渚！去石渚！去石渚！

　　消息迅速在湘江沿岸传递。有老乡已经在靠近岳州窑的石渚聚集下来了，那里临近湘江，离潭州很近，水路交通发达，料土丰富，树木茂密，可就地取材。更重要的是，那里有人烧窑，但又不像岳州窑一带形成了规模。

　　石渚有樊翁他们生存的空间，也有他们继续传承和发展陶瓷的希望。于是，他们在逆流中，风雨无阻地赶往名不见经传的石渚。

三

年轻的樊翁环顾四周，石渚西枕湘江，东岸为丘陵区，山坡蜿蜒起伏，一直延伸到湘江。石渚三面环水，是藏风止水的良港。

"别看了，赶紧走吧！"

是樊翁的大哥在催促他。樊翁背上包袱，跟着队伍一起走上山坡。一身破旧，蓬头垢面，明显地透露着他们的落魄。他们已经离开家乡，在外流浪两年了。他们时而陆路，时而水路，一路向南，但他们不知道自己最终的归宿在哪。现在，他们终于到达了理想之地。

石渚虽然不像岳州那边一样窑火旺盛，但零星窑火一直没断。1200多年后，有文物专家考证，早在东汉时期，石渚一带就有人烧窑。虽然一直有人在此建窑生产，也积淀了几百年的生产经验、技术和市场基础，但在岳州窑面前，石渚一直暗淡无光，甚至鲜为人知。

石渚还没有像样的龙窑，也没有成气候的作坊，只有以家庭为单位的小作坊。在老乡的介绍下，樊翁他们都在小作坊当起了窑工。由于作坊规模太小，他们兄弟仨分别在三家小作坊当窑工。虽然收入不高，但至少有了安身立命之所，能够填饱肚子了。

而事实上，时代的洪流在推动、席卷樊翁他们前进，他们对陶瓷的理解与追求，注定了他们会披荆斩棘，勇往直前。安史之乱对我国北方经济造成巨大的破坏，却推动了南方经济全面快速发展。唐朝在南方兴修了大量的农田水利设施，并在低洼湖沼地带筑堤围田，建立起旱涝保收的水网系统，在丘陵地带开发出梯田，南方开始成为国家的主要财赋基地，这些都成为我国经济重心南移的重要推动因素。

虽然樊翁对陶瓷制作较为了解，但还说不上娴熟，特别是来到南方，他还有一个漫长的磨砺过程。一个窑工从学徒开始，直至成为一名出色的窑师多为不易，须经十年左右的磨砺，甚至连某种工艺学习多久都有严格的时间与技术规定。淘泥、摞泥、拉坯、捺水、画坯、修补分别为一年时间，装窑、烧窑及外出游历与参师均为两年。

一开始，樊翁明显有所不适。他发现南方窑口和北方窑口拉坯与成型不一样，釉的配方不一样，烧成形式与方法也不一样。"唐三彩"拉坯是两次成型，但石渚这里更绝，拉坯一次成型。更让他感到惊讶的是，他们没有依靠任何工具，直接徒手拉坯，坯体还非常薄，甚至看不到任何痕迹。对于南方的窑工，他不由得有了一种发自内心的敬佩。

在这家小作坊，樊翁什么都做，选泥、拉坯、晒坯、砍树、劈柴、烧制。看到师傅，或是文人雅士在瓷坯上写字画画时，他总喜欢围上去看。他爱学，记在了心上，有时也会问师傅或文人雅士一些问题。后来，他便悄悄在瓷坯上练习写字和画画。

那是樊翁他们最为艰难的岁月。那时，贩卖陶瓷的商人只关注岳州窑，很少来这里，石渚的窑工们几乎在夹缝中生存。但他们没有气馁，依然日复一日、年复一年地做着陶瓷。

在湘江边长大的我，完全可以遥想樊翁他们那时的艰难。樊翁他们全都靠天吃饭，凭运气养家。湖南，特别是洞庭湖区，春季雨水多，无法生产，每年要等到农历四月初才能正式开工。夏季炎热，虽是制陶晒坯的好季节，却是窑货销售的淡季，不少窑场因窑货滞销发不出工资，只好关掉作坊停止生产。而这段日子，正是南方内陆江河涨水的季节，湘江滚滚的江水，咆哮着掠过石渚。

没有了经济收入，樊翁他们只好向作坊老板，或是贩卖窑货的商人借钱赊物，等窑场开工生产后再从工钱中扣还。当然，樊翁他们是要付出代价的。借的钱，年息高达 30% 或 50% 不等。所以，等窑场开工生产后，樊翁他们便会投入紧张的生产中。为了赶产，他们的脚长时间地踩踏在污泥及烧烫的瓦砾与碎石当中，每天工作时间均在 15 个小时以上，经常吃残羹剩饭。

樊翁他们虽然生活艰辛，但有些习俗和传统却一直在传承，对未来充满期待。他们视舜帝为窑神、先祖。唐朝令狐德棻主编的《周书》则说："神农作瓦器。"清朝朱琰在《陶说》中考证陶器制作的起源时，说："《左传》云：'炎帝以火纪官。'然则治火之利者，必炎帝也。故瓦器托始于神农。"

这些传说，把陶器的发明归于上古的圣贤或神仙，反映了人们对陶器发明者的敬仰，"窑神"在陶瓷行业中有祀神和酬愿的作用。一则可以维系窑工的凝聚力，二则体现了陶瓷制作过程中烧制的重要性。

那时没有测温仪器，对烧成结果难以把握和预测，窑工们认为烧制成功与否，是由火神操控的，所以在每年起手点火之前，要举行较大的祈祷仪式。每年农历四月初八，是石渚一带约定俗成的起手日，窑工必祭；每年农历六月初六，是窑神舜帝的寿辰日，同样必祭。祭祀时，樊翁他们摆上供品，点燃香烛，写上牌号，一是感恩，二是祈愿在烧窑时能得到窑神的保佑。

唐朝人过春节比较讲究，每年临近春节，樊翁他们会把各自的窑场打扫得干干净净，在窑场的神龛上面贴上对联。春节那天，他们还会在窑门前的供桌上摆上供品，烧起香烛，有钱的老板还会宰牛，祈求窑神保佑行业兴旺，赐福禳灾。正月里，他们还会在窑场上耍龙灯、舞旱船、踩高跷……他们想借此冲散旧年的阴霾与霉运，让新年窑场的日子过得热热闹闹、红红火火。

四

与他的兄长，以及其他老乡一样，樊翁那一代新石渚人，对故乡河南有着深厚的感情。异彩纷呈，变化无穷，色彩斑斓，故乡多彩釉彩的低温釉陶器特色，一直深深铭记在脑海之中。

樊翁是一个热爱陶瓷，对生活和未来充满期待的年轻人，同时也是个务实的人。他不是简单机械地学习陶瓷技艺，而是勤于探索，善于找寻陶瓷技艺发展的规律。因为有了在石渚窑场工作的实践，也就有了与制作唐三彩的对比。

"师傅，再讲讲老家的陶艺吧，求求您了。"虽然樊翁在窑场已经摸爬滚打三四年，但对于老师傅来说，他顶多也就刚刚入行。樊翁深知自己技艺的浅薄，所以只要有闲暇，就会缠着老师傅们，打破砂锅问到底。

老师傅们一边忙着手中的活儿，一边微笑着漫谈起来。他们的讲话毫无保留，谁也不会想到眼前这个男孩将来会有多大出息。他们怎么会想到石渚陶瓷有个美好的未来呢？会在历史的长河中留下光辉璀璨的印记呢？在他们心中，烧制陶瓷只不过是一种谋生的手段，改变生活的方式。

但他们对于唐三彩陶器的制作却极具耐心。老师傅们讲述起来："一件上好陶器的诞生，可不是那么容易的事情，需要付出很多的辛勤劳动。"他们说，陶器的制作过程大致可分为制坯和釉烧两大方面。制坯是最基本的过程，但釉烧是制作陶瓷中最关键的过程。制作过程可分为选土、碾磨、制坯、素烧、釉烧、开相，工序是一环扣一

环，环环相连，每一步都是制作陶器的必要步骤。

老师傅们不约而同地说到了陶土的重要性。陶土的粗细程度会影响陶器的颜色，选土是陶器制作过程中极其重要的一环。为了烧出上好的陶器，一般都精选纯净的高岭土做泥料，但由于泥料中的含铁量有所不同，素烧之后有白色坯体和红色坯体之分。所以在选土完毕后，要对原材料进行处理，将泥料放在料场，经过风吹日晒使其风化。而后开始碾碎备用，选泥和碾磨之后，高质量的泥料就准备好了。

"陶器的生动与否，全在做坯的过程。"老师傅们强调说。要根据陶器的大小、造型的不同，采用不同的制作方法。造型手法有捏塑、轮制、模制等几种，器皿多用转轮旋制，而俑多用手工雕塑、刻制而成。较大的俑类，则先用制作好的模子翻制成型……老师傅们还谈到了烧制时温度的把握、巧妙施釉、模印贴花等方方面面。

在石渚，像樊翁这样有心的窑工不少。他们将这些知识完全融合到后来石渚陶器的烧制中。从产品种类上，他们模仿起老家窑口来。比如瓷枕，他们做起了三彩枕、绞胎枕等；比如瓷玩，他们都以动物为形，造型浑圆，腹部穿孔，还制作成可以吹的哨子。从胎质上，他们也像老家那样，疏松而轻薄。从釉色上，他们看到南方窑的釉色比较单一，不仅岳州窑如此，越窑、洪州窑等也一样。于是，他们想着如何烧制老家那样釉色比较杂的瓷器。一开始，由于技术不够成熟，他们也只能像老家那样，生产更多的白釉瓷。他们还会像在老家给陶俑施化妆土一样，在给窑瓷施釉之前，涂一层化妆土。从装饰手法上，他们力图像老家那样，生产出复杂多变的多种釉色瓷。

在岁月的磨砺中，樊翁不仅成长为一名成熟的窑工，还娶妻生子，成家立业。他的身体和灵魂，渐渐与石渚融为一体。但时代也赋予了他们这一代人责任和使命，在艰难中求生存，在生存中求发展，成了他们的必然选择。石渚是三面环水的丘陵，这片土地上有史可载的工匠精神在渐渐萌芽。

五.

岳州有樊翁的牵挂。

当年安史之乱南迁，途经岳州时，樊翁的叔叔凭借过硬的制陶技艺，被岳州几乎最南端的铁角嘴的窑老板留下。那里地处湘江西岸，地势较高，叫窑头山，离地处湘江东岸的石渚，只有 12 公里之遥。"叔叔，中秋节前来看您。"那是个河水干枯、沙石暴露的秋天，樊翁通过游走于湘江之上的瓷器商人，给叔叔捎话。湘江之上，舟航往来，十分繁忙，樊翁的话很快就传到了叔叔耳中。

十多天后，乘客舟来到窑头山的樊翁，被眼前的繁忙景象深深吸引和打动着。练泥的，拉坯的，印坯的，利坯的，晒坯的，刻花的，施釉的，烧窑的，甚至上下码头贩卖瓷器的商人，往货船上装载瓷器的窑工，他们都在各自忙着手中的活儿。龙窑熊熊燃烧，窑身冒出青烟；窑场上、码头上充斥着大声的叫喊声、瓷器碰撞的清脆声音……一切那么繁忙，而又井然有序。

樊翁在忙碌的人群中找到了正在忙碌的叔叔。叔叔正在练泥，手上脚上全是泥。他赶紧到江边洗去手上脚上的泥，然后紧紧拉着侄儿的手，感觉亲切而激动。接着，叔叔带着樊翁在窑头山一带看了个遍。对这里的制瓷技艺进行全面了解，这正是樊翁此次来看望叔叔的另一个重要目的。

在岳州窑打拼数年的叔叔，已经把岳州窑的前世今生摸得一清二楚了。叔叔告诉樊翁，岳州窑有着悠久的历史。据传殷商之前，舜帝就率先民在湘江两岸的湖、港、沟边开始了制陶之业，进行原始的手工制作。后又从西汉、东汉开始，经三国、西晋、东晋，南北朝，这一时期主要是以烧制老百姓日常生活的陶制品为主，也称大货窑或平窑。真正开始烧制精美的瓷器则是从隋朝开始的。

岳州窑以烧制生活日常用青瓷为主，但也有点彩。瓷器胎壁较薄，比较粗松，呈铁灰色，釉色明亮，底足有釉，器物精致，少装饰。比如青釉碗，碗口微撇，弧腹，阔底，圈足。腹刻莲瓣纹。里外施青釉，釉薄而不匀，釉色青中闪绿，釉面有细密开片纹。

叔叔详细介绍了岳州窑的碗碟与茶具。茶碗唇口微敛，扁圆腹外罩鱼子状青黄色开片满釉，太平底，器底平整，留有三颗工整的支钉痕。茶杯深腹圆收，施青黄色满釉，杯心及内壁刻莲瓣纹饰。"碗碟与茶具的制作，师傅们也是耗足了心思，用足了智慧。"叔叔说。当时岳州窑产品所施青釉与酱釉莹洁闪光，呈透明或半透明状，在当时国内所有的陶瓷产品中处于领先地位。

当然，岳州窑的日常生活制品美妙绝伦，从湖湘走向全国，乃至世界，这是由于唐朝一项十分兴盛的社会活动——斗茶。唐代茶圣陆羽曾在《茶经》中写道："岳州瓷皆青，青则益茶。"陆羽细举了不同材质的瓷碗对泡茶与品茶的影响，尤其对岳州窑茶具如何对茶有着独特的影响，专门作了详尽的介绍和述说。

虽然石渚与岳州的风俗差不多，陶瓷烧制的方式也极其相似，但岳州窑体形庞大的龙窑，以及匣钵腹烧法，还是让樊翁感到震惊。叔叔介绍说，以前的窑体都是平顶的方形与菱形，容量很小，难以批量生产，且一遇窑内高温及窑外大水，便会常常引发窑体垮塌，以至窑毁人亡。先祖尝试着用加高窑体、增厚窑壁，用铁制品炉桥相隔等许多办法，仍是屡试屡败……当时他们大都是将制作好的素坯直接放进窑体内进行烧制，既容易粘连，受热不均，还易被炭灰直接污染……以至于歪嘴裂口、压扁压裂的次残品窑货很多。

叔叔还给他讲起了先祖发明龙窑和匣钵腹烧法的传说：

一日，老窑师累得在塌窑边昏昏欲睡，忽见以前经常在洞庭庙中祭祀过的洞庭龙王的三女儿飘然而至，手里还提着一个精美的梳妆匣。小龙女目光如炬地紧盯着老窑师，先是用右手，指指左手提着的梳妆匣；然后又缓缓解开自己的衣襟，也是用右手，指指自己的胸部……在一阵轻烟腾起之际便消失得无影无踪。

老窑师醒后，冥思许久……仿若顿悟。他先是按龙女指点，将过去方形与菱形的窑体改砌成圆拱形大窑，再在主窑两边分别砌上一个内空相连的拱形小窑……如此这般，不但使大小相连的窑体能充分利用热能，降低成本，增加产量，而且使窑体更加牢固可靠，遇高温与水患少有垮塌。因大小窑体一个个连绵相延，窑体的火口与烟囱极像龙口与龙角，加之又系龙女指点，乡亲们便把这一形状的窑体称之为龙窑。

几天后，老窑师回到家中又想起了小龙女指点随身携带的梳妆匣的奇妙举动。于是又急切找来老伴年轻时从娘家陪嫁过来的梳妆匣子，也是一番左摸右看，仔细琢磨起来……受此启发，回到窑场的老窑师将待烧的陶瓷制品，装进经高温焙烧过的匣钵中装窑生火，反复试验，使改用的匣钵腹烧法一举成功。

樊翁听得如痴如醉，沉浸在陶瓷的美好历史和现实之中。

六

几天后，樊翁与叔叔挥手告别，登上了驶往潭州方向的客舟。

一路上，樊翁心事沉沉。他的心思还在岳州窑，还在想着庞大的龙窑，龙窑里生产出的瓷器，以及瓷器的釉色、装饰、器形、种类等方方面面的事情。他并没有一味地赞叹，或者说崇拜，而是思索着如何学习，如何创新超越。"应该建岳州窑这么大的龙窑。""要扩大规模，只有合伙干。""如何让石渚的窑场像岳州窑这样生意兴隆呢？"……这些都是这次樊翁岳州之行的重大目标。

此刻，我想到了蜜蜂和花粉。世事万物的变迁与发展似乎都有着潜在的因果。蜜蜂将花粉从雄蕊传到雌蕊，植物便赖以繁衍。长沙铜官窑正是借助北方人口大量南迁的契机，与中原地区的陶瓷工艺有机结合，便孕育了旷古新瓷。

独立　门户

一

"在商业模式上，长沙铜官窑开创了最早的'股份制'合作，窑工们分工明确，制泥、成型、销售、合伙集中烧制，风险共担，利益共享。"这是1200多年后，陶瓷考古界和史学界轻描淡写的一句话，但我知道，这其中蕴含着当年石渚的窑工无尽的艰难与辛酸。

两个哥哥发现，从岳州窑回来后，樊翁像换了个人似的，整天魂不守舍，在窑场的工作也变得三心二意起来。他整天想着老家陶器的制作、陶器的艺术，想着南方窑口和北方窑口的异曲同工。一天晚上，樊翁向他的两个哥哥道出了心中的想法。"哥哥，我们自己干吧！建个龙窑。"樊翁说。"本钱从哪来？场地从哪来？"哥哥说。"可以跟人家合作。"樊翁说。"谁会跟你一个外地人合作？"哥哥说。"你

不去试怎么知道人家不同意呢？"樊翁有些气愤了。樊翁与哥哥不欢而散。哥哥觉得他是在异想天开，甚至到了无可救药的地步。

樊翁面对艰难的选择，如同当时长沙彩瓷的缩影。向前迈出，海阔天空；止步不前，或者是退缩，定会在夹缝中走向灭亡。

二

樊翁最先向自己工作的小作坊老板表达了自己的想法。老板还算心地善良，建议他不要动这个念头。为什么呢？做陶瓷艰难，不仅要有本钱，还要有技术，有人力，有场地，有原料，有设备。做陶瓷有风险，烧好了，能挣到一点钱，炸窑了，血本无归，倾家荡产。做陶瓷还要有人脉，石渚的陶瓷藏在深闺人未识，贩卖陶瓷的商人很少到石渚来，除非认识一些商人。但樊翁不死心，他又找到其他的作坊老板。这些老板不再这么客气，有的朝他冷笑，有的根本就不屑一顾。

但樊翁的诚心最终还是打动了一个作坊老板，同意让他搭烧几百件陶瓷。他异常兴奋。先是精心准备原料，在一个山头上挖到了一些颗粒细、含砂少、呈粉状、黏性好的上好料土。准备好原料后，他又用辘轳轮制的方法制作瓷胎，再进行上釉。樊翁以制作碗、盘、壶、罐为主。十多年的磨炼，让他的制陶技艺到了炉火纯青的地步。比如他制作的壶腹体圆浑，短颈、卷唇或唇外折。多棱短流，单曲錾，条形横系或竖系等都显现出丰腴匀称。他不想让瓷器的颜色过于单调，就学着岳州窑那样，给青瓷加上褐彩。他还利用在作坊工作时学的一些基本书画技能，为自己的作品画上了石渚能看到的鸟儿、花草、风景；在作品上以行书的方式，写上自己喜欢的诗句，

甚至颇有野心地写上"樊家记"。

　　装窑后，便是烧制。对于樊翁来说，烧的不是柴，也不是瓷器，而是他的心，他的期盼，他的理想，他的未来。上天眷顾了孜孜不倦的樊翁，开窑时，当他看到自己亲手制作的陶瓷变成泛着光彩的青瓷，有的还呈现出豆青、浅黄，釉下点彩呈褐色时，他再也抑制不住内心的激动，泪水从眼眶顺着脸颊流了下来。

炸　窑

一

尝到小甜头的樊翁心更大了。

他来到邻居家的山坡，抬头望去，虽然上面长满了树，但仍可看到，这个斜坡较长，坡度缓和，上面也相对平整。在荆棘丛生的草丛中，他用脚步丈量斜坡的长度，大概有 150 尺。他又拨开灌木丛里的矮小植物，察看土质，相当理想。来到石渚已经二十年了，虽然娶妻生子、成家立业了，但建立属于自己的龙窑一直是他的梦想与追求。他在这个山坡上来回跑着，甚至规划着，在哪个位置建窑头，在哪个位置建窑床，在哪个位置建窑尾。

连续看了几天后，他把自己的想法跟两个哥哥说了。他告诉哥哥，那个山坡，无论从地形、山势、土质，还是通风条件，都适宜龙窑的筑建和生产。樊翁说，他想把邻居的那个山坡买下来。哥哥们变得谨慎起来。大哥告诫他，好不容易在石渚站住脚跟，又要借钱买地建龙窑，风险很大，弄不好血本无归，还要欠一屁股债。家里孩子这么多，真要亏了，以后的日子怎么过。如果执意要建，顶多建个小的馒头窑，或者是蛋形窑。但樊翁依然是那么坚定与倔强。他说，小的他不建，要建就建大的。人家能在岳州窑建龙窑，能在石渚建龙窑，为什么他就不能？如果总是前怕狼后怕虎的，怎么能把作坊做大，怎么能有出头之日？哥哥们沉默了。或许，他们被弟弟的执着打动，或许他们默认了弟弟的观点。

二

樊翁开始为他的事业忙碌起来。

虽然他在陶瓷这个行业多年了，但他还是进行了充分的了解。他不仅在石渚进行了解，还跑到岳州窑进行了解。他知道，除了个别实力雄厚的窑厂老板能够独自建龙窑，自己制泥、成型、烧制、销售外，其他都没有这个实力，都只能抱团取暖、合伙经营。整个龙窑，不仅要合伙建设，还要分成数段，各家烧各家的。至于各家的瓷器如何制作，制作什么，如何装饰，那是各家的事。

他开始在石渚四处游说起来。那些已经成规模，并运行成熟的作坊老板，根本就不会被他的话打动。不论那个山坡是多么的好，不论你多有决心，与一个新伙计合作，肯定是危险的。他们知道，一个龙窑从建立到烧出品质较高的产品，要经历多少风雨，要付出多少汗水。他们只会强强联手，这是生存法则。

于是，几个与樊翁一样，没有经济基础，但却对陶瓷制作抱有期望的窑工走到了一起。他们达成了一致，共同参与、共同管理、共担风险。首先，他们各自凑了钱，把樊翁看中的那个山坡买了下来。

他们请来了石渚一带最权威的师傅，根据地形实际情况，以及经济实力，建了一个约120尺长，10尺宽的龙窑。分为窑头、窑床、窑尾，窑头为预热燃烧室，呈倾斜炉栅式布局，由火门、火膛、储火段、防雨棚、挡土墙等几部分构成。窑中是窑室，指装烧瓷胎的空间。窑室长度不一，主要按烧制的产品数量和品种来定。窑尾为排烟孔，排烟孔的面积大小及分布，直接影响窑内温度传递和烧成时间的长短。烟囱位于龙窑尾端，呈方筒形。

龙窑建在山坡上，烟囱伸出高高站立，从远处看，像极了龙头高翘望着苍天。龙尾低伏紧贴着地面，像是随时准备着一跃而上。

三

龙窑建好后，樊翁他们分头做起瓷胎来。

虽然他们没当过老板，但却算得上是石渚一带的老窑工了。我可以想象到，他们在制作瓷胎时的驾轻就熟与兴高采烈的模样。

因为不再是给别人打工，而是烧制完全属于自己的产品，他们便都按照自己对陶瓷工艺的理解去制作。他们知道，一件陶瓷，不论它是如何简单，都必须经过采矿、运土、晒土、碎土、配土、泡土、洗土、滤土、陈腐、打墩、熟土、练泥、拉坯、接流、晒坯、装饰、纹饰、制釉、施釉、装笼、进窑、烧成、出窑、质检、包装、运输、仓储等步骤才能完成。"生在选土，长在成型，死活看烧成。"石渚一带的窑工中流传着这样一句话。

瓷胎的制作也更加讲究。他们既互相学习借鉴，也互相比拼竞赛。像其他作坊一样，樊翁他们忙碌起来。他们在一处山坡找到了理想的料土。料土分红色和白色两种。红色细腻柔嫩，可塑性强；白色略粗且粉，骨架力强。他们将红色和白色料土配调，配成优质成型的坯泥。他们还选用白度最高的瓷土，准备用来做化妆土。当时他们还是以生产青瓷为主，烧成后胎呈灰色或者紫色，在胎体的外面敷上一层奶白色的化妆土，是为了进一步改善釉色，让瓷器的品质更好，在市场上更有竞争力。

可以说，石渚窑工手工拉坯成型技艺，是一种将设计、思维、想象、感情物化的过程。做泥坯时，将泥放在车盘的中心，拉坯工坐在车架旁，套用竹筒拨动车轮，双手拉泥，随手的屈伸收放，形成圆形的款式。像人物俑、动物和文房用品水注、镇纸、儿童玩具等小件，他们则采用捏制、堆塑、雕刻、镂空等技法成型。一次成型，过后"三不"，即：不修、不理、不补。全凭手上功夫和心灵互动。虽然樊翁他们早已非常娴熟，但手工拉坯工艺易学难精。除了熟悉与经验，还需要灵性。随后便是干燥、装饰和上釉。

最后，樊翁他们根据之前商定好的，根据各家分得的窑段体积的大小准备好了瓷胎。接着便是装窑，这可是门大学问。当时没有物理与化学知识，也没有科技，全凭经验积累。装窑时使用窑具，按功能分为垫具、支烧具、焙烧具。垫具有垫圈、垫饼、托珠，支烧具有三足支钉等，焙烧具有匣钵和测量具。为使瓷胎避免窑渣、窑汗、窑灰污染，使瓷胎受火均匀，装窑时先将瓷胎放入匣钵。匣钵有桶式、漏斗式等式样。装烧方法有单件装烧和多件叠装。

装窑时，他们遵循了"行、柱、手"装烧的办法。要确保坯件能安全放入窑内，还要节省空间，尽可能多装载，但又不能阻塞火道、烟道和气道。窄了，温度上不去；宽了，空间浪费大。他们将行、柱的间隔统一保持在两指到两指半的距离。叠装时，把造型单纯收敛型，能承受较大压力的坯放在底层；盘、宽边坯放在中层；大件放在窑尾。在同一层面上，他们先放大件，让小件补空位。

四

万事俱备，只欠东风。

"三分做，七分烧。"这是石渚窑工对瓷器制作的理解。樊翁他们知道，在烧制陶瓷的过程中，不确定因素太多，成败难料，故而烧成环节十分重要。烧窑时，关键是对窑炉内的温度、压力、气氛的控制，确保坯体在高温的特定条件下烧结。当时没有科技手段，对窑内温度、压力、气氛的掌握，全凭经验，"看火"控制。而要掌握这一技术，需要较长时间的跟班学习。弄不好，会出现流釉、干釉面、过火、生烧、生夹、烟熏、阴黄、火刺、坯泡、釉泡、流足、釉裂、軏裂、针孔、褪色、蜷缩、浮渣、滑动、掉落变形等产品质量问题，甚至全窑产品报废。所以，樊翁他们请来了石渚一带经验丰富的专职"火师"负责"看火"烧成。

但樊翁他们心目中的"东风"，更多的是窑神的保佑。据考证，唐朝石渚一带最初祭"窑神"是各窑单独祭祀，后来陆续建起窑神庙，祭祀"窑神"变得常态化、群体化。2010年长沙铜官窑遗址的陈家坪片，发掘了一处建筑遗址。遗址中除了发现板瓦、兽面瓦当、莲花纹瓦当等，还出土了一堆彩佛像残片、香灰。专家推断，这便是唐朝石渚祭祀"窑神"所在之地。

樊翁他们举行了一个隆重的祭祀"窑神"的仪式，希望保佑烧造成功。吉时到，伴随着锣鼓声，狮龙齐舞。主事人在簇拥中恭读祝文，祈祷："风调雨顺登丰岁，政通人和烧好窑。盼瓷路俏民富裕，天下太平福无边。"接着，主事又手捧陶瓷作品，虔诚地敬献在窑前，祝愿这窑瓷器能够顺心如意。舞龙，便是用竹篾编制，捆上稻草或粗口草绳扎成龙身，石渚人称之为草龙。舞到最后，草龙点上明火再舞，最后投入龙窑炉膛，点燃龙窑。

樊翁他们犯了一个错误，期望"窑神"护佑之时，却忽略了烧好窑的一些其他因素。当时正值夏初，雨水多，并不是烧窑的最佳季节。但他们太想烧出自己的产品了，甚至抱着侥幸的心理，所以义无反顾地冒险烧窑。烧窑时，遇上了大雨。虽然他们准备了充足而上好的松柴和槎柴，但在大雨中显得暗淡无光。一开始，"火师"还信心满满。但雨越下越大，下个不停，除了烧口有茅草遮挡，龙窑其他地方都是裸露的。雨水往龙窑里跑，导致窑内缺氧，产生烟熏，也产生窑变。后来，"火师"和樊翁他们变得焦躁不安起来。20世纪90年代初，我在位于望城铜官的望城五中读高中时，偶尔会跑到龙窑边看烧窑，见证过开窑时烧窑人的表情。有惊喜，也有失落。我可以想象到1200多年前，那个时刻，"火师"和樊翁他们极度复杂的心情。

"火师"焦急万分，大汗淋漓。他不断用"火照"来测试窑内温度和气氛。"火照"有各种形状，碗形的、钵形的、炉形的、壶形的都有。不论何种形状，其上面必有一圆孔，方便"火师"用铁钩从窑内勾出查验。他们甚至还用了彩绘"火照"，用来判断彩的烧成情况。

"落火！""火师"几乎吼道。"火师""看火"，实质是在"玩火"。陶瓷是"泥与火"的艺术，实质是"玩火"的艺术。"火师"的吼叫，暴露了他的担忧与焦躁。

即便如此，"火师"仍旧非常谨慎，樊翁他们依然抱着美好的期望。他们渐次开火眼通风，很慢很慢，为了防止温度骤降造成釉面炸裂。而后渐开窑门，由上而下把泥砖扒开。虽然已是夏季，但由于是雨天，温度并不高，降温还需要一个过程。

当时的他们有温度的概念，但并没有对温度精确的计量。

事实上，当时石渚窑器物烧成温度在 1150℃至 1200℃。

这是瓷的温度。

五.

樊翁有些迫不及待，等窑内温度降到人可以进去的时候，他就忐忑不安地捧出几个还有些烫手的匣钵。大家眼睛直盯着匣钵。匣钵打开了，瓷器展现在大家眼前。大家的脸都阴沉下来。烧得生夹。"别急，再看看其他的。"有人说道。樊翁再次进到窑内，抱出匣钵。大家的脸上依然没有笑容。随后，其他伙计抱出的匣钵，也没有带来惊喜。是欠烧，全窑产品都报废了。

炸窑了！

有伙计责怪起"火师"来，"火师"却说，是樊翁他们得罪了窑神，派了龙王爷过来惩罚他们。随后，伙计之间又互相责怪起来。最后，伙计们把矛头指向了樊翁。他是始作俑者，应该对此负责。樊翁耷拉着脑袋，神情沮丧。

那天晚上，樊翁一声不吭地喝起米酒来。喝着喝着，他先是大笑，然后便是号啕大哭。即便妻子极力劝阻与开导，也无济于事。深夜时分，趁妻儿熟睡，他偷偷来到龙窑边，砸碎了所有生夹瓷器。

随后，他带着一小壶酒走到湘江边。他的家离湘江只有百米之遥，夜深人静之时，在床上就能清晰地听到湘江滚滚的波涛声。他坐在一块临水的石头上，大口大口地喝起米酒来，思绪万千。他想到了遥远的故乡，唐三彩也浮现在了他脑海中。那是一个美好的地方，但却因为战乱，成了回不去的故乡。当年，他跟着哥哥和叔叔等同乡挥泪离开家乡，几乎过着乞讨的生活，来到岳州、潭州等地。他清晰记得第一次登上石渚这片土地时的情景，当时下着大雨，他对这里的山山水水充满好奇。来到这里，虽然白手起家，但他们的陶艺没丢，依然是他们不曾遗落的梦想。为了生存，为了让家人的生活过得更好，他必须烧制上好的陶瓷。特别是到了叔叔那里后，他更是看到了陶瓷制造的无限前景，他甚至有了更大的梦想。于是，他找人合伙干，扩大规模，建岳州窑那么大的龙窑。

一个浪花打过来，打湿了他的双脚，也打湿了他的衣衫。他打了一个冷战，回到了现实之中。想到炸窑了，想到自己的家当全都赌在了这窑陶瓷上，想到极其信任自己的伙伴，他泪如雨下。"什么梦想？什么前途？什么陶瓷？还不如一走了之，一了百了。"他想。他喝了一大口酒后，将酒壶往石头上猛地砸去，然后一步一步向湘江走去。

"老三，你想干什么！"

"老三，你怎么这么傻！"

就在樊翁走向湘江之时，他的两位哥哥和妻子，以及其他邻居跑过来，把他拉上岸。

"你们拉我干什么，还不如让我死了算了！"樊翁说。

"哐！"这次樊翁的大哥再也没给樊翁留情面，上来就是一耳光。

"你丢不丢人？受这么点挫折就想不通、寻短见。以前那么苦那

唐长沙铜官窑"黑石号"出水碗1

（林安供图）

唐长沙铜官窑"黑石号"出水碗 2
（林安供图）

么难的日子都过来了，这点困难算什么！这一窑没烧好，下一窑烧好不就行了吗？"大哥气愤地说，"炸窑了，亏空了，有什么关系？只要人平安健康就好，留得青山在，不怕没柴烧。"

樊翁最终醒悟了，他听从了哥哥的劝导，重拾信心，重新出发。一方面，他在手工拉坯制瓷技艺上精益求精；另一方面，他继续寻找志同道合的窑工，走合伙烧龙窑的路子。后来，虽然经过了较长时间的摸索与磨合，也曾有过失败的经历，但他越战越勇，摔倒了，爬起来，继续前行。

最终，樊翁成为石渚陶瓷作坊的一个小老板，点燃了"樊家记"瓷器的火种。

石渚的窑场最终变成了瓦渣坪，堆满了或青或彩的瓷片。回望历史，石渚上空正下着瓢泼大雨，那是窑工们前行路上的劫难，悲伤、无助的泪水。

重心　南移

一

在炽烈而又绵延的窑火中，安史之乱渐渐远去，石渚逐渐成为湘江流域，或者说是潭州和岳州一带名声大噪的草市。这个草市，既是陶瓷交易市场，又是瓷器烧造区，还因地处湘江港湾，是理想的码头。

我知道，要在浩瀚的历史中找到长沙铜官窑异军突起的原因，必须用历史的长焦距镜头和超广角镜头。

唐代宗走到了我的笔下。

唐代宗李豫生于公元727年，是唐朝第八位皇帝唐肃宗的长子。他从小好学，专攻《周礼》与《易经》，学习儒家经典，为人仁孝温恭，最初以皇孙身份受封广平王。安史之乱时随父前往灵武，肃宗称帝后，被拜为天下兵马元帅。

公元 762 年（宝应元年），肃宗病死，李豫被宦官李辅国等拥立为帝，改年号为"宝应"。据说，一个名为"真如"的尼姑在扬州的安宜县内挖了八件宝物，当时朝廷动荡不安，代宗认为这是一个国家稳定的吉祥标志，于是颁下圣旨改年号为"宝应"，并把发现宝物的安宜县更名为"宝应县"。

彼时的代宗和他的大唐帝国确实需要"宝物"。安史之乱对唐朝的影响太大了，代宗接手的是满目疮痍的大唐江山，当时安史之乱还没有被平定，而除了安史之乱的影响外，他还要面临诸多复杂的局面，宦官问题、各地藩镇问题，还有经济的恢复和发展问题。

首先，代宗巧用妙法将当朝的宦官问题解决掉了。《旧唐书》说，安史之乱时，唐肃宗将部分军权给了李辅国，之后李辅国支持代宗有功，变得越发嚣张。于是代宗先借助程元振与李辅国对抗，之后代宗坐收渔翁之利。最后，代宗又借助元载除掉了鱼朝恩。

其次，面对战争过后的千里萧条，代宗开始了一场大刀阔斧的经济改革，实行养民为先的财政方针，改革漕运、盐价、粮价等。对于漕运，当时由于战争，漕运梗阻，于是接办漕运的刘晏，提出疏浚河道、南粮北调的计划。朝廷不再征伐沿河壮丁服役，而是用政府的盐利雇用船夫。还改直法为段运，提高了运粮效率。对于盐政，他首先大力削减了盐监、盐场等盐务机构，改官收、官运、官销为官收、商运、商销、统一征收盐税，国家只通过掌握统购、批发两个环节来控制盐政。

二

代宗像他父亲一样，重用了刘晏，甚至赞誉他为"萧何"。

安史之乱前后时间长达八年，这期间百姓几乎处于水深火热之中。对于原本自给自足的百姓而言，这场动乱使他们的生活变得艰难，所以在平定了安史之乱后，唐朝还要面临一个更艰巨的难题——经济萧条。

刘晏的出现就是要解决这个烫手山芋的。他自幼就是人们口中的神童，年仅八岁就因神童之名而被授予太子正字，其后又因表现突出而被提拔。一直到了安史之乱以后唐肃宗时期，他开始在经济上着手进行改革，对漕运、盐政、粮价等进行整改，使经济慢慢步入正轨，对于国库又采取开源节流的方法，使唐朝经济在这一系列举措之中慢慢恢复。

在这个过程中，刘晏借用了王景的治水方略，减轻百姓税赋徭役，通过盐政专款对漕运进行专项改革，以此疏通大运河，不仅改善了漕运，而且减轻了百姓负担。更值得注意的还在于他在财政这一方面所提出的改革，他的常平法以养民为先，也对唐朝的经济改革产生了积极的作用。

这个对唐朝贡献卓著的宰相，却以悲剧收场，他因为杨炎的陷害选择了自杀。这位对唐朝有着深远影响的人一生清廉，死后却因这些谗言而被抄家。若不是因为安史之乱之后唐朝有这样一位有远见的经济学家，还不知道唐朝会是什么样的景象。或许，就不会有石渚陶瓷草市的崛起，也没有石渚樊氏陶瓷制造业的辉煌。

三

代宗是个智慧贤能之人，他励精图治，在位十几年间，智斗宦官，艰难改革，使得大唐从安史之乱平定后，迅速进入经济恢复期。

然而唐朝有很多身上有传奇、精彩故事的皇帝，即使代宗再优秀也比不过他的先辈，以至于被历史淹没。后人在评论唐朝历史时，更多的也是在聊初唐与盛唐时期，唐朝在安史之乱后的历史常常被人所忽视，代宗自然也很少被人提及。

历史应该记下代宗的功劳。

安史之乱的现实，代宗等人的努力，或客观或主观地促进了江南经济的腾飞，让中国经济重心南移，使得久经战乱的大唐帝国开始有了新的经济基础，这一经济格局，甚至一直影响到今天。

经济重心南移在三个方面大放异彩。

首先，南方的农业粮食产量快速提升。在安史之乱爆发之前，北方一直都是历代封建王朝的经济重心。不仅粮食产量领先于南方，农业种植技术、农具的先进程度等等都优于南方。但是在安史之乱爆发后，受战争破坏的影响，北方的经济基础遭到了重创。在这样的大背景下，经济重心开始由北方向南方转移，北方先进的生产技术也纷纷流向南方。随着时间的推移，南方的农业粮食产量已经逐渐能够与北方持平。到了后来，更是直接超越了后者，成了大唐帝国财政收入的主要来源区域。唐朝皇帝们也因此更加注重发展南方的农业经济，南方的农业经济进入了一个良性循环之中。

其次，南方的手工业得到了快速发展。以纺织业为例，随着安史之乱的结束，北方的纺织业逐渐走向衰落，而南方的纺织业却逐渐走向繁荣。在纺织技术得到改进后，无论是生产规模还是商品的质量，北方都已经无法和南方相提并论。统治者很快就注意到了这一现象，并针对南方经济环境的特性，制定了许多符合其发展需求的优惠政策。比如在唐中期后，南方的造船业和茶业得到了朝廷的鼎力扶持，在国际贸易中发挥的作用和所占的比重越来越大。

再次，在南方农业的粮食产量逐年得到提高、手工业也得到快速发展的同时，南方的商业也随之走向了繁荣。随着人口的流入，城市的规模开始逐步扩大，市场上的交易也越来越活跃。随着时间的推移，南方诸多大城市已经成为全国重要的商品集散地，比如广州、扬州、益州等等。像石渚这样的地方性草市，也如同雨后春笋般冒出来。

对于石渚和樊翁他们来说，那是长沙彩瓷发展的黄金时期。

非主流因素

一

　　樊翁的儿子继承着父亲的陶瓷产业，但他们也感到了前所未有的压力，遇到了前所未有的困境。

　　主要是市场的竞争。他们面临的竞争是双重的。一是石渚窑与其他窑之间的竞争。石渚作为一个新兴的窑场，与其他名窑的竞争明显处于弱势，开始甚至根本不值得一提。或许，这就是陆羽《茶经》只见岳州窑，不见石渚窑的原因。

　　首先，石渚窑有来自邻近的岳州窑的竞争。岳州窑胎质细腻、灰白，器形厚重，敲击有金属般的声音，瓷化极高，青瓷开片，造型古朴美观、光洁，釉下荧光闪烁，玻璃质感强。唐朝诗人刘言史有诗云："湘瓷泛轻花。"

其次，石渚窑有来自全国各大名窑的竞争。扬州是唐朝商品经济最为繁荣的城市，也是长沙铜官窑产品的集散地，更是全国各大名窑产品的集散地。长沙窑产品外销又途经商品经济最发达的江浙地区，受到越窑、洪州窑、寿州窑、邢窑、巩县窑的夹击和挤压。

樊翁只是一个陶瓷作坊的小老板，与樊翁有所不同的是，他的儿子则将业务进行了拓展，不仅烧制瓷器，还贩卖瓷器。不仅去了潭州、岳州，还到了扬州。刚到扬州贩卖石渚的瓷器时，他们感到非常艰难。人家觉得石渚的瓷器籍籍无名，还制作粗糙。也因此，石渚的瓷器价格非常低廉。

李辉柄主编的《长沙窑》进行了较为详细的阐述：

> 长沙窑价位都偏低，与同时的越窑相比，价格悬殊。因为越窑须上贡朝廷，或承烧官府订购产品，受这一因素影响，越窑产品的市场定位较高，而长沙窑则完全以消费者的支付能力定位。针对安史之乱后，社会动荡，广大平民的经济能力普遍下降的状况，为求得消费者的认同，所以长沙窑部分产品定位则往往走低。浙江嵊县出土的一件盘口壶，上刻"元和拾肆年四月一日造此罂，价直（值）一千文"。无独有偶，一件长沙窑瓷壶上也书有"油瓶五文"。唐后期物价变化无常，相差悬殊，两窑的两件瓷相差 200 倍，并非说明两者的价格实际差，只是从一个侧面反映出两窑产品定位的不同。

二

他们知道，要让自己的产品求得生存，必须在产品制作和销售策略上另辟蹊径。

创新开放是流淌在湖南人血脉里的精神特质。

他们更加注重产品的质量，并朝着精致的方向努力，烧窑技术也更加稳定而成熟。他们意识到，不能照搬岳州窑、越窑、邢窑的做法和装饰，必须有创新，有新颖的装饰。他们善于捕捉市场信息，根据市场变化及时调整产品，以适应市场需要。比如茶、酒用具的烧制。随着唐朝饮茶的普及，茶具的需求空间越来越大，同时随着商品经济的发展，商业都市的繁荣，唐朝兴起了许多茶楼、酒肆，也需要相应的饮食用具。特别是唐朝中后期茶叶加工、冲煮方法发生较大的变化，其用具也相应出现变化。于是，他们大量生产碾子、碾槽以及擂钵等茶叶加工器具和茶酒盛器。

他们还意识到，要想赢得市场，广告是必不可少的手段。与其说是创新，倒不如说是他们被逼无奈。各窑区、各作坊合伙经营的同时，也存在竞争。由于他们产品的造型和装饰手法存在较多的相同之处，为争取更多的市场份额，其竞争异常激烈。《长沙窑》说：

题写宣传广告语不仅在瓷上前所未有，在当时整个手工行业中都非常少见，这一先例也是长沙窑所开。长沙窑继承了以往标明作坊主姓氏的做法，如"庞家"高足盘、"张"字款贴花壶等，刻写作坊主姓名或姓氏于产品，实际是表明对产品的质量负责，为产品质量提供信誉保证，因而具有一定的广告效应。此外长沙窑还出现了真正意义的广告，如"绝上""卞家小口天下第一""郑家小口天下有名""瓦货老行"等，其广告用意都非常明显，并且不惜夸张之语以诱导消费者。……同时长沙窑瓷上也借用相关产品的广告语推销自身产品，如酒具上有许多酒的广告语，"陈家美春酒""美春酒""浮花泛蚁""好酒无深巷""美酒""国士饮""客大饮"等。这些用语，与其说是推销美酒，不如说是推销自身。

透过这些广告，我看到石渚卜家和郑家作坊正激烈争夺"小口"壶市场，看到樊翁的儿子在自家作坊忙碌着，或是来回穿梭于各个作坊之间，或是在码头迎来送往。

这就是石渚瓷窑的春天——石渚窑工强烈的市场意识。

三

虽然樊翁的儿子还年轻，但在父亲的熏陶和培养下，很快就对陶瓷有了深入而深刻的理解。特别是他们开始贩卖瓷器后，对陶瓷市场更加熟悉和了解。他们知道官方喜欢什么样的瓷器，普通老百姓喜欢什么样的瓷器，中国人需要什么样的瓷器，外国人需要什么样的瓷器。

年轻的他们更大胆，更具创新精神，理念也更加先进，想制作出与岳州窑、越窑、邢窑等其他窑口不一样的产品来。他们想到了彩色。

一开始，彩色并不受待见，属于非主流因素。

当时瓷器生产呈现南青北白的格局。南方形成以越窑为代表的青瓷窑群，北方形成奉邢窑为宗的白瓷窑群。南方青瓷似玉类冰，北方白瓷似雪类银。

他们明白，青瓷在六百多年前的东汉就开始成熟了，瓷器加彩也是在盛唐之后才开始大量生产，滞后数百年。瓷器是陶器的升华和飞跃，但彩瓷却没有从彩陶中直接升华，这既有工艺的难题，最重要的是来自观念上的障碍。

我在《孟子·告子上》中找到了答案："告子曰，食、色，性也。"注云："言人之甘食悦色者，即其性。"中国古代的审美观念中对色彩的追求，一直持贬抑之势，色在深层上往往与女色相关联。而彩色的追求，是原始的、本能的、无意识的在视觉上的需求，也就是对感官刺激的追求，容易乱人耳目，导致本能欲望的放纵。这与中国古代"内敛"的礼制及审美观不相吻合。

儒家、道家主导下的审美是追求事物的内在美，而非感官上的刺激，反映到器物上，就是以实用、质美为上，而轻文采。正是在这种审美思想的支配下，器物重质材不重纹饰，瓷器的质材在于胎釉，瓷器之美在于釉的质感和色调。而青釉则是一种富于冷静、幽玄情趣的色泽，它不仅适合儒家思想，而且与玄学所追求的境界隐隐合拍。更准确地说，是在追求釉的玉质感，因为玉与儒家所倡导的君子之德吻合。对瓷器饰彩不予提倡，彩瓷难以普遍、流行的原因就在于此。

这种观念对后世官窑都有很大的影响。唐宋时期文人赏瓷受儒家熏陶，他们的审美标准也是如此。赞瓷的釉色美，不尚彩画。白瓷要如玉似银，青瓷应如冰似玉，"邢客与越人，皆能造瓷器。圆似月魂堕，轻如云魄起。""大邑烧瓷轻且坚，扣如哀玉锦城传。君家白碗胜霜雪，急送茅斋也可怜。""九秋风露越窑开，夺得千峰翠色来。""雕镌荆玉盏，烘透内丘瓶。"唐朝所有的赏瓷咏瓷之诗都是对青瓷、白瓷的赞美，而无对长沙彩瓷的咏叹，原因也即此。

釉色美必须用还原焰烧成，往往还原气氛越强，釉色就越好。越窑青瓷本来就被描绘成如玉似冰，秘色瓷的釉色更美，主要采用强还原焰烧制。之后的汝窑、官窑、龙泉窑、青白瓷等以釉色取胜的瓷，都是用还原焰烧制，而初始阶段的彩瓷则需用氧化焰烧制，因此这些贡窑也不可能发展成彩瓷。

虽然当时的统治阶层尚质朴贬声色，但追求声色之美是人之本能所在。所以，求声色之好作为一股非主流因素是始终存在的。瓷器上的纹饰之美虽然屡屡遭受攻击，却也"野火烧不尽，春风吹又生"。

四

瓷器加彩，也是"目好色"的一种表现。

我翻开了中国瓷器发展史。瓷器加彩，最早约见于三国时期。1983年江苏南京雨花台长岗村出土的东吴青瓷釉下彩绘盘口壶，它的周身就布满贴塑及褐黑彩绘图案，并且布局繁密、严谨，内容丰富，寓意深邃。其风格与汉代以来"文丽而务巨，言眇而趋深""竞为侈丽闳衍之词"的汉赋，有异曲同工之妙，所绘的内容也是汉"今夫图工好画鬼魅"之风的延续。当然，这并非孤证。

然而，这种繁琐"奇怪虚诞之事"的彩绘到晋时便消失得无影无踪了，取而代之的是相对容易操作的点彩。点彩常装饰在器物的口沿、肩部、腹部、耳部、盖面等醒目部分，在青釉上出现一圈或数圈褐色斑点，给单调的青釉增添了色调的变化。或者在塑造动物的口部、眼部、四肢上施点斑点，收到"画龙点睛"的效果。北京故宫博物院所藏的东晋褐斑羊头壶，浙江上虞出土的东晋鸡首壶，羊头、鸡首的双眼均点以褐彩，让器物神韵显现，趣味盎然。既然点彩之法在南朝的浙江、江西、湖南等地的青瓷窑场中都有发现，这说明这种装饰已经得到普遍认同和运用。但是，唐朝以前南方瓷窑釉、彩的着色剂比较单一，只有氧化铁。彩的含铁量有多少之分，色调分黑釉、褐釉、青釉等几种色阶。彩都是釉下彩，呈黑、褐色，彩在瓷中的比例很少，有"惜墨如金"之感。

虽然中原地区制瓷业起步较晚，北朝晚期才出现彩瓷，但中原彩瓷并未步南方后尘，而是让图案呈现不同的表现风格和工艺手法。不仅以氧化铁为着色剂施于青瓷，制成如同南方的青釉褐彩，而且也施于北方特有的白瓷，烧制成白釉黑彩，同时增加氧化铜为着色剂，烧成白釉绿彩，甚至还有黄釉绿彩者。

《长沙窑》说：

> 河南安阳北齐武平六年范粹墓出土的13件瓷器，其中有碗、杯、三系罐、四系罐、长颈瓶等白瓷，被认为是中国最早的"白瓷"，四系罐、长颈瓶饰以绿彩。如果说白瓷及饰彩在北齐时信号较弱，在隋张盛墓的出土瓷器中便得到强化。安阳张盛墓出土了一批接近标准的白瓷，特别是武士俑的发、眉、须及服饰均施以黑彩，这是迄今发现最早的白釉黑彩瓷。同墓出土的镇墓兽的四肢关节、鼻、眼等部分也点以黑彩，以突出镇墓兽的勇猛形象，显然借鉴了南方的青釉点彩手法。河北临城还发现极为精细的高白瓷，说明隋时中原地区白瓷工艺已达到相当高的水准。

由此可见，中原地区瓷的釉彩种类比南方丰富。唐朝已有白釉、青釉、黄釉、酱釉、黑釉、花釉、绞胎釉等；彩有绿彩、褐彩、白彩等，施彩手法以釉上彩居多。但进入唐朝以后，北方彩陶迅速增加，而彩瓷却并不多见。

一声
脆响

一

樊翁的儿辈们不知疲倦地探索着如何在瓷器上施以色彩，让自己的产品更加独特，更受欢迎。石渚的各个作坊，各个窑工，既互相合作，又暗自较劲，像是进行一场激烈的工艺大赛。

对于色彩的追求，首先也是最为重要的便是思想观念的突破。而在夹缝中生存，以及在市场上嗅到的商机，让他们开始打破思想的藩篱，大胆而勇敢地追求色彩。他们还听说，长安、扬州等地开始流行彩画、彩花纹，远在海外的波斯、大食人更是对色彩充满兴趣。这更加坚定了他们的选择与决心。

工艺的攻关，是一个漫长而艰辛的过程。

胎是骨，釉是衣。人靠衣装马靠鞍。人们总是向往美好的事物。

瓷器的一个重要特征，就是烧成的器物上盖有一层富有光泽的草灰釉。每当夏天，他们砍割大叶蕨草，晒干后烧成草灰，与黏土或是黄泥，以及洞庭湖潮泥一起搅拌，然后装入布袋过滤，陈腐七天后，釉液便稠密适中。

随后便是在成型的坯体表面和内部施釉。他们的施釉方法主要有浸釉、荡釉、吹釉、洒釉、淋釉等。按照不同坯体和产品，他们采用不同的施釉方法。

对于瓷碗，他们一般采用浸釉的方法。先将坯体浸入事先调制好的釉浆中，然后取出，利用坯体的吸水性，使釉浆均匀地附着于坯体表面。他们认真地看着时间，因为釉层的厚度、釉浆浓度，由工件浸入的时间决定。总会有些产品釉汁不及底足，上部有彩釉而足部露胎。

对于壶、罐等，他们基本上采用荡釉内施。先将釉浆注入坯体内部，不断地左右摆动，或作弧形晃动，然后倒出多余的釉浆。有时一次荡釉，有时两次，但不能多过两次，否则容易产生釉泡。技术熟练的窑工，只需一次，并且没有釉泡。

对于那些薄胎坯体，他们则采用吹釉的方法。用一节小竹管，一端蒙上细纱吸取釉浆，对准施釉的部位，用嘴含住另一端，釉浆通过纱孔附在器坯表面。他们反复吸釉，反复吹，让釉层厚度适中。

…………

当然，樊翁的儿辈们关于草灰乳浊釉的制作，也同时保证了瓷器烧制的成功率和质量。他们还施以点彩。

但这些都是老祖宗传给他们的，不是他们的首创，也没有新意。

二

他们梦想着让瓷器富有色彩，想着在瓷器上纹饰花鸟、草木、人物和诗文警句，以便在市场上更受欢迎，但却不知道彩料从何而来。

没有任何科技依据，也没有书本知识可搬，他们只能在实践中摸索和发现。他们不断尝试着用草灰、石灰、黄泥、潮泥等原料，作为色剂。

他们发现，洞庭湖潮泥经高温可焙烧成黄色、青色，而黄泥、草灰、石灰，焙烧后呈褐色或黑色。一开始，都不理想，甚至烧成不伦不类的瓷器。他们只好扔了，重新开始。

他们继续研发彩料，用不同原料进行搭配，做成不同的彩料，再进行烧制。每次开窑，他们都抱以希望，但最后都是计划落空。他们互相交流烧制体会，他们向老窑工请教。有的窑工甚至默默无闻地埋头苦干，不断地配方，不断地施彩，不断地烧制。

彩色！是褐彩！

一次开窑，樊翁的儿辈们有了惊喜的发现。他们兴奋地轻轻敲击这只全新的彩瓷，一声脆响，迷醉了在场的所有窑工。那是它沉默而爆发的美，是生命冲动的表达，富有歌唱性。这一声脆响，是打破疆域和穿越历史的切分音。

他们互相握手，甚至相互拥抱，个个激动得泪流满面。他们肯定不知道什么是金属元素，更不知道是铁元素起的作用，但他们搞清楚了，这种颜色的出现与一种土有关。于是他们继续采用这种土配方，不久后又烧制出褐绿彩的瓷器。

虽然色彩出现了，但还并不稳定。主要是烧制上的难度。必须在一样的气氛、一样的温度下，才能烧出满意的彩色。而气氛和温度，并不是固定的，会受到季节、天气等因素的影响。为了在偶然中找到必然规律，他们在烧制中不断摸索，烧出来的产品要么开裂，要么偏色。于是，瓦渣坪在历史沧桑中逐渐堆积如山。

在汗水和泪水中，樊翁的儿辈们终于有了色剂用料的保密配方。

有了保密配方，他们的瓷器开始丰富起来。一开始，他们进行彩斑装饰，即在瓷坯上用铁或铜料涂上斑块，烧成褐斑或绿斑。也有彩斑和模印贴花装饰相结合，即以人物、狮子等模印纹样贴在罐、壶等器物上，再在这部分涂上褐色彩斑，高温一次烧成。后期以铁料或铜料在坯上直接绘成图案花纹，再施青釉，烧成釉下褐、绿彩。也有先在坯上刻、划出纹饰轮廓线，然后在线上填绘褐、绿彩，再施青釉烧成。

虽然他们在创新的道路上迈出了坚实的一步，但他们的创新任务依然任重道远，他们必须进一步发展更成熟的釉下彩绘工艺，让器物大面积的空白和彩色纹饰的艺术性和装饰性进一步增强，成功走出唐代从注重釉色美转移到瓷器彩绘装饰美的这条发展新方向。

当然，他们不可能想得这么冠冕堂皇。他们只知道如何让自己的瓷器卖得更好，卖出好价钱。

三

石渚往北五公里处，便是铜官古镇。

铜官这个地名历史悠久。早在春秋战国时期，楚国便在此设立冶铜工场，铸造货币铜钱。由于这里铜矿资源丰富，又进行过铜的冶金和熔铸，铜官的工匠对铜冶金熔铸技术非常熟悉。这些知识，通过工匠们一代一代地传授，也就成了本地文化的特色。

这些资源，这些工艺，这些特色，不可能不对石渚的瓷器烧制产生影响。窑工们在一起时，总会探讨到这个问题。他们都知道，铜官的铜钱是由孔雀石加工制造的。因为孔雀石的颜色酷似孔雀羽毛上斑点的绿色，而获得如此美丽的名字。而铜官最不缺的就是孔雀石。

一个老窑工突然想到用孔雀石作为釉发色的原料。他先将孔雀石粉碎，再与之前他常用的一些原料配合在一起，研磨制成釉浆。施于坯体表面后，再像往常那样煅烧。这些对于他来说，是驾轻就熟的事。但让老窑工百思不得其解的是，在烧制过程中坯体上出现了红色。

这是让他惊艳的色彩，也是他追求的色彩。于是，他按照这个方法不断去试烧这种带红色的瓷器。我们今天称之为高温铜红釉。慢慢地，他掌握了高温铜红釉准确的配方，也掌握了烧制这一彩瓷的气候与温度。最后，他拥有了高温铜红釉的保密配方。当然，从高温铜红釉的发现，到完全被市场所接受和赞美，这又是一个漫长的过程。

收藏家覃小惕曾向我介绍过一组长沙铜官窑烧制的高温铜红釉、铜绿釉水盂。一个是高温铜绿釉的水盂。可以看出，它并非纯绿色，而是蓝绿色，与孔雀石的呈色较为一致。一个是豇豆红的水盂。覃小惕说，原来一直认为豇豆红是清朝康熙年间的杰作，现在看来这工艺的产生能够提前七八百年了。这是烧制高温铜红釉的失败产物。一个是通体高温铜红釉的水盂。虽然它的釉色没有后世烧得那么漂亮，但却是毫无疑问的高温铜红釉。或许，烧得漂亮的早已作为商品远走他乡，而有点缺陷的留在了家里，留到了今天，成为长沙铜官窑是高温铜红釉源头的一个铁证。

自古以来铜红釉就是很难烧制成功的釉色，长沙铜官窑不仅首创铜红釉，而且在铜红装饰中有所作为，实属罕见。制作铜红釉执壶时，樊翁的儿辈们在釉药里加上由孔雀石制作的釉料，整个坯体施釉烧成后，壶身通红。他们还烧出了釉下红彩。制作釉下红彩含苞莲花纹执壶时，他们大胆地用毛笔蘸铜红料，直接在胎上作画，然后在上面再罩上一层透明青釉。烧出后，此壶青黄色釉下出现两片荷叶和一朵含苞欲放的粉红色荷花。色彩和谐，寓意深刻，意为"出淤泥而不染"。更令人称道的是，他们还在窑变釉中彩装饰中烧出了罕见的绿釉红彩，出现了"蓝天上涌现一片红霞"和"万绿丛中流动着一抹红云"。

四

经过近半个世纪的艰辛努力，石渚窑场生产的彩瓷在唐朝的地位便跃然提升。虽然一开始存在制作粗糙、色彩不准的问题，但无法掩盖它的魅力。土的芬芳，水的灵秀，玉的圣洁，彩的艳丽，就这样让潭州人自豪，让岳州人羡慕，让扬州人惊讶，让波斯和大食人着迷。

我努力地在恢宏浩瀚的中国陶瓷史中梳理着石渚窑工们的创举与贡献。

他们用智慧与汗水推进彩瓷普及，并形成风尚。之前彩瓷在南、北方瓷窑产品中所占比例极少，并未普及，而且施彩只是为打破色彩的单调，彩本身并没有特定的含义或图案。他们是第一个以生产彩瓷为主的瓷窑，彩瓷所占比例几乎达到一半，也是它叩开了国内外市场的大门。

他们让色彩从单一变成了多元，或者说丰富。以往瓷器上施彩都是一器一彩，甚至一窑一彩，他们不仅做到了一窑多彩，甚至一器多彩。彩有褐彩、绿彩、蓝彩、红彩、黄彩等。一件瓷器上往往有褐绿、红绿或红褐两彩。

他们给瓷器施彩的面积更大了。过去，施彩仅施于器物的肩、口部，或动物的眼、口等五官，施彩的面积很少。在施彩方面，他们变成了大手笔，施彩面积大幅度增大，甚至占据器表的大部分。既有北方的釉上彩，也有南方传统的釉下彩。

他们的用彩工艺越来越娴熟。以往釉下彩只有褐彩，他们的釉彩，如褐、绿、蓝、红等都可应用于釉下，而且往往两种彩相间使用。

他们打破了器物釉色的单调，同时赋予彩以特定的含义。他们"第一个吃螃蟹"，将绘画艺术植入瓷艺。绘画题材相当广泛，画师创造了许多不朽的艺术佳作。珍贵之处不仅因为它是唐人真迹，更在于它的艺术性，也是第一个将诗歌通过书法赋于瓷的瓷窑。他们最终留下近百首诗歌，其中许多未见于《全唐诗》。还有一些教人如何处世做人的警句。

他们还攻难克坚，创烧了高温铜红釉彩。

他们丰富了瓷器，也丰富了生活，丰富了时代，丰富了历史。

五

樊翁的儿辈们看到了什么？他们看到了不可解释的秘籍式的色彩变化的韵律，看到了市场，看到了生活的希望。

而 1200 年后的我们呢？

陶瓷专家冯先铭、李辉柄曾说：

> 在一件瓷器上面出现三种色彩，一千年以前能够用三种不同金属烧出三种不同色泽的花纹，这一成就应当给以极高的评价，特别是褐绿彩都是釉下彩，尤其难得。

李辉柄主编的《长沙窑》也发出感慨：

> 就制瓷工艺而言，调制多种釉彩比单色釉要复杂得多。首先选料的工序就相对繁多，而且要求工匠能熟练掌握各种矿物着色剂的性能和提炼方法，同时烧制过程也有很大的难度，同一件器物上有几种釉彩，其化学成分并不相同，而各种着色剂呈色的最佳温度范围也不一样。一窑焙烧多种颜色釉瓷，或者同一器物上使用几种釉彩，欲使各种釉彩都有比较稳定的呈色，是不易做到的，但长沙窑匠师们做到了。可以说长沙窑彩瓷的成功焙烧也是窑工用火技术的进步与飞跃。

事实上，长沙窑彩瓷打破了唐朝瓷器南青北白的格局，中国陶瓷生产由此步入了彩色时代。

走向

辽　阔

一

公元 8 世纪末 9 世纪初，来自湖南道石渚草市的带彩瓷器令人趋之若鹜。

从石渚走出的彩瓷越来越为消费者喜爱，产量剧增，成为瓷器的一大种类，与白瓷、青瓷在外销中呈鼎足之势。

樊翁的儿辈们更加忙碌，他们继续扩大作坊规模，不断加大生产量。为了适应市场需求，作坊与作坊之间开始了深度合作，分工也越来越细，从以前的家庭作坊之间的分工，发展成了族群之间的分工，本地人员和外来人员之间的分工。他们的生产布局更加科学合理了，生产组织上也有了质的飞跃，业务与技术开始高度融合，生产效率大幅度提高。他们的包容性越来越大，矛盾越来越少。他们中负责销售瓷器的，足迹遍布大江南北；来自五湖四海的瓷器商人，不断踏上石渚这片土地。石渚瓷器生产迎来了一个全新的时代。

他们没有满足于现状，而是不断提醒自己，要敬畏市场，理解市场，尊重市场，跟随市场。他们的工艺创新并没有停止，依然呕心沥血，不断地适应市场，适应时代。他们不断走向辽阔。

我仿佛看到他们在作坊里忙碌的身影，采泥的、淘洗的、练泥的、制匣的、制坯的、拉坯的、贴花的、画花的、制釉的、烧窑的，繁忙而井然。我仿佛看到熊熊燃烧的龙窑边，老板和窑工们从容的面容，满意的微笑。我仿佛看到石渚码头出出进进的运送瓷器的货船，瓷器商人与作坊老板在讨价还价，窑工们小心翼翼地将一摞一摞瓷器搬上货船。我仿佛看到窑工们在一起交流心得，擦出了火花，产生了灵感，找到了优化彩瓷的又一个配方，产生了一个又一个发明专利。

虽然石渚窑工并非彩瓷的始祖，但他们对工艺的创新，对市场的探索，将中国陶瓷推入了彩瓷时代，留下了精神财富。

长沙铜官窑整个存在的时间也就是一百多年，可以说是昙花一现，但是它开出来的花非常美丽。虽然它衰落了，但彩瓷并未衰落，甚至日渐普及。

后来的宋朝官窑仍追求釉色之美，汝窑、官窑、哥窑、钧窑、龙泉窑、建窑等窑也都以釉色取胜，彩瓷也成为商业性瓷窑的主打产品之一，并深受消费者青睐。以彩瓷为特征的磁州窑不仅发展迅速，而且各地纷纷仿制，形成磁州窑系。元时又兴起红绿彩瓷，至元青花工艺成熟后，彩瓷成为瓷器生产的主流。

而这一切的源头便是石渚。

二

但真正让石渚的彩瓷走向辽阔的，是伟大的时代，时代的伟大。

那是一段令我们激动与豪迈的历史。

几千年来，中华文明一直处于融合发展的进程。古代中国多数时期保持着对外部文明的开放包容，造就了中华文明的多元化特色。特别是自西汉以来，我们的祖先更加注重发展与周边民族的关系。汉武帝派张骞出使西域，打通了汉与西方的通道，东方大国的特产丝绸、漆器等裹挟着中国文化传送到中亚、西亚、欧洲，"无数铃声遥过碛，应驮白练到安西"。西方特产也源源不断输入中国，并由此形成举世闻名的"丝绸之路"。一些周边民族长期沐浴着中国辐射出的文明之光，同时中国也从西方及周边民族吸取了诸多有益因素，使古老的华夏文明更加夺目生辉。

来到唐朝，经过贞观之治和开元之治后，唐朝更加国富民强，都城长安成为亚洲经济、政治、文化中心。这里对外交流变得空前频繁，各国商人、使者云集中土。而大唐则是敞开博大的胸怀，吸纳这些不同种族、不同语言、不同宗教、不同风俗的他乡异客，同时也吸纳了他们的文化及其风俗，乃至长安兴起一股胡风。唐朝的开放是全面的开放，是人心的充实，是社会的喜悦。

在频繁的交往中，亚洲及欧洲各地文化在此交集，在这里登台展现，最后或被淘汰，或为中土所吸收，沉淀下来。如画家吴道了，就以中亚凸凹法渗入人物、山水、树石画中，别开生面，享有"画圣"之称；王维的重晕染画法，宋沛那令人叹为观止的泼墨法，都受到西方绘画的影响；来自新疆于阗（今和田一带）的画家尉迟乙僧，其画法据记载酷似欧洲式阴影法；雕刻于天龙山的石窟佛像，胸部及手腕都很丰韵，身着隐约可见其身躯的薄纱衣，姿态富有曲线美，无疑摄取了印度笈多式手法；镇墓兽受西方文化影响变为有兽蹄，云鬣茸茸。

唐朝受波斯文化的影响最深。许多器物上有波斯萨珊式的灵兽、灵鸟图案，铜镜上曾流行翼马、孔雀、狮子、海兽、葡萄等西亚纹饰。

这些外来因素主要移植于以都城长安、洛阳为中心的中原地区。特别是南北朝时期南北分治，由丝绸之路传入的文化更是停留在中原地区。隋唐的大一统，外来文化因素逐渐南传到江南。

例证无处不在。仅以湖南为例。

1976年长沙咸嘉湖唐墓出土了大量青瓷，从其种类、造型完全可以看出是中原丧葬文化的再版，也可看出其中所含的外来文化因素。墓中出土的一组奏乐俑，与2003年在西安未央区大明宫遗址清理的北周史君墓石椁上的浮雕图像非常相似，伎乐或弹奏琵琶，或弹奏箜篌，拍腰鼓等。而此墓被认为是从西域进入唐朝的粟特人首领的墓葬。

在长沙其他地区的唐墓，以及湘阴的唐墓，也发现了数量较多的西域胡人俑形象，如牵骆驼俑、架鹰俑、持杖俑等。唐初、中期，西域文化就已经在湖南人中留下较深烙印。特别是安史之乱时中原人口大量南迁，众多胡商夹杂着也随之南来，带来了新一轮西域文化因素南下的风潮。

艺术　的　天空

一

　　樊翁的儿子已经步入中年，成了石渚规模较大瓷器作坊的老板。一次，他们捎信给岳州的堂叔："由于生意越来越好，窑场的规模也越来越大，而石渚窑场的画工也越来越紧俏，有钱也难以请来画工，即便请来了，能画个半天就不得了了，这样极大限制了我们窑场的生产。我们想请一个专门的画工，您能不能帮我们介绍一个。画工的年纪不能太大，怕他速度上不来，但也不能太小，我们需要有经验、功底好，书法也不错的。"因为石渚生产的彩瓷大受欢迎，它们已经取代了岳州窑的市场地位，不少岳州窑的窑工、画工和瓷器商人早已纷纷投奔石渚。堂叔很快就给他们物色了一个理想的画工。四十来岁，窑工出身，但善于学习，能写能画，不仅画过各种题材，还与北方来的胡商有过交集，会画西域胡人像。

几天后，画工就搭乘运送瓷器的货船来到了石渚。在码头，樊翁的儿子热情地与画工握着手。虽然画工个头不高，但黝黑的皮肤已经告诉樊翁的儿子，这是个经验丰富和干事扎实的人。画工除了带来行李，还带来了几本绘本，另有粗细不同的几支画笔，那是他的武器。

安顿好后，画工就开始工作了。临江的一座茅草工棚，便是画工的工作场所。画工从来没想过自己是画家，是艺术家，他只觉得自己是一个忠诚的窑工，认真的画匠。

而事实上，画工在瓷器上作画比在宣纸或画布上作画要难很多。它不仅对画工的要求更高，而且出品率也要低很多。他们除了要具备扎实的绘画功夫以外，还要对各种瓷器的烧制方法了然于心。

而另一方面，在瓷器上作画毕竟受到局限，既难以表现十分丰富的内容，也无须采用过于复杂的技法。同时，由于功利的原因，售价相对低廉的瓷器也不可能使以此为生计的画工在某一单件器物上倾注过多的时间和精力，因而在追求绘制速度中，画工有意无意地形成了石渚窑场明快、简洁，甚至抽象的画风。所以，当时石渚瓷器的彩绘虽然整体内容丰富，但单幅画面的内容却较为简单，笔触也相对粗放。

画工们怎么会想到，正是他们这种没有经过刻意修饰的民间绘画，才显得自然、简洁、真切，在简洁中把握准确，抓住其本质特征，毫不矫饰，因而更显示出不同凡响的艺术价值，甚至给石渚的彩瓷赋予精神和灵魂，甚至是穿透历史与时空的生命力。

二

石渚下起了大雨。

我似乎看到画工聚精会神地在瓷器上作画，风声、雨声，没有干扰他的创作，反而不断激发着他的灵感。画工的取材非常丰富。湘江及两岸的花鸟走兽、山水木石，以及传说中的龙、凤等，皆为素材。创作素材无处不在，但要达到神形兼备，便是对画工严峻的考验。画动物讲究的是既要逼真又要有童趣，画人物最讲究的是身材比例的合适和人物脸部表情的描绘，画山水讲究"天人合一"的美感。

他们画的莲花，或一花二叶，或一花三叶，也有的二花二叶，亭亭玉立，有的含苞待放，有的絮然盛开，还有的花叶在风中婆娑起舞。而莲花的下面则是一泓碧水，微波欲动，意境清幽。

画动物时，他们总会抓住动物的某一动态，充分表现动物的神情特性。画山羊时，他们让羊角呈半圆形向上卷曲，站在草丛中，昂首做咩咩叫的状态，显得非常温顺。画梅花鹿时，他们让鹿头顶两角，双目圆瞪，前足点地，后足腾空，做飞奔状，动感极强。但他们画的鹿各不相同，神态也各异。有一只幼鹿，它伸颈回顾，弓背翘尾，前蹄跃起，后蹄用力下蹬，双眼圆睁，两耳竖起，呈惊恐逃奔状，透出幼鹿机敏快捷又稚气可爱的特性。弯曲的身躯，弧线相套的圆环，加上绿色的点彩，既表现了鹿肌肉的质感，又衬托出鹿跳跃的动感。

他们画得最多的动物还是鸟。有的出没于草丛中，有的腾空飞起，有的展翅欲飞，有的向下俯冲做啄食状，有的左右顾盼，有的翘首独立。

凤是人们心目中的瑞鸟，天下太平的象征，他们自然少不了画凤鸟。有的口衔绶带，高冠长喙，披长羽，彩尾丰美，振翅飞翔，尾翎舒展下垂，双爪自然伸展。还有的旁题"飞凤"二字，显示出他们高超的技艺。

画工的创作题材自由而辽阔。

他们的描绘手法和设色方式日臻完善。

图案以线描为主，线条有单线、复合线、虚线、连珠线等多种，又有铁线、柔线之别。单线中的铁线多为褐彩，以软笔中锋或是硬笔画成，粗细均匀，往往用于白描，这种线条细若游丝，但却刚劲有力。柔线多为绿彩，往往用于没骨面。这种线条如浸水绒线，其软如绵。复合线或以铁线与柔线配合使用，用褐彩铁线勾画轮廓，以表现动物的肌肉、筋骨、嘴、羽，以及植物的叶脉、山石纹理和人物的衣褶等，再以绿色柔线渲染，使图案变得鲜活起来，人物、动物出神采，山水草木显灵气，具有烘云托月之效。也有以褐、绿彩连珠线相间使用，一般出现在几何形图案中，以及近景的山峦图案之中。虚线往往作为铁线的补充而出现，用于鸟雀的腹部中轴线、动物身上毛发的走向等。表现手法有写实、写意两种。写实多见于走兽、鸟雀、花草，刻画细腻，这是画工们对日常事物观察细致的结果，也是他们深得"外师造化"之理的表现。写意画表现云山景物，寥寥数笔，便颇具意境。有些写意图案并没有特定含义，有如泼墨画，或如行云流水，其状如彩带飞舞，或似草叶摇曳，或如怀素狂草，令人遐想。

三

画工又放下画笔，轻轻地翻阅着绘本《阿弥陀经变》。

绘本中有宗教壁画中的图案，那也是他们艺术的源泉。首次将绘画用于瓷器装饰的石渚窑场，为什么在短短的时间内能取得如此之高的成就呢？这可能得益于两个方面。一是石渚窑场的画工们善于观察周围事物，从大自然中学到前人所没有的东西，即"外师造化"。这是古人学画信奉的真谛。一是继承了当时及前人已取得的绘画成就，既吸取了当时民间绘画艺术的营养，也受到了文人画特别是佛教绘画艺术的熏陶。

画工认真翻看着绘本中莲花与现实生活中湘江两岸的莲花的不同之处。看完后，他们便结合现实生活中的莲花与绘本里壁画中的孩童和莲花，在一个壶上画起童子莲来。他们在壶的流下腹部以褐彩画一个孩童。前额上方及两鬓处各留一小撮毛发，上身挂一肚兜，下穿宽松肥裤，胖圆脸偏向左方，下巴微微扬起。他两眼眺望前方，右手拿着一莲枝扛在肩上，莲枝末梢有一朵扬蕊吐芳的莲花，左手向后摆，做奔跑状。画工把一个嬉戏于莲的童子的天真烂漫形象，刻画得栩栩如生。而画工笔下童子身上那根从莲枝处轻柔而下，至左手内侧又飘然而上的飘带，就有从壁画中"飞天童子"那里移植过来的痕迹。

画树林茅庐时，茅庐居中，呈圆锥形，庐墙及顶部以方格菱形的编织纹与竖纹相间表示，左下角有一供其出入的门。茅庐两边各有一株高耸入云的树，表示该建筑坐落于郁郁葱葱的树林之中。但这却与当时潭州和岳州一带的居民房屋相差甚远，而恰恰有敦煌壁画的影子。显然，这与佛教修行有关。

受绘本影响，画工还在瓷壶上画起彩龙来。龙为走兽形，身有鱼鳞，背鳍呈火焰状，昂首张嘴，口吐祥云，前足微举，后足向后力蹬，长尾高扬，雄健有力。这种走兽状的龙与汉晋时期的蛇形龙大不相同，它是佛教传入中土后，跟随传入的一种新的造型。而这种造型在唐朝很是流行。

《长沙窑》也说：

> 长沙窑的绘画技法多源于宗教，但题材却转向世俗，这与当时整个绘画艺术的转变相吻合。长沙窑瓷绘画地位的凸显，正是因为它代表一种新兴的绘画种类。中国绘画艺术至唐代有很大发展，人物画更加成熟，花鸟画、山水画初放异彩，与当时宗教画、文人画相比，以长沙窑为代表的民间绘画也是当时画坛的一朵奇葩，显示出自己独特的个性。

四

樊翁的儿子对堂叔给他们找的画工很是满意。

这是一个孤独而极富灵性的画工，可以说，他的技艺达到了炉火纯青的地步。每一个事物，每一个瞬间，每一个念想，都有可能出现在瓷器上。

那天，他偶然驻笔，抬头外望，便与苍穹相对。当时，湘江两岸水汽蒸腾，云兴霞蔚。烟云的顷刻变幻，舒卷无定，让他目不暇接。他开始思绪飞动。他想到了遥远的波斯和大食，想到了佛教。在与天地间这一神秘而无限之谜的相遇之中，他有一种与之融合得忘形的一体感，有一种虔诚地与之交谈的独有体验，更有一种将其收入笔底的冲动。

于是，一朵朵带有生命的云霓起自他的笔端，驻足在一件件小碟上。

这是一朵朵呈如意、赐吉祥的祥瑞之云，但意蕴又远不止于此。云在这些小碟上飘移游动，或卷或舒，或聚或散，或因水汽升腾而若群峰陡起，或依山岫飘逸而若凤翔鹤游，或若夜雨初霁晓云欲出，或若夏山欲雨白云飞起……这一朵朵云彩，恰如一轴轴气象万千的山水图卷。

今天，当我有幸面对老画工笔下的这一朵朵云彩，唯有感动与仰视。湖南著名画家萧沛苍先生看了这一朵朵云彩后，也不无感叹：

> 在这方圆天地之中，老画工以他的泉涌的激情画出一朵朵千姿百态的云霓，这一朵朵云霓是他生命心象的一种内视，是他灵魂的羽化。但同时，我总又觉得他似乎在一种忘情中将他师从的民间绘画的预成图式抛之九霄云外，他的形象构造，同时也是外察的，在保留着原始的神秘与粗犷，保有着远古农业社会的那种艺术气息和古朴的同时，已然是从观念符号跃进到更接近现实形象的一种表现手法了。这种极强观察和造型能力，我们从长沙窑其他画工的作品中都可以看到。也正是这种形象创造能力，使得长沙窑器物绘画装饰的这一民间绘画氤氲着一种氛围，富有了气息和意境，使其整体图式的造型语言得到了丰富，其象征艺术魅力获得了更大的张力。

那一朵朵云彩，纯以线条勾勒，笔笔相生相盼顾，率意而为，何其简洁而生动。互相的绿釉线与褐釉线相互碰撞又相互依随，又不失浑朴和丰富。

这种简洁，有时甚至使言语过于抽象。而这种对简洁的追求又

唐长沙铜官窑青釉褐绿彩花鸟纹标本
（林安供图）

褐斑褐蓝彩阿拉伯文碗

（长沙铜官窑遗址管理处供图）

让人获得自由空间，可能常常让画工冲破预成图式的束缚，纯任其艺术天赋自由宣泄，使作品回到一种"原生状态"，拥有稚拙率直的天性。而这种能力，不正是那种能直入佛地领悟艺术真谛的人才能具有的一种禀赋吗？不正是现当代一些优秀艺术家所苦心追求的境地吗？

如果说长沙铜官窑首创和发展釉下多彩是一种飞跃，那么在瓷器上的绘画和文字则是更大的飞跃和升华。画工们绘画的简单直率之美，直抵事物的本真，具有一种大气，一种粗犷，一种浑朴，一种难得的明了，一种升华后的丰富和惊人的深刻……

这才是石渚的彩瓷，这才是石渚彩瓷的魅力。

五

如果说釉下彩绘是石渚窑的首创，那么模印贴花则是它装饰艺术的另一大特色。在创作题材上开放、包容、博大，涵盖了佛教文化、伊斯兰文化、中国传统文化、异域民俗文化以及天人合一的绿色理念。

窑工们必须掌握这种装饰手法。这种装饰手法为西亚地区陶器和玻璃器常见的装饰手法，河南巩义窑三彩模印贴花的出现可能与此相关，后来又对石渚窑贴花装饰的产生有重要影响。

石渚窑模印贴花装饰题材大体可分为人物纹、动物纹、植物纹几类。按照销售市场，又可分为外销型和内销型两种风格。人物纹装饰外销型有打马球人物纹、胡人骑象纹、胡人奏乐纹、胡旋舞纹、胡人纹，内销型有童子坐莲纹等；动物纹装饰外销型有奔狮纹、蹲狮纹、对鸟椰枣纹，内销型有龙纹、飞鸟纹、鸟歇莲叶纹、双鱼纹、摩羯纹等；植物纹外销型有椰枣纹、团花纹，内销型有莲花纹、折枝花卉纹等。

我曾在故宫博物院陶瓷馆看到过一件出自石渚窑的模印贴花褐斑注子。高 22.5 厘米，口径 10 厘米，底径 14.5 厘米。注子直口，阔颈，丰肩，腹壁斜直，平底。肩置八棱形流，对称处安三条形曲柄。与流、柄呈十字形的颈、肩之间置一对三条形系。通体施青釉，釉色青中略显灰黄。肩、腹处模印贴花椰枣纹，其上覆盖大块褐色釉，形成三个椭圆形斑块，突出了图案的装饰效果。这件注子的贴花纹反映了长沙铜官窑贴花艺术的特点：朴实、自然、生动。

我还见过一件出自石渚窑的胡旋舞纹瓷器。舞者为男伎，高鼻深目，穿皮靴，戴花帽，着紧身装，两臂系飘带，双足呈外八字形踏于球上。左手将环形手鼓举于头上，右手持环形鼓于腰间，呈"球转而行，萦去来回"的动态。

器物造型和图案特殊，是长沙铜官窑生产的外销西亚各国的产品的特征。

唐诗　的　弃儿

一

　　那天，樊翁的儿子，还有他们家的画工，在石渚的码头等啊等啊，一直等到黄昏，他们没有等到客人，却等来噩耗。几个潭州诗人和书法家在乘客船来石渚的途中，遇到大风大雨，在一个水流漩涡处被掀翻，生死未卜。

　　他们焦急万分。这样的现象并非鲜见，甚至常有发生。特别是运送瓷器的货船，总是在江河湖海中行走，往往险象环生。他们祈祷风雨赶紧停下，祈祷文人们平安渡过此劫。

　　潭州是个历史文化名人荟萃之地，文学艺术氛围极其浓厚。屈原和贾谊在这里留下了许多抒发崇高信念和燃烧炽热激情的辞赋。在开放包容、繁荣发达的唐朝，潭州的文学艺术不可避免地获得了突破式的进步，百花齐放、绚丽多彩，诗、词、散文、传奇小说、变文、音乐、舞蹈、书法、绘画、雕塑等，都有巨大成就，并影响着后世。文学领域，诗坛明星璀璨，诗作众多，涌现出了大量本土文学家。比如后来成长起来的刘蜕、李涛、齐己、王璘、胡曾等，都是潭州本土文学家。特别值得一提的是当时流寓潭州文人对潭州文学艺术的影响。当时湖南经济文化虽然获得一定程度的发展，但是从全国的整体水平来看，仍然相对落后，仍然是朝廷"北官南贬"的放逐之地。当时被贬官员，或滞留潭州，或途经潭州，或在潭州为官，名人士大夫如褚遂良、孟浩然、李白、杜甫、刘长卿、韩愈等都留下了脍炙人口的题咏和篇章，成为长沙文化史上的瑰宝。

《长沙通史·古代卷》记载了这么一段关于潭州的文坛佳话：

值得一提的是韩愈所提及的湖南观察使杨凭也十分爱好文学，在贞元十八年到二十年（802—804）间，杨凭与荆南节度使裴均及其属下官员，相互唱和，形成了一个长沙——江陵诗歌唱和圈。当时，唐代著名的诗人戴简（字叔伦）即在杨凭幕下任职，也是该圈子中的重要成员。永贞元年（805），韩愈为杨凭所阻，未能回到长安，仅从偏远的连州转到经济文化更发达一些的江陵任法曹，属裴均麾下。此时，裴均部属把这些唱和诗收集整理成编，集成《荆潭唱和诗》，并请韩愈作序。韩愈素来以文章是心内不平而作，所谓"不平则鸣"，又以为"文章之作，恒发于羁旅。至若王公贵人，气满自得，非性能而好之，则不暇以为"。所以对这些官员们之间的唱和诗并不看好，特别是杨凭还阻碍他的仕途，因之就更没有好感了。但是他看完诗集后，觉得这些诗"铿锵发金石，幽妙感鬼神""苟在篇者，咸可观也。宜乎施之乐章，纪诸册书"。因此，韩愈认真为之写下《〈荆潭唱和诗〉序》。应该说，《荆潭唱和诗》的结集和韩愈的序文写作，是长沙文学发展史上的一件相当有意义的大事。

史学领域，欧阳询主编了惠泽后世的类书《艺文类聚》；书法领域，欧阳询与欧阳通父子以及怀素等人，独领风骚；音乐和舞蹈艺术也获得了较大发展。

当然，石渚的窑工中，也不乏文学和书法爱好者。他们经常聚在一起，谈诗论道，特别是结合石渚彩瓷的销售展开激烈的讨论。他们都没念多少书，为了生计当了窑工。他们大多数时候在器物上题写的是他们自己原创且大家都认为还很不错的诗句，或者题写一些流传甚广、已经有一些诗名的诗人诗作。题写的时候，因为久未看书和写字，有时难免就写了个错字或白字。如青釉褐彩"七贤"人物诗文瓷罐上的"须饮三杯万士休"，就把"万事"写成了"万士"；再如题有"鸟飞平无远近，人随流水东西；白云千里万里，明月前溪后溪"的青釉瓷盘，把"平芜"写成了"平无"。但这丝毫不影响它的价值和意义。

我们可称之为民间文学，或是草根文学。有感怀历史的，如"去去关山远，行行胡地深。早知今日苦，多与画师金"；有写景的，如"二八谁家女，临河洗旧妆。水流红粉尽，风送绮罗香"；有情歌，"我有方寸心，无人堪共说；遣风吹却云，言向天边月"；有抒怀的，"男儿大丈夫，何用本乡居；明月家家有，黄金何处无"；还有祝愿的，"上有东流水，下有好山林；主人居此宅，日日斗量金"；等等。

二

潭州文人的翻船事件，并没有阻止他们的脚步。

不久后，又一批文人来到石渚。樊翁的儿子，其他的作坊老板，以及石渚本地的文学爱好者们热情地接待了他们。

吃了石渚新鲜而富有特色的土菜，特别是新鲜的河鱼，喝上石渚生产的米酒后，他们便开始在瓷器上讨论起文学来。

色料和瓷坯准备好了，哪位诗人先来？

"我来！"一位个头高高、气质儒雅的诗人站了出来。

他拿起笔，一边蘸着色料，一边皱眉思索。

一会儿后，只见他提笔在壶上写了起来："买人心惆怅，卖人心不安。题诗安瓶上，将与买人看。"

刚一落笔，大家就鼓起掌来。

随后，他又进行一番解释，第一句"买人心惆怅"写买者心情悲愁。第二句"卖人心不安"，是写卖者见买者在自己的窑货前犹豫不决，心里很是不安。第三句"题诗安瓶上"，是写卖者想出了能够增加买者购买窑货信心的办法，那就是将诗题写在瓷瓶之上。最后一句"将与买人看"，就是卖者所出售的窑货经过外观改良，已经是很有文化内涵了，可以达到满足买者心绪的寄托和审美的需求，从而刺激其购买的欲望。

作坊老板们对他的诗大为赞叹，纷纷说，这正是他们想要表达的，想要做的。而事实上，石渚彩瓷诗歌之美和瓷器之美的结合，已经将消费者引向一个有文化享受的消费境界，去追求诗意的快乐。

…………

三

又一次诗人相聚。

无意间，他们谈到了文学创作的永恒主题——爱情。这似乎与瓷器无关，与销售无关，但正是诗人们和窑工们的浪漫主义情愫，让石渚彩瓷有了浪漫主义色彩和永恒的魅力。

一个诗人说，《庐山远公话》中，远公对崔相公讲"四生十类"的"身智二足"时，偈者所说八句的前四句为：身生智未生，智生身已老。身恨智生迟，智恨身生早。只要将"身"改为"君"，"智"改为"我"，就是一首情诗了。

一个诗人说，校书郎卢某妻崔氏的《述怀》是这样写的：不怨卢郎年纪大，不怨卢郎官职卑。自恨妾身生较晚，不及卢郎年少时。听说卢郎与他老婆崔氏是老夫少妻，妻怨卢郎，却偏说"不怨"，反而说自己出生晚，没有赶上卢郎少年时。可以改一改，将崔氏一人的"不怨"，变成"君""我"互恨。

…………

诗人和画工们各抒己见，讨论激烈。

"到底哪个好？"有人问。

"《庐山远公话》！"大家几乎不约而同地说道。

于是，一个诗人提起笔写了起来："君生我未生，我生君以（已）老。君恨我生迟，我恨君生早。"

又是一场掌声。

那次，他们还即兴发挥，在瓷器上写了其他的诗歌。

轮到一个画工写诗了，正发愁写点什么时，突然看到一对鸟儿飞过，突然有了主意。他说，他不像诗人们那么有才华，但也能背几首诗。《涟水古冢瓶文》说：一双青乌子，飞来五两头。借问船轻重，寄信到扬州。把"青乌子"改为"青乌子"，"船"写作"舡"，把"寄"改为"附"。

于是他挥笔写下：一双青乌子，飞来五两头。借问舡轻重，附信到扬州。

…………

激烈的讨论持续到深夜。

但像这样的自由发挥还是不多见，平日里画工在瓷器上题诗、题记都必须听作坊老板的，听往返于潭州与扬州之间的商人的，不是他们想如何写就如何写。

四

美丽的诗赋予了瓷器诗意之美，但却消失在了中华民族的璀璨长河中。

1200年后，历史另一头，当它们跟随或完好或残缺或成碎片的瓷器浮出历史的水面时，人们为此震惊，为此豪迈，为此奔走相告。

追溯瓷诗的第一知音，当推著名考古学家萧湘。

他关于石渚瓷诗的专著叫《唐诗的弃儿》。我毫不掩饰对这部作品的喜爱，因为他让我与望城这片土地上，或者说长沙这片土地上，1200年前的文学祖辈，有了灵魂的接触。毛泽东文学院办了一个叫"湖南文学史展"的文学展，梳理了从屈贾开始，到近代，再到现当代湖南文学的发展历程，举办者将《唐诗的弃儿》中的诗作为唐朝湖南文学的具体呈现。或许这是民间文学，或是草根文学，甚至是唐诗的弃儿，但却最真实、最鲜活、最直接地体现了那个时代湖南文学的创作情况。

1978 年，长沙市文物局文物组对石渚进行考古发掘时，萧湘正是文物工作队的队长。他不是诗人，却于瓷诗别具只眼，情趣独浓，被瓷诗深深吸引着，并深感价值和意义的重大。于是，他在考古发掘时，有意识地进行收集整理，然后逐一加以考辨，并校正了一些错误字。最难攻克的一关还是关于谐音字和通假字的复原问题。往往为了一字之差，全诗的平仄就不协调了，有的还出了韵，必须求得本字本音，方能成诵。他常常为了片言只字之疑，不辞辛苦，远访老师，进行请教。完成这些工作后，因为他工作调动而搁置下来了。直到后来退休，他才重新拾起以前的工作继续做了起来。他用一两年时间，完成了瓷诗的诠释和照片的收集工作，并于 2000 年 10 月出版发行。

他在《唐诗的弃儿》"后记"中说：

> 呈现在读者面前的这些诗，是附丽于唐代铜官窑的堆积中发掘出来的破损瓷器上。这些瓷器乃是当时生产过程中被抛弃的废品。一千多年以后，考古工作者重新把这些破瓷烂片细心地一一寻找出来，将上面的文字经过整合考释，尽管尚有些缺字少笔的，其诗的基本面目已经比较清楚了。
>
> 这些诗，是货真价实的唐诗——唐朝人创作、摹写、烧制在唐代瓷器上，而且未被任何后人传讹和改动过的诗。它的不幸是随瓷器的报废，而被抛弃于荒野河滩，加之题于瓷时，没有署题，也未署作者姓氏，初看都是没姓没名，不知"生身父母"和"生庚八字"的诗宝宝，有好事者，戏称为"唐诗的弃儿"。

五

为了探索长沙铜官窑瓷诗,我也曾在长沙天心古玩城采访过收藏家田申。1952年出生的他老家沈阳,小时候跟随父亲来到长沙。退休后,他以更加严谨、务实的精神投入长沙彩瓷的研究之中。2017年出版的《全唐诗补:长沙窑唐诗遗存》就是硕果之一。

我们聊了很多,有彩瓷,有瓷诗,有美术,有书法,更有瓷铭诗文的魂脉。它反映了唐朝社会的方方面面,简直就是一本教科书。

魂脉在哪?

大凡文学艺术的高峰,总出现在思想比较开放的历史时期。盛唐诗坛百花齐放、争奇斗艳状况的出现,跟当时实施的各项文化政策密切相关。大唐结束了南北朝以来的分裂局面后,开始励精图治,清明政治,发展经济。先后出现了"贞观之治""开元盛世",这标志着当时社会进入了承平繁荣的时期。统治者信心提升,开始对文化采取一种比较宽松的态度,这从唐朝涌现的大量抨击权贵、针砭时弊的优秀诗作中便能深切地感受到。为了缓和社会矛盾,巩固统治,只要不危及政权的根本,统治者都广开言路,允许创作并传播一些揭露时弊的诗作,有时还持嘉许态度。

还有,当时科举制的实行是中国古代选官制度的一大变革。将以往以门第及评品取士改为以才取士,促进了文化的普及。同时,科举制的实行,使平民习文也有做官的可能,正所谓"书中自有黄金屋",这就是人们竞相送子求学的社会根源。而文学是科举考试的重要科目,特别是将诗歌列入人们最为看重的进士科考试之中,对于诗歌的普及无疑也起了推波助澜的作用。但每次科举中高中的人毕竟是极少数,往往应试者有五六千人,多的时候达到八九千人,明经录取额却只有十分之一，进士不过百分之一。绝大多数被排斥在官场之外，其中一部分流落民间，成为民间文学的创造者或记录者。

长沙铜官窑瓷器上出现大量的诗文题记，这是历史与现实的必然。唐朝人对诗的崇尚已然到了无时不诗、无事不诗、无处不诗的程度，他们的创作思维和能力都达到了登峰造极的高度。他们自然也不会放过在瓷器上作诗的机会。

在唐朝往后的一千多年里，各个朝代都涌现出许多优秀的诗人，创作出大量的作品。然而，不论怎样，都再也没能达到唐诗的辉煌，无怪乎人们惊呼"诗必袭唐，非也。然离唐必伧"。

同时，历代以来，人们都重视收集各类唐诗，积累下大量资料。直至明末清初，钱谦益立下宏愿，要将唐诗汇集起来，编成一部旷古绝今的大型唐诗总集。然后，最终因为工作实在太过浩繁而未能完成。但他所留下的资料成为后来者的工作基础，最后在康熙皇帝的重视下，曹寅等人合力完成了鸿篇巨制《全唐诗》。

《全唐诗》问世后，引起无数文人学者的关注。因为这部书是康熙皇帝"御定"，有清一代的文人们诚惶诚恐地将其奉为经典，纵然发现书中错误，也绝不敢贸然指正。

补遗工作最早见于乾隆年间的一位日本学者市河世宁，他根据日本遣唐使带归资料等古代文献编成《全唐诗逸》，其中著录《全唐诗》中未曾收录的唐诗72首，首开了对《全唐诗》的补遗等研究工作。之后一百多年里，我国学者仍无人涉足这个领域。直到中华民国政府成立后，对《全唐诗》多层面的研究方才逐步展开。

田申说：

（我和刘鑫）经过广泛的收集、整理编撰成《全唐诗补：长沙窑唐诗遗存》。这部书中收录长沙窑遗存唐诗118首，其中有五言诗104首，前两句为五言诗句而后两句为七言诗句的诗1首，六言诗2首，七言诗11首。这些诗中有12首可在《全唐诗》中找到基本相同或相通的诗。其余106首《全唐诗》中未见载录。由于长沙窑遗存唐诗的作者均未署名，补入在《全唐诗》中应属于无名氏条目。

另外需要说明的是，上述一百多首诗并非长沙窑遗诗的全部。本书中还收录诗句残片12件，是由于其字数残存较多。另有许多残存文字较少但可以认定为诗句的没有收录。长沙窑遗存唐诗的总数难以估计。对长沙窑而言，遗诗数量固然重要，但更为重要的是，这些诗句全部为唐人手书，展示出诗的原貌。

它们并非弃儿，它们依然散发着耀眼的光芒，浸润着人们的心灵。

六

一个春暖花开的下午，我和几个望城文友漫步在古渚到铜官古镇一带的湘江畔。

湘江依然波光粼粼，滚滚北去。可物是人非，当年经常汇集于此的文人们，早已淹没在岁月的长河中。但他们却留下了诗歌，一代又一代后世沿着他们曾经走过的路，不断向前。

"杜甫作为唐朝的大诗人，为何两过铜官却没有写长沙窑的诗？"有文友提出。

大家开始梳理杜甫两次过铜官的历程。

公元768年（唐代宗大历三年）正月，杜甫从夔州出三峡东下，秋末的时候抵达湖北的公安。他原打算前往襄阳再到洛阳，因为遇到战乱不得北上，他只好转而向湖南投奔好友——衡州刺史韦之晋。当年腊月下旬，他到达岳阳，并在这里留下《登岳阳楼》《岁宴行》两个名篇。第二年二月上旬，他离开岳阳乘舟去潭州，途经乔口时，他写下《入乔口》一诗。二月中旬，他途经铜官时遇到大风，只得停舟避风，并写下《铜官渚守风》。他在《铜官渚守风》中咏了春景，写了物候与农事，但没有写石渚的窑场。

公元770年（唐代宗大历五年）岁末，杜甫离开潭州，再次途经铜官。但此时的杜甫已经重病缠身，精力待尽，自知将不久留于人世。他思绪万千，拼命挣扎，竭尽心血，在舟中伏在枕头上完成了他生命的最后乐章——《风疾舟中伏枕书怀三十六韵奉呈湖南亲友》。这是诗人的绝笔诗，也是诗人的自祭文。自然也没有咏及石渚窑场的诗作。

"杜甫第一次经过铜官没写石渚窑场的诗，可能与季节有关。当时正是早春二月，石渚窑正处于停烧季节。"

"第二次经过时没有写，可能与杜甫当时的心境和健康有关。"

"也有可能杜甫经过时，石渚窑场还处于寻求发展的阶段，还不成规模，诗人还没有关注到。"

…………

"要不我们去哪家作坊，在瓷器上施展我们的文采与书法吧！可是写什么呢？"

"在瓷器上留下我们自己作品的名字。"

"这个提议好。"

于是我们来到一家陶瓷作坊提笔写了起来，就像我们的先辈那样。

"乡村候鸟"。

"春天的隐语"。

"古镇排客"。

"记得那时年纪小"。

"水墨村庄"。

"乡村国是"。

…………

我们知道，时光流逝，万物更新，我们也只是历史长河中的一个过客。在瓷器上留下属于自己的文字，并不是为了什么，只是一个念想，一种寄托。

这些不起眼的文字，或许在将来的某一天，会成为我们后代难解的密码。

国际订单

一

公元 826 年（唐敬宗宝历二年）初秋的一天，两个高鼻深目浓须的胡人来到了石渚。

一个年纪约四十来岁，一个约二十来岁。他们是父子俩，各背着一个大大的包袱。他们身材高大，长相特殊，能讲汉语。在唐朝，胡人用来泛指西北各少数民族部族、中西亚甚至欧洲各民族。石渚人并未觉得有多么稀奇，平淡自然而又热情地与他们打着招呼。石渚虽然地处内陆，甚至被称为"南蛮之地"，但他们的脚步早已从江河走向了海洋。他们对胡人和海洋并不陌生，因为经常有商人往来于石渚，他们的消息也非常灵通。十多天前，他们就知道有两个胡人正在来石渚的路上。

樊翁的孙子跑了过来，叫年纪大的为阿布丁。他们互相问候，甚至有些激动地拥抱起来。

在历史的洪流中，在波涛汹涌的江水中，石渚樊氏的陶瓷产业越做越大，生意越来越红火。瓷器烧制的流程已成体系，合作模式也发展成熟，樊翁的孙子把更多的精力投入销售上。他不仅销售自家作坊的瓷器，还销售其他作坊的瓷器。这些年来，他往返于潭州与扬州之间，甚至往返于长安和广州之间。扬州是贸易繁华的国际大港，石渚彩瓷面向国内和国外销售的主要集散地，所以那里也是他去得最多的地方。虽然他才三十多岁，但已经是见过大风大浪、经历过生死的商人了。阿布丁就是他在扬州结交的好友。上次到扬州时，阿布丁就表达了对石渚人的敬佩，对石渚彩瓷的喜爱，对石渚充满了向往，他觉得石渚彩瓷制造简单却不可思议，他甚至觉得石渚一定是个伟大而奇妙的地方。阿布丁决定去拜谒石渚。樊翁的孙子告诉了他来潭州的路线，以及路上需要注意的事项，并嘱咐他一定要注意安全。

阿布丁是波斯人，十多岁起，他就跟着父亲在蔚蓝的大海游荡，途经婆罗、狮子、佛逝等国，往来于中国与波斯之间。他们把波斯、大食一带的珠宝玉石等奢侈品，以及波斯陶、制作工艺和颜料等带到中国，再从中国带回陶瓷、丝绸，以及打井、炼铁、制漆、缫丝等工艺。因为经常来中国，特别是经常去扬州，他对中国尤其对扬州心生喜爱，加之这里的包容接纳，后来便拖家带口定居扬州。在中国找上好的、符合波斯性情和风格的好商品，专门卖给前来扬州进货的同胞。特别是瓷器，阿布丁和他的同胞们情有独钟，他们不擅长烧制瓷器，就把自己喜爱的景物搬到瓷器上。海上漂泊是漫长而危险的，背井离乡的日子孤独而寂寞，但他们在危险和孤独中成了中西文化交流的桥梁和纽带，成了文化的使者。

樊翁的孙子用最好的酒和菜款待着阿布丁父子，阿布丁则叫儿子从包袱里拿出带有彩绘的波斯陶和波斯绘本。他们用布包裹得严严实实，生怕有半点损坏。这是他们的商业密码，也是石渚窑场画工们创作的源泉。

当然，父子俩还携带了波斯陶壶，这是他们路上的生活用具。

二

随后几天，樊翁的孙子带着阿布丁父子考察了几乎所有的石渚瓷器作坊。阿布丁被窑工们娴熟的技艺震惊了。他们熟练地拉坯，捏雕，将作品神态表现得淋漓尽致，精美的瓷器泥坯，以及熊熊燃烧的窑火，在阿布丁眼里那都是奇迹与艺术的融合。更让他惊奇的是，石渚瓷器上散发着浓郁的西亚风情。这里的异域风情，让他倍感亲切。

让阿布丁没想到的是，石渚的窑工们竟然将西亚的点彩运用得如此娴熟。有的是简单的带状连珠纹，有的是西亚风格的几何图形，有的运用西亚点彩装饰手法绘中国传统纹饰，有的则点彩与线描、书法三种装饰结合使用。白釉褐彩点彩几何纹狮头水注：器盖喇叭口形，狮头，鸟尾，圆鼓腹，底内凹，通体都是褐绿彩几何形连珠纹，明显的西亚风格。青釉褐红彩连珠几何纹双系罐：直口卷唇，肩置双系，圆鼓腹，假圈足，肩部施褐彩连珠纹方块与三角几何形，每块几何图形中都绘有红彩圆形纹。特别让他惊讶的是一只青釉褐绿彩连珠纹花口盘：口沿朝内微敛，有五个小倭角，呈花口形，圆底，盘底以褐彩连珠纹圆周为边线，里层绘有 7 个褐绿点彩双圆连珠纹，围成一周，中心为 1 个双圆连珠纹饰。盘壁为 10 个绿褐彩双圆连珠纹围成一周，纹饰繁缛，但很有规则，盘心向外，由五层点彩连珠纹组合，点彩团纹为 16 个，共计 36 个圆，盘底的双圆团纹为褐绿点彩连珠纹，而外壁的双圆团纹为绿褐点彩连珠纹，追求色彩变化美。这个盘子采用的点彩连珠装饰手法和圆中套圆的图案就是大食民族特有的装饰艺术风格。

让他惊讶的还有西亚风格的模印贴花。窑工用泥片在模子上印模出纹饰以后，粘贴在壶的系组和流下；也有的粘贴在罐和洗的双耳上和双耳中间的罐壁上。还有一种更简单的方法，窑工用印模直接在半湿未干的器壁上压印图形。技术十分精湛，人物数得清根根胡须，建筑物像浮雕一样富有立体感。他看到了模印贴花胡人舞蹈纹双耳壶。小喇叭口，短颈，八棱短流与三轮环柄前后对置，圆鼓腹，假圈足。壶流下模印贴花纹饰为对鸟团花，耳下的纹饰是胡人跳击板胡旋舞。他知道，单人模印贴花工艺难以掌握，不同于组合型、成板成块。显然，这只壶更难，因为它是单人做舞蹈动作的，贴印成功更不容易。但这件作品完成得相当好，刀工细腻，服饰纹路清晰，一个满脸胡须的胡人，身着中式绣满如意云头的服饰，头戴花帽，脚蹬胡靴，一只脚着地，一只脚悬空，动感十足。另一只模印贴花胡人弹竖琴纹双耳壶同样让他驻足。口沿外撇，呈喇叭状，颈粗微弧，肩对置双轮环耳，腹部微鼓，假圈足，平底。流下主题纹饰为胡人弹竖琴，一小块圆形地毯上，一位男士穿长靴端坐在圆凳上，正弹奏着竖琴的美妙乐意。这是中华民族与阿拉伯民族友好交往、文化融合的又一见证。

来到石渚，阿布丁父子没有违和感。他们似乎找到了源头，回溯过去，也展望未来的源头。

三

在石渚的那段美好时光里，阿布丁父子自然少不了与石渚的瓷器商人、作坊老板，特别是画工和窑工们交流和沟通。显然，阿布丁父子来访的意义，不只是简单地来拜访友人，也不只是简单地来定制彩瓷。波斯人善于经商。他和他的先辈，以及后来者，并不满足于对中国瓷器的简单贩运，更想要将波斯元素跟中国瓷器结合起来。无论是繁华的中原、扬州、广州，还是偏远的巴蜀，都能看到波斯人的身影，找到他们的足迹。

阿布丁父子与画工交流最多。阿布丁告诉画工，来到大唐的，来到广州、扬州和长安等地的，波斯人不算最远的，还有与他们一海之隔的大食人。大食人信伊斯兰教，喜欢大海，喜欢蓝色。那里有狮子，有椰树、棕榈等等。画工一边微笑着听阿布丁讲述，一边不急不慢地忙着手中的活儿。

对于阿布丁说的这些，画工显然不陌生。不论是西域人，还是波斯和大食人，在此之前偶尔也会到访石渚。他们都统称为胡人。胡人会向他们介绍西亚的风土人情、风俗习惯，以及他们的喜好，也会带来样品或是绘本，供他们临摹。当然，更多的是作为载体，将伊斯兰教悄然传入中国，并在中国民间口口相传。石渚虽然深处内陆，也非繁华大都市区，但窑工们能够审时度势，抓住机遇，及时开发一批对路的外销产品。特别是在产品的造型与装饰上都吸取了域外风格。正因为如此，石渚彩瓷大量行销国外。

但石渚窑工又不盲目跟风，而是理性分析市场。他们对外销瓷器和内销瓷器是分类开发的，其风格也明显不同。以壶为例，石渚瓷器的题诗壶、彩绘壶多用于内销，而褐斑壶及贴花壶则以外销为主，其造型特征是小口、鼓腹。

阿布丁对画工说，伊斯兰教认为，真主是全世界穆斯林崇拜的唯一主宰，是创造宇宙万物并养育全世界的主。如果在壶上用大食的文字写上"真主伟大"，或者是"真主最伟大"，既表达了对大食人的尊重，也一定会受到他们的欢迎。画工说，好是好，就是不知道大食文字如何写。阿布丁微笑着，用笔写在了纸上。画工一笔一画照着画在了瓷器上，虽然有些生疏，但表达了基本意思。画完后，阿布丁朝画工竖起了大拇指。

阿布丁还说，穆罕默德是伟大的先知，他想在瓷器上写一句《古兰经》里的话。画工给他准备好笔、色料和瓷壶。提起笔后，阿布丁的表情变得严肃，他怀着崇敬的心情认真地用大食文写了起来："万物非主，唯有真主，穆罕默德是真主的使者。"

他们的探讨是充分、深入而愉快的。

阿布丁说，他们那里沙漠居多，所以对蓝色的大海充满向往，对蓝色更是情有独钟。如果能烧制出蓝色瓷器，一定会大受欢迎。后来石渚窑工还真烧制出蓝色瓷器。我曾看到个执壶，由蓝色与褐色的连珠纹串成连绵不绝的圆圈，颇似波斯地毯的构图。很明显，烧造蓝釉器是窑工们以窑变法尝试烧成的液相分离蓝光釉。所以，蓝光釉器应当被珍赏，而不该当成烧造失败的废品。

他们说到了摩羯鱼。阿布丁说，摩羯鱼蕴含着人类对美好生活的向往，如果把摩羯鱼画到碗上，它就可以保护海上过往的船只，也一定会大受欢迎的。

这次交流，对石渚画工启发非常大。他们不仅将阿布丁的想法全部融入彩绘中，还善于举一反三，敢画、敢写。他们知道在长安、扬州、广州等地有很多胡汉通婚的，促进了民族融合，就在瓷器上画上跨国婚姻的图案。一个长满胡子的胡人，与一个体态丰盈的唐朝女子相拥在一起。

也因为此，石渚窑场的"国际订单"越来越多，他们的生意越来越兴旺。

四

在石渚窑场，阿布丁父子流连忘返。但美好的时光总是过得很快，转眼间，他们到石渚一月有余了。他们必须回扬州照看他们的胡店和生意了。

离开石渚前，樊翁的孙子还带着阿布丁父子俩去潭州城里转了转，特别是去了江边的码头，考察了那里的陶瓷市场。

阿布丁在樊翁的孙子家，以及其他作坊，挑选了一批上乘的极具西域风格的瓷器，准备卖给他的同胞，或者大食的商人朋友。他讲信誉，讲品质，还极具眼光，深得同胞们信赖与喜爱。他还将带来的波斯陶和波斯绘本，当作礼物，送给了樊翁的孙子，以及其他窑工。

阿布丁父子返程之旅并不孤单。樊翁的孙子收购了一批瓷器，准备运到扬州贩卖，他可以捎上阿布丁父子和他们选购的彩瓷。他们知道路途险恶，有风暴，更有险滩。每一个险滩都是一道鬼门关，如同咧着嘴露出尖利牙齿的恶魔，随时可能把船只吞噬。那里埋葬着无数沉船、船工和乘客。他们非常谨慎，挑选了一个常年往返于潭州和扬州之间，运送货物的大型木帆船，船还是八成新，船老板的水上行船经验丰富。他们无法预测天气和危险，经验是对生死命运的唯一保障。由于船大货满，他们无须逆行前往潭州补货和转运，而是直接前往扬州。

瓷器沉重，而且易碎，使用陆运效率低，风险大，水运是石渚瓷器走出去的最理想，也是最常用的运输方式。

第三部

附信到扬州

一双青鸟子，飞来五两头。
借问舡轻重，附信到扬州。

——长沙铜官窑瓷器题诗

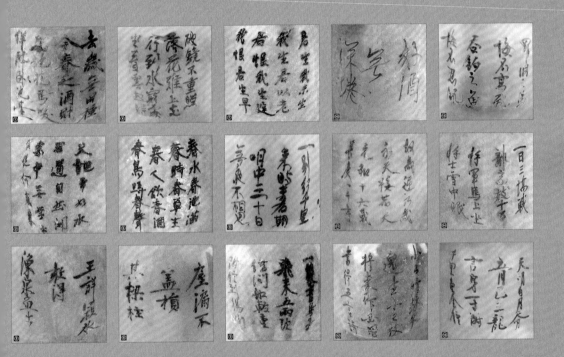

长沙铜官窑博物馆诗文展板
（长沙铜官窑遗址管理处供图）

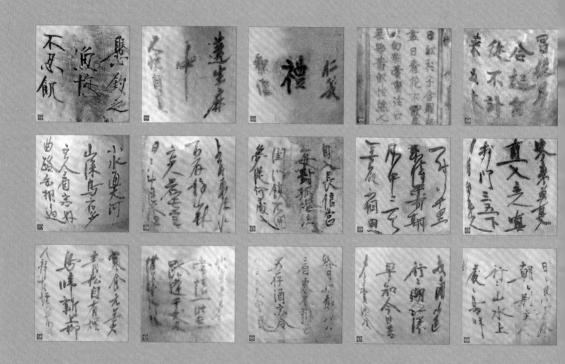

长沙铜官窑博物馆诗文展板

（长沙铜官窑遗址管理处供图）

诗随　帆　飞

一

那年中秋节后的第一天。

樊翁的孙子，阿布丁父子，以及满船的石渚瓷器，扬帆起航了。他们顺江而下，朝着洞庭湖方向驶去。出发前，樊翁的孙子与家人相拥道别。家人左叮咛右嘱咐，叫他们在外面要吃好、穿暖，千万要注意安全。还有朋友和邻居拜托他们从扬州带回各种商品。樊翁的孙子微笑着与大家一一握手，嘴里不停地说着，大家放心吧，我们会一路顺风，平安顺利的。可是家人知道，每一次航行，都是危险之旅，他们甚至悄然落泪。阿布丁父子也是恋恋不舍地与石渚挥手道别。阿布丁还喃喃自语道，潭州是他的第三故乡，别了故乡，别了石渚。

中秋的湘江，充盈着丰收的气息。两岸金黄一片，硕果累累。蒲公英开始飞扬了，江风吹来，它们就唱一种洁白的歌。江面上弥漫着一层薄雾，微风吹过，让人的心随着那一泓碧水而摇荡。体形较小的客舟，体形较大的木帆船，或顺江而下，或逆水而行。但不管是顺流，还是逆行，它们都百舸争流，奋楫者先。

樊翁的孙子颇具才情，偶尔也会在瓷器上来点书法与绘画，兴致来了，还会写几句诗。他们站在船尾，在船开过的地方，掀起的波浪形成一条白线，鱼儿往波浪翻涌的地方游来，而鸥鸟总是逐波飞翔。这场景，让他们感慨，令他们遐想。

二

我必须追随他们的足迹和思绪前行。

这是一艘约15米长的木帆平底船。底平，吃水浅。船面最狭处约1米，最宽处2米多；船底最狭处不到1米，最宽处1米多；船舱深约1.5米。船身用三段杉木榫合而成，船型细长，头尾部稍狭，船底横板断面呈圆弧形。船身窄而长，隔舱多，容积大。这种窄而长的单桅木船，速度快，便于在江面上行驶。这艘船除底部是用整木榫接外，两舷和船舱板以及船篷盖板均用铁钉钉成。这是当时最为先进的铁钉钉合技术。

船体内共分9个舱位，并用舱板隔开。第一舱为船首，第二舱、第三舱、第四舱、第五舱放的是瓷器，第二舱与第三舱之间有·个桅杆，上面挂着风帆。第六、七、八舱是他们和船员居住的生活舱。第九舱为船尾，这里放着用来控制船只航行方向的舵。

我一直为樊翁的孙子这趟扬州行的安危担忧，但事实上，有些过度紧张。中国水运发展的历史，源远流长。早在新石器时代，就已经在天然河流上广泛使用独木舟和排筏。浙江河姆渡出土的木桨，证明在距今 7000 多年前，中国东南沿海的渔民已使用桨推进航海工具出海渔猎。春秋战国时期，水上运输已经十分频繁。到了汉代，中国就已经有坚固的船舶了，并已经使用风帆和平稳舵，凭借季节风，远航到日本、朝鲜、东南亚和南亚各国。而到了唐朝，由于经济、社会、文化都发展到了前所未有的水平，唐朝的造船业也处于世界领先水平。造船业促进了水路运输，促进了水上经贸活动，同时航运的发达也促进了造船业的发展。樊翁的孙子乘坐的这艘木帆平底船，其船内分舱，我们现在叫水密封舱技术，就是唐朝在造船工艺技术方面巨大进步的最典型的例子。把船舶分割成很多小单间，可对船上甲板起到支撑和加强的作用，使船体具备足够的横向强度和抗扭刚性，还可以增强船的抗沉性。即使一舱漏水，由于隔离舱壁的存在，其他船舱可安然无恙。

这艘木帆平底船只不过是唐朝百舸千帆的一个缩影。唐朝诗人们吟帆咏橹的诗作，无不强烈地彰显着唐朝的强盛与浪漫。唐朝社会的长期稳定或相对稳定，长江流域经济的腾飞，南北大运河的充分利用，实物赋税制度下大量租调物资的交通，水上贾贩商航的兴盛，大量各类人员的频繁流动等，都促使长江航运跃升到空前繁荣的局面。而这种史无先见的盛况，并非一时一地的特景，而是全面的、连续的、一贯的现实。从初唐王勃在洪州见到的"舸舰迷津"，到盛唐李白在江夏目睹的"万舸此中来"，再到中唐卢纶在扬州目迎"千帆入古津"，及晚唐郑谷的"须知风月千樯下"等等。从艺术欣赏的角度而言，其"千""万"虽非实数，但它们却可反映诗人们在江中和港岸所见到港航船舶的众多与密集的现状。专门研究长江航运史的学者罗传栋老先生曾花了近两年时间，从《全唐诗》900 卷中搜录出约 350 位诗人吟咏长江舟航的 3000 多首诗歌。

那是个诗随帆飞的时代。

三

樊翁的孙子也好，阿布丁父子也罢，抑或是常年在江上行走的船员，因为经常背井离乡，心里有说不出的酸楚和思念。

诗歌和酒，成了他们船上单调生活的调味品。

在微微醉意中，樊翁的孙子讲述着石渚瓷器和大唐的辉煌。不论是长安与扬州，还是宁波和广州，只要有茶楼酒店的地方，就有产自石渚的瓷器。这些地方他们都去过，因为他们的瓷器质量一流，是天下第一的知名品牌，非常受欢迎，几乎是刚一到货，就会被抢购一空。

喝酒间，樊翁的孙子背诵起写在石渚瓷器，并流传于石渚的诗歌来：

> 小水通大河，山深鸟宿多。
> 主人看客好，曲路亦相过。

阿布丁对博大精深的汉语充满兴趣。他问这是什么意思。樊翁的孙子告诉他说，这是一首写旅店客栈的诗。大唐商业贸易迅速发展，他们这些商人走南闯北，要中途住宿，要存放商品，往复不断，带来了旅店客栈的兴旺。

接着樊翁的孙子又背诵起来：

日日思前路，朝朝别主人。

行行山水上，处处鸟啼新。

　　这次没等阿布丁开口，樊翁的孙子便自我解释起来。他说，在外做买卖不容易，天天要想着赶路，卖掉自己的货物。总是行走在山水之间，每到一个地方都要面对不同的乡音习俗。他们含辛茹苦，四处奔波，以经营成功为愉悦，为获得利润而开心，哪会有去追求鸟啼雀叫的闲情逸致？

　　酒到深处，樊翁的孙子再次背诵起来：

终日如醉泥，看东不辨西。

为存酒家令，心里不曾迷。

　　樊翁的孙子没有再做解释，喝完酒后，就这样呆呆地凝望着湘江，一副心事重重的样子。

　　他们心里装着艰难、危险、探索、成功、愉悦、博大、辽阔。

叹　息

一

在樊翁孙子的醉意中，我的思绪必须暂时离开。

我要逆流而上，前往潭州。

临近潭州，就会让你感受到水运的发达，商业的繁华。湘江上，船来船往。码头上人流如潮，他们来自湖南各地，甚至全国各地，操着各种口音。难怪诗人、潭州刺史、湖南观察使沈传师说，潭州湘江一带，舟船往来频繁，站在岳麓山可见湘江百舸争流，千舟屯聚。

潭州城临湘江一带，是热闹非凡的集市。潭州的农业、手工业、商业都得到了前所未有的发展。集市里满是稻米、丝、葛布、丝布、柑橘、茶叶、莲子、河鱼等湖南特产。离江最近的地方，是陶瓷批发市场，大都是石渚窑场生产的造型多样、色彩斑斓的瓷器。也有来自岳州窑、越州窑、邢州窑等窑场的瓷器。

稍远一点，是一家造船厂。湘江两岸盛产材质优良、抗腐蚀的杉木，非常适合造船。因为靠水运运输，又因为有优质的木材，所以潭州的造船业在两汉和魏晋南北朝时就已经相当发达了。到了唐朝，潭州的造船业在生产规模和造船技术上比前代均有发展，并成了闻名于全国的造船基地。朝廷甚至出钱雇佣潭州人为蜀人造船，可见潭州造船业之发达。这次樊翁的孙子他们乘坐的大型木帆船，正是潭州船厂制造。

偶尔，樊翁的孙子也会将石渚的瓷器逆流运到潭州城里贩卖。但只是偶尔。为什么？石渚一带已经形成了专业的陶瓷草市，瓷器外贸的商业中心，甚至可以与潭州城里的集市分庭抗礼。所以绝大多时候，特别是大宗瓷器的贩卖与运输，根本无须到潭州整装或是补货，而是直接从石渚启航，顺流而下，经洞庭，入长江。

这点，从李辉柄主编的《长沙窑》便可找到原因：

> 武昌地区唐墓出土长沙窑瓷器如此之多，原因可能有二：一是当长沙窑开始兴起之时，长沙与武昌同属江南西道，两地相距较近，水上交通十分方便，又在同一行政区划之内，物资交流十分便利；二是鄂州（治所在武昌）是汉水和湘江商船过往的集散地，长沙窑的产品要经扬州及宁波等地外销，武昌也是必经之地。

当然，这肯定不是樊翁的孙子最远的南行。

当时潭州对外商道和交通线主要有 4 条：通长江下游各地的商

道，通中原的商道，通岭南两粤以及通巴蜀的商道。通岭南与两粤，唐前期多走江西一线，后期由于战乱以及岭南形势的变化，战争频繁，需要大量运输军队和粮食，朝廷便多次派人疏浚年久淤塞的灵渠。

往南，再往南，同样走向远方，同样是艰险与希望。

二

潭州就是今天的长沙。

今天的长沙是座夜生活异常丰富的城市。每当夜幕降临，满街华灯齐放，各色夜市，各地民间传统艺术表演与夜总会、酒吧等现代娱乐交相辉映。其中，解放西、坡子街是长沙夜生活的招牌地点，一个是酒吧聚集地，一个是小吃一条街，从半夜开始直到凌晨都是灯火通明。

我喜欢漫步在湘江河畔，走出现实的繁华，走向历史的宁静。那里有彩瓷和唐诗，散发着独特的光芒。

古潭州城区的范围：北起中山路，南至解放路，西起湘江路，东至蔡锷路。而现在临江的万达广场，便是当时热闹非凡的集市，包括陶瓷批发市场。

2011 年，在万达广场项目工地施工时，发现这个项目位于长沙古城文物埋藏区内。不仅发现了潮宗街古城墙，还出土了大量的西汉至明清时期遗迹，这其中就包括唐朝湘江古码头和产自石渚的瓷器。码头是木构件，有约 20 米长，算得上是大型码头了。

我听到了许多关于这里的消息。除文物部门后来对古城墙采取原址保护与异地迁移保护相结合的方案，原址保护 20 米外，其他文物都被挖掘机、盾构机摧毁。好在一些喜爱收藏和珍爱长沙铜官窑瓷器的人士出钱，拥有了在废土里清理收集瓷片的权利。他们在废土堆里一点一点地抠，抠烂了手指，也抠出了眼泪。

每一个被采访者讲到这个事情时，我发现，他们总会发出叹息。

城市发展与文物保护，似乎成了这些年来不可调和的矛盾。有官员说，如果一个城市都是钢筋混凝土，那它是一个没有灵魂的城市。但是，在城市建设过程中，如果一发现文物古迹就停住不建，可能就没办法搞建设了，停下来损失太大。我们希望为理想而奋斗，但如果是一个纯粹的理想主义，那可能这个事情最后就一点都办不成了。

我理解这个官员的苦衷，但长沙这座古老的城市早已受尽摧残。从"楚汉名城"到《水经注》里的"长沙郡"，从"红脸的关公战长沙"到辛弃疾的"飞虎军"……长沙，已有3000多年的历史了。作为中国历史上保持城名、城址不变最长时间的城市之一，长沙饱受战乱摧残。特别是1938年焦土抗战中的"文夕大火"，几使全城历史文化遗迹损失殆尽。

我们会发现，现代化设备炮声隆隆，烟尘滚滚，高楼拔地而起，将历史遗迹碾成碎片。冷静之后，繁华之后，我们才意识到，我们根本就不需要千篇一律的城市呀。

此刻，我想到了石渚彩瓷，想到了釉下彩。有人说，石渚窑工施以釉下彩，更多的是为了掩盖他们瓷器制作的粗糙，是为了掩盖瓷器的丑陋与不足。

是这样吗？

历史的那头，石渚窑工脸上露出了无奈的苦笑。

往南，
再往南

一

　　沿湘江逆流而上，我的思绪继续往南。

　　或从石渚码头出发，或从潭州码头出发，满载着石渚瓷器的木帆平底船，在逆流中艰难前行。湖南秋季盛行西北风，水流并不算急，船员调节风帆，木帆船不断前行。但怕遇到极端天气，刮大风，下大雨。这时风帆不仅会失去作用，有时还会起反作用，导致翻船。这时，船员就会使劲摇橹划桨，让船保持平衡并前行。如果遇到水流湍急之地，他们必须雇佣纤夫拉纤，用绳索配合人力拖动船只逆流而上。纤夫屈着身子，背着缰绳，步态一瘸一拐地往前迈。而贩卖瓷器的商人则表情凝重，他们在心里祈祷着平安，期盼着尽快风平浪静。

　　　　　　　　　　　　　　　　　　　　彩瓷帆影

我来到衡阳市石鼓区，湘江北路与司前街交会处。这里地处湘江西岸，南来北往的船只尽收眼底。沿着湘江，向北望去，我似乎感受到了那艘满载石渚瓷器的木帆平底船前行的艰难，似乎听到了船员们使劲摇橹划桨的喘息声，似乎看到了瓷器商人凝重和不安的神情。十多天的艰难航行后，他们终于来到了衡州，也就是今天的衡阳。

我能够感受到杜甫当年在江上漂泊的酸楚与无奈。

公元769年（唐代宗大历四年）二月底，杜甫从潭州向衡州出发，去投奔任衡州刺史的韦之晋。可是，事有不顺，好友已于当月调任潭州刺史，此时正从衡州向潭州出发。阴差阳错，途中相左，未及晤面，诗人在衡州扑了个空。四月，他不得不返回潭州，终于与好友相聚。可是，天不助人，好友于六月突然病逝。诗人南下的依托须臾不存，其受到的打击可想而知。

韦之晋去世后的第二年春，潭州发生臧玠之乱。来潭州一年的杜甫不得不避乱往南，便去投奔在郴州作录事参军的舅舅崔伟。他不得不再次乘客舟南行，可是当他到耒阳后遇到大水，加之舟中苦热，疬疫流行，只好回棹潭州。诗人来湖南，真可谓贫病交加，动荡凄凉。

但石渚瓷器和经营它们的商人，却是向阳而生。我无法还原石渚瓷器商人在衡州的行动轨迹，但可以肯定的是，他们在这里叫卖和宣扬着石渚瓷器的质量之好，艺术之美。他们是湖湘文化的创造者、见证者，也是湖南文化的传播者。他们也传递着信念、勇气与信心。

1973年，衡阳市司前街人民路发现唐五代时期的水井，在这些水井中出土有一批长沙铜官窑瓷器。水井中有青釉褐斑瓷壶3件，其中有模印贴花瓷壶2件。一件青釉贴花壶制作精良，保存完整。高16.4厘米、口径5.8厘米，流下贴花为着紧身衣、披长飘带的人物在一蒲团上跳舞，左侧系下贴一胡人，右侧贴一单层方形宝塔，宝塔下层有方形塔座，上有四角上翘的屋顶，屋顶上还有四颗宝珠组成的塔顶。

对于石渚瓷器来说，衡阳是它们的汇合点，也是它们的分离点。有些瓷器，由此经耒阳、郴州而入广东；有些瓷器，由此循湘江而入广西。

我选择循湘江继续南行。

二

北有长城，南有灵渠。

湖南人的性格注定了石渚瓷器与灵渠有缘。

事情还要从秦始皇时代说起。当年，秦始皇并了六国，统一中国后，开拓南方的岭南时，却遇上了天大的困难。因为岭南山高路险，当地民族抵抗顽强，致使3年不能进兵，军饷物资根本无法满足军事需要。于是秦始皇命令史禄在广西兴安境内的湘江与漓江之间主持修建一条人工运河，运载粮饷。公元前214年（秦始皇三十三年）灵渠凿成通航。灵渠全长36.4公里，其主体工程主要由铧嘴、大天平、小天平、南渠、北渠、泄水天平、水涵、陡门、秦堤等部分组成。灵渠的凿通，沟通了湘江、漓江，打通了南北水上通道，连接了长江水系与珠江水系，改变了中国自然水系的格局。灵渠自开通以来直至20世纪，都是岭南地区与中原地区之间的水陆交通要道。20世纪，随着公路、铁路的贯通，灵渠才逐渐退出了历史舞台。

灵渠是世界上最古老的运河之一，是目前所知世界上最古老的盘山渠道，更是秦代的水利奇迹，有着"世界古代水利建筑明珠"的美誉。2018年8月，灵渠被列入世界灌溉工程遗产名录。

我来到桂北小城兴安，与从桂林赶过来的友人相聚。我们漫步在灵渠公园。友人说，长沙远离大海，瓷器要运到海外，必然在国内有很长一段距离的运输路线。以前，人们认为当时的运输船只是顺湘江而下，到长江抵扬州，再到宁波、广州，然后出海。虽然经灵渠要逆流而上，更加艰难，但湖南人性格倔强，吃得苦、霸得蛮、耐得烦，是不会放过任何机会的。广西的桂林、平乐、昭平、容县等地均发现了长沙铜官窑瓷器。如桂林市崇善路出土的独角兽烛台，平乐县二塘出土的青釉堆贴纹褐釉斑壶，昭平县庙㭴出土的青釉褐彩绘花鸟纹壶，藤县三合村出的土青釉点连珠几何纹双系罐，容县唐城遗址出土的酱釉执壶和青釉褐彩壶，等。这些出土地点均处于水路交通较便利的地方，把它们用线条连接起来，就是那条自秦汉时代即已开凿的通海之路。长沙铜官窑瓷器溯湘江而上，进广西经灵渠，再由灵渠经漓江过平乐、昭平，下梧州，入珠江水系，直达广州。最后，从广州远销海外。

虽然这不失为石渚彩瓷出省的便捷通道之一，但充满艰难。逆湘江而上是艰难的，途经灵渠同样艰难。友人喜好文学，也涉足文史。他说，唐朝时，由于"江流且溃，渠道遂浅"，通航难度非常大，需要十几户人家拉一条船的纤，一点点地在灵渠中挪进。于是有识之士不断组织进行修浚。公元825年（宝历元年），李渤出任桂管观察使、桂州刺史，一上任，他将灵渠"重为疏引，仍增旧迹，以利舟行"。可惜的是，承办这项工程的官吏偷工减料，以碎石铺堤，用散木做拦水斗门，搞了一个豆腐渣的面子工程。而李渤却在宝历二年就已离开桂州。而此时，朝廷的控制力大为削弱，各地战事频繁，两广和云贵的地方政府及少数民族不时发生叛乱。朝廷在军事上对灵渠的依赖性更大了，朝廷下令通过灵渠运送物质的命令更是急如星火，以至于征用的劳役远远超过宝历年以前，当地百姓为此"肤革羸腊，手足胼胝"。有的活活累死，有的逃出桂州，背井离乡，留在本地的只有百分之二三十了。

友人告诉我，因为灵渠的重要价值，但凡政治上希望有所建树的官吏任职桂州，面对灵渠通航难的政治、社会问题，都会力图解决。但宝历年后任职于桂管观察使、桂州刺史的官员如走马灯般调换，时间最长的也没有超过三年，灵渠航运壅塞如故。直到公元868年（咸通九年）七月，桂州刺史鱼孟威上任。"备观其事，试询左右"，了解灵渠的情况和症结所在。他在调查中发现，有一个叫刘君素的小军官十分熟悉灵渠，后来就委任他为修浚灵渠的总指挥。在解决修浚资金的问题上，鱼孟威想出了一个前人没有用过的好办法，以"皆招求羡财，标求善价，以佣愿者"的招商引资办法解决了资金问题。修浚工程的质量也是要求严格，还疏浚渠道，增配水流量。经一年多的施工，灵渠从咸通十年（869）开始，"渠遂汹涌，虽百斛大舸，一夫可涉"。

再往南，是广州，是南海。

我探索的是石渚彩瓷的辉煌之路，但一路下来，我心中只有悲壮。

城陵矶

一

滔滔湘江，蜿蜒北上。突然间，河渠纵横交错，湖沼塘堰星罗棋布。湖州露出了水面，长期被水淹没的杨树也终于展现出了它的千姿百态的独特风韵。大大小小的水塘散落在湖洲上，水面平静清澈明亮，在阳光的照射下就像一面明镜映照出杨树和垂钓者的身影。

樊翁的孙子头脑已经完全清醒。他们眺望远方，心胸豁然开朗，闭上眼睛倾听着大自然的交响乐：风呼、鸟叫、雨滴、水流……他们在心里默默地说道，秋天真好。此时，虽然没有夏天如猛兽般的滚滚洪峰，但随着水位的逐步下降，进入枯水期，木帆船富余水深变小，航道附近浅点水域水深条件变差，且湘江流域寒潮大风、能见度不良等极端恶劣天气频发，危险照样存在。

木帆船转过一道弯，左前方便是一片烟波浩渺。樊翁的孙子指着左前方，对阿布丁说，往那边走，可以到达朗州，也就是今天的常德。他们还说，从那里可以通往三条河，三条河都通往山区。商人可以将山区的货物运出来，也可以将外面的货物运到山里去。阿布丁看得眼花缭乱，也听得稀里糊涂，他只觉得大唐江河如何复杂多变与丰富多彩。

石渚瓷器，也在那里撒播了文明的种子，并最终发出了耀眼的光芒。1978 年益阳赫山庙工地清理了一座唐宝历二年（公元 826 年）的墓，出土了青瓷罐、碗、灯、笔掭等石渚瓷器。在这一带的其他唐墓中，还出土了一些石渚瓷器精品，如白釉绿彩壶、绿釉印花三角碟和枕、灯、罐等。1982 年常德市三湘酒厂 3 号墓出土了青釉褐斑贴花双系罐、青釉绿彩草叶纹系纽罐和青釉玉璧底碗，4 号墓出土了黑、绿、红彩连珠纹罐等。它们都来自石渚。

文明的撒播并不均匀，有的亮丽，有的黯淡。

二

为了有更加真切的感受，我同样选择秋天来到岳阳。站在三江口，看着城陵矶、长江和洞庭湖，宽阔的水域，首尾相连的一艘艘船只，尽收眼底。

城陵矶，这是绝大部分石渚彩瓷远行的必经之地。

许多人都知道，岳阳是一座具有千年历史的古城，建城至今已近 1800 年。但很少有人知道，城陵矶也是座具有悠久历史的古城，且建城时间比岳阳城还早，至今已近 4000 年。它位于今长江与洞庭湖汇合处，南距岳阳城 15 里，是我国三大名矶之一。自古为三湘四水货物通衢集散之地，西通巴蜀，东达宁沪，北至中原，南连岭南，是华中地区重要的水陆交通枢纽，也是历来兵家必争之地。

史书记载，城陵矶在古代就建有城池，其年代为殷商时期。城陵矶地名就是城池、丘陵、石矶三种地理名词与地形地貌特征的合称。城即大彭古城，陵即古城所在的山，矶即三面临水的岩石结构丘陵。城陵矶地名得名于城陵山，耸立在江边的丘陵，山有古城，故名城陵山。又因此山是三面临水的岩石结构，呈"几"字形，故又名城陵矶。

远古时代的先民们在这里的长江边上凿木为舟，捕鱼竞渡，垒石筑屋，繁衍生息，建造了最早的原始村落，到商周时期又逐渐形成原始的大彭古城。以后，随着长江航道不断北移，才形成了今天的三江口。

我登上播鼓台遗址，往南望去。似乎看到樊翁的孙子乘坐的木帆船正平稳驶来。他们兴致勃勃地指着城陵矶。这里不仅是南北交通要道上的一个重要节点，更是一个有故事有文化有味道的地方。但他们对巴陵城楼（岳阳楼）的兴趣似乎不大。或许，还没有《岳阳楼记》里的巴陵城楼有灵魂。

三

木帆船到达城陵矶天色已晚。

船不夜航，他们只得夜宿城陵矶。岳州窑盛产瓷器，这里没人对他们的瓷器感兴趣。他们走上码头，找到一家小餐馆，边吃边喝起来。樊翁的孙子爱好文学，他们谈得最多的还是诗。

樊翁的孙子讲起文人们的故事。大历年间潭州刺史张谓在城陵矶与不做官的朋友王徵君同游时，将一腔浓烈的思乡之情，付诸浅近如画的句子："八月洞庭秋，潇湘水北流。还家万里梦，为客五更愁。不用开书帙，偏宜上酒楼。故人京洛满，何日复同游？"这与石渚窑诗文风格非常类似。

而不断被贬始终不肯消沉的刘长卿，也将如城陵矶一般的倔强表现在笔下："万古巴丘戍，平湖此望长。问人何渺渺，愁暮更苍苍。叠浪浮元气，中流没太阳。孤舟有归客，早晚达潇湘。"

还有李白的潇洒飘逸，孟浩然寄托在山水里的热情，杜甫的悲怆有力，都氤氲在长江与洞庭湖的烟波里。

樊翁的孙子说得激情澎湃，但阿布丁并非热血沸腾。或许，他在担心扬州的生意，思念着远方的祖国。

翌日，晨光微露，木帆船进入更加宽广的长江，向着海洋的方向驶去。

而另一些船却在此分道扬镳，他们逆流而上，驶向剑南（今四川一带）。这其中，就不乏运载着大宗石渚瓷器的船只。

但那是一条艰险之路。特别是荆江段，素有"九曲回肠"之称。河水由于流速缓慢，泥沙淤积过多，所以每当汛期来临时，这里就极易溃堤，造成河水泛滥。因此自古就有"万里长江，险在荆江"的说法。

四

前面虽然宽广、辽阔、浩瀚，但危险重重。

木帆船刚进长江，樊翁的孙子就跟阿布丁讲起故事来，是父辈第一次前往扬州贩卖瓷器的惨痛经历。

那个夏季的一天，正是长江涨水季节，浪涛滚滚。父辈们看到自己做的彩瓷越来越受欢迎，便不再满足于自己烧制，下定决心要扩大业务，从事销售。

由于是第一次出远门去扬州贩卖自己生产的瓷器，父辈们有激动，也有担心，还有期待。虽然他们是彩瓷的制造者、创新者，积累了丰富的经验，但在销售方面，他们毫无经验。

他们找了一艘木帆船，并不大，没有打听船老板的航行经验，更没有考察木帆船的状况。谈好价格后，他们就使劲往船上装载碗、盘、壶、罐、盂等瓷器。他们急于把自己的瓷器卖出去，卖个好价钱，并且是越多越好，于是他们尽可能地往船上装载瓷器，木帆船吃水越来越深。船老板说，不行，吃水太深，不能再装了。但他们却说，再多装点，再多装点。对市场和利益的追求，让他们彻底忘记了木帆船的承受能力，江河的危险。而船老板并没有坚定地制止他们。过于功利的追求，注定是一场灾难。

湘江正值洪水季节，水流湍急，他们很快就感觉到了行驶的危险。由于吃水太深，船行驶得非常吃力，波浪不断打到船上。风越来越大，他们愈发担忧和恐惧起来，甚至颤抖起来。但开弓没有回头箭，他们只有咬着牙坚持向前行驶。

他们担忧的事很快就发生了。木帆船出行的第一天傍晚，最终因为不堪重负、吃水过深，失衡翻覆。好在他们都在江边长大，水性极好，他们先跳入水中，然后再趴到船底上。船上的瓷器全部沉入江中，他们所带的生活物资都被江水冲走。"救命啊！救命啊！"他们声嘶力竭地呼喊着。由于已是傍晚，加之风大，大部分船只早已停靠港湾，一开始他们并没有被发现。他们趴在船底上，被江水一路冲着往下游而去。他们大脑一片空白，感到无比绝望，但他们没有停止呼喊。

突然，他们看到前面不远处有亮光。是船，一艘逆流而上的船。"救命啊！救命啊！"他们使出浑身力气叫喊着。"是有人在叫吗？"船上有了回应。他们更加激动，使劲地叫喊着。他们之间离得越来越近了，交流也变得容易多了。菩萨保佑，这是一艘从扬州贩卖石渚瓷器回潭州的木帆船，船员和商人都是熟人。对方船上的人叫他们不要慌张，也不要动，让船保持稳定。还问他们船上有没有绳子。他们说有绳子。快靠近对方船只时，他们将绳子扔了过去。绳子的两头拴住后，对方船只将他们拉到岸边。

这次翻船事故，对樊家是个不小的打击。满满的一船瓷器，是个不小的数目，最主要的是对他们信心和斗志的打击。他们也曾想过，是不是就安安心心在石渚做点瓷器，不再冒着危险远走他乡了。

但很快，他们就似乎忘记了这次遇险之事，再次向扬州出发。从彩瓷的角度，再出发具有重要而深远的意义。

枣皮黄

一

　　来到武汉，我首先去的地方就是湖北省博物馆。

　　靠近东湖，环境优美。馆名是从湖北红安走出的老一辈革命家董必武老先生题写。从门口一眼望去，整个博物馆尽收眼底，仿古的建筑，青灰色的瓦片，四方的屋檐。阳光的照射下，更显古朴，那一砖一瓦似乎述说着悠长而古老的故事。

　　我直奔瓷器展厅，这是土与火的艺术的结晶。这里展出的主要是出土瓷器和传世瓷器，有不少是青瓷精品和官窑瓷器。但最吸引我的还是长沙铜官窑的瓷器。

　　基本上都是20世纪50年代初期，在武昌郊区从唐墓中发掘的瓷器，较为重要的有模印贴花人物壶、双系瓜棱形壶等。一只褐斑双系罐吸引了我。器形规整，圆唇，短脖子，丰肩圆鼓腹，平底，两肩附方形穿纽。腹部装饰四个釉下褐彩圆斑，肩部系耳下堆贴印花叶纹。整个双系罐呈枣皮黄，正是这种颜色，让我想到了成熟和丰收，更让我看到了生活与希望。或许，这就是长沙铜官窑瓷器的魅力。

在对枣皮黄的迷恋中，我看到樊翁的孙子们乘坐的木帆船正向鄂州（今武汉市武昌区）驶来。

二

他们将船停驻鹦鹉洲。

鹦鹉洲位于鄂州江中偏南，从三国到唐朝，一直长盛不衰，是中下游最稳定、最繁华，也是面积最大的洲港之一，仅次于因大运河开凿而盛极一时的扬州。史载，公元763年2月1日（广德元年十二月二十五日）晚上，鄂州突发大火，烧毁港口船只3000多艘，祸及岸上的民户2000多家，死亡4000多人。这次火灾损失惨痛，但也从侧面反映了当时鄂州港规模之大，港航事业之兴盛。除了水运方便带来的好处，还与鄂州政治地位的上升有关。历经安史之乱与藩镇之祸后，鄂州的战略地位日渐突出，受到朝廷的高度重视。为了保证租粮与盐铁等贡物供应京师，公元761年（唐上元二年）唐肃宗就旨命穆宁以侍御史之职担任鄂州刺史兼淮西、鄂岳租庸盐铁转运使，驻守在鄂州。公元765年（唐永泰元年），朝廷在这里特别设置了鄂岳观察使，40年后，又升观察使为武昌军节度使。当时，鄂州虽然属于江南西道，但政治地位已经超越了首府洪川。可见，鄂州在政治、军事、经济上对李唐王朝的重要意义。

鹦鹉洲已从过去的军民两用港变为单一的商用之港。论其秀丽，崔颢的"芳草萋萋鹦鹉洲"的名句便是它绿茵溢美的写实；在李白的笔下，鹦鹉洲的美，是"烟开兰叶香风暖，夹岸桃花锦浪生"。春天美如画，洲的秋景则更耐人寻味。这里留下了诗人们的许多名篇佳句。但这里也挤满了无从满足、此起彼伏的现实的欲求。

这里有繁华的街巷，还有酒馆、客栈等，充满着浓浓的商业气息。人们从四面八方朝这里跑来，渴望挣到更多的金钱。瓷器、丝绸、茶叶、茶具、铁器、镜子、皮货、药材、香料、珠宝首饰等，纷纷涌向鄂州。每次樊翁的孙子经过鄂州时，总会带些石渚瓷器在这里销售。他们知道鄂州人喜欢什么样的瓷器，而石渚瓷器也是那么受欢迎。

船刚一停驻，一群人就围了上来。有从事瓷器批发的商人，有商铺的老板，也有街巷里的普通老百姓，还有一些途经鄂州的乘客，甚至胡人。他们非常喜欢瓷器。樊翁的孙子生怕他们摔坏了瓷器，不允许他们上船。樊翁的孙子指着隔舱板间码放着的一摞摞的瓷器，向他们介绍着低价位的瓷器。樊翁的孙子知道，高档产品要运往扬州，最终卖到波斯和大食。看着目不暇接的瓷器，他们爱不释手。一番讨价还价后，他们最终买走了一部分盘口壶、碟、唾盂、双唇坛等。

就在樊翁的孙子和阿布丁父子准备到酒馆吃饭时，一个五十来岁的老太太走了过来。她微笑着跟樊翁的孙子打着招呼。她就住在附近的街巷，老公和儿子都是生意人，家庭条件不错。她与樊翁的孙子熟悉，每次他们运送瓷器经过鹦鹉洲时，她总会要买上一两件石渚的瓷器。她的家里摆满了瓷器，既实用又美观。老太太挑了一只褐斑双系罐，模印贴花人物壶和双系瓜棱形壶各两只。老太太说，她最喜欢的就是彩色的瓷器，特别是枣皮黄。那只褐斑双系罐就是枣皮黄。樊翁的孙子以最实惠的价格卖给了她。

樊翁的孙子微笑着目送老太太离开。几年后，他们听说老太太因病离世，带着她最心爱的彩瓷，走入了坟墓。也许20世纪50年代初期在武昌郊区唐墓中发掘的褐斑双系罐、模印贴花人物壶、双系瓜棱形壶等瓷器，就是老太太心爱的彩瓷。

石渚彩瓷本身由土烧制而成，但当它们再次回归土地时，却被赋予了精神密码。

三

第二天，他们离开鄂州，继续航行。

但在离开鄂州之前，樊翁的孙子不忘带着阿布丁父子登黄鹤楼。当时，官方正在对鄂州城垣进行大规模改造，黄鹤楼与城垣分离，成了独立的景观建筑。虽然他们没有登上黄鹤楼，但站在楼下也能目睹众多船只密聚于江中或港岸，忘记了奔波的劳累，也感慨万千。樊翁的孙子观景赋诗，满满豪情。此时，他们完全忘记了自己是一个贩卖瓷器的商人，感觉自己就像李白、杜甫这样的诗人。当然，此时的他们也忘记了长江的险恶，路途的孤苦。阿布丁不无羡慕地说，大唐经济繁荣，制造业先进，文化氛围极其浓郁，真是了不起。

他们向江岸挥手，木帆船徐徐启动，驰离鄂州。

不久后，一群鸟儿从一个入江口突然飞起。

他们经过汉水入长江口。从这里，逆汉水而上，往西，再往北，便是山南东道的首府襄阳。

襄阳政治地位崇高，经济发达且为全国水陆交通枢纽，呈现出文化繁荣的景象。当年，唐高祖李渊差点迁都襄阳。

长安的　　论证

从襄阳再往北，便是长安（今西安）。

石渚瓷器和瓷器商人，必然曾途经此地，前往都城长安。长安城是当时世界上规模最大、建筑最宏伟、规划布局最为规范化的一座都城。人口极盛阶段超过 100 万，安史之乱后才逐渐衰落。即便逐渐衰落，但依然繁华。无论对内，还是对外，唐朝始终奉行开放的政策。正因如此，唐朝的经济、文化快速发展后，接纳来自世界各地的使者和商客。而胡人们来到长安后，多数都居住在长安城内。那里有胡姬酒肆，人们趋之若鹜。当然，那里也充满商机。

长安的西市、东市等大型集市都有瓷器市场，全国众多窑口的瓷器在这里竞相出售，这其中当然包括石渚窑口的瓷器。石渚瓷器丰富了长安的瓷器市场，长安的瓷器市场也让石渚窑工和瓷器商人开阔了视野，带来了新的思路。他们正是通过在全国各地的所见所闻，才成功研制出印模贴花、划花、印花、镂空剪纸和雕塑等装饰技法。特别是他们对现有的几种釉色进行提纯，创烧出了近似透明的釉色。提纯出透明釉后，便有了釉下彩的产生。釉下彩的发明，给石渚人带来了巨额利润，全国各地的人不远千里来到湖南，争相采购这种瓷器。特别是海外的波斯人、大食人，以及船只途经的海上各国商人，都陆续来到广州、扬州甚至湖南，来购买传说中的釉下彩瓷。

历史远去，但彩瓷依然鲜活。在陕西省博物馆，我看到一只来自石渚的黑釉小狗。这是一只在一座小型唐墓中出土的小狗。高 3.3厘米，长 3 厘米，呈站立状，昂着大头，双耳下垂。胎质白色，较为粗糙，上半身施的黑釉，下半身施的白釉。这是小孩生活中的玩具类器物。我想，墓主人可能是一个未成年的女孩。还有一只来自石渚的只剩腹部和底部的彩绘罐。底径 9.7 厘米，残高 13.1 厘米，壁厚 0.4 厘米。腹壁向下斜收，底部内凹，外施白釉，釉色泛黄，内部和腹下部都没有施釉，露胎……但整个西安，出土的长沙铜官窑瓷器非常少。即使有，也以残片居多。

虽然长安是人们向往的都城，也是唐代的政治、经济、文化中心，但樊翁的孙子们很少去。为什么？他们是石渚的瓷器生意人，哪里最需要他们生产的瓷器，他们就会走向哪里。

陕西省文物保护研究院（陕西省文物鉴定研究中心）文物鉴定研究部主任杜文给出了答案，他在《陕西出土的唐长沙窑瓷器》一文中说：

陕西至中晚唐时期，瓷器的使用普及到人们的日常生活中。西安出土瓷器的窑口众多，有河北邢窑、曲阳窑、河南府瓷窑、山西瓷窑、陕西黄堡窑、浙江越窑、湖南长沙窑、安徽寿州窑等，以北方窑口产品为多。长安城中发现的最大宗瓷器是巩县窑的白瓷，包括邢窑白瓷。墓葬出土各类瓷器的情形亦常见。大中小型墓多出土有瓷器，从一件到数件不等。其中，白瓷数量最多，其他瓷类有青瓷、黑瓷、茶叶末釉瓷、釉下彩瓷、内白外黑瓷等。瓷类增加，器类也更丰富，多见唾壶、罐、执壶、碗、盏、杯等，造型丰富多样，仿金银器风格较多……唐都长安出土的长沙窑瓷器数量非常稀少，其数量远不能与巩县窑、邢窑、越窑、寿州窑甚至本地的黄堡窑产品相比。唐长安的东市和西市都是胡商云集的国际化商贸市场，但出土长沙窑数量稀少，笔者认为可能是有些不典型的长沙窑瓷残片标本未被辨识出窑口。从目前的考古出土和馆藏统计可知，这些在西安乃至陕西出土数量稀少的长沙窑瓷器提供了一则反证。即证明唐长沙窑瓷器确实属于外贸性质的产品，大宗产品运往扬州和上海青龙镇这样的外贸集镇，主要用于向海外出口外销。

陶瓷，见证着人类发展。

瓷器，中国文明的象征，更见证着中国历史的发展。

对于石渚彩瓷而言，长安也只不过是它们存在的一个论证，走向海外与辉煌的反证。

险滩、　泪水
和　贱卖

一

又一艘船撞上江边浅滩搁浅了。万幸的是船体没有受到损坏，甚至依然完好无损。但因为船上货物装得太多，无论船员如何想办法，都无法自行脱浅。

那正是樊翁的孙子的木帆船，他们在铜官（今安徽铜陵）搁浅了。虽然已经是枯水季节，长江水流不是那么凶猛，但当时下着大雨，刮着大风，风帆飘摇。因为天气不好，大多数船只都躲进了港湾。他们有些孤立无援。

长年在长江来回跑，樊翁的孙子自然知道母亲河的秉性。她具有狂野和娴静，凶狠与温柔的两重性格。有时，她像母亲一样温柔和怡静，掬一口直接饮用，很是甘甜解渴；有时，她像一头猛兽，六亲不认，横冲直撞，给儿女们带来巨大的灾难。

最可怕的是暗礁险滩。长江波谲云诡、复杂多变，她不是自家门前的小水沟，何处深何处浅，何处水急何处水缓，何处暗流汹涌，何处暗礁丛生，不是久在江上行船的人是不会知道的。他们知道，险滩大致有两种：一种是明、暗礁石以及纵横石梁、岸边突嘴等特殊河床边界，使得航道变得狭窄、曲折，船只极易发生触礁事故，这是礁石险滩；另一种是形成强烈的横流、泡漩等不良流态，容易使船只横漂和翻沉，这属于不良流态险滩。

船只触礁搁浅，翻船沉船，以及死人事件，对于樊翁的孙子来说，已经习以为常了。每次前往扬州，都是满载瓷器。每次扬州之行，他们都是冒险，都是生命的赌博。特别是过险滩时，他们特别小心，先减速，然后立马加速，否则船头会栽进水里。而此时，江浪就像一锅烧开的水，乱蹦起来，并且涌上船头，甚至飞溅到高高的风帆上。木帆船前后起伏，左右摇晃，几分钟后才逐渐稳定下来。幸运的，能平安无事地通过；倒霉的，则会倾翻或触礁沉没，船毁人亡。

长江里到底有多少沉船，有多少尸骨，谁也说不清。长江沿岸的一些地方，还专门建上白塔，用来装殓遇难者的尸骨。

二

樊翁的孙子算是见多识广，沉着冷静，但陷入困境的他们还是落泪了。如果没人来营救，如果大风大雨还不停，他们的船就可能倾翻。他们是多么渴望有船过来呀，但放眼望去，江上雨雾蒙蒙，天水一色。他们躲在生活舱内，但雨越下越大，风越刮越大，舱内灌满了水。他们拼命地将舱内的雨水舀出。他们全身湿漉漉的，冻得瑟瑟发抖。一艘小船，在长江面前，终究是渺小的。他们一直被困在浅滩和风雨中。

命运垂怜了他们。不久后，雨停了，风也停了，而他们的木帆船也完全经受住了风雨的考验。更让樊翁的孙子欣慰的是，他们的瓷器也经受住了考验。

第二天早晨，太阳出来了，长江又恢复了往日的繁华。一艘船靠了过来。这是一艘铜官本地船，船不大，但船员经验丰富。他们是靠水上救援营生的。木帆船船老板问让他们脱浅要多少钱。救援船船老大说，不要钱，但他们想以较低的价格买点瓷器。

铜官是我国最早产铜的地方之一，其矿冶历史始于商初，盛于汉唐，是有名的铜都。又因为这里紧靠长江，水陆交通便捷，以瓷器为代表的全国各地大宗商品也在此集散。救援船船老大自然对瓷器有所了解，更知道湖南彩瓷的价值。

樊翁的孙子本没打算在这里销售多少瓷器，但身陷困境的他们不得不向现实低头，略微思索后，只得咬牙同意。

若干年后，石渚窑口所在地也叫铜官，也是因为这里铜矿资源丰富，又进行过铜的冶金和熔铸。

或许，它们之间存在着某种内在的关系。

黄金水道

一

　　博物馆是历史的记录者与见证者，它用客观的角度，站在历史的长河中，将那些出现在历史重要节点的器具、书画、文物摆放在我们面前，用娓娓道来的故事讲述时代的变迁。

　　我在镇江博物馆里找到了樊翁的孙子的足迹。

　　通过西津渡，我便来到润州区伯先路85号。巨大的矗立在高台上的青铜器皿告诉我，那就是镇江博物馆。他们的足迹在瓷器展厅。镇江博物馆经过考古发掘、社会捐赠等收藏陶瓷器上万件，这不仅能让我领略中国陶瓷的精美，更是见证着中国社会的发展和历史的进程。

　　博物馆的资料告诉我，镇江地区出土的长沙窑瓷器有40多件，瓷片 3500 多件，分别出土于 12 座唐墓、1 口水井和居住遗址中。唐墓分布在风东山、南门车站、花山湾、晋陵罗城、何家湾、宝盖山、贾家湾、丁岗、砖瓦厂、磷肥厂、煤球厂等处，水井位于丹徒长岗 11 队。在唐墓和水井中共出土长沙窑瓷器 22 件，内有绿彩草叶纹小口盂、草叶纹大口盂、贴花双鱼壶、青釉壶、葫芦形壶、褐斑小壶、绿彩水注、青釉褐斑双系小罐、绿彩小盒、绿彩草叶纹小盒等。1984 年底，镇江市拓宽中山路时，在市中心大市口至中山桥长 700 米的工地发现唐代居住遗址。在唐代地层和灰坑中，采集有唐代瓷片 4458 片，其中长沙窑瓷片 3521 片，约占总数的 79%。这里的发掘面积虽不大，但出土的长沙窑瓷片却甚多，可见这里应是长沙窑的重要销售地。

二

历史深处。

船过金陵（今南京）后，樊翁的孙子便满心欢喜地面向前方，前方便是润州（今镇江）。因为是长江和京杭大运河十字黄金水道的交汇点，这里自古就是交通要津，江淮转运要地。因为转运地位重要，润州刺史常加挂转运使头衔。因此，润州也和扬州一样，较长时期成为唐朝政府获取江南财赋的交通命脉。

丰富的彩瓷，黄金的水道。我似乎看到了樊翁的孙子笑逐颜开。他们的木帆船进到了蒜山渡，这里车水马龙。很快，一些商人和居民就围了上来。常年居住扬州的阿布丁对这里非常熟悉。这里到处是胡人，阿布丁不停地跟他们打着招呼。他帮着樊翁的孙子贩卖瓷器。水盂、大小碗、擂钵、碗形灯、盆、洗、双系罐、壶、盒盖，以及小孩玩具等，都非常受欢迎。他们一边热情地招呼着顾客，一边小心地递送着瓷器。

船上几乎只剩下波斯风格的彩瓷了，他们的脸上也笑开了花。

可从润州经长江入海，也可从润州经大运河往南转运杭州、明州（今宁波）。但这次，他们却是往北，经大运河，前往扬州。

那是一座通往世界的城市。

辉煌　　与　　奇迹

一

　　从南京转乘动车到扬州，已经晚上九点多了。没有在网上预订宾馆，更没有一下车就急于找宾馆，而是直接打车赶往运河边。我的石渚彩瓷之路都是朝圣，更何况扬州之旅。司机把我带到东水门，那是大运河的拐角，九十度，既可看到她东来的面容，也可欣赏她南去的背影。沿着两岸成荫的绿树，秀美的灯光，我向辉煌灿烂的唐朝扬州走去。

　　这不是一条普通的河啊，她是中华文明史上的瑰宝。她承载了太多太多，也是她孕育了国际化大都市扬州。没有扬州，我家乡那些大胆创新、勇于冒险的唐朝先民就无法把长沙铜官窑的精美瓷器，从湘江起航进入洞庭湖，经过长江和运河，销往全国各地，更不可能乘风破浪，到达东南亚、波斯湾、红海一带，走向世界。沿着运河北岸小道朝东走，一直走到没有了灯光，也没有了喧哗，但听到了大运河心跳的声音。

我在大运河边的一个小宾馆住下了，躺在了她温暖的怀抱中。

第二天一早，我拿着日本和尚圆仁写的《入唐求法巡礼行记》和扬州唐城遗址图，去迎接樊翁的孙子、阿布丁父子，以及石渚彩瓷的到来。

二

樊翁的孙子的木帆船从润州蒜山渡出发，途经长江，进入前往扬州的运河。

河道不算宽，但畅通，船只众多，首尾相接。有来自全国各地的船只，也有来自东亚、南亚以及波斯、大食等国的船只。航行在繁忙的运河中，樊翁的孙子的木帆船显得那么平凡，但他们内心却充满激动和豪迈。

到底有多繁忙？

我无法想象当时的繁忙景象，但历史却记载了。有次，扬州江面突然刮起大风，聚集在长江口岸的船舶躲避不及，多达数千艘沉没。

即便万里迢迢，即便千难万险，依然阻止不了人们对扬州的向往，就连1200年后的我们都无不由衷地赞叹与向往。

扬州是一座在国内为数不多的通史式的城市，她的文化发展可追溯到6500年前新石器时代中期，在高邮龙虬庄文化折射出江淮东部文明的曙光之后，便连绵不绝。进入封建社会后，更是雄踞东南，繁荣迭现，影响中外。从汉初开始，吴王刘濞凭借境内的铜铁资源、渔盐之利，把吴国建成了东南地区最具影响力的经济文化中心。其后虽有代兴，但终其两汉，扬州的地位未曾动摇和改变。六朝时期，南北割据，战争频仍，作为南朝首都的重要屏障，扬州战略地位的重要性便凸显出来，成为兵家必争之地。

后来，隋文帝南下灭陈，结束分裂。一统天下后，在扬州设四大行政区之一的扬州大行台，总管南朝故地，扬州成为东南地区政治、经济、文化中心。杨广即位后，开凿大运河贯通南北，连接东西，扬州具有面江、枕淮、临海、跨河的优越交通条件，加之杨广视江南为龙兴之地，扬州顺理成章地跃为陪都。中唐以前，扬州虽然有着大都督府或都督府的行政地位，但主要还是依靠隋朝历史影响的延续。

扬州更大的发展还是在安史之乱后。因为安史之乱，北方广大地区遭到严重破坏，北方人口为躲避战乱大量南迁，唐王朝更多依赖东南地区的粮食和财富经营着这个庞大的国家。唐朝的经济结构和布局发生了重大变化，朝廷也不得不做出相应调整。于是，扬州成了东南漕运的枢纽和物资集散地，赢得了历史上难得的发展机遇，区位优势得到了整体的发挥。扬州也成为长安、洛阳两京之外，全国最大的地方城市和国际商业都会，在当时有"扬一益二"（扬州第一而益州次之）之说。

当然，扬州的命运与运河的命运息息相关。扬州因运河而生，因运河而兴，因运河而盛，在扬州2500年建城史中，运河基因一直绵延不绝。

公元前486年（周敬王三十四年），是扬州必须铭记的年份。这一年，吴国在邗地建造城池，也就是后来的古邗城，这也是扬州的最早城池。就是这一年，影响了中国历史的京杭大运河的最早一段河道——邗沟在扬州开凿了。邗沟的开凿，不仅改变了扬州社会发展的走向，也改变了古代中国的交通格局，邗沟正是后来京杭大运河的一部分。

有一个人，也与扬州有着不解之缘。这个人是隋炀帝杨广。公元605年（隋大业元年），杨广刚一当上皇帝，就全面开展了运河的开挖工程。当年，他就征发河南、淮北诸郡民工百余万人开凿通济渠。在开通济渠的同时，又征发淮南民工十余万人，开拓邗沟。通济渠和邗沟，均宽四十步，相当于现在的60米，两岸有与河床平行的道路，路边还种植柳树。随后，杨广征发河北一百万人开永济渠，引沁水南达黄河，北通涿郡（今北京）；开江南河，从京口（今属镇江）通余杭（今杭州）。从公元605年至610年，隋炀帝前后耗时六年，征发数百万民工，开凿出一条以洛阳为中心，北达涿郡，南至杭州，全长4000多里，连接海河、黄河、淮河、长江和钱塘江五大水系，纵贯中国南北的大运河。从此，作为大运河和长江边上的中心城市，凭借水运之利富甲天下的扬州，一跃成为中国最为繁荣的城市之一。

但杨广还是操之过急了，明知这是一个劳民伤财的大工程，还要毅然决然地去做，对修建运河的百姓造成了极大的伤害。甚至因为这种激进，让隋朝成了一个短命王朝。但杨广似乎不后悔。

虽然杨广过于着急、激进，但修建运河也有一些客观原因。在中国历史大步向前发展的洪流中，或许他无法停止，甚至无法放慢自己的脚步。完成这样伟大的工程，不是个人意志可以决定的，一定是历史和时代的要求。当时南方经过东晋南北朝二百多年的发展，已逐渐成为富饶之区，南北物资交流成为迫切的需要。从政治和军事上来说，加强对地方，特别是江南的控制，以维持统一，是迫切的任务。在陆上交通并不便捷而且没有新式交通工具的情况下，水上交通最为重要和最为可取。大运河就是适应这种历史情况而开凿的，也只有在国家统一、经济发展的情况下才能得以完成。即使杨广不开凿，也一定会有其他人出来开凿。历史的要求，不可逆转。

这个西北汉子对千里之外的江南也是情有独钟。杨广非常爱好南方文学，诗文风格与南朝相近，也常和南方的文人诗文唱和。他对南方的喜爱表现最突出的一点，是他在位期间开凿大运河后，三次下扬州。他在巡游途中的挥霍无度、铺张浪费，招致了太多骂名。最后一次，因为身边禁卫军叛变，扬州成为他最后的葬身之所，并永眠于此。

三

木帆船经过一段拥挤而又缓慢的行驶后，停靠在了南水门。

南水门与官河相通，但官河只限官船航行。

阿布丁父子不停地与河上的人们打着招呼。上面就是扬州城的子城，那是个居民和工商云集的区域，日本、大食、波斯等国来扬州做生意的人大多聚居于此。阿布丁的胡店就在南水门附近。

一个高鼻深目浓须的老者走了过来，先是与阿布丁父子握手拥抱，然后用波斯语热情地交流起来。

老者叫摩呼禄，66岁，波斯人。他也是安史之乱后往返于波斯与扬州之间的生意人，看到扬州的繁华，特别是这里对胡人的照顾与包容，他心生羡慕，把扬州当成了自己的第二故乡。最后，他决定扎根扬州做生意。他开了一个胡店，既经营香药和珠宝，也经营丝绸和瓷器。他同样对湖南石渚充满了向往与崇敬。

摩呼禄表情严肃地问阿布丁，一路上是否顺利，有没有遇到什么困难和危险，他们对他好不好。阿布丁微笑着说，危险无处不在，但都化险为夷了，总的来说，还算顺利。他们热情好客，瓷器制作上更是精益求精。从练泥、拉坯、印坯、晒坯、绘画、写法，到施釉、烧窑，阿布丁一一作了介绍。听完这些，摩呼禄向樊翁的孙子竖起了大拇指。

摩呼禄他们小心翼翼地帮着阿布丁搬运碗、壶、罐、瓶等各类彩瓷。他们不敢多搬，也不敢走快，生怕碰坏了。以碗居多，并且丰富多彩，山水纹、云气纹、花草纹、花卉纹、树纹、摩羯纹、飞鸟纹、孔雀纹、胡人头像等应有尽有。摩呼禄轻轻地抚摸着，爱不释手。

摩呼禄实在是太喜欢石渚彩瓷了，他决定买下一部分，再销往他的祖国。樊翁的孙子带的瓷器中，有罐、壶、枕、盏、碗、盘、钵盂、洗、水盂、水注、油盒、杯、盏托、灯盏等门类。一部分是胡人风格的，是专门用来卖给胡人的；也有一部分为日常生活用具，以及各种儿童玩具，专供扬州当地人购用，或者卖给当地的批发商，再由他们销往周边及全国。

摩呼禄觉得，石渚窑工制作的瓷器走进了他们的内心。他指着一个黄釉褐蓝彩云荷纹罐，对樊翁的孙子说，他们对蓝色情有独钟。这只罐就是采用蓝褐色连珠纹，与波斯萨珊王朝工艺上的珠纹相同。他又指着一只碗说，这只碗做得好，是莲瓣形图案的，碗里的彩绘题材有莲花纹、飞雁纹、鹭鸶纹、雀鸟纹，线条精练流畅，栩栩如生，加上折腰的碗形美、釉彩艳，更是锦上添花，让人心生欢喜。

摩呼禄对印模贴花的瓷器也是格外喜欢。这些瓷器体现出不同色釉，还以不同色彩绘画来装饰，有点彩、条彩和斑彩，或以点彩组成纹饰图案来装饰。除此之外，还有的以模印贴花来装饰钵盂、罐、壶器类。壶类最大，特别是壶上面的胡人像、椰枣纹、椰鸟纹等，打动着他的心。

他们的买卖很愉快。卖方几乎不用介绍自己的产品，因为他们的产品众所周知，耳熟能详，有着极大的名声和良好的信誉；买方无须了解对方的产品，那是他们梦寐以求的，不仅色彩鲜艳，更是充满浓郁的波斯文化。

2004年扬州出土的唐人墓志《唐故李府君墓志并序》告诉了我们摩呼禄最后的归宿：

> 日天地万物，禀造化而自然遗制于人；乾坤应运，其有机推显用，神骥间生，即故府君，世钦颖士，府君父名罗呼禄，府君称摩呼禄。阀阅宗枝，此不述耳。府君望郡陇西，贯波斯国人也。英姿朗丽，颎达心胸，德重怀贤，孤峰迥立，含弘大量，煦物多情，损己惠仁，无论贿赂，舟航赴此，卜宅安居，唯唯修身，堪为国宝。何期享年永永，天不憖遗，殛疾婴缠，无施药饵，大谢于大和九年二月十六日，殁于唐扬州江阳县文教坊之私第也，时七十有五矣。府君有夫人穆氏，育女一人，适扶风马公，早从君子。夫人令女等，冰姿绚琰，寒玉莹容，四德三从，堪书竹帛，并号天扣地，改皃枯刑，恨礼制有期，思温清无日。府君又有二侄，一牌会一端，皆承家以孝，奉尊竭诚，文质彬彬，清才简要。今泣血孤露，承重主丧，罄金帛以列凶仪，展敬上尽仁子之礼。宜以此月廿七日，窆于当州江阳县界嘉宁乡北五乍村之原也。丘陵迤逦，松户森沉，杳袅春风，剪裁花卉，巨舟

唐长沙窑青釉褐斑褐绿彩飞鸟纹碗
（长沙铜官窑遗址管理处供图）

唐长沙铜官窑青釉褐绿彩花草纹花口四方碟
（林安供图）

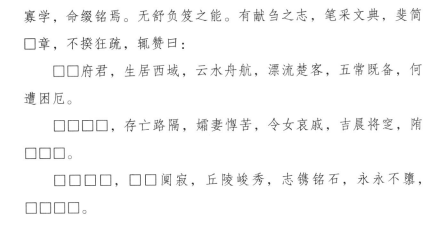

寡学，命缀铭焉。无舒负笈之能。有献刍之志，笔采文典，斐简
□章，不揆狂疏，辄赞曰：

　　□□府君，生居西域，云水舟航，漂流楚客，五常既备，何
遭困厄。

　　□□□□，存亡路隔，孀妻悼苦，令女哀戚，吉晨将窆，陌
□□□。

　　□□□□，□□阒寂，丘陵峻秀，志镌铭石，永永不隳，
□□□□。

扬州与波斯的友好关系，刻在了墓志铭上。

摩呼禄对扬州以及整个中国的热爱，刻在了墓志铭上。

我相信，他的坟墓里一定还陪葬着几件他心爱的石渚彩瓷。

四

来到扬州的第二天，阿布丁陪着樊翁的孙子在扬州城转了转。

他们首先在罗城转。这里是百货汇集之地，货物丰盈，品类繁
多，琳琅满目，他们看得目不暇接。

普通百姓日常需要的商品有粮食、柴草、食盐、糖酒、茶、肉
类、鱼类、蔬菜、水果、丝绸、陶瓷、铜器、竹材、木材、药材等；
富人需要的奢侈品有金银制品、珠翠珍怪之产、高级丝织品、名贵
香料等。有扬州本地的名优产品，如铜镜、铜器、半臂锦、绫、毡
帽、漆器、金银器、木器、乐器等；也有来自全国各地的特产，如
蜀锦、邢瓷、越瓯、浮梁茶叶、豫章木材等；还有来自海外的舶来
品，如波斯、大食的珠宝、香药，朝鲜的人参、纸扇，日本的海产

等。当然更少不了来自石渚的彩瓷，特别抢眼，也特别抢手。

1200年后，扬州的文物工作者徐忠文、徐仁雨、周长源等人根据出土的瓷器，对长沙铜官窑瓷器进行了系统的研究，并出版专著《扬州出土唐代长沙窑瓷器研究》，对长沙铜官窑瓷器进行了客观评价：

> 唐代扬州有"扬一益二"之称，以经济繁荣、文化灿烂名闻天下，这些都从扬州地下出土的唐代文物中得以印证。而这些文物中，陶瓷类文物数量众多、品种丰富、釉色绚丽、纹饰优美，最为引人注目，尤其以长沙窑瓷器最为出彩。出土数量除产地湖南长沙外，全国以江苏为多，而江苏又以唐代国际贸易都市、"海上丝绸之路"港口的扬州为最。

《扬州出土唐代长沙窑瓷器研究》除了概括出扬州出土的长沙窑瓷器"数量多，品种丰富——前所未有"的特点外，还概括出"釉彩绚丽、明亮如新——光彩夺目""纹饰线条精练流畅、生动活泼——交口称誉""模印贴花题材丰富、装饰艺术独特——独具匠心""扬州精品多，少见品、稀见品——独占鳌头"等特点。

樊翁的孙子感受到了潭州城与扬州城的差距。比如潭州城的集市靠近湘江，比较零乱，什么货物都混合在一起，就像个大杂货市场。但扬州的罗城就不一样了。这里面街设店，沿街列肆，形成了规模宏大的街市。十里长街上，酒楼、饭店、茶肆、青楼、手工作坊、邸店、民宅鳞次栉比，错杂相连。无数游人、商客、文士、过往官吏、富豪子弟出没其间，恣情享乐。

随后他们又来到了子城。那是隋朝为隋炀帝修建的宫城，现在已经作为扬州大都督府以下官衙集中办公的区域，因此他们又叫它牙城。比如外国遣唐大使由海路来中国，经过扬州时，要先到这里投牒。由大都督府长史驿报朝廷后，才能沿运河北上长安。

樊翁的孙子自然要逛扬州夜市。夜市连绵于十里长街之上，"千灯照碧云""灯火连星汉"。虽然夜市热闹非凡，但也是三教九流，无所不有。特别是这里花街柳巷，妓女蜂拥。虽然他们陶醉于繁华的夜市，但面对诱惑，他们始终保持了清醒的头脑。他们不想过那种醉生梦死的生活。他们没有忘记家乡，没有忘记老婆孩子，没有忘记瓷器。

直到深夜，热闹的夜市归于平静。坐在宁静的邸店，他们想起家乡，想起亲人。

　　一别行千里，来时未有期。月中三十日，无夜不相思。

樊翁的孙子提笔在随身携带的纸上写下了此时的心境。这是他从石渚画工那里学到的一首五言诗。游子对家乡对亲人的思念，跃然纸上。

后来，有个叫蔡辅的，他是唐朝高管道衔前散将。公元858年（唐宣宗大中十二年）六月，他与友人随同商船去了趟日本，回到中国后，他给日本友人寄去一首怀念友人的诗，并留存在了日藏写本中：

　　一别萧萧行千里，来时悠悠未有期。一年三百六十日，无日无夜不相思。

蔡辅的这首诗与石渚瓷器上的诗相比，除第三句完全改动外，其他三句都是增加两个字，由五言改成七言。七言完全变成了时间词，特别是末句在"无夜"前加"无日"。这并非诗的语言，更无诗的意境，他改得并不高明。我想，蔡辅很可能是仿照的民间流行诗。如果是唐朝有头有脸的名人作品，恐怕他也不敢签上自己的名字寄往日本。

樊翁的孙子还没有确定返程的日期。因为没有年内再次向扬州销售瓷器的打算，他们决定在扬州多待些时日，尽可能地多采购潭州人最需要的商品回潭州贩卖。在扬州的数月里，他们甚至收到家人寄来的家书。家人首先问候他们的扬州之行是否顺利，接着便嘱咐他们千万要注意安全，冬天将至，要多穿些衣服，还告诉他们需要在扬州购置的一些物品。

收到家书的他们既激动又兴奋，也迅速给家人回了封信，信中告诉了来扬州的经历，在扬州的见闻，在扬州采购的物品，以及打算返程的日期。

夜晚时分，他们想起石渚执壶上一首熟悉的诗：

　　一双青鸟子，飞来五两头。借问舡轻重，附信到扬州。

想着想着，泪水不知不觉就爬上了脸庞。扬州并不是他们的终点，更不是石渚彩瓷的终点，只不过是他们的中转站。或许，他们要从这里沿运河继续北上；或许，他们要从这里出海，东海、南海，甚至远渡重洋，到达波斯和大食。

或许，他们未来可期；或许，他们的未来命运多舛。

但无论何种命运，在历史的洪流中，他们和他们生产的彩瓷，都在客观上成为文明的使者。

第四部　人归万里外

人归万里外，意在一杯中。
只虑前程远，开帆待好风。

——长沙铜官窑瓷器题诗

胸襟　和　勇气

一

樊翁的孙子已经返程回湖南，但我的思绪仍然在扬州。我在扬州一起等待阿布丁的波斯、大食同胞的到来，我还要跟着他们远渡重洋。

但我知道，樊翁的孙子还没有在我的这部作品中谢幕，他和他生产的彩瓷的长途之旅，或许才刚刚开始。

大唐经济发达、文化繁荣、国力强盛，是地球上最先进的国家。她以开放包容的姿态，敞开双臂面向大海；她以博大的胸怀，兼收并蓄，接纳外来文化的精粹。不仅允许外国商民在大唐贸易并定居，资助外国宗教人士来华求法宣教，而且吸纳外国才俊参加科举，授予官职。于是，亚洲和非洲地区的许多国家的使节、商人、学者、艺术家、僧侣纷纷前往大唐求学、贸易。

在都城长安，日本人、高丽人、天竺人、波斯人、大食人、僧伽罗人、突厥人、回鹘人、吐火罗人、爪哇人、粟特人等，在这里拥有专属居住区域，他们不但可以从事文化、贸易、宗教活动，还可以定居下来，娶妻生子。东西两市上，可以自由买卖大食的鸵鸟、没药，天竺的红莲花、白莲花、孔雀和菩提树，爪哇的犀牛，林邑的大象，吐火罗的狮虎，波斯的树脂，西域的龙马，回鹘的骆驼。各种珍珠翡翠、异禽怪兽、奇花异草也都应有尽有。

虽然唐朝的外交关系中始终体现出华夷观念的影响，虽然唐朝的开放呈现出的是一种"外面能进来，里面出不去"的单方向态势，即欢迎外国人前来定居，却严令禁止中国人私下移出到国外，想要"合法出国"只能走官方外交的途径，但石渚彩瓷最终通过大唐官船，或是东南亚、波斯、大食等地船只，勇敢地走向海洋，还包括石渚瓷器商人和窑工。

不论是从扬州港装船直接销往世界各地，从明州港装船向东北航行至朝鲜半岛和日本等地，还是从今天的广州起航，沿着南中国海海路，经过今天越南、马来西亚、印度尼西亚等国家和地区，出马六甲海峡到达印度洋、波斯湾，最后进入阿曼湾、亚丁湾和东非海岸，他们都曾艰辛探索并最终到达。即使当时船体的抗风险能力很低，船只也只能靠天体和标识物导航，以季风和洋流为动力的"风帆梯航"，这样的海上航行无异于一场生死未卜的冒险，当然也有不少人因此走向了一条不归之路，但他们依然以海纳百川的胸襟，乘风破浪的勇气，面向海洋，面向远方，面向未来。

除了季风以外，海流、风暴等等因素也是当时海上航行的重大威胁。大唐的航海技术在世界上已经是比较先进的了，但鉴真和尚东渡时，都要遭受几次覆舟的惨痛经历，千辛万苦才到达一衣带水的彼岸。他只不过是从扬州到日本，路途并不算远，尚且如此，更不要说走向万里之遥的"广州通海夷道"了。每年十一二月，满载瓷器和其他大唐商品的船只顺着北风一路南行，开始长达两年之久的艰难之旅。

这其中，既饱含着他们前仆后继、跟海洋风浪搏斗的英勇气魄和无畏精神，更饱含着他们的辛酸血泪。

二

此刻，我想到了石渚瓷器上的题诗。

我始终坚信，文学是人类真实境遇的写照。

我曾见过一个青釉瓷壶。以行楷的文字，用嫩绿的色釉，在上面写了一首七言诗。沧桑的岁月中，青釉已经完全剥落，显露出几近白色的胎体，绿釉的文字却保存完好。

> 离国离家整日愁，一朝白尽少年头。
> 为转亲故知何处，南海南边第一州。

或许，这首诗并非石渚画工或是潭州诗人的原创，但他们既然把它写在瓷器上，至少窑工或是瓷器商人有着类似的感受。此时此刻，石渚人还在扬州。他们想到马上要离开家乡离开国家，开始发愁起来。为何发愁？除了对家乡和国家的思念，当然更要操心船上瓷器的安全与销售，以及整个销售团队的吃喝拉撒。最烦的就是等船，船况要好，船员的航海经验要丰富。要等到理想的海船，有时要等上大半年。有时等到了理想的海船，又要等待东北季风的到来，一等又是几个月。于是，在出发前夕短短的一天时间里，他们头发都愁白了。他们拜托潭州同乡，记得给他们家里捎信，问他们去哪里了，就说去了南海南边第一州。南海南边到了南亚，是佛逝，今天印度尼西亚苏门答腊岛，或许是诃陵，今天的印度尼西亚爪哇岛。

装满石渚瓷器的大船已经从扬州扬帆远航，他们已经在波澜壮阔、危机四伏的大海上航行了。他们坐在船上，一边吃饭喝酒，一边遥望茫茫大海。年长者显得有些忧虑，他一边喝着酒，一边说，他们这次要去万里之外，路途遥远，海上复杂，但愿能够顺风顺水、大吉大利。年轻人是第一次远行，他们初生牛犊不怕虎，对远方和未来充满信心和期待。他们有些激动。其中一个年轻人说："您啊，喝酒就喝酒，莫想太多，也莫想得太复杂了，这一趟出海，一定能够心想事成。"

后来，他们的这种心绪凝结成文字，并写在了瓷器上，留在了历史中：

人归万里外，意在一杯中。
只虑前程远，开帆待好风。

如此漫长的危险之旅，他们又何尝不祈求神灵的保佑呢：

欲到求仙所，王母少时开。
卜人船上坐，合眼见如来。

我在一个青釉褐彩瓷壶上找到了他们此刻的心绪。这是个残壶，高18.6厘米，底径10厘米。敞口，长颈，圆肩，圆腹，平底假圈足。我端详着多棱柱短流下方用褐彩书写的诗歌。他们觉得要出海远行，首先要去作揖祭拜神仙，求得王母娘娘的保佑。即便没拜，也应该找个占卜的人看看风水，点上三根香，眼睛闭上，请来如来，确保平安。

走向大海深处，他们越发感慨万千。此刻，他们不由得想到诗人贾岛与高丽使共同创作的《过海联句》：

沙鸟浮还没，山云断复连。
棹穿波底月，船压水中天。

前两句为高丽使所作，海鸟翱翔于大海要经受风浪，而大唐和高丽山水相连，即使有时天际浮云，哪能把山河断隔？后两句为贾岛联语。"棹穿波底月"说的是桨动船行，月朗风清船出港的情况；"船压水中天"说船行江海，乘风破浪向前行，寓意四海升平，同舟共济。"诗歌表达了相依相存、友好相处的情怀，或是一种寄望。这不正是我们此时的心境吗！"有人说。随后，他们你一言我一语，将这首诗稍微改动，并在后来搬到了石渚瓷器上：

海鸟浮还没，山云断便连。
棹穿波里月，船压水中天。

月朗风清的夜晚，大船在大海航行，桨划破了水中的月亮，船好似在天空中行走。

在大海中航行，难免会遇到险风恶浪，但也不乏美景。

将近一个月后，历尽千辛万苦的他们终于来到了诃陵国。他们想到了诗人韦承庆的诗歌《南中咏雁》：

> 万里人南去，三秋雁北飞。
> 不知何岁月，得共汝同归。

诗人通过描写在贬谪途中看到的春雁北归，寄托和抒发自己的思乡之苦和失足之恨。而这种心情，正是他们内心的真实感受。到达南海国家的时候，已经是深秋季节，只有大雁不怕严寒，往北方飞去。出来是做生意的，必须全部销掉瓷器，才能一起回去。可是这么多货物，路途这么遥远，要等到何年何月才能回去呢。

三

中国人向来不缺面向未来与未知的胸襟和勇气。

首先是在陆地上的探索。

对于中国人来说，"西方"不只是充斥着一批又一批征服者的敌对区域，同时也充满着梦想与浪漫，是新的发展空间和新的经济增长点。现在的中亚、西亚和印度许多不为人知的地区在古代都被称为"西域"。在西方，女神西王母统治着天堂，那里生长着"长生不老的仙桃"，驰骋着"天马"。朝廷关注西方，派使者去那里寻找长生不老之药，更重要的是寻求战略盟友。正因为如此，朝廷一直努力开辟通过费尔干纳盆地的通向古希腊王国的道路。

虽然困难重重，但从未停止探索。

到了西汉时期，中原王朝面临的最大威胁和安全压力，就是占据北方一隅的匈奴政权。汉初，匈奴东败东胡，西逐大月氏，占据河西走廊，并以此为基地，屡犯中原汉境。汉王朝之初，曾对匈奴采取怀柔政策，希冀以息事宁人的方式换取和平，但始终事与愿违。

于是张骞走进了历史。

他是汉中郡成固（现陕西城固）人，建元（公元前140—公元前135年）初为郎官。郎官虽然官儿不大，却时常侍奉在皇帝左右，可以经常见到皇帝。后来，他成长为汉朝杰出的探险家和外交家。

公元前138年和前119年，张骞受汉武帝派遣曾两次出使西域，试图说服大月氏和乌孙国等联合抗击匈奴，他的西域之行不仅政治军事目的没有达到，甚至还经历了15年的囚禁和在沙漠中的流浪生活。但对于开通前往西域道路的成绩是显而易见的。初次出使西域，一是让中原王朝第一次与西域各国建立了官方联系；二是带回了西域各国的资讯，如具体位置、风土人情、历史演变，成为汉武帝开拓西域的决策依据；三是促使汉武帝开辟了南方的贸易之路。第二次出使西域成绩更加巨大，一是开启了汉朝和乌孙的外交关系；二是西域各国纷纷通使于汉，汉使也不断到达西域各国，由此汉朝与西域各国加强了外交联系；三是客观上迫使汉朝加强了河西的防卫；四是为文化交流做出了贡献，所到之处，他到处宣扬汉朝文化，成为文化传播的使者，回国时又带回西域的各色种子，有胡桃、石榴、胡豆、胡瓜、苜蓿等等。

其实早在张骞出使西域之前，公元前6世纪，波斯帝国和马其顿帝国都为古代商贸之路的中段和西段的贯通做出了重要贡献。但因受帕米尔高原等自然条件的制约，这条商贸之路与中原地区的联系还处在阻隔状态。虽然通往中亚的民间商贸之路早已有之，但张骞是第一个通往西域的官方使者。他开辟的西域商贸之路，实际上完成了古代交往之路东段"最后一公里"的开通，使这条连接亚洲、欧洲和非洲的古代商贸之路、文化之路终于全线贯通。于是，张骞与汉武帝互相成就了开通西域道路与雄才大略的千古美名。

公元 1877 年，德国探险家与地理学家李希霍芬，在其所撰写的《中国》一书里称张骞"凿空"西域后，以丝绸贸易为媒介的、经过西域连接中亚的路线为"丝绸之路"。1910 年德国人赫尔曼发展了这个观点，把丝绸之路延伸到叙利亚。后来"丝绸之路"的说法渐渐被世界各国学术界所接受，并逐渐引申它的内涵。

在陆地上探索之时，勤劳智慧的中国古代人民对神秘的大海也充满好奇与向往。也正是这种勇于冒险的开拓探险精神，造就了古代中国较为发达的航运。我们今天称之为"海上丝绸之路"。

中国与东北亚、东南亚各国一衣带水，隔海相望，史前时代就有海上交往。距今约 7000 年的浙江余姚河姆渡文化遗址出土的 6 只木制船桨和一只"夹炭黑陶舟"，就是东越民族海上活动的证据。先秦时期，中国与周边地区的海上交往进一步加强。如西周时期，商代的贵族箕子于朝鲜半岛建立了箕子朝鲜。战国时期，燕国与日本民间已经有海上交通贸易联系。后来，不少汉人为了躲避秦灭六国及其后楚汉相争等战乱，逃到朝鲜半岛，有些渡海到达日本列岛。司马迁在他的《史记》中便记载了徐福东渡求仙的故事。

到秦始皇时期，航海能力与航线的开发都达到了比较高的水平，从秦始皇的五次巡游即可得到证明。五次巡游，除了第一次是发生在陆地，第二次到第五次都是海巡。若是没有准确、安全的航线，是不可能做到的。而当时，造船业也是相当发达，能造出长达 30 米、宽 6 至 8 米，能载重 6 万公斤的漂洋过海的大帆船。

与秦始皇相比，汉武帝巡海的次数又多了 3 次，并且每次巡海相隔很短，有时甚至达到一年一次。他在69岁高龄之时，即驾崩的前两年，依然毫不犹豫地亲自去巡海。但他有这个资格，汉时社会经济发展与国势都达到了比较强盛的地步，甚至能制造百尺楼船了。借着天时地利人和，在汉武帝一朝先后开辟了三条重要的海上航线：其一，南北沿海航线，即北起辽宁丹东，南至广西北仑河口；其二，朝鲜、日本航线，即从山东沿岸经黄海；其三，徐闻、合浦航线。此外，汉武帝还凭借强大的水师完成了对东瓯、闽越、南越等地方封建割据政权的统一，继而为巩固海疆及东南与南方沿海航路的畅通打下了基础，而从南海通往印度洋的航线也在同一时期打通，这也是中国历史上第一条远洋航线。

到唐朝时，与各国的海上贸易走进了全面繁荣时期，与波斯、大食、日本、高丽等国的贸易往来十分频繁。有两个重要原因。其一，自安史之乱后，西域日渐凋敝，尤其是吐蕃隔绝西域后，唐朝也逐渐开辟海上丝绸之路和海上外交。其二，江南经济迅速发展起来，海上贸易的重心开始转向南方，东南港口也由此而得到发展，呈现出一片繁荣景象。

于是，广州港、泉州港、交州港、扬州港、登州港等国际大港，繁华无比，世界瞩目。

我的思绪在唐朝。就在我对未来充满希望之时，令人惋惜的事还是发生了。

在引领了很长一段时间的航海潮流后，因为一些历史的原因，中国积极进取的海上活动受到了保守思想的禁锢，曾经开放的海上大国开始实行闭关锁国的政策。

这样的后果不言而喻。

彩瓷 与 玻璃

一

我的思绪尚未从绵亘万里的古代丝绸之路中回来，便看到了扬州南水门激动人心的一幕。

那是公元834年（唐文宗太和八年）六月中旬的一天。

一个与阿布丁一样高鼻深目浓须的胡人从船上走了下来，年过天命的阿布丁跑向码头，随后两人紧紧相拥在一起。看上去，他比阿布丁的年纪略小，但身材魁梧，长相英俊。他是大食国舶主、大商人，他带着他的队伍，从希拉夫港（今伊朗布什尔省南部村庄塔赫里）出发，历时近一年，来到了东方大国的国际化大城市扬州。他与阿布丁熟悉，都曾在希拉夫经商，也曾一起跑过海上贸易，一起去过天竺、狮子国、婆国伽蓝洲、佛逝等国，甚至到过广州。曾经一起出生入死的他们，结下了深厚的友谊，这些年来虽然相隔万里之远，但他们始终互相牵挂。阿布丁已经定居扬州，而他也成了希拉夫有名的商人。我能找到他在海路，以及扬州、广州等地的足迹，却无法知晓他的姓名。他身材魁梧，又是舶主，就叫他高个子舶主吧。

在运河里，高个子舶主的船格外引人注目，这是一艘充满黑衣大食（今阿拉伯一带）风格的船舶，此种造船法盛行于印度洋沿岸的大食、天竺等国。船身总长约18米，最宽处6.5米，吃水较深。这是一艘单桅缝合帆船，没有铁钉，而是利用榫卯接合及以植物纤维所制的绳单索将钻孔的龙骨、船架、板材缝合。舵柱、船架、外板、隔板、锚杆等处使用缅茄木，横梁为柚木，铺板为非洲桧木。

船上货物在广州就已基本卸完，只留下昂贵的药材、香料、珠宝。那是他向朝廷进贡的方物。

二

两位好友他乡相遇，有说不完的心里话。

阿布丁最牵挂的还是自己的祖国，自己的故乡。而那时，他的祖国已经变成了大唐人口中的黑衣大食，波斯帝国也成了黑衣大食帝国的一部分。波斯是一个令他们和他们的祖先非常骄傲的帝国。自文明伊始，亚洲的中心就是帝国的摇篮。底格里斯河和幼发拉底河孕育的美索不达米亚冲积平原，为人类文明的出现提供了土壤。正是在这里，诞生了世界最早的村镇和城市。系统化的农业出现在美索不达米亚并扩展到整个"新月沃地"——这是一片水源充足的沃土，从波斯湾一直延伸到地中海沿岸。在所有崛起于此的王国和帝国当中，最伟大的莫过于波斯帝国。他们早在五世纪中叶就与中国有了交往。

高个子舶主说，自从阿拔斯家族推翻倭马亚王朝，定都底格里斯河畔的缚达城（今伊拉克巴格达）后，加强了对波斯人的统治。战乱与屠杀中，倭马亚家族幸存者逃到西方，他们也在那里建立了自己的政权。现在，很多波斯人都开始信奉伊斯兰教了，他现在已经是一名虔诚的教徒了。马蒙是一位相当不错的哈里发，由于他领导有方，帝国政治较为稳定，经济、贸易和文化繁荣。特别令波斯人信服的是，他重用波斯人掌管军政大权，缓和同什叶派的矛盾，兴修水利和公路，减轻土地税，奖励学术，发展伊斯兰文化，并支持穆尔太齐赖派的宗教和哲学观点。一个在阿拔斯朝廷任职的好友向哈里发介绍了高个子舶主，高个子舶主不仅受到了哈里发接见，还被嘱咐向大唐朝廷进贡方物。

他们是去年六月从希拉夫港扬帆出海的。船上除了进贡大唐朝廷的方物，他们还装上了满满一船货物，既销往大唐，也在沿途销售。但他们这次遥远的东方之旅，主要目的还是去大唐购买他们最喜爱的彩瓷。具体生产在大唐的哪个地方，他们并不清楚，但他们知道，在广州、扬州等地可以买到，特别是扬州，那里有丰富而上好的彩瓷。许多亲朋好友，甚至一些官员，都提前向他进行了预订。他们都渴望能买到来自东方的彩瓷。只是他们并不知道，在他们出发后不久，他们的伟大的哈里发马蒙去世。他们更不知道，他们这次东方之旅凶多吉少。

但对商品巨额利润的追求，对彩瓷和东方文明的向往，让他们义无反顾地面向大海，向死而生。他们经拉尔海（今阿拉伯海）穿过由女人统治的千岛之国（今马尔代夫群岛），来到印度半岛西南海岸的故临（今印度奎隆一带），在这里交纳关税并加足淡水。随后，他们启程穿过马纳尔海湾，途经盛产珍珠和海螺的锡兰岛，又穿越海尔肯德海（今孟加拉湾），朝箇罗国（今马来西亚吉打一带）驶去。从故临到箇罗国航行的一个月里，艰辛而又危险。他们不仅差点被言语不通且有食人习俗的南巫里岛（今苏门答腊岛西北）人扣留杀害，还遇到了海上风暴，差点船毁人亡。他们不断地祈求真主保佑。最终真主的保佑真的显灵了，他们最终化险为夷。后面的一切都非常顺利，特别是进入涨海（今中国南海）后，想到离大唐很近了，他们很兴奋。

他们来到令人向往的广州。首先，他们找到负责进出口航海贸易的市舶使。他们向市舶使缴纳船税，接受货物检查登记，让市舶使收购他们带来的珍宝异物，并向广州地方政府进奉礼品。他们的其他货品也很快就销售一空。他们还要北上，前往大唐最繁华的国际化大城市扬州，那是他们传说中的人间天堂。他们在广州购买了数百件青釉大罐，笨重而粗糙，主要用来压舱，使船舶平稳，也用来储存生活物资和食品，还可以用来陈放小一点的瓷器。

高个子舶主有两个深刻的感受。一是广州港的繁华。夜幕降临时，往返于海上的各国海船都集结到了港口，鳞次栉比、千帆过尽的壮观场面，让他深深感慨。二是大唐的包容。在市舶使办事时，官员们态度热情，并告诉他，朝廷早就有规定，除舶脚、收市、进奉外，任其往来流通，自为贸易，不得重加税率，叫他放心大胆地进行贸易。这让他吃了个定心丸。

讲着讲着，他们开怀大笑；讲着讲着，他们相拥而泣。

三

高个子舶主的这趟大唐之旅,是大唐与大食国际交往和贸易的缩影,也是当时世界最为活跃的文明交往的一个侧影。

唐朝海图,遥见阿拉伯半岛身影。唐朝文献所说的大食,指的是西域阿拉伯帝国,其第一个世袭制王朝为倭马亚王朝(公元661年至750年),因尚白衣亦称"白衣大食",第二个世袭王朝为阿拔斯王朝(公元750年至1258年),因尚黑衣亦称"黑衣大食"。财富和权力都达到顶峰的黑衣大食王公们,此时是西方世界最尊荣的顾客。而阿拉伯帝国兴盛的七百年,前半期正是中国的大唐盛世,是古代中国国力最强盛的朝代,也是最为开放的朝代。大唐与大食两个稳定的商圈,通过海路与陆路的融合,构成了东方最为活跃的贸易黄金时代。

这也可以说是瓷器与玻璃对话的时代。这场对话,与先进制造业有关,与技术革新有关,与湖南人的创新精神有关。

瓷器的发明被称为中国的"第五大发明"。瓷器的前生是陶器,陶器在世界很多地方都有生产。但是瓷器却不是一般的泥巴能够烧出来的,而是要用高岭土。汉代末年,中国发明了瓷器,并迅速成为中国人的主要饮食器具。瓷器比木器、陶器、青铜器等任何材料制造的器皿都更具有美观、清洁、耐用、方便的优越性,特别适合用于饮食。所以,瓷器很快就受到外国商人的关注,并开始向国外输出。

特别是唐朝,中国南方的龙窑技术日趋成熟。窑的结构、尺寸、生产效率都得到改进,对火候、烧成环境和温度的控制也更娴熟了。湖南石渚彩瓷的出现,使得陶瓷有了质的飞跃。这也标志着中国首次出现了陶瓷制造中心，其产品也大量销往海外。长沙铜官窑生产的彩瓷，深受阿拉伯帝国的欢迎，在阿拉伯帝国，甚至在后来的欧洲宫廷，其价值远远高于黄金。一个贵族可以有一个金碗，但却不一定能有一个精美的瓷碗。

在这张贸易网络的西端，黑衣大食的玻璃与陶瓷制造业也正经历着重要变化。在一定程度上，后者受到了中国陶瓷的刺激。技术进步引发了玻璃的大批量生产，产品的质量、数量和多样化都大大增进了。出土于叙利亚、伊拉克和伊朗的玻璃炉，发现于地中海东部和爪哇海沉船上的财货，出土于东南亚和东亚重要遗址的遗物，都显示着阿拉伯玻璃在数量和价值上的提高。这些玻璃制品不仅流通于地中海东部，也远达印度洋另一端，来到了南亚，更是大批量来到了大唐。它凭借其甚是符合盛世风采的奢丽的风格及新颖别致的造型，得到大唐宫廷贵族的青睐，走入茶文化的世界，酿造出一批彰显盛唐宫廷审美的玻璃茶具。伊斯兰制陶技术也对中国陶瓷的冲击做出了反应，新型伊斯兰陶瓷经常出现在玻璃制作遗址中。

于是，印度洋两端开启了一场陶瓷与玻璃技术的对话。这是对后世影响深远的东西方文化的碰撞与交流。

四

阿布丁带着他的同胞来到扬州市舶使办理了相关手续，并向朝廷进献了带来的方物，包括药材、香料、珠宝等奇珍异宝，以及精致的玻璃制品，并转达了大食哈里发对大唐朝廷的问候。市舶使热情地接待了他们，代表朝廷表达了谢意，并告诉他们，方物将在不久后送达长安。

中国人向来讲究礼尚往来，市舶使的官员代表朝廷向他们回馈了礼物。有数十件金银器，工艺精湛，花纹精美，是扬州进献皇帝的贡品。有数件产于巩义窑的青花瓷盘，精致而美观。不要说他们，就连大唐绝大部分人，不仅没有看到过青花瓷，连听都没听过。他们无比惊叹与惊喜。有数百件产自邢窑、巩义窑的白瓷、白釉绿彩瓷器。白釉绿彩瓷器中，有几件碗盘在底足中央分别刻有"盈"字和"进奉"字样。这都是各地向朝廷的进奉之物，现在他们又以朝廷的名义，将这些瓷器赐予各国使节。一只高达1米的西亚风格的长柄高足壶，让他们爱不释手，他们轻轻地抚摸着这只造型修长而奇特的壶，满脸悦色。

市舶使的官员还向他们回馈了数十面青铜镜，并做了仔细的介绍。官员告诉他们，最古老的一面出自汉代，最珍贵的一面是被称为"扬子江心镜"的青铜镜，此镜也叫"水心镜"或"百炼镜"，还有清晰的"于扬州扬子江心"字样。

官员告诉他们，江心镜，因每年五月五日端午节时铸于江心而得名，是扬州向皇帝进贡的铜镜。官员们还讲起了关于江心镜的美好传说。那年五月初，扬州著名的铸镜工匠吕晖，正在为铸造进贡用的江心镜犯愁，不知道该怎么铸造才能得到唐玄宗的喜爱。恰在这时，来了一位鹤发童颜的老人，在老人的指引下，吕晖找到了铸镜的灵感。他把铸镜炉搬到一条大船上，到五月初五这天，把船开到扬子江心，等到正午时分，才开始铸镜。奇怪的是，原本风和日丽的天气，到了铸镜的正午时分，突然白浪滔天，江水掀起的大浪足有30尺。更令人不可思议的是，五年之后，陕西大旱，唐玄宗于是命僧人求雨。僧人求雨失败后，无奈中想到用江心镜求雨，谁知顷刻之间天降大雨，很快缓解了大旱。

传说有些传奇，但江心镜的铸造确实奇特。它选择在五月五日的午时于扬子江心铸造，是考虑到阴阳五行和天时地利之道，认为这样铸造的铜镜，才具有不可思议的神力。而大唐回馈给他们的这面江心镜，并非铸于五月五日的午时，而是"十一月廿九日"。很显然，出于工匠们生计考虑和市场发展的需要，江心镜不再局限于进贡朝廷，也会作为大唐的外交礼物。

五

海上之旅无比漫长，除了海船速度缓慢，他们的航行必须依靠风力，他们只能顺风出行。在等待偏北季风的四五个月里，他们一直生活在扬州，除了拜访自己的同胞，四处参观游览，便是精心采购商品。

阿布丁将自己八年前在石渚窑场精心挑选的那批上乘的、极具西域风格的瓷器，都以批发价卖给了高个子舶主，包括在樊翁的孙子家买的那些瓷器。阿布丁对自己储存多年的这批瓷器十分不舍，之前也有不少来的同胞想买，但他没舍得出手。他说，这是他自己前去窑场订购的，甚至是亲自参与制作的，他把它们当成了自己制作的瓷器。但当高个子舶主提出购买请求时，阿布丁无法拒绝，他们是出生入死的兄弟，高个子舶主现在是大食国有影响力的商人了，更何况他还受到哈里发的嘱咐。

他们与阿布丁一样，最喜欢的还是来自湖南石渚的彩瓷，所以他们购买的基本上都是石渚彩瓷。在罗城，有以经营湖南石渚瓷器为主的商铺，也有潭州人或是石渚人在这里经营的石渚瓷器专卖店，大部分是本国商人，但也有不少像阿布丁这样的胡商。胡人很精明，会做生意，在当时是出了名的。他们与一个姓卞的石渚老板讨价还价。姓卞的老板说，他们把价格压得太低了。高个子舶主说，他们要的量大，不是几个、几十个、几百个，而是上千个，甚至上万个。姓卞的老板一想也是，虽然价格是低了点，但量还是蛮大的。他与高个子舶主开起了玩笑，胡人就是精明，会做生意，就连大诗人杜甫都说过，他听说胡人经商赚钱，也不禁心生羡慕，想顺势搭船到扬州见识一番，可惜最终未能成行，只留下"商胡离别下扬州"的遗憾。

挑选石渚瓷器时，他们除了考虑是否带有大食风格的图案和装饰，还更大限度地考虑了普通百姓的实用性，必须接地气，普通百姓喜爱。器型以碗为主，其次为执壶，特别是碗，占了绝大多数。其他器型包括罐、瓶、熏炉、唾盂、盏托、杯、托杯、碟、盒、灯、烛台、水注、水盂、鸟形哨、动物瓷塑、鱼形擂钵等。除了极少量花口造型的碗之外，这数以万计的石渚瓷碗有基本一致的造型和装饰特征：敞口，唇沿微外撇，弧腹圆收，圈足；碗内在青釉之下绘有褐绿相间的主题纹饰，或单用褐色彩料书写汉字诗文、题记；口沿有四处对称的褐色斑块，外壁施釉不及底。大量瓷器描绘有花叶、莲蓬、飞鸟、摩羯鱼纹。

姓卞的老板使劲地夸奖着自己的瓷器，说质量如何如何好，颜色如何漂亮，是天下最好的瓷器。他又指着一个以褐斑彩绘为主要装饰特征的瓷碗介绍说，就这么一个瓷碗，他们至少要经过四道装饰工序：先在碗内壁及外口沿施一层白色化妆土；在化妆土上用褐绿彩料绘制主题纹饰；手抓底足浸施不及底的透明青釉；手抓底足将碗沿浸于褐色彩料中，按平行或垂直的方向先后沉浸四次，形成对称的褐色斑块装饰。他又用手敲击着瓷碗，发出清脆的声音。他

　　　　　　　　　　　　　　彩瓷帆影

还指着一个绘有摩羯鱼纹的碗说："这个碗既绘有摩羯鱼又绘有你们大食的船，都是专门为你们量身打造的。"

最后，他们愉快地达成协议。姓卞的老板以优惠的价格，卖给了高个子舶主上万件瓷碗。他们还用小船，经过官河，将这些瓷器一趟又一趟地运到停靠在扬州港口的高个子舶主的船上，并帮助他们装载好。于是，就这样一趟又一趟地，一船又一船地，高个子舶主船上装载了六七万件瓷器。即便如此，这相对于世界级的瓷器生产基地石渚来说，依然非常单调，更不能代表整个石渚窑场的瓷器。

在大海上行驶，风高浪急，他们必须更稳妥，于是他们还购买了2000多枚共数吨重的铅锭。大食有铅矿，他们并不稀罕这些东西，他们放在船的下层，一是用来压舱，可以保证船在行驶时的平稳与安全，二是在接下来的旅途中用来交换物品，或者换句话说，用来支付旅途开销。

他们当然少不了采购丝绸、茶叶等大唐方物，但还是留有空间，一是还需要到广州补充采购部分商品，二是在途经佛逝等国时，还需要采购一些方物。

危　险　源

一

十一月初，北风吹来。

高个子舶主他们恋恋不舍地离开扬州，南下广州，开始为返航做准备。

他们必须停靠明州港。阿布丁向他们介绍了这个港口，那是大唐非常重要的一个港口，特别是运河开通后，长江沿线的商品输入非常便捷。从那里往北可达杭州、扬州，沿着大运河可到达长安、洛阳等中原地区，对外东可到达高丽和日本，往南经过涨海，可到达佛逝、天竺，以及远方的大食。特别是近些年来，大唐由以北线航路为主转为以南线为主，明州的海外交通开始迅速崛起。在明州经商的大食人不少。

他们将船停靠在了明州港，高个子舶主拜见了不少在这里经商的同胞，也考察了这里的瓷器市场。在这里，他不仅看到了石渚彩瓷，更看到了众多越窑生产的青瓷。装饰以光素为主，也有划花、刻花、堆贴和镂空的纹饰。以划花为多。纹饰有花鸟、水草和人物等。线条流畅简洁，纤细生动。釉面青碧，晶莹润泽，如宁静的湖水一般，清澈碧绿。高个子舶主完全被越窑青瓷吸引，竟忍不住采购数百件越窑青瓷。

阿布丁还向他们介绍了大唐的另一个海港——泉州，说很早就是中国对外贸易的一个重要港口，到了大唐时期，更是海内外商人汇集的一个都会。那里兴修水利，开荒种田，促进了农业经济的发展，冶炼业、陶瓷业、丝绸业及航海技术也得到了提高。在大唐，是和广州、扬州、明州等一样重要的港口。

高个子舶主本想停靠泉州港，顺便考察一下这里的风土人情，但他们却在这里发生了意外。就在快要到达泉州港时，台风来袭，虽然他们竭尽全力将船往港口靠，但还是受到了影响。大海风浪巨大，船舶颠簸摇晃，他们紧紧抓着艉柱，害怕船舱进水，更害怕船舶倾翻。船员们非常谨慎，既防止与其他船只碰撞，也防止触礁搁浅。高个子舶主面色紧张，口里念念有词，祈求真主保佑。海浪不断地拍打着船舱，船舱里的水越来越多，他们不断地舀水。好在船舶已经进入泉州内港，风浪越来越小，他们最终安全抵达港口。风浪过后，他们清点瓷器，虽然码放的瓷器有所倾斜，但并未造成损坏。

他们没有心思再逗留，第二天一早，继续扬帆南下。

二

五天后，他们到达广州。

追随他们的足迹，一个初春季节，我来到了位于广州市海珠区黄埔村的黄埔古港。这里北临新港东路，南隔黄埔涌与仑头相望，西临东环高速公路，东隔珠江与长洲、深井相望。自古以来，黄埔即为广州的外港，是中国对外贸易的重要港口之一。隋、唐、宋、元时期被称为扶胥港，明、清以后始称黄埔港。今天，黄埔港已发展成为华南地区对外贸易的最大港口。

黄埔古村文化传承促进会会长杨梅热情地带着我走进古港。我们穿行在熙熙攘攘的人流中，首先来到古村人文历史展览馆。文字叙述和图文展示以及大量的遗迹和文物告诉我们，她曾见证了"古代海上丝绸之路"的世代繁盛，见证了黄埔古港独一无二的历史地位，也见证了广州沧海桑田的变迁。

然后，我们漫步于巷道里弄，或举目凝视，或俯首细察。古巷里宗氏祠堂随处可见，古朴庄重的建筑记录着家族的传统与辉煌。一座座古宅，一户户宗祠，一条条石路，一块块贴砖，一幅幅字画，一帧帧雕饰，让我们无不感到古村人文历史的久远和博大。

在这里，我遥望并仰视着历史悠久的广州。

广州，古称番禺。因五仙持谷穗骑羊降临的传说，所以又叫羊城或穗城。它位于珠江三角洲北缘，背靠白云、越秀两山，面临浩荡的珠江。最开始，它只是一个小小的渔村，后来几经扩建，渐具规模。但直到秦始皇统一岭南后，这里才成为郡治，其政治、经济地位日臻重要。与番禺郡治相伴而生、相互发展的广州港前身——番禺古港也因此趋于繁盛。

到了汉代，广州港已经成为海内外各种贸易物资的集散地和转运站，并成为我国海上丝绸之路南海区域的起运港之一。据《汉书·地理志》卷二八"粤地"条记载，汉武帝时（公元前140年至公元前87年），我国商船就从雷州半岛启航，携带大批黄金及丝织品，取道今越南、泰国、马来西亚、缅甸，远航到印度半岛南部的黄支国（今康契普拉姆），去换取上述国家的珍珠宝石等物，然后从已程不国（今斯里兰卡）返航。这是我国丝绸经海路外传东南亚国家的最早记录。这里所指的雷州半岛，就是当时的徐闻、合浦等港口。

到了唐朝，广州港丝绸出口贸易更是进入鼎盛阶段。首先，唐朝时期我国丝织业已经十分发达，不仅丝绸的质量好，而且产量大。其次，唐朝时期我国造船业相当繁盛。再次，唐朝时期我国航海技术比以前更加先进。当时，大量香料、珍珠、象牙、犀角从海外输入广州，更有大量的丝绸、瓷器、金银等从广州输出。在广州做生意定居的波斯人、大食人数以万计，他们还在这里修建了怀圣寺，至今还保留着千年光塔，成为广州古代海上丝绸之路的地标。早在公元750年（唐天宝九载），鉴真和尚第五次东渡日本，船漂流到广州时，他就看到：

> 江中有婆罗门、波斯、昆仑等舶，不知其数，并载香药珍宝，积载如山。其舶深六七丈，狮子国、大食国、骨唐国、白蛮、赤蛮等往来居住，种类极多。

我相信，黄埔古港见证了广州"海上丝绸之路"的繁荣，也曾留下高个子舶主他们的足迹。

三

再次来到广州，高个子舶主他们有种回家的感觉。

港口江面宽阔，帆樯林立，商船云集，特别是四处碰到自己的同胞，这让他们感到无比亲切。

他们首先来到市舶使，在这里办理了出关的相关手续。

接下来便是如何科学合理装载好这一船瓷器，特别是泉州遇险，更让高个子舶主感到装载瓷器对于安全稳定运行的重要性。

在补充墨砚、香炉、八角、茴香等货物、食物和淡水之外，他们便开始装载起来。首先是打包。青釉大罐体形硕大，非常结实，最适合包装体形较小、规格统一的瓷碗。包装时，把瓷碗一个摞一个，一圈一圈地套放到大罐里，然后在里面装充稻草和茶叶，或是从瓷器商人那里要来的窑灰，把碗和大瓮之间的空隙塞紧，之后再用盖子密封。这样的包装，既能最大限度地利用空间，又可以令瓷器与空气和水尽可能地隔绝开来。他们极具耐心，一件一件地装，一层一层地填。正是如此复杂的包装，使得这部分瓷器，在沉睡了1200年后，仍然光亮如新。青釉大罐主要放在船舶中部和尾部。

并不是所有瓷器都被包装到了大瓮里，像巩义窑的青花瓷盘，邢窑、巩义窑的白瓷、白釉绿彩瓷等名贵瓷器，被小心地放在了靠近船头的地方。更加贵重的金银器，则被万分谨慎地藏到了船舱的夹层里。执壶则整齐地码放在船舱的前部。

还有铅锭。他们整齐地码放在青釉大罐之间，并主要放在船尾。或许他们忽略了两个问题。第一，他们将铅锭大量置于船尾，摆放位置不对，高于最低重心点。这变成了在波涛中航行的危险源。第二，他们想降低运输成本，最大限度地装载瓷器等货物，将利益最大化，却忽略了安全问题。这或许为不久后悲剧的发生埋下了伏笔。

　　所有准备工作就绪了，现在已经是东北季风盛行的时候，该出发了。

　　出发前，他们来到南海神庙祈求航运平安，贸易顺利。

　　那个阳光明媚、风平浪静的上午，这艘满载大唐彩瓷的大食帝国船舶，扬帆返航了。

　　有人问我，什么是两种文明的交流与碰撞？

　　我想告诉你，这就是最鲜活的例子，简直是活化石。

商船的哀歌，

历史的念想

一

涨海正在影响我。

涨海是南海的古称，也是我们祖先对南海潮汐现象的认识与理解，是智慧和科学的体现。

我在一张唐朝时期的"广州通海夷道"航路示意图上标注着高个子舶主和他的船舶途经的地方：九州石、象石、占不劳山、陵山、门毒国、古笪国、奔陀浪洲、军突弄山……此时的我忽视了他们的艰险。

但高个子舶主一直处于兴奋和期待之中。他总喜欢站在船头，欣赏着涨海的美景。涨海一望无际，一会儿风平浪静，一会儿波涛汹涌，神秘莫测，广袤无垠。海水五光十色，瑰丽无比：有深蓝的，淡青的，绿的，淡绿的，杏黄的。一块块，一条条，相互交错着。因为海底高低不平，有山崖，有峡谷，海水有深有浅，从海面看，色彩就不同了。海底的岩石上长着各种各样的珊瑚，有的像绽开的花朵，有的像分枝的鹿角。海参到处都是，在海底懒洋洋地蠕动。大龙是全身披甲，划过来，划过去，样子挺威武。鱼成群结队地在珊瑚丛中穿来穿去。

一望无际的涨海风平浪静，高个子舶主幸福地想到了他在扬州买到的一只瓷碗。这是一只纹有摩羯鱼的瓷碗，是一只象征着吉祥的碗，也是他特意购买的碗。摩羯来源于天竺，是天竺神话中一种长鼻利齿、鱼身鱼尾的动物。它是传说中的河水之精、生命之本，具有吞噬一切烦恼的法力。他期望，摩羯会保佑他们平安，会给他们带来好运。

更多的时候，他不是一个人独自看书，就是和伙伴一起聊天、喝茶，还玩一种叫瓦利棋的游戏。当然，他也会想到这一船宝贝的未来与归宿。他想好了，回到大食，一定要亲自将大唐回馈的珍贵礼物进献给哈里发。关于瓷器，一定会大受欢迎，亲朋好友和商铺老板，肯定都会抢着要。但他不想只在大食销售这些瓷器，他还想往埃及的福斯塔特销售。他知道，那里的人们也喜欢这种瓷器，一定也能卖个不错的价钱。

二

一过占不劳山（今越南岘港东南占婆岛），高个子舶主就感觉到了不舒服。

他开始拉肚子。他只是喝了青釉大罐里的淡水。实在是太渴了，没有烧开，就直接喝了起来。喝了没多久，肚子就不舒服起来。他很难判断是淡水出了问题，还是大罐的原因，或者是吃的食物有问题。有人告诉他，可能是晕船导致的拉肚子。可是他不晕船呀。很快，其他伙伴与船员也开始出现了拉肚子的情况。他们判定，不是大罐的问题，也不是淡水的原因，而是没有烧开的缘故。

虽然他们用了自己从大食带来的药膏，但效果不佳，拉得越来越厉害，拉得身体发软没力气，海上行驶变得枯燥与艰难。他们感觉度日如年。不同的天气会有不同的景色，不同的心境也会有不同的风景。高个子舶主觉得大海的风景不再美丽。似乎就连象征吉祥的摩羯都变得凶恶起来，它的尾部隐藏在一片深褐色釉色之中，鱼头却凶猛地撞向船舶。此刻，他最担忧的不是自己的身体，而是船上的瓷器。他把瓷器看得比他的命还重要。

他们不得不停靠在古笪国的港口。这里风景优美，海滩绵延数里，沙质洁白、细腻，海水清澈。但他们没有闲情雅致欣赏美景，必须赶紧治疗疾病。他们找当地医生看了病，又用铅锭换取一批当地药膏以及香料，等身体完全恢复后，才离开古笪国继续前行。

石渚彩瓷完全占据着他们的内心。这次大唐之行，他们的任务很直接也很单纯，只采购石渚彩瓷，并尽快将其运回大食。即便他们打算在南海交通的总枢纽，东亚和西亚贸易的交汇点佛逝或诃陵国停留并补充些许物资，但更多的是为了等待下一个季风的来临。

三

顺着东北季风，他们继续向西南方向航行。经过奔陀浪洲（今越南藩朗）、军突弄山（今越南昆仑山），再行驶五天后，他们可达海硖（今马六甲海峡）。这里南北宽约百里，北岸是罗越国（今马来西亚南端），南岸是佛逝国。他们没有直达海硖。原因有三：一是他们即便现在到达海硖也必须在那里等下一季的东北季风；二是他们还需到佛逝国或诃陵国采购与交流，将有佛教图文的器物下卸转售给这里的佛教徒，或用来交换丁香等香料；三是佛逝国的地方保护主义，为了促进贸易，他们采取强硬手段，强迫过往船只入港进行贸易。

他们哪里会有现代"赤道"的概念呢，但他们已经知道这条隐形地球线的存在。它并非只是一条地球的切割线，它还是生命的分割线，也是大自然魔力的见证。在这条线附近，生物进化的脚步加快了，它们都可以恣意生长、繁衍，简直是个生物工厂。他们明显感到，过了这条线，原来的东北风变成了西北风。他们顺着风向，转向东南方向航行。那正是诃陵国和佛逝国的东南部。高个子舶主掐着指头一算，五日左右可达诃陵国。为了避开海盗，他们不敢紧靠佛逝国东岸航行，而是选择了在海峡中间行驶。

远远地，他们看到左前方出现了一个岛屿，岛屿非常大，也越来越近。但令他们担忧的是，这时海上刮起了大风，下起了大雨，卷起了巨浪。黑压压的乌云遮天蔽日。很快，他们就看不清前方的岛屿了，能见度变得非常低。船舶在风浪中飘摇，船帆失去了作用，他们迷失了方向。他们分明听到船上瓷器撞击的声音。高个子舶主心都碎了，他在心里不断祈祷着真主的保佑。他们更没想到的是，这片平常风景秀丽、幽雅恬静的海域，却暗礁丛生，四处是黑石礁。

"砰！"随着一声巨大的沉闷声响，高个子舶主他们纷纷摔倒。他们意识到，船舶撞到大礁岩上了。巨大的冲击力，让船舶受到重创。在离海岛二三海里处，载满货物的船舶很快失去重心，并迅速倾斜。看到船舶即将沉没，船员们抱着漂浮物求生。而高个子舶主则没有，他决定与船舶和瓷器共存亡。在风雨中，在其他同胞的呼喊中，他与他的船舶一同沉入海底。呼喊、风雨、海浪，犹如商船的哀歌。从此，没人再知道他的名字，也无从知道他的下落。而他的家人，至死都以为他背叛了他的亲人、他的家庭、他的祖国，留在了遥远的东方大国，与一个美丽的东方女子结了婚，生了孩子。

或许想逃生的船员和其他商人未能如愿，待这里风平浪静后，商船的哀歌不再，一切都成了谜。也正是这个谜，留下了历史的念想。幸运的是，船舶沉在了岸边的浅海区，没有受到大程度的侵蚀，加之水质干净，有机元素多，起到了保护作用。海底植物也在长达上千年的历史中，默默保护着船上的器物。

后来，人们给这个岛屿起名为勿里洞岛；再后来，人们在一块黑色大礁岩下约 17 米深的海床上发现了沉船，于是给它命名"黑石号"。

人们潜入海中，打捞出一件件瓷器，一件件瓷器闪烁着历史的光芒。它们虽然没能顺利抵达大食，却成了石渚彩瓷抵达西亚，甚至北非最为鲜活的证明。

前仆　后继

　　"黑石号"悲壮地沉没了，但石渚彩瓷的海上之旅、西亚北非之旅并未结束。

　　千千万万的石渚彩瓷在前仆后继。

　　顺着西北季风，它们朝东南驶去。四五天后，它们来到诃陵国。这是个美丽的岛屿，岛屿上有一条长长的河流，它发源于中部的一座火山，向东北蜿蜒流入大海。后来人们称这个岛为爪哇岛，称这条河为梭罗河。它给中、东爪哇人民带来了便利的航行、充足的水源、肥沃的土地和丰富的物产。

　　或许它们很快会离开诃陵国，利用南半球冬季的热带东南季风，向西北方向航行，到达佛逝国的巴邻旁（今印度尼西亚苏门答腊岛巨港）的国际港口；或许它们停留较长时间，甚至长达数月，再向西北航行。而此时，室利佛逝王室与起源于中爪哇的夏连特拉王室的联盟使王国走向鼎盛。其势力范围西抵马来半岛北部，北达印度支那半岛南部，东至爪哇岛中部，成了东南亚海上贸易中心。两个王朝在佛教文化上具有互通性，在经济上又具有很强的互补性。国际贸易与大米资源的结合，形成了一个活跃的市场购销系统。佛逝因此能够向停留国际港口的大批往来客商提供充足的食物，爪哇内陆地区则可以通过巴邻旁的国际港口和贸易获得来自西亚、南亚、东亚和东南亚各地的丰富物资。

包括石渚彩瓷在内的大唐瓷器是这里的抢手的商品。有的是由庞大的大唐商船运送而来，在这里进行交易，卖给大食等国的商人，而大唐商人则换取黄金、香木和香料等奇珍异宝，以满足他们对奢侈品的需求。有的满载瓷器的大唐商船直达大食，他们只是在这里补给、调整和贸易。有的是直达大唐的大食商船，虽然他们无法与体形庞大的大唐商船相比，但他们船舶众多，且勤于航行。

穿梭于印度尼西亚的苏门答腊岛和爪哇岛，我感受着中世纪的风情。在日惹以东的普兰班南，是印度尼西亚最宏伟的印度教寺庙，曾遭受多次火山和地震的损伤，现存神庙遗址约50座。建于8至10世纪，以火山岩建造，墙壁上布满精美的浮雕，内容多取材于印度史诗《罗摩衍那》。日惹以西的婆罗浮屠，建在一个天然的山丘上，也是以火山岩建造。公元8世纪末由夏连特拉王朝所建，用来颂扬佛祖以及存放舍利。但这里石雕上的阿拉伯帆船让我浮想联翩。

更令我激动的是印尼国家博物馆里，有来自长沙铜官窑的彩瓷。大部分是釉下彩绘，或模印贴花器物，以碗、碟、壶、罐为主。有青釉褐绿彩碗，有青釉褐彩纹壶，有青釉褐斑贴花椰枣纹壶，有青釉褐彩双耳罐等，这让它们在中世纪的历史文化长廊中绚丽无比。

博物馆的工作人员听说我来自长沙铜官窑的故乡，无比热情也无比惊讶。他们说：

> 印度尼西亚出土的长沙窑瓷器遗址很多，大多集中在爪哇岛中部和苏门答腊岛东南部的巨港附近，至少有 14 个地点发现了长沙窑瓷器。

我得继续西行了。

石渚彩瓷跟随它们新的主人已经西行了，它们往西出海峡，来到婆露国（今印度尼西亚苏门答腊岛西北部）。但它们在这里暂时停止了前进的脚步，它们遇到了偏西方向的季风阻挡，它们只得在这里等待下一季热带东北季风的到来。

婆露国是个很小的王国，但石渚彩瓷的前方却遥远而辽阔。

班布尔遗址

一

我来到巴基斯坦第一大城市卡拉奇。

她位于巴基斯坦南部海岸、印度河三角洲西北部，南濒临阿拉伯海，居莱里河与玛利尔河之间的平原上。这里地势平坦，四周环绕许多沙洲、岛屿，市内有两条季节河流过，拥有天然良港。她不仅是巴基斯坦第一大城市，也是最大的海港和军港，全国工商业、贸易和金融中心，也是往来东南亚和中东、非洲、欧洲的国际航空站。

但我的目光不在此，我要去寻找当年石渚彩瓷经常途经的一个叫提毗的小国。从卡拉奇驱车往东行驶65公里左右后，便到达印度河北岸。这里便是提毗国古城遗址，也是当年阿拔斯王朝时期最重要的远洋贸易港口之一。巴基斯坦人称这处废港为班布尔遗址。

我认真地阅读着巴基斯坦朋友提供的关于班布尔的资料，生怕漏了一个字，错过了一个信息。在公元前后的克兴王朝时期，班布尔作为濒临阿拉伯海的海港而繁荣起来。公元714年，伊斯兰教徒穆罕默德·宾·贾西姆夺取了印度河河口这个重要的海港。到了阿拉伯帝国时代，随着波斯湾和印度洋贸易的发达，这个港口控制了阿拉伯海的入口，也就成了商业上的重要都市。

站在遗址中央的小丘上眺望四周，我看到南面有一个沟通阿拉伯海的加洛小港湾，越过这个小港湾对面的湿地，蓝色的阿拉伯海在遥远处隐约可见。看着没有人烟，有些荒凉的遗址，我看到了历史的沧桑，岁月的无情。仰望穹苍，又常常觉得人生的空虚。

废墟的中央小丘，是由石头城墙严密加固的。城墙上有向外建筑的连续雉堞，城墙内残留着许多清真寺和其他大小建筑物遗迹。城墙四周的城门是正方形的，防御工程甚为坚固，面向海口的城门能直通船舶停靠的码头。

合上资料，我看到装满石渚彩瓷的船舶在航行一个多月后，正顺着东北季风驶来。

我知道，他们在狮子、天竺等国进行了少量的瓷器交易，在那里留下了彩绘碗、盘、贴花壶、双耳罐等；他们的航行也非一帆风顺，一件件稍有损伤的瓷器，依然在诉说着它们艰险的航行。

二

抵达提胢国后，石渚彩瓷要在这里稍作停留。少量彩瓷，要溯印度河而上，运到内陆地区；大量彩瓷，继续沿海运送，到阿拉伯海岸的各个地方。但也有极少数彩瓷留在了这里，它们一起与提胢国繁荣与辉煌，一起衰败、没落，甚至消失在历史的视野中。

巴基斯坦朋友还向我介绍说，1951 年，阿尔科克带队的巴基斯坦考古队首次发掘班布尔遗址时，他们就在伊斯兰文化层出土有长沙窑瓷片。后来，也就是 1958 年到 1965 年间，另一支由一位博士带队的巴基斯坦考古队又对遗址继续进行了八次发掘。他们挖掘出长 600 米、宽 400 米、残高 15 米的城堡遗址和残长 1 公里的城址，出土 3 块长沙窑褐绿彩绘碗瓷片。他们还在卡拉奇以东约 110 公里的拉托科特遗址也采集到长沙窑瓷片。拉托科特遗址与班布尔遗址同时期。在班布尔遗址博物馆里，共展出 16 块长沙窑瓷片，其中褐绿彩绘碗瓷片 6 块，褐釉模印贴花壶瓷片 10 块。

三上次男也在他的《陶瓷之路——东西文明接触点的探索》中表达着自己的惊叹：

> 更为珍奇的是，这里还发现了同时期湖南省烧制的大碗破片。这是一种黄褐釉瓷，而在上面绘着绿色花朵。在产地中国，长沙窑是很不受重视的一种陶瓷，但在中国以外的印度尼西亚以及遥远的埃及和伊朗却发现了它们。现在从旁浦尔又发现了这种陶瓷的出土，这就说明，在九世纪时代，有一条把印度尼西亚和伊朗相连接的陶瓷之路，这无疑是很有价值的发现。而且由此不难推测，长沙窑的颜色和图案之所以和一般的中国陶瓷不同，正是因为它是用来外销的商品。

我坐在中央的小丘上久久凝望着远处的大海，遥望着历史的深处。

那是石渚彩瓷商人们一张张晒得黝黑发红的脸，一张张洋溢着幸福的脸。他们，它们，已经非常接近目的地了。

遥远的守望

一

1200 年后，我的西亚之旅变得如此简单而迅速。

从乌鲁木齐飞到卡拉奇，再从卡拉奇飞往德黑兰。在伊朗，不论是在波斯湾沿岸，还是地处内地的厄尔布尔士山脉南北麓，都能看到石渚彩瓷的身影。

最先去的，当然是地处波斯湾北岸的希拉夫古码头。

一路上，我紧握三上次男的《陶瓷之路——东西文明接触点的探索》，一边阅读，一边思索。

扎格罗斯山脉的南麓，是闪耀着波斯蓝色彩的波斯湾海洋。从天空鸟瞰，它的蓝美得令人无法形容。沿岸的海水是浅绿色的，离岸渐远，就像欣赏一组蓝色的颜料盒似的，逐渐逐渐地加深，终于成为清澈得深不见底的波斯蓝，渲染着这个波斯湾。这种水色恬静、深沉而引人入胜，甚至可能会情不自禁地纵身入海。

然而，当我来到波斯湾北岸时，发现酷暑和湿气就像恶魔似的欺凌着人们。波斯湾确实酷暑难当，这里夏天的温度在40摄氏度以上，甚至50摄氏度的高温也是常有的事儿。加上很高的湿度，人们的精神和肉体都备受折磨。可是，就是在这气候如此严酷的波斯湾沿岸，却处处残留着繁荣的古代港口遗迹。

当我来到布什尔省这个小半岛上一个叫塔赫里的小村庄时，这里只残留着静寂的遗迹而已。但思绪让我回到船舶往来的9世纪。高个子舶主的亲人朋友等来了一船又一船来自大唐湖南石渚的彩瓷，却始终不见高个子舶主和他的彩瓷回来。虽然他们认为是他背叛了他们，但他们还是对他的回归抱有希望。但最终成了遥远的守望。

希拉夫是大食帝国的一个重要国际港口，就像大唐的广州，或者扬州、明州一样重要。石渚彩瓷可能从这里转运到内部港口，甚至内陆；也可能从这里转运到大食国统治的阿拉伯半岛的其他港口，包括红海两岸港口，尼罗河东岸城市福斯塔特，甚至更远的三兰国（今坦桑尼亚桑给巴尔）。公元9世纪的阿拉伯商人苏来曼在游记中提到，货物从巴士拉、阿曼以及其他地方运到希拉夫，大部分中国船在此装货。

要感谢英国考古学家。

1969年到1971年间，英国考古学家威尔金森大规模考察波斯湾以东沿海，发现早期伊斯兰遗址群33个。位于波斯湾南端霍尔木兹海峡东北岸的米纳布三角洲的7组遗址中，米纳布本地就有5组。他采集的大量未经整理的陶、瓷片收藏在英国牛津大学阿什莫林博物馆，其中有4片典型的长沙窑褐绿彩绘碗瓷片，这其中就包括希拉夫遗址。

　　威尔金森发现遗址不久，以怀特豪森为领队的英国考古队在希拉夫遗址进行了大规模的发掘，挖掘了 15 个遗址，其中最重要的有大清真寺遗址、窑址、军事设施遗址和宫殿遗址等。希拉夫遗址有 6 个文化地层。遗址最早地层为倭马亚王朝时期，其兴盛时期为阿拔斯王朝时期。遗址出土远东陶瓷片总计 800 余块，其中大部分出自第二文化层中公元 815 年建成的大清真寺遗址平台的填土层。

　　英国人唐伯尔对希拉夫遗址出土陶、瓷片进行了全面系统整理和研究，在上万件陶、瓷片中，他找出 225 块长沙窑褐绿彩绘碗、罐瓷片和 40 余块长沙窑模印贴花壶、罐瓷片。

　　"可能还有其他的长沙窑瓷片。"唐伯尔认为。

二

　　大唐商船在希拉夫的活动，也像希拉夫商人在东方的活动一样，向内部港口甚至内陆深入，他们一直深入波斯湾的内部港口。于是石渚彩瓷就这样被带到那里。当时海上贸易的规模巨大，来到这里的石渚彩瓷数量必然相当巨大。

　　其实早在 8 世纪中期，美索不达米亚的库法，就已经有了来自中国的工人。

　　公元 751 年，在中亚的怛罗斯，曾经发生过一次由大唐名将高仙芝率领的唐朝军队与阿拉伯军队的大战，结果是唐军溃败，造成了数以万计的中国人被俘，凄凉地客死他国的悲剧。这就是历史上著名的怛罗斯战役。

　　这其中有一个被俘的中国人叫杜环，他被带到了幼发拉底河畔的库法。后来，他获准返回大唐，并于公元762年搭乘大食商船回国。回国后，他把当时在萨拉森帝国期间的所见所闻，整理成文章发表，至今还残存着他当时记录的一部分，称为《经行记》。既记载了伊斯兰教义和中国工匠在大食传播生产技术，还记录了亚非若干国家的历史、地理、物产和风俗人情。

《经行记》中有这样一段，描写了大唐工匠在大食生活和工作的情景，特别是还留下了樊淑、刘泚、乐环、吕礼这四个人的名字，实在令人惊奇：

> 绫绢机杼，金银匠、画匠，汉匠起作画者，京兆人樊淑、刘泚；织络者，河东人乐环、吕礼。

他们或许和杜环一样，是被俘而来，也可能是随着贸易商船到此的工人。但无论如何，在这样早的年代里，中国人就已经在美索不达米亚定居，以绘画和纺织营生，这就足以引起人们难以形容的兴趣。

如此一来，包括石渚彩瓷在内的中国陶瓷与陶瓷知识传播到这些地区，就不足为奇了。

比如，1911年至1913年，由扎勒和赫茨菲尔德带队的德国考古队曾对萨马拉遗址（今伊拉克巴格达以北120公里处）进行过大规模的发掘，出土了大量波斯陶器和中国陶瓷器。这其中就有来自石渚的贴花壶瓷片、三耳壶瓷片和釉下彩绘盘瓷片。

以石渚彩瓷为代表的中国陶瓷，从9世纪到10世纪，真是像流水似的渗透到美索不达米亚的各个城市。

石渚彩瓷甚至走到了更远的内陆——内沙布尔（伊朗东北部

城市）。

　　在内沙布尔遗迹的调查中，发掘所得的实际上都是一些碎片，其数量也并不很多，但其种类却一应俱全，有越州窑、长沙窑、青瓷、白瓷、青白瓷和元代的青釉瓷器。特别值得注意的是，这里有以贴附花纹装饰的长沙窑细颈壶上部和绘有鸟类的盘子残器的出土。后面还将提到，这类长沙窑陶瓷，就连中国本土也极为罕见，却从埃及的福斯塔特遗迹、巴基斯坦的旁浦尔遗迹和东方的爪哇岛出土了不少，这个事实的原因值得深思。对于中国在当时是为了输出而制造的这种想法，也许是可以成立的。

三上次男在《陶瓷之路——东西文明接触点的探索》中说。

三

　　石渚彩瓷在阿拔斯王朝统治下的大食帝国渗透程度之深广，令人惊叹。他们被石渚彩瓷迷得神魂颠倒，对石渚彩瓷的追求是没有止境的。

　　特别是在福斯塔特（今埃及开罗南郊）。三上次男在《陶瓷之路——东西文明接触点的探索》中用一节的篇幅剖析了福斯塔特遗址的中国陶瓷的仿制品：

　　在福斯塔特遗迹的仓库里收藏的陶瓷片，为数达六七十万，其中大部分都是埃及制造的。在这些埃及制造的陶器中，从某些方面看，约有百分之七十到八十，是中国陶瓷的仿制品。这种仿制品当然是在中国陶瓷输入以后随即仿制的。

在九、十世纪，埃及已有三彩陶瓷的输入，于是就制作出模仿它的多彩彩纹陶器和多彩刻线纹陶器。在白瓷输入以后，就制作出白釉陶器。埃及所仿制的越州窑瓷，属于黄褐釉刻线纹陶器的类型。不过，九、十世纪制作的埃及陶器，一面固然模仿中国陶瓷，一面又有伊斯兰独特的色彩和工艺，从而体现了伊斯兰的特色。

大食人爱中国瓷器，真的是爱到了骨子里。在伊朗高原中部的美丽旧都伊斯法罕，是萨法维王朝的首都，以阿巴斯一世时代为中心，相继建造了壮丽的宫殿和寺院，成为这个王朝财富和权力的中心。现在残存的旧宫殿之一查希尔斯顿宫殿里，发现了中国的青釉瓷器和青瓷的优质品，共有42件。传说，因为太喜欢中国瓷器了，当时阿巴斯一世不惜花重金从遥远的大明王朝请来300名陶工，要他们模仿制作中国的青釉陶瓷器。

<h1 style="text-align:center">绝非　　终点</h1>

一

装载石渚彩瓷的大唐商船或是大食商船来到了亚丁湾，从这里沿着非洲大陆可继续往西南，也可继续往西北。

往西南，沿着印度洋西海岸，他们先后到达曼达、尚加（今肯尼亚北部拉姆群岛），以及三兰国。

我查到有关曼达、尚加和三兰国遗址出土石渚彩瓷的情况。

1966 年，英国考古学家奇蒂克开始组织发掘曼达城址。他们从第一期文化层中出土了 20 余块长沙窑褐绿彩绘碗瓷片。同时出土的还有越窑青瓷和北方邢窑白瓷。这是非洲大陆第一次有确切出土层的中国瓷器。后来有人研究，将 4 块被奇蒂克定为广东窑口的瓷片，重新确定为长沙窑褐绿彩绘碗和壶瓷片。

1981年至1992年间，由霍顿带队的英国考古队在尚加进行了多次挖掘，挖掘出村址、清真寺遗址和墓葬遗址等。发掘证明尚加遗址连续兴盛于8世纪中期至15世纪初之间。从最早地层出土了30余块长沙窑褐绿彩碗瓷片。毫不意外，也同时出土了越窑青瓷、北方邢窑白瓷和广东青釉褐釉大罐。

三兰国，也就是现在的坦桑尼亚的桑给巴尔岛一带。在桑给巴尔岛西南海岸的温古贾乌库遗址，奇蒂克也曾在这里做过调查。1984年，霍顿带队在这里进行试掘，并在这个公元9至11世纪的遗址出土了大量陶瓷片，其中中国陶瓷片占了5%，表层还出土数片长沙窑褐彩碗瓷片。

中国瓷器最终在这片广阔而神奇的土地纵深开进。现在，在非洲约有17个国家和地区的200多个地点发现了中国古瓷。其散布的地域之广，数量之大，种类之多，延续时间之长，令人不可思议。

二

从亚丁湾往西北，他们在红海一路前行。

他们的目的地是福斯塔特，但前行之路充满困难和危险。

可能你会天真地认为，航船就这样一直在红海前行，一直走到尽头，那里离福斯塔特并不遥远了。但事实没有想象的这么简单。红海沿岸，尤其是靠近埃及的北半部，即使在今天，也是不易靠岸卸货的地方。这一带与阿拉伯半岛或西奈半岛一样，全是沙漠。这里缺水非常严重，从海岸通往尼罗河畔的几条沙漠商队路上虽然有井，但矿物质含量太高，一般难以饮用。

于是，散布在埃及沿红海的数百上千公里之间的矿山和小渔港，

只好用船只到红海最北端的河流处，借蒸馏海水所得的淡水来补充。这里是一大片除了沙粒、岩石和天空以外别无所有的恐怖之地。

这里虽然恐怖，但从法老的时代开始，红海沿岸就已经有了港口，可供从阿拉伯或其他地方运来香料、象牙及金银等的船只卸货之用。到了罗马时代，这里还残存着古来闻名的港口，如米奥斯、霍尔木兹、库赛尔、贝伦尼斯等。在那个极其古老而又艰难的年代，能够在沙漠海岸艰难地维持偌大海港的统治阶层，可见人们对珍贵物品的欲望何等强烈，对利益的追逐何等迫切，统治阶层的权力又是何等巨大。

那装载有石渚彩瓷的船舶又在哪里卸货呢？

一个叫阿伊扎布的港口走进了历史的视野。它地处苏丹和埃及交界处的红海边，现在这里已经一片荒芜，当地很少人知道这里曾经是个港口，更不知道这里曾经的繁华。港口的遗址上，散落了来自中国的陶瓷碎片。它在告诉人们，它不仅是向附近的麦加航行的进香船舶的基地，更是印度或是更远的东方中国销售商品的港口。这些商品，首先是中国陶瓷，其次是胡椒、药草、丝绸、珍珠、铁等。

我在曾任埃及地理调查所所长的英国人约翰·默里发表于1926年《阿伊扎布》一文中找到了可靠的事实：他曾于1912年到过这里，他发现这里的中国陶瓷碎片比比皆是，这令他大为震惊。我还了解到，12世纪后半期的阿拉伯地理学家、旅行家、探险家、诗人伊本·朱巴伊尔，14世纪的摩洛哥大旅行家伊本·白图泰，都曾到过这个港口，并撰写了各种津津有味的记载。

到了阿伊扎布港口，下一步又该如何走呢？

有长沙窑专家告诉我，在阿伊扎布港与尼罗河之间应该有一条

水系连接，装载有石渚彩瓷的船舶直接从港口进入连接水系，来到尼罗河，再顺江而下，来到尼罗河畔的福斯塔特。但我没有在历史记载中找到这条水系的任何信息，甚至丁点儿都没有。可能这条路行不通。

撒哈拉沙漠上的骆驼，赋予了石渚彩瓷前进的动力，也给了我创作的灵感。

彩瓷在阿伊扎布港口卸下后，被稳妥而小心地放到了骆驼背上。骆驼就驮起沉重的货物，随着主人前行。它们迈着高跷一般又细又长的腿，缓缓地行走，嘴里还会发出咕噜声。它们向西横穿沙漠和石山，经过10天左右的长途跋涉后，来到尼罗河畔的库斯，或是阿斯旺。

彩瓷来到这里后，绝大部分沿河而下，来到福斯塔特。或许有一少部分溯源而上，来到了古代的埃塞俄比亚。

三

福斯塔特城是公元7世纪到10世纪埃及的政治、商业和制陶中心。

公元7世纪初，倭马亚王朝的势力在阿拉伯半岛上崛起，他们当然不会放过富庶的埃及。公元641年，到第二代哈里发乌马尔时，就派遣将军阿穆尔进攻埃及。第二年，他们占领了开罗附近的巴比伦堡，阿穆尔将军在离旧城不远的地方修建了赞美安拉神的礼拜堂（阿穆尔清真寺），旁边修造了他的官邸。于是，尼罗河的财富就归阿拉伯人所有了。

阿穆尔清真寺留存在开罗南郊，它后来曾被重新翻造过近10次，

每次都有所扩大。创建之初，它四周围墙，屋顶覆以芦苇，看起来非常简陋。但是，由于阿穆尔清真寺和将军官邸是统治埃及的中心，所以围绕着这个中心，不久就出现了政府机关和鳞次栉比的住宅。有了市场，形成了城市，这就是福斯塔特。福斯塔特是营地的意思，亦即军营之意。

随后，福斯塔特城逐渐向四周扩展，先是倭马亚王朝，后为阿拔斯王朝，在埃及的权势于是日益巩固。这里确立了地中海和北非的政治和经济中心地位以后，随着城市发展，建筑日趋完备。这样，福斯塔特就名副其实地成了尼罗河流域的中心都市。在伊斯兰历史上，这个城市称得上是伊斯兰躯体成长的纪念碑，具有深远的意义。即便后来又建设了新的政治中心开罗，但在较长一段时间里，福斯塔特却作为产业中心、行政中心而继续繁荣。于是，来自各国的财富、商品，都涌向这里。当然包括石渚彩瓷。

直到公元1168年冬天，埃及正处于法蒂玛王朝末期，耶路撒冷王国阿马里克一世率领的军队已兵临埃及首都福斯塔特城下。为了不让福斯塔特落入敌手，法蒂玛王朝实际掌权者沙瓦尔下令用石脑油、照明弹焚毁这座有着500余年历史的都城。大火持续了54天，火焰掠过，仅留一片废墟。

这个烧毁了的大城市遗址，后来就一米、二米、三米地被掩在沙漠的风沙之下，加上因建设新城市开罗而搬来的废土又倾倒其上，于是遗迹就深深地进入了千年的酣睡之中。

四

20世纪初期，阿拉伯民族主义唤醒了沉睡的福斯塔特。埃及曾

经长期受土耳其的统治，19世纪，又沦为英国的殖民地，但是到了20世纪，在埃及的阿拉伯人民族意识提高了，注意力倾注在根究自己的历史上面。于是，福斯塔特遗迹就作为伊斯兰时代的最古老城市而显露出来了。

福斯塔特遗址的发掘和研究有一个多世纪的历程，埃及、英国、美国、德国、法国、瑞典、日本和中国学者均有参与。

世界陶瓷史应该记住小山富士夫、三上次男等日本陶瓷专家和历史学家。

世界各国，特别是欧洲各国，都知道福斯塔特埋藏着大量的陶瓷，并且有相当数量的是经过一万五千公里以上的海路，从东亚的中国运过来的。这引起了很多知识分子，特别是陶瓷专家的关注。欧洲各国的学者们强烈希望调查这些陶片，但仓库一直紧闭，并不因他们的要求而开放。小山富士夫、三上次男等也高度关注，特别是小山富士夫努力争取，最终打动了埃及政府，将调查工作委托给了日本。

以福斯塔特遗迹作为工作场所，并非为了对遗迹本身进行发掘，而是为了调查其地下埋藏着的为数众多的遗物，特别是调查其中的陶器。

三上次男说出了他们争取调查的原因。

第一次调查是1964年。小山富士夫、三上次男等六位陶瓷专家，一起来到福斯塔特遗址。他们的工作是掘开堆积如山的陶片和沙尘，然后逐片检视。首先从中检出中国陶瓷片，把它们进行种类和时代的分类、计数、测定，最后用同样的方法，调查埃及制造的中国陶

瓷仿制品。他们也乘机尽可能地搜索埃及独特的陶瓷，以及从中国以外的其他地方输入的陶瓷。虽然他们非常努力地工作，但要调查堆积如山的六七十万片陶瓷，却实非易事。他们只得中途停止。

第二次调查是1966年。这年2月初，三上次男和松见守道等六位陶瓷专家来到福斯塔特遗址。特别是三上次男，他是带着缅怀之情来到福斯塔特的。通过这次调查，他们总算基本达到了目的。他们发现，陶片按类别区分以后，其中以在埃及制造的为最多。但是也有很多来自埃及以外的，例如地中海周围的叙利亚、土耳其、意大利、西班牙、北非，当然也有美索不达米亚和伊朗的陶瓷，甚至还有远在东南亚的泰国、越南和中国的陶瓷，并且还包括少量的日本伊万里的制品。简直像一个世界陶瓷片的展览会，也可以称得上是世界陶瓷研究的宝库。

三上次男在他的调查报告中说：

根据我们两次调查的结果，在收藏于福斯塔特遗迹仓库里的陶瓷片中，中国陶瓷片约有一万二千片。一万二千片这个数字，说起来简单，但堆叠在那里，看起来却是相当可观了。假使全部陶片为六十万片，则六十片中就有中国陶瓷一片。在福斯塔特遗迹出土的陶瓷片中，除了属于埃及的以外，与其他地方的陶瓷片相比较，这个数字显然已经很多了。……在中东和东非沿岸的许多伊斯兰时代的遗迹中，同样也发现中国陶瓷片，但是，福斯塔特遗迹中的出土数量，是其他遗迹所望尘莫及的。

而在这约"一万二千片"中国陶瓷中，就包括来自长沙铜官窑褐绿彩绘碗、盘、壶瓷片4块。

但这显然不准确。

1999 年，日本和埃及政府签约共同合作编写福斯塔特遗址出土文物综合目录，日本学者重返埃及后确定福斯塔特遗址博物馆共收藏有 12736 块中国陶瓷，其中有 10 块长沙铜官窑褐绿彩绘碗瓷片。

还有希腊贝纳基博物馆收藏的福斯塔特遗址出土的长沙铜官窑黄釉褐斑贴花壶瓷片，英国伦敦维多利亚—阿尔贝特博物馆收藏的福斯塔特遗址出土的褐绿彩绘碗瓷片……

它们都是石渚彩瓷荡漾的历史时空中的一个个音符。

它们都映射着 9 世纪的中国手工业变革和大规模生产的图景。

五

人类的欲望是强烈和深刻的，他们既然能将遥远东方大国以石渚彩瓷为代表的瓷器历尽千难万险运到尼罗河畔的福斯塔特，难道就不能将它们运到地中海沿岸的亚历山大吗？

回答是肯定的。

在这里，它们成了桥头堡，成了接触点，碰撞出了文明火花。

它们是中国瓷器史的一个章节，面向未来，承载着责任和使命。

后来欧洲人对中国瓷器的痴迷就是最好的说明。

瓷器像谜一样吸引着人们，收藏中国瓷器很快就成为欧洲上流社会的炫富风潮。在威尼斯，甚至有个词叫"瓷器病"，用来形容人们对瓷器的沉迷。葡萄牙国王曼努埃尔一世写信炫耀说，他收藏了许多精美的中国瓷瓶，每个都价值 100 克鲁扎多；西班牙国王腓力二世 1598 年去世时，留下的瓷器达 3000 件之多；法国国王路易十四在凡尔赛专门修建了一座收藏瓷器的"中国宫"；玛丽二世把青花瓷器从荷兰带到英国，汉普顿宫收藏着800件瓷器；普鲁士威廉一世和俄国彼得大帝也都有自己专门的瓷器藏馆。

更离谱的是波兰国王奥古斯都二世。他不仅拥有一座瓷制的大型宫殿，最疯狂的是他用自己的600名骁勇的龙骑兵，从普鲁士威廉一世手里换取了151件中国瓷器。这些瓷瓶因此被称为"龙骑兵瓶"，而那600名龙骑兵编入普鲁士陆军后，也被称为"瓷器兵团"。奥古斯都对瓷器的痴迷使他致力于破解中国瓷器之谜，并最终获得成功。到他去世的时候，留下多达35798件瓷器，堪称西方世界最大规模的瓷器收藏。

回不去　　的　故乡

一

时间到了公元 879 年（唐僖宗乾符六年）。

作为石渚草市的一家老作坊，樊家作坊依然散发着泥土的芬芳，樊氏子孙还在继承和发扬祖业。虽然他们的技术更加成熟，但生意没有以前那么好了，无论在国内还是在国外，石渚彩瓷的销售量都在逐年减少。这让樊氏子孙十分担忧。更让他们担心的是，皇帝荒淫无度，藩镇兴起，与朝廷长期争权斗争，同时宦官专权，政治腐败，整个社会千疮百孔，民不聊生。他们不仅担忧自己的作坊与生意，甚至担忧起国家的前途命运来。他们有一种不祥的预感。

这年十月的一天，一个坏消息传到石渚。

黄巢的起义军沿着湘江北上，已经攻破潭州了，唐王朝在潭州的势力被清扫一空，"巢尽杀戍兵，流尸蔽江而下"。黄巢来自山东，曾经参加科举考试却屡次落榜，他觉得科举制度对他而言很不公平，最终走上了造反之路。随后，起义军准备一路北上，攻克岳州，再杀向荆门、襄阳等地。

听到这个消息后，石渚的窑工纷纷逃离。樊氏子孙简单收拾行李，带上贵重物品，也加入了逃离队伍。他们哪还顾得上房子、龙窑、工具，没有销售的瓷器，以及等待烧制的瓷坯。他们有的逃到湘东，有的逃到湘中，有的甚至到了更远的湘西。他们觉得，只要远离起义军，远离战场，就是正确的选择。樊氏子孙一直朝石渚东边逃跑，跑了三四十里，在一片茂密的森林处停下了脚步。他们不想跑得太远，因为他们割舍不下故乡，割舍不下陶瓷祖业。他们不会忘记祖辈经常讲起的，安史之乱时，祖辈逃离河南，一路漂泊，一路流浪，来到石渚的故事。想到这些，他们流下了辛酸的泪水。为什么历史总是在不断地轮回呢？

也有个别窑工没有逃走，选择留下。起义军路过，但他们安然无恙。许多人对黄巢痛恨非常，认为其人为大刽子手，杀人如麻，大肆烧杀抢掠，甚至其带领的起义军里经常有人吃人的现象发生。但事实并非如此。因为起义军纪律严明，行军不扰民害民，所以他们一路高歌猛进，势如破竹。《旧唐书》说："黄巢自号率土大将军，其众富足，自淮已北，整众而行，不剽财货。"

二

很快，樊氏子孙以及其他部分窑工幸运地回到石渚。

但此时的石渚不再是彼时的石渚了，虽然他们人回来了，但从时代赋予瓷器的人文内涵和发展前景来说，石渚已经成为他们回不去的故乡。

行笔至此，我变得忧伤起来。

或许，樊氏子孙并不知道，他们的陶瓷命运即将走向终结。这对于将陶瓷渗透到骨子里、血液中的他们来说，无疑是残酷的。

写作暂时无法继续进行，我带着几本反映唐末政治经济和五代马楚政权的书来到长沙铜官窑遗址西边的湘江滩涂上。我坐在生机盎然的绿草上，看着书，思索着。有时，我会遥望南来的湘水，也会眺望北去的湘水。不论南来，还是北去，它们都将通往历史深处，也通往既能预知又无法预知的未来。

我轻轻地翻阅着每一页书，如同翻阅自己的心灵。

起义军的军事行动给唐王朝在湖南的统治以致命的打击，使唐王朝在湖南的统治崩溃，湖南陷入了更加混乱的境地。起义军在湖南的军事行动引发了新的农民起义，新旧农民军的混合和斗争进一步瓦解了唐王朝在湖南的统治；起义军对湖南产生巨大冲击的同时，湖南的本土势力纷纷崛起，积极发展个人势力并彼此争斗，从而使湖南变得更加混乱。

后来，大唐灭亡，变成五代十国的分裂局面，湖南被马楚政权统治。内争是五代十国时期各政权普遍存在的现象，对马楚政权产生了深远影响，给其带来了灾难性后果。内争延缓甚至打断了马楚政权的发展进程，导致了马楚政局的长期动荡，导致了马楚政权的分裂与灭亡，导致了马楚统治者的猜疑诛杀和生活的奢侈糜烂。石渚窑场因此失去了赖以生存的社会基础。

令人遗憾的是，马楚政权与周边政权的关系并不算太好，特别是与东面的南唐是死对头。正如南唐著名将领边镐所说："国家与公家世为仇敌，殆六十年。"他们长期对立，战争不断，彼此积怨很深。而石渚彩瓷所依赖的长江，特别是其流通的中转站，被南唐政权占据，切断了它们的外销渠道。

樊氏子孙欲哭无泪。抛开繁重的赋税不说，抛开沿海地区兴起的一批外销型瓷窑对他们海外市场的影响，甚至瓜分不说，他们的瓷器再也无法走出湖南，更没有了订单，瓷器烧得再多再好也没用了。失去了赖以生存的社会基础，没有了经济利益的驱使，他们不得不停烧瓷器。

渐渐地，石渚彩瓷在历史的长河中泥沙俱下。

马楚政权把更大的精力投入了农业方面。农田灌溉颇有成效，茶叶种植和产量迅速增加，桑蚕业发展迅速。

再后来，樊氏子孙搬离了石渚。

他们中的一部分去了繁茂的丘陵和山谷，专门种植茶叶；一部分去了水源更加充足、地势更加平坦的地方，以种植水稻为生。

族谱上有零星记载，说他们的祖先以制陶为生，但都成了遥远的记忆，似乎一切与他们无关。樊氏子孙也没有再说起过石渚瓷器，就像石渚瓷器根本没来过这个世界一样。

三

还有更重要，也是更严重的。

黄巢的起义军进攻湖南前，就已经占领了广州。这务必对胡商产生巨大的影响。有人说，起义军对胡商进行了残酷屠杀和疯狂掠夺，导致关上了对外经济交往的大门，切断了与大食等国的贸易往来，从根本上断送了海外庞大的市场资源。

我不想人云亦云。

虽然《中国印度见闻录》卷二写到这一事件，但这卷的作者大食人阿布·赛义德本人并没有亲自到过广州，书中记述的有关情况，尤其是黄巢起义的记载，只是"据熟悉中国情形的人说"的。后来，阿拉伯的历史学家马苏第也在他的《黄金草原》中说到黄巢起义对广州胡商的巨大影响与伤害。但书中所写的这些内容，也是公元915年到916年，从移居巴士拉的阿布·赛义德那里获悉的。联系到黄巢起义前，广州、扬州也不断发生一些与外国商人有关的事件，恐怕不能排除《中国印度见闻录》卷二中所据的资料是商人们在互相传说中把几次变乱混淆在一起的可能。其中有一件比较实在的事件：

> 大历八年（公元775年），哥舒晃反，诏加嗣恭兼岭南节度观察使。斩晃及诛其同恶万余人……及平广州，商舶之徒，多因晃事诛之，前后没其家财宝数百万贯，尽入私室，不以贡献。

这里的"商舶之徒"，没有指明是何人，但路嗣恭收没商舶之徒财产数百万贯，其中就有直径达九寸、一尺的琉璃盘。由此看来，诛及之人，很可能有胡商。起码对当时的海外贸易打击颇重，在胡商中引起震动。

黄巢的起义军占领广州，并造成极大影响，不能不说是一个大事件。但我没有在史料中翻阅到点滴的记载，即便正史不载，野史也应有所记。而且，也未见得正史对杀戮胡商之事讳莫如深。

> 至扬州，大掠百姓商人资产，郡内比屋发掘略遍，商胡波斯被杀者数千人。

这样的事件，同样载入了《新唐书》《旧唐书》。

不管是道听途说，还是以讹传讹，还是另有隐情，不论如何，黄巢起义对胡人对唐朝的打击都是致命的。正如阿布·赛义德在《中国印度见闻录》卷二中所说：

> 真主——让我们赞美圣名的崇高——完全收回了对他们（中国人）的庇佑，连航行中国的海路也阻塞不通了。

对于一个国家和民族来说，这是最可怕的。后来明清时期闭关锁国，就让中国吃尽了闭门造车的苦头。

第五部

无夜不相思

一别行千里，来时未有期。
月中三十日，无夜不相思。

——长沙铜官窑瓷器题诗

1998 年

一

历史深处，长沙铜官窑彩瓷的前行之路是艰难而艰险的，而在今天的现实社会中，人们对它的认识与理解，或者说它的回归，就能一帆风顺吗？

"蒂尔曼·沃特法先生，您看看这几只碗。"1998 年 8 月中旬的一天下午，印度尼西亚苏门答腊海域勿里洞岛的一群渔民找到时年 42 岁的大个子德国人蒂尔曼·沃特法。当时这个德国人正带着自己的探海船在勿里洞岛附近海域探寻一艘明朝永乐年间的沉船。在此之前，这群渔民像平常一样潜入海底采集海参。那一片海域位于勿里洞岛和邦加岛之间，形状有点像漏斗，海中有丰富的鱼类资源，更是盛产海参。但这次他们从 17 米深的海底打捞上来的不只有海参，还有一个浑身长满了海藻和珊瑚的瓷碗。那里有一艘沉船，沉船上还有大量瓷器。

听着渔民们的描述，看着渔民手中的瓷碗不仅品相好，上面还有题诗，有彩绘，蒂尔曼·沃特法感觉到这艘沉船的价值与意义非同凡响。于是，他马上通知自己的队伍，发动探海船，赶往渔民所说的地方。这里确实有艘沉船，上面文物还相当丰富。当地渔民和一些外国的海上探宝者已经盗走了不少器物。情况不容乐观，他马上赶往印尼首都雅加达，申请办理打捞证。

蒂尔曼·沃特法就这样与长沙铜官窑结下了不解之缘。

蒂尔曼·沃特法是德国汉堡人，是一名机械工程师，还自己开了个做建筑材料的工厂。1991年的时候，他的工厂里来了六七个印尼工人。来自远方群岛国家的他们，有一个共同特征，都曾是船工，有丰富的海上航行经验。两年后，他的一个妹妹嫁给了其中一个印尼工人。妹夫是印尼棉兰人。棉兰位于苏门答腊岛东北部日里河畔。妹夫经常能听到关于海上沉船的消息。

妹夫知道蒂尔曼·沃特法一直热爱潜水，是个非常优秀的潜水员，他还出身于艺术家庭，便在1995年给他写信：

> 我知道您是个出色的潜水员，还喜欢艺术，我想您对印尼一带海域的沉船可能会有兴趣。如果您能来印尼，既可帮忙找到沉船，还可一起寻找船上的宝物。

蒂尔曼·沃特法最终遵循了自己内心的追求，搁置了自己在德国汉堡正干得风生水起的事业。

他是1995年到达印尼的，带着太太和孩子，抱着既玩也探海的心态。他们发现岛上有些地方还是一片荒凉，到处是蚊子，也总被蚊子咬，甚至被咬得受不了。要探海，必须有船有潜水装备，还必须有人。

他找到了投资者，租了船，又招了包括潜水员在内的海员，成立了一家探海公司。但并不顺利。一开始，蒂尔曼·沃特法找到德国汉堡大学的考古教授，问他们有无兴趣参加探海，只要给印尼人一点点钱，就可以找到宝贝。但教授们说，参加可以，但他们没有这方面的资助。蒂尔曼·沃特法又想，为何不将打捞沉船的工作商业化呢？承包给有钱的人，把事业做得更大。可是，一个很有名的探海专家警告他说，印尼政局不稳，是个很危险的地方，你要慎重行事，最好别冒这个险。蒂尔曼·沃特法却说，他知道有危险，但这个险值得冒，再说他喜欢艺术，文物是人类宝贵的历史文化遗产，拥有艺术价值和收藏价值。正是在他的耐心游说下，他找到了投资者。

他们根据当地人提供的沉船资料，很快就找到了两条沉船。特别是那条明代"鹰潭号"沉船上，发现了11000多件器物，包括邢窑越窑瓷器，佛像铜像，以及七八件银锭等。上面都刻有中国文字，告诉他们这些文物来自何时何地。印尼政府有规定，探海公司找到文物，探海公司与政府各分一半。蒂尔曼·沃特法买回了印尼政府拍卖的那一半。他将所有器物运回德国汉堡进行修复。随后，他们又发现了两条来自中国的船只，一条是明朝万历年间的船，一条是南宋的船。但沉船已经完全损坏了，文物全部被盗。

虽然这些文物商业价值不高，但却让蒂尔曼·沃特法找到了乐趣，看到了希望。1998年初，他买了一条新船，购置了一批新的打捞设备。他们来到勿里洞岛附近海域。蒂尔曼·沃特法亲自潜水，参与探寻，他们发现了一艘明朝永乐年间的中国沉船，全部用铁钉钉的。就在他们准备打捞时，印尼政局发生动荡，他们不得不中止打捞并离开印尼。

这年 6 月，印尼政局开始稳定下来，蒂尔曼·沃特法回到印尼，来到勿里洞岛附近海域，继续打捞那艘永乐年间的中国沉船。有青瓷，也有粗瓷大瓮。船上文物较少，但商业价值高。

二

考虑到"黑石号"文物丰富，蒂尔曼·沃特法向印尼政府提出给两年的打捞发掘时间。但印尼政府还是考虑到政局不是太稳定，只给他们两周的时间进行考察。由于时间短，沉船小，海域也小，又在浅海区，暂时只能做考察。但蒂尔曼·沃特法总是在与印尼政府积极争取更长的发掘时间和支持，最终，印尼政府委任蒂尔曼·沃特法和他的探海公司进行勘查与发掘。

到 11 月时，季风来了，他们只得停止考察。虽然还只是考察阶段，但他们对这艘沉船有了初步的认识。这是一艘唐朝时期满载中国货物的阿拉伯沉船，以瓷器为主。因为位置靠近一块黑色大礁岩，他们将其命名为"Batu Hitam"，中文译为"黑石号"。

蒂尔曼·沃特法非常担忧"黑石号"上文物的安全。于是，他们花钱请了印尼的海军部队守卫。即便这样，也不能保证 24 小时无死角守卫。还是有偷盗的现象发生。一些渔民划着小船，总会在深夜 12 点左右来到这里，趁守卫不在或是打盹时，跳入海中。听到这些消息，蒂尔曼·沃特法非常着急，但又束手无策。

焦虑中，蒂尔曼·沃特法终于送走了该死的季风。1999 年 3 月，勿里洞岛海域风平浪静，海景曼妙，风光宜人。他带着探海队伍再次来到这里，进行正式发掘。请来的海底专家潜入海底后发现，"黑石号"沉船已经被毁，只剩下船的龙骨与结构。好在这条沉船深陷海泥，让大部分文物没有受到破坏。他们确认沉船的年代为9世纪上半叶，确认了船上文物来自何处，何时生产。他们从船上起获5万多件长沙铜官窑瓷器，还有数百件河北邢窑白瓷，河南巩县白瓷、白釉绿彩瓷，浙江绍兴的越窑青瓷，广东的青瓷，以及近万件铜镜和刻工精美的金银器物等。

发现"黑石号"是喜事，发掘了大量文物更值得高兴，但当他们将文物打捞上来后，头疼的事又来了。发掘后，改变了文物原来生存的环境，如果保护措施不完善，文物会出现破损和腐蚀现象，有可能会严重影响文物的价值。当务之急是找到非常大的容器，将文物放在淡水中脱盐，但一时半会很难找到足够大的容器。为了保证文物的完整性，他们将分给印尼政府的那一半文物，又买了回来。蒂尔曼·沃特法虽然不苟言笑，但为人诚恳、正派，讲信誉，属于"一言既出，驷马难追"之人。他觉得他们再苦再难，也不能让一条船上的文物分离。

出身于艺术家庭的蒂尔曼·沃特法非常清楚，对于文物的脱盐处理和修复需要一段漫长的时间，更考验他们的耐心。从某种程度上说，这就是对文物进行再度艺术创作。必须找个安静的地方，因为许多人盯着"黑石号"的宝物，更要保证安全。

为了避免对文物"创作"的干扰，也为保证安全，这年5月开始，他们便将"黑石号"上的文物送到了同在南半球的新西兰南岛北端纳尔逊小镇的一处农场。那里地广人稀，没人打扰。那里法律严格，能受到较好的保护。他们找了个荒凉的地方，搭了个木屋，高薪请来专家，开始了漫长而寂寞的脱盐和修复工作。

可是脱盐和修复后的宝物该何去何从呢？蒂尔曼·沃特法知道，文物放在新西兰也只是暂时之计，这里并不是它们最终的归宿。必须找个永久保存的地方。可当时世界经济非常糟糕，投资者拒绝出钱。

事实上，当时的蒂尔曼·沃特法已经到了山穷水尽的地步了。为了打捞"黑石号"，为了清理和修复文物，他和他的探海公司已经亏损 1600 多万美元了。

蒂尔曼·沃特法急需找到投资者，或者说为文物找到东家。

新加坡亚洲文明博物馆的长沙铜官窑瓷器
（"黑石号"出水）

新加坡亚洲文明博物馆的长沙铜官窑瓷器
（"黑石号"出水）

故乡啊，
我要回家

一

　　1999 年，勿里洞岛渔民偷盗的"黑石号"瓷器就悄然出现在了新加坡古玩市场。

　　瓷器精美如新。釉色漂亮，绘图生动有力，画有莲花、椰枣树、烟花，以及各种几何图形。价格却很便宜，一个完整如新的瓷碗也不过新加坡新币 200 元。买家都心有存疑，觉得这不可能是真货，所以大家都不敢买。

　　这一消息，自然也传到了新加坡饮流斋陶瓷鉴赏会会长、东南亚陶瓷学会副主席林亦秋先生的耳里。听到消息，他急匆匆地跑到古玩市场，一看，全是来自湖南长沙铜官窑的瓷器。他也打听清楚了，这些瓷器全部是勿里洞岛渔民从"黑石号"上偷盗的。

"要是被偷光就完了！"作为陶瓷专家，林亦秋无比担忧沉船上文物的命运。于是，他拿起手中的笔，力排众议，写了一篇文章发表在新加坡早报上，并确定这些都是如假包换的好货。稍后，他又在网上发表一篇英文专稿，解释长沙窑瓷器的来龙去脉。

不久后，一个自称尼古拉的德国人找到林亦秋。他是蒂尔曼·沃特法探海公司的代表。尼古拉对林亦秋精通陶瓷非常惊讶，并希望得到他的帮助。尼古拉还说出了他们的现实之难，他们下海打捞一次就要花费几百万美元，包括从印尼政府购买文物的钱，都是他们跟人家借的。他们非常辛苦，急需找到投资商。林亦秋没有拒绝，甚至没有丝毫犹豫。他觉得这是一个陶瓷专家的责任和使命，更何况文物来自中国，他是一名中国人。

个头不高、气质儒雅、善于言辞的林亦秋，祖籍广东潮州。20世纪30年代，他的父母离开祖国，来到新加坡谋生，靠卖菜为生。他们姊妹八个，七个兄弟，一个妹妹，他排行老五。

林亦秋的小学是在南洋工商补习学校读的，家就在红山甘旁，活动范围就是在养猪农户和小山丘之间。中学是在公教中学上的，这是他眼界开阔的一个转折点。这里文化氛围浓郁，前后书局林立，图书馆、博物馆、维多利亚剧院等近在咫尺。他特别喜欢逛书局，除了看书，也可看到许多艺术品，如瓷雕、图画等。他也常到博物馆、维多利亚剧院，参观画展及其他艺术品展。耳濡目染下，他深受影响，对艺术品有了一份热爱。

他大学学的专业是化学，毕业后当起了公务员，在建屋发展局上班。由于热爱艺术，有了收入后，他就不断购买来自江西景德镇，广东石湾，福建德化，广东潮州的瓷雕、花瓶等。但还都限于当代的工艺品，价廉物美。买得快乐，因为看得快乐。

1979 年，他被调到总理公署，负责处理居民委员会的成立与管理工作。一次偶然的机会，他从一个居委会委员家里看到了一批古董瓷器。那些古董泛着一股内涵的美，釉色沉着养眼，光泽柔和如珍珠，深深地吸引着他。就这样，他跟随这位委员学习鉴定古瓷器的方法，也开始迷上对古董器物的鉴赏。

　　他勤读史书，探索艺术理论，遍访名师，也跑遍中国的大江南北，寻找窑址，收集不同朝代及不同省份出产的瓷片，不断揣摩。他还邀请中国陶瓷鉴定或考古大师到新加坡主办课程，开讲座，而且每年最少三至五次到中国不同省份出席国际陶瓷研讨会。既为取经，也把自己的研究心得与专家交流。因为此，他成为国际上有名的陶瓷专家，陶瓷界和收藏界都有很多朋友。

二

　　林亦秋与长沙彩瓷的缘分就这样开始了。

　　2002 年，新加坡一个管文化的高级部长给林亦秋打电话，要他帮忙鉴定"黑石号"上的器物。他欣然接受了这一任务。

　　来到新西兰，见到器物后，林亦秋既惊讶又激动。竟然有如此完整批量的唐代瓷器，真的是罕见。特别是来自长沙铜官窑的瓷器，因包装得好，品相如新。彩绘瓷画上了椰枣树、阿拉伯伊斯兰教经文，以及烟花或花草几何图形。

　　令林亦秋惊奇的是，这些瓷器也有许多画上莲花、狮子及桫椤树的佛教纹饰。佛祖释迦牟尼涅槃时是在两棵桫椤树下，因此桫椤树是佛教的神圣标志。

　　更让他欣喜的是，还有两百多件白釉绿彩的瓷盘和碗，再加一件高 1.058 米的波斯风格的龙形纽头盖大水瓶，完整无缺。这些瓷器上全都刻画了椰枣叶子，以及代表阿拉的菱形或宝石形的框框，独具风格。

鉴定之后，这个部长再次征求林亦秋意见。他对部长说："要买，一定要买，不买会后悔的，请相信我。"

两年后，中国、新加坡、卡塔尔和日本等国都有意征集"黑石号"器物。最终新加坡独占先机，由邱德拔家族捐出巨款，协助圣淘沙集团以 3200 万美元购得"黑石号"几乎全部宝物，并于 2005 年永久落户于新加坡，珍藏于亚洲文明博物馆。

林亦秋在他的《黑石号沉船的唐代国宝》一书中说：

我前面提到的尼古拉先生，虽是德国人，他是从小就居住在新加坡，对新加坡有一份深厚的感情。他一直坚持要我帮忙让新加坡收买这批宝藏，而且必须整批购下，才能让考古研究的工作有个全面系统，也为新加坡争光。为了达到这个目的，他有一次还在我面前激动得流泪。他现在也收藏了一批黑石号沉船的瓷器，据说是他在进行推销这批瓷器时，作为示范用的，也被允许保留下来。他后来还在印尼向渔民买到一个长沙碗，上面竟然绘上一艘阿拉伯单桅船，还有一头摩羯鱼从海里跃起，护住那船。这的确是一件孤品。他把他的收藏称为阿巴斯唐代丝路遗珍。

我最感欣慰的是，我能在这项鉴定与收购的工作上，为新加坡出了一点力。其实国际上的文教界都对新加坡的这批国宝钦羡不已，很想前来一睹为快。当时由于有关的海事法令文件不全，还有研究探讨的资料也还没完成，很难有条件说服新加坡购下。探海公司的负责人差一点就送给拍卖公司去标售，因为他们急于出售这批宝藏。很庆幸的是，经过多方的筹款与集资，结果新加坡最终能以很低的价格全部购下，而且还是邱德拔家族捐款。……新加坡是幸运的。

三

虽然"黑石号"文物最终落户于华人文化圈的新加坡，可那里并非它们的故乡呀！

瓷器确实不会说话，但它们身上的文字却时刻在呼唤世人，它们的故乡在中国，在湖南，在长沙，在望城，那个依然叫石渚的地方。

"故乡啊，我要回家！"这样的心声，或许一直在它们心里涌动，一刻也没停止过。

"一别行千里，来时未有期。月中三十日，无夜不相思。"这不仅是石渚窑工和商人的真实写照，也成了石渚彩瓷的历史写照。

一开始，中国的相关部门和一些文博单位，都在积极奔走，多方呼吁；不论是以蒂尔曼·沃特法为代表的探海公司，还是印尼政府，都希望这批文物回到中国，回到它们的家乡。

2002年11月1日至11月4日，由中国科学院上海硅酸盐研究所和上海古陶瓷科学技术研究会共同主办的"2002年古陶瓷科学技术国际讨论会"在上海市中科院上海学术活动中心召开。他们已成功地举办了1989年、1992年、1995年和1999年古陶瓷科学技术国际讨论会，在历届会议上，都有来自中国、日本、美国、英国、泰国、新加坡、俄罗斯、韩国的专家学者等近百人参加。每次会议，都进行了充分的交流和研讨，并出版了中、英文会议论文集。会后还组织了境外代表进行专业参观和考察。

而这次讨论会上最重磅的消息当然是发现"黑石号"。消息是一个叫陈云秀的女士发布的。她在中国台北故宫博物院工作，当时正在德国留学，并跟着蒂尔曼·沃特法整理"黑石号"文物。她还在会上说，探海公司正在为文物找出路，他们愿意出售。

消息传出，立即在文博界引起轩然大波，各方立即高度关注起来。很快，上海博物馆就派专家前往新西兰参观"黑石号"上的宝藏。湖南的文博专家们更是蠢蠢欲动。第一时间知道这个消息后，当时在湖南省博物馆任职、后担任中国古陶瓷学会副会长的全国著名文博专家李建毛异常兴奋，一边向国家文物局和相关专家汇报，一边起草打报告，希望政府出面将这批文物买回来，不让它们流落他乡。国家文物局和耿宝昌等权威专家都说，应该买回来，建议湖南方面考虑。

李建毛还从陈云秀女士那里得到一份拷贝了"黑石号"部分文物照片的光碟。那天，几个文博界的朋友神秘兮兮地来到李建毛办公室。李建毛小心翼翼地将光碟放入光驱。虽然光碟略有损伤，放起来不是那么顺畅，但并不影响他们对长沙彩瓷的欣赏。他们越看越惊讶，这不都是长沙铜官窑的器物吗？在窑址发掘，几千个上万个瓷器才一个完整的，"黑石号"上的瓷器几乎全部完好如初。他们越看越激动，特别是李建毛更是抑制不住内心的喜悦，历来文雅的他，变得手舞足蹈起来。"建毛，你专门研究长沙窑，为什么还这么兴奋？"一个朋友说。"虽然研究长沙窑，但我从来没有一下子见过成批量的完整的长沙窑瓷器呀。"李建毛说。

李建毛又跟朋友们讲起了"黑石号"上长沙铜官窑瓷器的处境。前两年，印尼渔民拿着瓷器到新加坡古玩市场去卖。刚开始，人们还不认识它，认为从器型上看是唐朝的，但从釉色上看是仿制的。唐代的瓷器不可能还有这么鲜艳的釉色，不可能还有这么完整的器物。即使有人买，他们也就卖几十美元到几百美元不等的价格。说到这里时，几个湖南汉子都悄然落泪。

与此同时，蒂尔曼·沃特法、林亦秋等人也来到北京、上海、湖南等地。他们想让更多的中国政府官员和文博专家了解"黑石号"，走近"黑石号"。他们不仅专程拜访了古陶瓷界泰斗耿宝昌老先生，还将他请到新西兰现场指导。"从中国陶瓷来讲，这是中国古代劳动人民的精心制作，也是对全人类的贡献，可以说是全人类遗留文化之一，应当把中国陶瓷看成是文化的遗物而不能看成是货物。现在看成是货物就不对了，就把它的历史价值降低了。伟大的中华民族、东方巨龙在世界是人所共知的，所以从唐代遗留的这批文物，可以说是中国的骄傲，中华民族的骄傲。""你说你们要送给我一个碗做纪念，我不要。虽然你们打捞属于商业行为，但我们是为了研究中国的古老文化。在这个意义上，我们才参加这项工作，我们对此不求回报。""我希望在我的有生之年能在中国看到这些宝物。"每每回忆起耿宝昌老先生的这些话语，蒂尔曼·沃特法、林亦秋他们的眼里总会噙着泪花。

或许因为经济原因，或许因为认识原因，也或许因为历史机遇吧，"黑石号"上的大宗文物最终没能回到祖国，回到家乡。

"其实当时上海博物馆出的价格比新加坡的还要高，可惜的是他们没有很快决策，程序也过于复杂，而急于出售的探海公司最终选择了决策迅速、办事效率高的新加坡。"林亦秋告诉我。

我 们 回 家

一

"黑石号"上长沙铜官窑瓷器的家应该在哪里？

肯定是望城——湖南省长沙市的望城区，雷锋的故乡。

或许我的认识和理解是狭隘的，但这里是我的故乡，有我割舍不断的情结。即便狭隘，一定是充满真挚情感的狭隘。

这是一片赤诚的土地，这片土地上的人们诚实高尚、勤劳朴实、智慧勇敢。

这是一片经历过千辛万苦并最终走向辉煌的土地。

那个年代，为了生存，为了填饱肚子，他们开展治沩工程，开垦团山湖。

1957年，治沩工程动工。当时正值冬季，最冷的时候取土的地段表面半尺都冻透了，地里的白菜冻成了一个个大冰球，工地旁的小河冰面可以直接走人，大树上粗粗的树枝多数被冰雪压断。雪压冰封持续一个多月，开始整个工程停休，后来，天气越来越冷，再休下去就无法完成任务了，不得不顶风冒雪开工。于是，工地上出现了"抓晴天、抢阴天、大风大雪是好天"的场景。当时望城人少有雨鞋雨衣，为了防雪防风，上工时绝大部分人都穿戴着用麻袋缝成的外衣裤和斗篷，脚上穿着草鞋套厚袜。有时上一天工回来，这些麻袋外装都冻成了十来斤重的"水晶盔甲"，棍棒一敲，厚厚的冰块直往下掉。第二天麻袋外衣上的水汽还没有干，又穿着去上工了。

治沩工程结束后，望城人开始新的战斗——开垦团山湖。他们要将荒芜的湖沼地，变成米粮仓。雷锋与同时代的望城人，共同书写了那个激情燃烧的岁月。在这里，雷锋走上了一个全新的岗位，成为望城第一个拖拉机手，驾驶拖拉机开垦家乡的土地。他潇洒地开着拖拉机在平坦的田地里耕耘，一边招呼着飞来的燕子……

再后来，望城人在改革开放中拼搏，在全面建成小康社会中奋进，把一个贫穷落后的区（县），建设成为美丽幸福富裕的家园。对比2020年，2021年，望城全年地区生产总值增长8.5%，规模工业增加值增长8.0%，固定资产投资增长10%，社会消费品零售总额增长15%，完成财政总收入130.7亿元，增长13.4%，全口径税收收入突破110亿元，连续获评全国综合实力百强区、投资潜力百强区、高质量发展百强区。

她只是湖南的一个缩影，只是中国的一个缩影。

新中国成立70多年来，中国人民勇于探索、不断实践，成功开辟了中国特色社会主义道路，推动中国特色社会主义进入新时代，中国大踏步赶上了时代，中国人民意气风发走在了时代前列！中国人民发奋图强、艰苦创业，创造了"当惊世界殊"的发展成就，特别是千百年来困扰中华民族的绝对贫困问题历史性地画上了句号，书写了人类发展史上的伟大传奇！

望城只是"黑石号"上长沙铜官窑瓷器的小家，从站起来到富起来到强起来的祖国才是它们的大家。

经济在崛起，文化也在觉醒。

雷锋精神、红色文化在新时代得到传承与升华；大力推进古镇文化繁荣兴盛，让湘江两岸坐落着靖港、乔口等六大古镇，享有"一处湘江古镇群、半部湖湘文化史"的美誉。特别是对铜官窑的认识与理解在逐步深入，甚至在社会层面达成了基本理解与认同。

望城区政府更是高度重视长沙铜官窑遗址的保护与开发，前些年，他们投资约5亿元建设了长沙铜官窑国家考古遗址公园，后来又下决心打造了长沙铜官窑博物馆。

望城人在呼唤"黑石号"文物回家，哪怕只是其中极少极少的一部分。

二

虽然蒂尔曼·沃特法将"黑石号"上的大宗文物卖给了新加坡，但根据协议，他也保留了160多件（套），作为收藏和纪念。

随着长沙彩瓷在国际社会影响力越来越大，不少商人开始打起蒂尔曼·沃特法手中瓷器的主意来。2017年初，林亦秋听说这个消息后，他先是给蒂尔曼·沃特法打电话，叫他千万不要卖给商人，如果卖给商人就变成商业行为了，应该卖给湖南卖给长沙，让它们回到自己的故乡。钱不是最重要的，物归原主更有意义。蒂尔曼·沃特法同意了。

接着，林亦秋又给湖南省博物馆党委书记兼常务副馆长李建毛打电话。李建毛一听，既紧张，又惊喜。林亦秋说，这是最后的机会了，不然就后悔莫及了。李建毛说："我非常同意您的观点，应该让它们回到湖南。我们省博已经有几千件长沙铜官窑瓷器了，但可以让它们回到望城。正好望城在建长沙铜官窑博物馆，他们也有这个经济实力征集了。"

李建毛马上就跟望城方面说了，望城方面高度重视，并很快做出决策，务必争取征集到蒂尔曼·沃特法手中的这批瓷器。

三

2017年7月下旬，湖南出现了超历史特大洪水，望城的广大干部群众正在一线抗洪抢险，但时任长沙铜官窑遗址管理处文物科科长的瞿伟却跟随望城区相关领导、相关部门负责人，以及省里的陶瓷专家前往新西兰，商谈征集蒂尔曼·沃特法手中瓷器的事情。他们的任务也非常紧迫，非常棘手。

瞿伟是望城土生土长的干部，个头不高，骨子里有一股子不服输的蛮劲。1996年参加工作的他，最开始在望城文化局图书馆工作，后来局领导对他说，局里准备派他去文管所，具体到铜官窑那边去工作。望城人都知道，那时的铜官窑交通闭塞，与孤岛无异。瞿伟二话没说，收拾行李直奔铜官窑，在那里度过了一段艰难、辛酸而又难忘的日子。后来长沙铜官窑遗址管理处成立，他顺理成章地来到这里，并专门从事文物管理工作。

他是一位很有激情的文物干部，说起铜官窑就热血沸腾，有说不完的话。2017年8月4日我来采访他时，他还有些心神不定。他告诉我，等"黑石号"上的文物回家后，再揭开这个神秘的面纱吧。我非常理解他的心情。一年多后，我来到了长沙铜官窑博物馆。此时，"黑石号"文物早已经回到望城，博物馆也已开馆，瞿伟也无可厚非地当上了馆长。他不急不慢地抽着烟，喝着茶，脸上的笑容也显得非常从容。

他们是从广州飞到新西兰的，飞了12小时40分钟。蒂尔曼·沃特法住在德国汉堡，他们是与他女儿谈的。他女儿叫密密亚，四十出头，高个子，性格开朗，定居在新西兰。她自己在海边开了个小店，做皮划艇项目。看着光亮如新的瓷器依次摆放在地板上，瞿伟他们难掩娘家人的激动，就像在异国他乡与亲人久别重逢。他们表达了自己的意愿，也谈了价格。最后基本达成一致，并签署了一个简单的协议。他们又对文物一一登记拍照造册，并邀请蒂尔曼·沃特法9月底前往铜官窑遗址公园签订文物征集协议。

回来后，瞿伟他们一直通过林亦秋不断与蒂尔曼·沃特法沟通。但他们又遇到了一个棘手的问题——付款。买卖双方签订合同后，采用何种结算方式成为难题。对买方而言，如采取直接汇款，文物古迹远在新西兰，由一名德国个人收藏家所拥有，文物的真伪及是否能顺利出关成为直接汇款的风险所在。而如无相关可信的收款保证，外方收藏家也不放心文物出境。在双方焦灼为难时，中国银行湖南省分行第一时间与政府对接，提出可提供的国际结算产品和建议，双方当场决定以开立进口信用证的结算方式进行处理。中国银行湖南省分行该笔进口信用证的成功开立，为"黑石号"文物早日回归故里搭上了一条横跨大洋两岸的"金桥"。

付款的事办妥了，小"插曲"又来了。9月26日，蒂尔曼·沃特法来到新加坡。晚上，瞿伟突然接到林亦秋的电话，说蒂尔曼·沃特法不来了。这无疑是一盆突如其来的冷水。但瞿伟没有被浇蒙，因为前期比较好的沟通，他们不断通过林亦秋给蒂尔曼·沃特法做工作，终于大家对文物要有好的归属的共识起了作用。

9月28日上午，黄花机场，广州到长沙的航班降落。看到蒂尔曼·沃特法从舷梯走出，瞿伟才总算舒了一口气。那是他第一次见到这个高个子德国人。在随后的七天里，瞿伟一直陪着这个德国朋友，两个人成了很好的朋友。后来，蒂尔曼·沃特法第二次来望城，他还给瞿伟送了三瓶洋酒，是德国白酒，那是他心中最贵重的礼物。

第二天，长沙铜官窑遗址管理处就与蒂尔曼·沃特法在长沙市望城区政府举行了文物征集签约仪式。"我感到非常荣幸能够把唐代'黑石号'沉船的瓷器珍藏送回湖南长沙的原产地铜官窑址。从中国到东南亚海上丝绸之路的这一段一千二百年的往返行程，反映了一种共享文化，互相倾慕的高端工艺艺术及审美观，是不受时光的限制的。我们一直都梦想和期盼，把这段历史遗迹，通过这沉船的发现，永久地保留起来。文化与友谊的传播是没有疆界的。"蒂尔曼·沃特法在仪式上说。

这次国庆节与中秋节仅仅相差三天。这注定是瞿伟和他的同事们一个充实忙碌而终生难忘的节日。

瞿伟陪着蒂尔曼·沃特法和林亦秋夫妇漫步铜官，十里堤岸，外兴窑、贡兴窑、义兴窑等70多处古窑址如珍珠般散落，窑场、码头、空坪里，五颜六色的陶瓷产品俯拾皆是。

特别是谭家坡遗迹馆里，1.4米高的唐代龙窑展现出原汁原味的古代窑场风貌，窑工工作场景塑像结合3D影像播放，还原了从取泥、拉坯、上釉到烧造的生产过程。在这里，向来严肃而又严谨的蒂尔曼·沃特法潸然泪下。

铜官古街，正在建设中的长沙窑博物馆、铜官窑国际文化旅游度假区，以及长沙市、望城区从产业布局、资金投入、财税扶持、人才培养等方面给予铜官古镇建设和陶瓷产业复兴的强力支持，让蒂尔曼·沃特法感到震撼。

…………

四

这年的 11 月 24 日，是星期五，瞿伟再次来到新西兰，正式接文物回家。

这次他是从基督城下的飞机，再从基督城坐汽车去的纳尔逊。为了保证绝对安全，他还请了一家湖南的专业运输公司。飞机运输文物有特殊规定，而新西兰又是个农业国家，不用木制品，只能用航空专用铝箱。铝箱，以及用来做文物防震保护措施的棉花、泡沫、宣纸，都是提前半个月发到新西兰的。第一次来新西兰对文物一一登记拍照造册，既是为了登记文物信息，也是为了量身定制包装箱。考虑到了损耗，飞机飞行时，汽车行驶时，以及搬运时的震动。他对照清单、照片一一核实文物，然后仔仔细细、扎扎实实装好箱。

装箱后，密密亚就陪着瞿伟他们，将文物护送到基督城。到达基督城时，已经是晚上 8 点多了。他们住在一家华人宾馆。房间太小，他们有七八个箱子，华人又热情地将客厅提供给他们。清点文物的时候，对方将两件文物重复数了，导致"少"了一件。于是他们又将一个个箱子重新打开，一件一件地数，最终确定没有少。他们再将文物重新装箱。忙完后，已是凌晨。他们不敢离开文物，就趴在文物旁的沙发上轮流守护。周末，新西兰海关休息，瞿伟只得等待。但他的内心无法平静下来，他恨不得立即将文物带回去。

最后，在密密亚的陪同和帮助下，瞿伟他们到航空公司办好运输单，又到海关办理了相关手续，162件（套）"黑石号"文物便踏上回家的旅途。

从新西兰回国的十多个小时航行中，瞿伟这个五大三粗的湖南汉子竟然思绪万千，感慨万分。刚到新西兰的第二天，他岳父去世了，他悄悄地把悲伤藏在心里。他更多的是想到自己十多年来的文物之路。当年局领导叫他到文管所工作时，他只是抱着干一行爱一行专一行的态度。但没想到十几年过去了，在潜移默化中，铜官窑融入了他的精神世界，变成了一种自觉，一种信仰，一种使命。

"我们回家！"他在心里不停地念着。

文物回到祖国后，瞿伟又到长沙海关将文物接回长沙铜官窑遗址管理处。他与运输公司一一对照，看有无损坏。

12月9日，"黑石号"文物专家鉴定会在望城召开。中国古陶瓷学会会长、河南省文物考古研究院原院长、研究员孙新民，故宫博物院器物部主任、研究员吕成龙，中国古陶瓷学会副会长、福建博物院文物考古研究所原所长、研究员栗建安，河北博物院研究员、国家文物鉴定委员会委员穆青，中国古陶瓷学会副会长、湖南省博物馆党委书记、副馆长、研究员李建毛等权威专家悉数到场。经过鉴定，专家认为：

> 回归故里的这批"黑石号"打捞出水瓷器来源可靠，涵盖了晚唐湖南长沙窑、浙江越窑、河北邢窑、河南巩县窑、广东窑等产品，品种有青瓷、白瓷、白釉绿彩瓷、釉下彩绘瓷、模印贴花

瓷等，品相绝大部分完好，其中不乏精品，对于研究我国唐代多窑口特别是长沙窑瓷器的外销具有重要价值。拟定为一级文物的有15件（套）、二级文物的有81件、三级文物的有60件、一般文物的有6件。

2018年春节前夕，瞿伟又代表望城去了趟新加坡，到了亚洲文明博物馆。他久久凝视着一只青釉褐绿彩瓷碗，凝视着碗上的那14个汉字：湖南道草市石渚盂子有明（名）樊家记。这显然就是人世间最简短而又内涵丰富的长沙铜官窑瓷器传记啊，这显然是一群游子千百年来对故乡最深情的呼唤啊。

在林亦秋的帮助下，他四处游说，想把这只碗征集回来。他动之以情，晓之以理，跟博物馆的负责人谈，跟圣淘沙集团的负责人谈，跟邱德拔家族的代表谈。虽然困难重重，举步维艰，最终也是无功而返，但他依然充满期待与向往。

"这个碗对铜官窑太重要了！这个碗对铜官窑太重要了！"瞿伟喃喃重复自语。

五

长沙铜官窑博物馆是2018年5月正式对外开放的。它是长沙铜官窑陶瓷文化发展史的专题博物馆，建于长沙铜官窑国家考古遗址公园西北角，位于望城区铜官街道彩陶源村。建筑面积为11436.5平方米，布展面积6272平方米，全馆以褐色为主色调，用序厅、千年的积淀、瓦渣坪往事、土火之艺、教育互动区、彩韵唐风、世界的长沙窑等七个展厅诠释出千年的文化积淀。

这里是"黑石号"文物的家，又何尝不是我们的家呀。每次经过长沙铜官窑博物馆，我总会要停下车，整理好着装，在里面聚精会神地看一会。即便我已经数十次地正式而仔细地参观过这里了。每次我都会有不同的认识和理解，特别是坚定了我对传统文化的热衷与追索。

　　它回望过去，也面向未来。

　　它是一种思想和理念的展开。

这是一条
文化　河　流

一

　　不要以为就这样把长沙铜官窑的前世今生弄明白了。没有，还远远没有。还有太多的困惑与不解。

　　铜官窑国家考古遗址公园往北五公里处是铜官古镇，那里是中国近现代有名的陶城，曾经窑火旺盛，现在依然在燃烧。两地距离如此之近，这是不是湮灭在历史长河中的石渚窑场窑火的绵延呢？她们之间到底又存在什么内在联系呢？

　　我一直在心里问自己，今天铜官古镇的窑火是从何而来，又走向何方？

　　有人说，黄巢起义后，石渚窑逐渐衰落，但低档的民间生活用陶的生产仍旧延续了下来。由于铜官一带陶土蕴藏丰富，一直成为

　　　　　　　　　　　　　　　　　　　彩瓷帆影

当地百姓赖以生存的资源。但却很难考证。

> 铜官制陶始于何时，鲜有人知。唯据老窑户收藏之契约，有康熙、乾隆之年号，即铜官陶业之创始必在三百年以前。相传，明末有渔人某远到广东捕鱼，于海滨（想系佛山石湾）学得制陶之法，归而传授他人。于是窑厂林立，陶工麇集，铜官之陶遐迩闻名矣。

显然，1942年湖南省银行经济研究室所编的调查报告《湘东各县手工艺品调查》告诉我们，调查者并不知晓铜官窑的历史，但从中可知清康熙年间铜官确有窑户存在。史载康熙中后期清政府实行"减官窑，兴民窑"的政策，当时醴陵瓷业已经复苏，这势必刺激着有烧窑传统的铜官发展陶业生产。到清末，铜官已有陶工数千人，生产的产品有日用陶、建筑陶和美术陶几大系列，号称十里陶城，成为全国五大陶都之一。民国初年，铜官镇有陶窑160多座，窑工9000多人。其后，陶业生产几经起伏。1949年，镇区商业萧条，只有工商户204家，仅剩陶工700余人。

新中国成立后，铜官陶业迅速恢复，并整合成立铜官陶瓷公司，属于国有企业。1980年，铜官陶瓷公司接受国家科委下达的精细铁炻器科研项目，经数以千次的试验，于1982年成批投入生产，当年就被评为部优新品。这里制作的建筑陶瓷，产品达180多种，其琉璃瓦在国内仍独领风骚。釉色绿如翡翠，蓝似碧玉，黑如油漆，任凭日晒雨淋、严寒冰冻，釉层永不剥落，釉彩永不褪色。人们用这种琉璃瓦装饰于宫殿、楼台、亭阁、屋脊上的龙凤麒麟，檐垛上的鳌鱼玉兔，门头上的雄狮怪兽，既有独特的民族风格、艺术效果，又显得富丽堂皇。

在长沙八一路与车站北路交界的一个茶馆，我拜访了耄耋之年的原铜官陶瓷公司党委书记、总经理罗平章。他是 1988 年去陶瓷公司任职的。他告诉我说，铜官陶瓷公司与唐朝石渚窑肯定存在传承关系，要否定这个观点是不容易的。两个地方都有瓷土、有原料、有木材、有需求，制作技艺上也极其相似，这是共同的基础条件。有可能铜官陶瓷公司继承了唐朝石渚窑的衣钵，却又不在同一个水平线上。铜官陶瓷公司烧制的是陶，或者说炻瓷，而唐朝石渚窑烧制的却是瓷。铜官陶瓷公司生产的是低档的民间生活用陶，包括大缸、罐子、瓦等，制作并不精致，而唐朝石渚窑生产的却是酒具、茶具、文具、餐具、玩具，以及佛教用品等，属于中高档商品，不仅具有时代的创新性，更有世界性的引领作用。

难道是铜官近现代、现当代技艺倒退了吗？

显然不是！

社会环境、历史条件等诸多因素，注定铜官陶瓷公司要走与唐朝石渚窑不一样的道路。虽然不是瓷，也不是以海外贸易为主，但这并不影响它的创新。

铜官陶瓷出奇制胜，各显身手，着力于釉彩艺术效果的追求，精工于装饰技法的创新。这是中国瓷器从唐以后形成的潮流，从中可以看出唐朝石渚窑独步一时的深远影响。

这正说明了唐朝石渚窑的可贵，它的历史价值。它以中国彩瓷先声的身份载入史册，它以其创新、顽强、坚毅的品质，支撑起了属于它那个时代的辉煌，也为后世留下了星星窑火。

或许正如李建毛所说："这是一条文化河流，他们并不是简单地复古，而是不断创新。"

我想，这应该是这条文化河流得以穿越今古、生生不息的原因吧。

<h2 style="text-align:center">二</h2>

创新的意义是永恒的。

而这种"永恒"，在于它有一代延绵一代的传人。

我是在隆冬时节采访国家级非物质文化遗产代表性项目代表性传承人刘坤庭的。长沙正吹着寒风，下着冷雨。来到望城区，经过铜官古镇，沿着湘江继续向北不远，来到誓港社区，在一个叫"窑上人家"的饭店处，拐进一个小巷，往前走约50米，我便看到了"泥人刘"陶艺工作室的牌子。大门两边的外墙贴满了形状不同、色彩各异的陶瓷，扑面而来的是浓郁的陶瓷气息；古朴而沉稳的大门里面，却别有一番洞天，这里原来是铜官镇第四小学，里面很大，有两层，全是陶瓷、陶坯和制作陶瓷的工具，以及操作间里几个正埋头捏泥、拉坯、绘制、上釉的年轻人。

操作间里烧起了火炉，充满暖意。年近六旬的刘坤庭微笑着招呼我坐在火炉边。他是一个儒雅之人。或者说，他更像一个作家，或者画家。这里可是艺术的海洋啊，我漫步其中，被多彩的陶瓷吸引着。在随后的讲述中，我又被他们家族对陶瓷技艺的执着追求深深感动着。

铜官刘姓人家多，是大姓。刘坤庭是地地道道的铜官人，位于袁家湖的刘家大屋是他们家的祖屋。两进两层，全是木房子。他伯爷爷叫刘子恒，大高个，与革命家、湖南著名工人运动领袖郭亮是同学，也跟着郭亮一起参加革命，参加了共产党，搞地下工作，是特派员。这些档案上面都有的。1922年，郭亮陪着毛主席来铜官指导铜官陶业工人开展抗"窑门捐"和"窑货税"斗争，1923年郭亮组织在东山寺成立铜官陶业工会，刘子恒都参加了。后来一个叛徒告密，出卖他们，刘子恒就跑出去几年。坐船沿湘江，过洞庭，上长江，到了武汉，在那里做起了米生意。由于他几年不与党组织联系，又染上了吸食鸦片的不良习惯，新中国成立后又被人说成了叛变，因为此，刘家大屋的人受到很大的政治冲击。特别是刘坤庭的爷爷。再后来，政府给刘子恒平反了，说他不是叛变，是脱离了党组织。

刘坤庭的爷爷叫刘子振。1906年出生，一米七的个头，不胖不瘦，为人随和，但善于言辞，记忆力好。刘坤庭自从懂事起就听爷爷讲，他们祖祖辈辈就在这里做陶瓷，但具体什么时候开始做的，也找不到根源，与唐朝的老窑口有什么关系，也说不出个所以然来。刘子振从小就喜欢捏泥，手上老是拿着一坨泥，一边说着话，一边就在不经意间把与他说话的人的形象和神态捏出来，后来铜官人都称他"泥人刘"。

那时铜官有个"窑状元"，叫胡一顺，擅长做工艺，陶瓷作坊做得大，陶瓷技艺影响也大。他看到刘子振小小年纪就如此喜欢捏泥，还特别有灵性，就收他做了徒弟。刘子振才13岁。"窑状元"收过一些徒弟，但他最喜欢的还是刘子振。

一次，广东一个姓李的陶艺师傅慕名来到湖南，找到"窑状元"。说是来拜访交流，实则是来挑战。李师傅现场捏了一个青蛙，既形象，又可爱。"窑状元"没捏，而是叫刘子振捏。刘子振想了想后，立即捏了起来。不一会，一只癞蛤蟆展现在了大家眼前。李师傅异常惊讶。癞蛤蟆造型生动，身上突起状尤其逼真。要不是背上、嘴下有残，极易误为真癞蛤蟆。李师傅对眼前的年轻小伙刮目相看，离开时，还互相留了通信地址。三年后，李师傅又来到铜官，找到刘子振，互相探讨陶瓷技艺，交流思想，资源共享。后来，他们不仅成为好朋友，还合作了几十年。刘子振的作品正是通过李师傅，带到了东南沿海一带，带到了香港、澳门，带到了东南亚。

后来，"窑状元"去世了。早在去世前，他就将他的作坊交给了刘子振，希望他延续窑火，把窑火烧旺。作坊离刘家大屋不远。不仅有作坊，还有龙窑。刘子振将这个七八十米长的龙窑分成几段，带着自己的几个兄弟继续做。陶瓷不是一年四季都做，因为气候原因，春天和冬天不好做，每年要过了四月八才开头窑。所以刘子振他们既是陶工，也是渔民，或是其他职业者。不光制陶，吹拉弹唱刘子振也是样样精通，他还带着他的兄弟演皮影戏，唱湘剧。所以一到寒冷的冬天，他就带着兄弟沿着湘江演皮影戏、唱湘剧去了，一直演到过了正月才回来。回来的时候，总会挣回一船大米。

新中国成立前，陶瓷制作各自为政，比较分散，龙窑也是一人一段，组合性的。新中国刚成立那会，铜官成立了陶瓷联社，公私合营。整合了资源，将传统的陶艺做得更加精细，进行规模化生产。刘子振也成了陶瓷联社的重点技术人员，他的作品还走进了人民大会堂。但问题也随之而来，规模化生产依赖的是模具，好多传统的手艺开始丢失。

虽然刘子振的陶瓷技艺超凡，却为传承之事犯起愁来。首先是"破四旧"，被抄家，这对刘子振是个不小的打击。但凭着对技艺的热爱，他执着地坚持了下来。可是自己在一天天老去，谁来传承"泥人刘"的衣钵呢。他问大儿子，也就是刘坤庭的父亲。大儿子不感兴趣，当时已经进到铜官陶瓷公司五厂上班了，后来还当上了车间主任。他又问二儿子，二儿子也直摇头。刘子振非常沮丧，甚至对"泥人刘"的未来充满担忧。

渐渐地，刘子振便把视线转移到孙子刘坤庭的身上。刘子振发现这小家伙对玩泥巴感兴趣，还有模有样。"说不定是块搞陶艺的料呢。"他在心里想着。刘坤庭从小就喜欢跟着爷爷跑，自从他能走稳路了，爷爷就教他捏泥巴。

首先是搓"鸡蛋"。所谓的"鸡蛋"其实是人物雕塑的头部。搓得好，刘子振就奖给孙子两粒糖。孙子越搓越来劲，等到上小学的时候，就搓得非常娴熟了。能搓好"鸡蛋"之后，便开始捏五官。五官能捏好后，再捏身体。对着口诀来捏：行七（站起来是七个头高）坐五（坐着是五个头高）跪三半（跪着是三个半头高）。然后是喜怒哀乐各种表情和高矮胖瘦各种形态，以及老中青幼各个年龄段。整个过程一步步深入，持续的时间也很长。

渐渐地，刘坤庭对泥性相当熟悉，能在手里随随便便捏出个人来。但要捏出各种动物来，还需要平时注意观察生活，掌握动物的基本形态特征。于是，他开始认真观察猫、狗、鸡、鸟等动物的生活习性，神态特征。有时候，他边看边捏。越捏越像，越捏越逼真。龙窑点火开烧时，他便把捏好的小动物扔到里面，烧出各种各样的动物来。烧出来的小麻雀，活灵活现，招人喜欢，还吹得响。拿到学校，同学们都抢着拿糖跟他换。

除了捏动物，刘坤庭还拉坯，还晒坯。不光他做，在不上课的时候，他和两个妹妹都得帮着做。最多的时候，一天时间里，他跟着母亲做了 500 个蒸钵，用掉 1500 斤陶土。由于经常晒坯，小小年纪的他总是晒得背上出油，晒成了古铜色。

1979 年的一天傍晚，刘子振工作的美陶厂（后来改为陶瓷研究所）经理来到他家，看到满屋子陶器，并且全是栩栩如生的小动物，非常惊讶。经理问这是谁做的。刘子振指了指正埋头捏动物的刘坤庭说："我孙子做的。"经理问："多大了？"刘子振说："不到十六岁。"经理说："这伢子可以啊。"刘子振说："他不蛮想读书，但喜欢搞陶艺，悟性高，手性也好，学什么像什么。"经理说："是个人才，明天到公司来做点东西看看。"第二天，美陶厂领导现场观看刘坤庭做了陶器后，一致同意要将这个伢子特招进厂。

于是，刘坤庭成为国有企业的一名正式职工，并跟着爷爷学徒。不久后，铜官陶瓷公司将有发展潜力的年轻陶艺人员送出去学习。刘坤庭被送到了位于浙江杭州的中国美术学院。他有幸碰到了著名雕塑家、美术家周轻鼎。周轻鼎是湖南安仁人，24岁考入上海美术专科学校，后东渡日本留学，继而前往法国勤工俭学，先在巴黎高等美术学院雕塑系罗丹的学生让·布舍门下学习雕塑，再到里昂专门学习动物雕塑，并在法国学习、生活、工作达15年。1945年12月回国。他是我国动物瓷雕的奠基者。"文革"中他苦心建造的动物雕塑几乎全部被毁。"文革"结束后，性格固执的他依然陶醉于动物雕塑。他主要通过动物的眼、嘴、耳、尾捕捉动物表情，表现动物或凶猛或善良或和顺或可爱的性格，自然而然流露出一种诗情。在瓷塑动物中他又巧妙地将物形与色釉融一，别有一番情趣。

刘坤庭在杭州学习时，周轻鼎虽然已经是一位八十多岁的老人了，但却让刘坤庭感受到了艺术的辽阔。刘坤庭说，周老师毕生致力于动物雕塑的研究、创作和教学，并在这一领域取得了引人注目的成就。他承继了法国写实的雕塑传统，在创作与教学中重视师法自然，再现动物的生动神态，表现它们的生命力。他的作品力求形神兼具，不尚藻饰，于轻松中显示力量，在似乎漫不经意中表现情感和诗意。周老师还具有中国金石书法方面的修养，讲究在雕塑创作中洗练语言，以少胜多，生动自然而有趣，不流于学院式的呆板僵化。所以刘坤庭现在做陶艺动物雕塑作品，都是现代雕塑和传统陶艺的融合。

周轻鼎对长沙铜官窑充满向往，不顾年迈，跟着刘坤庭来到了铜官。看了唐朝的古窑址，古窑址发掘出来的各种瓷器，又深入了解了铜官镇上陶瓷技艺的制作，他深受震撼与感动。他在这里一待就是八个月。特别是他与比他小10岁的刘子振一见如故，相见恨晚。他们在一个工作室探讨陶瓷技艺，甚至睡在一个房间。他们在一起，似乎有说不完的话题。他们探讨现在铜官的陶瓷该如何像唐朝石渚窑场的瓷器一样，走出湖南，走向全国，走向世界。有时，他们也各讲各的故事。周轻鼎讲他留学时的故事，刘子振讲他制作陶艺又打鱼、唱戏的故事。

周轻鼎非常喜欢刘坤庭。他对刘子振说，能不能把坤庭同学过继给他做孙子。刘子振笑着说："周老师，您就莫开玩笑了，您这大城市里来的，哪看得上我们这乡巴佬。"周轻鼎说："我是认真的呢，坤庭同学不能守在铜官，应该多出去见识见识，要出国留学。"见周老师是动真格的，刘子振也说出了心里话，坤庭这伢子只适合做点陶瓷技艺，出去了怕他水土不服。就这样，刘坤庭最终留在了铜官。"周老师离开铜官时，我爷爷精心做了一个小泥塑送给他。周老师也送了一个小泥象给我爷爷，我记得很清，有五十厘米长，三四十厘米高。周老师还送给我和爷爷一人一副对联。我和爷爷一起，把周老师送到长沙，送到湘江宾馆。因为周老师是一级教授，是上面安排的，住在湘江宾馆。我和爷爷在附近找了一家小旅馆住下。几年后，周老师去世。而我爷爷，上班上到83岁，活到86岁。"刘坤庭说。

此后，随着改革开放的深入，古老遗址重获新生，特别是很多地方都开始恢复文物古迹。既通雕塑又精陶艺的刘坤庭，迎来了绝佳的机遇。但最终，他选择留在铜官。可是选择留下的他，还是见证了一个事实：不能适应市场经济的陶瓷公司，最终被市场无情淘汰。但他还是没有离开铜官。他选择在家里创业，始终没有放弃祖上传下来的陶瓷技艺。但市场的萧条，让他的坚守也变得艰难。那是他陶艺生涯最为迷茫的时期。"铁饭碗"没有了，市场没有了，他不知道陶瓷的前方在哪里。1992年一个在广东汕头开了陶瓷厂的老朋友打来电话，要他去汕头，不仅工资待遇高，还专门给他设立研发的工作室。一开始，他非常反感和拒绝。他不想离开铜官。老朋友不断给他做思想工作，介绍沿海一带陶瓷的发展行情。但他还是没有为之心动。最后老朋友亲自来到湖南，来到铜官。他最终被感动了。在汕头一待，就是十年。

但刘坤庭始终牵挂着故乡，牵挂着铜官的龙窑和陶瓷。他总觉得，离开铜官，他的陶瓷便失去了根基，丢掉了灵魂，没有了方向。朋友和客户们纷纷建议他遵循自己的内心，回铜官去。2002年，在铜官镇最冷清的时候，他回来了。镇上的房子已经破旧不堪，风雨飘摇，街上很少见到年轻人。老人们更是叹息着对他说："你在广东发展得那么好，还回来干什么？"刘坤庭微笑着说："我回来做艺术陶瓷。"老人摇着头说："在铜官能做出什么名堂来？"他知道，这可能是寂寞与孤独的坚守。

他从培养年轻人开始。他在袁家湖租了一个私房，招了三十多个学徒，大部分是高中毕业。基本功掌握后，他就开始接一些小的订单，并带着学徒一起做。但市场不好，一直亏。后来，他又与一个伙计合伙承包了铜官陶瓷公司七厂，专门生产艺术陶瓷。还是亏。刘坤庭不断反思。他是个做工艺的人，对市场把握不好，可能不适合大工厂发展。

"这样下去可不行，在广东辛辛苦苦攒的钱全部会亏完的。"妻子也向他发出警告。刘坤庭意识到，时代不同了，做陶瓷的理念也不同了，以前的大规模、大批量生产可能不适应了，现在更加注重个性化产品了。于是，他决定小规模生产，烧小柴窑，研发有创意的陶艺品，走艺术化的路子。于是，他咬牙买下已经废弃的铜官镇第四小学和铜官镇老电影院，一个当作"泥人刘"陶艺工作室，一个用于销售。这也是铜官镇上第一家陶艺工作室。但现在，整个镇上注册的陶艺工作室已经有近三百家了。

他的坚守，也迎来了机遇。随着人们生活水平的提高，陶瓷用品和摆件开始走进千家万户，特别是仿古陶瓷非常受欢迎。同时，望城开始打造湘江两岸的古镇，来这里参观旅游的人越来越多，铜官古镇由门可罗雀变成了门庭若市。最开始他做仿古陶瓷，后来又做陶瓷餐具，再后来他又发挥自己的长处，加点动物雕塑。他的陶艺品越做越高端，甚至发展成花瓶花器。市场也从长沙走向北京、上海、广州等地。而他当年招的那帮学徒，也成了复兴铜官陶艺的中坚力量。他们大都创立了工作室。他们之间既互相探讨，也互相帮助。刘坤庭要是接到大一点的订单，就分给各个工作室做，既保证了速度，也保证了质量。

让刘坤庭欣慰的是，铜官的陶瓷回归了。望城区政府实施了复兴陶瓷业的计划。政府高度重视陶瓷业的发展，只要有人想做陶艺品，他们就想尽办法找地方、腾地方；鼓励陶瓷艺人走出望城，走出湖南，走出国门，到外面去参展，去角逐；提供创业基金，对于做得好的，还给予奖励。于是，一大批陶瓷艺人来到了铜官逐梦，老厂房重新热闹起来，陶艺市场越来越活跃。

而最令刘坤庭高兴的可能还是儿子刘嘉豪对陶艺的热爱与追求。

1993年出生的刘嘉豪一直很忙，我在采访时，他还一直在外面忙碌。直到天快黑时，他才急匆匆地来到他父亲的工作室。他是一个思维活跃，敢闯敢拼的年轻人。

最开始，刘坤庭非常担忧。虽然刘嘉豪出身于陶瓷世家，从小就开始玩泥巴，爬烟囱，但刚上大学时，他做的却是导演梦。他一心想考中央戏剧学院，后来考试失利，加上刘坤庭的及时引导，他的心思才回到陶瓷上面来。大学美术专业毕业的他，最终选择回铜官，和泥巴与寂寞打交道，传承陶瓷艺术。

他深入研究和学习古代铜官窑陶瓷艺术，鲜活再现世界陶瓷釉下彩的魅力。他成了镇上陶瓷老匠人家中的常客。他将古代铜官窑陶瓷艺术与现代结合起来，将湖湘特色与外省元素，甚至世界元素结合起来。他还去景德镇等地学习陶瓷艺术。他积极在相关学校开设陶瓷课程，推广陶瓷艺术，希望陶瓷艺术后继有人，为振兴陶瓷艺术尽绵薄之力。

有一个故事更加坚定了他的选择。

2018年夏的一天，一个高高瘦瘦的英国女孩漂洋过海，慕名来到铜官，找到刘嘉豪，说是要学习铜官陶艺。刘嘉豪很是震惊，问她为何想着学陶瓷艺术。女孩说，20岁时，她出了一场车祸，变得很自闭。后来她偶然到一个陶瓷体验馆学做陶瓷，不仅找到了艺术的意义，也找回了生命的价值。她的孤独症治愈了，也爱上了陶瓷艺术。刘嘉豪又问她，为何想着来铜官。女孩说，是"黑石号"上来自长沙铜官窑的瓷器，让她看到了穿越千年的艺术魅力。

刘嘉豪的"泥人刘柴烧"做得风生水起，甚至获得过国际柴烧艺术节二等奖。如果说刘坤庭的陶艺创作偏造型的话，那么刘嘉豪的创作则是探索造型与器皿相结合。他不墨守成规，更加注重创意，讲究品牌与非遗相结合，探索新工艺。他的《归来》，根据铜官窑的一个传说创作而成。唐朝时，男窑工当兵打仗去了，女窑工在家既要做陶瓷又要照顾孩子。但男窑工一直牵挂着家里，既要像狮子一样勇猛打仗，又要像狗一样顾家，既像狮子又像狗。这是女窑工的寄语。他的《边城》，则重点塑造了翠翠的形象。他的心思不在把作坊做得多大，产值多少，工人多少，而是在于如何传承和创新好"泥人刘"这一品牌，注重艺术和审美的呈现。

与他父亲不一样的是，刘嘉豪还擅长探索市场。"昨天我就跟一家文化公司谈合作，我们想通过玩泥巴，加一些历史剧的桥段，制作关于铜官陶瓷的视频，更广泛、更鲜活地推广铜官陶艺。"刘嘉豪说。

刘嘉豪的妻子叫张琴，张家界人，土家族女子。她也做陶瓷，但侧重点在宣传推广方面。

夜已经深了，雨依然下个不停，天更加寒冷了。可是我很难从"泥人刘"的陶艺世界走出。

三

冬天的早晨，铜官古街细雨绵绵。

或许是天气寒冷，也或许是因为时间太早，古街上还冷冷清清，几乎看不到行人。我走进古街，漫步雨中，独自观赏着由陶瓷建成的各种各样的房子或是围墙，以及外墙的装饰。古街上，除了少数饭店，其他大都为陶瓷店或陶瓷作坊，还有如湖南铜官陶瓷行业协会、长沙市望城区陶瓷艺术家协会、文星书画院创作基地等机构在这里挂牌。

在"守风亭遗址"处，我不由自主地轻轻地停下了脚步。这里摆放着一条破旧的小木船，是原来湘江船只停靠铜官的一个码头。其实原来铜官古街靠湘江的房子都是吊脚楼，只是后来围湖造田，不少湘江的滩涂都变成了稻田。公元769年（唐大历四年），杜甫带着他的家人从岳阳南下，途经铜官时，忽遇大风。于是，他们便在这里避风。在避风时，杜甫写下了这首千古流芳的五言律诗《铜官渚守风》："不夜楚帆落，避风湘渚间。水耕先浸草，春火更烧山。早泊云物晦，逆行波浪悭。买来双白鹤，过去杳难攀。"后人为纪念杜甫，便在此修建了一座守风亭，并将杜甫的这首诗刻在了上面。

陶瓷店相继开门了，店主们纷纷摆弄着店内的陶瓷，也有的将陶瓷搬出，整整齐齐地摆放在门口。我听到了清脆的陶瓷敲击声，越来越多，也越来越大。我为之振奋起来，我知道，这是古镇象征着生命力的声音。

我在一个挂着"广华鑫"牌匾的二层木屋前停下，一个中年男子微笑着迎了上来。他正是我要采访的主人公，另一位铜官陶瓷非遗传承人刘志广。这里是刘志广的陶艺工作室。有手工作坊区，有烧窑区，有展示区。楼上楼下都放满了陶坯与陶瓷，琳琅满目。

刘志广的妻子叫陈月华，是个贤惠能干的女子。我和刘志广的对话，就在她亲手泡的热气腾腾的芝麻豆子茶中展开了。

刘志广说，他认真看过他们刘家的族谱，记载做陶瓷的只能看到前六代，也没有记载从哪里来。清朝的时候，他的太高祖刘定国，用150担谷在铜官买了两个窑厂和一条龙窑，并以"国"字为号，叫国兴窑。但后来到民国的时候，他的爷爷辈将窑厂和龙窑卖了，并用卖来的钱，在铜官街上买了三间门面，取名：刘鸿丰装潢铺。主要业务有：做窑上大型器物的画工，装裱、画像等。

新中国成立后，刘志广的父亲一开始到了陶瓷联社，后来他到了综合厂，在那里做陶瓷工艺。虽然刘志广的哥哥在陶瓷公司八厂上班，但兄弟中真正传承祖辈的陶瓷工艺的只有他一人。刘志广从小就喜欢涂涂画画，很小就跟着父亲做陶瓷工艺。1982年，他正式开始制作陶瓷。后来，他在装饰公司和广告公司做过，再后来，他南下打工，也是做陶瓷。

2005年，对陶瓷工艺情有独钟的刘志广选择了回到铜官，虽然当时陶瓷公司不景气，铜官古街一片萧条。回来的头两年，他就关着门在屋里摸索。没有开门，开了门也没人进来。好在有政府鼓励他们，想打造陶瓷一条街，复兴铜官陶瓷业。但一开始，政府也就只能一年补助800块钱的茶水费。

当时古街破败不堪，大多数房子都废弃了，有的倾斜了，有的漏雨了，甚至有的坍塌了。刘志广手里的钱不多，只能对房子进行简易的装修。当时主要做长沙铜官窑的仿古陶瓷，虽然先辈们在1200年前就制作出来了，但今天要做好，也不是件容易的事。他知道，传承也是一种创新，因为那些技艺对于现代的人们来说，是未知的，或者已经失传了。资金短缺，销路不宽，还要花大精力研究探索。那是刘志广最艰难的时候。

刘志广说，仿古从手法制作上说，要高度吻合才行。首先是拉坯。唐朝石渚窑的拉坯手法与其他地方不一样，一次拉成，不修坯，也不利坯，并且坯体只有2到5毫米厚。一次性就要拉那么薄，这需要陶工有相当高的拉坯水平。所以练就坚实的基本功，是每个陶工的必修课。

　　其次是着色。刘志广虽然知道唐朝石渚窑工是用的铜和铁做原料，试烧的时候用液化气氧化焰窑炉烧制，但还需要配什么材料，如何把握颜色，需要通过多次试烧，才能达到唐朝器物的色彩。这个摸索过程既枯燥又烦琐，更需要耐心。他经常深夜一两点还在烧窑，甚至是通宵。他要随时掌握窑炉焰火的变化情况，就像坐在汽车上要紧握方向盘一样，如果不掌握，心里就没底。特别要研究窑炉的变化。唐朝石渚窑主要是褐绿两彩，铁烧出褐彩，铜烧出绿彩。其他 13 个彩也是由这两个彩转变而来，在窑炉的气氛中变化产生。绿色可以产生红色、玫红色、棕红色、蓝色、湖蓝色，也可产生深绿和草绿色，铁可以产生绿色、褐色、黄色、酱色。唐朝窑工是无意中烧成的，而刘志广的试烧却是刻意要产生的。"生在泥釉，死在烧中。""烧窑打豆腐，称不得老师傅。"这些都是说的烧窑的难度。陶坯在没烧前都精致漂亮，一旦进到窑内的火中就不好说了。即便再有经验的师傅，也没有百分之百的把握烧好，因为会有窑变。他必须认真观察，他必须冥思苦想，来控制窑炉内的气氛。这需要无数次的探索，需要多次失败的教训。

　　渐渐地，刘志广能比较稳定地掌握窑炉内的气氛了，技术越来越娴熟，成品率也越来越高了。现在已经不再是单一的仿古了，包括现代茶器、工艺品、家族装饰、雕塑等都能做了。但仿古产品仍是他的主导产品。

　　他还参加全国各地举办的非物质文化遗产活动，展示铜官陶艺。铜官陶艺有其独特性，而最大的独特就是快。其一是拉坯快。有的拉坯要拉个把小时，他们几分钟就拉好了。其二是画画快。他往那里一站，两三分钟就画出个小动物来，简练明快，有展示性。

作为铜官陶瓷非遗传承人，刘志广有四个方面的代表。第一，能代表一段历史。他的仿古产品，一看就知道是唐朝石渚窑的制造方式。第二，能代表一段文化。唐朝的诗文、绘画形式，人文环境，以及外销的阿拉伯风格，都能鲜明地体现出来。第三，能代表一种精神，至少是工匠精神。自从他懂事开始，就开始孜孜不倦地搞陶艺，几十年从来没停过。一辈子只干一件事，这就是一种精神。第四，能代表一个行业。他能熟练掌握铜官陶瓷工艺的24个工序流程，包括采矿、运输、配土、碎土、练泥、拉坯、晒坯、绘画、施釉、装窑、烧窑、出窑等。

"铜官窑现在后继有人了。"刘志广微笑着对我说。现在不仅买陶瓷的人越来越多，对陶艺感兴趣的人也越来越多了。他一儿一女，都跟着他学陶艺。女儿叫刘玢婕，不仅自己创作作品，还在铜官古街的街口开了个叫"守陶人"的陶瓷店。儿子叫刘重文，在益阳工艺美院学习，既传承传统陶瓷工艺，也探索现代工艺。"广华鑫"对面，也是刘志广的一个陶瓷店，是他侄女守在店里。

刘志广还带了很多徒弟，他们不再是传统意义上的窑工了。有的是大学生，他们学习陶瓷制作方式，是为了传承和发扬这一技艺；有的是企业高管，他们放弃工作来学习，是为了追求艺术的感受；有的是公务员，他们在业余时间来学习，是为了缓解工作的压力；有的是其他窑口的年轻人，他们不远千里来学习，是为了拓宽他们的艺术视野。虽然他们年龄、职业、地域等都不一样，但目标相同。

"这个大缸是唐朝的。"刘志广带我来到一楼的陶瓷展示区，指着一个大缸说。我非常惊讶，还有保存得这么完好的唐朝陶大缸吗？他说，在铜官镇中学附近发现时已经破损，他进行了修复。其实大缸的制作并不算精致，甚至有些粗糙，但这个大缸完全体现了唐朝开放包容的文化，体现了中国传统文化与佛教文化的融合。同时这也说明，唐朝石渚窑场烧制陶瓷时，从这里往北五公里处的铜官古镇附近也是窑火通明。我看到大缸四周有荷花，还有螃蟹的图案，寓言着"和谐"。

在刘志广的"广华鑫"，我还看到一个梭式窑和一个龙窑。龙窑有七八米长，还是烧柴的，可以用窑表测试温度。但主要还是烧窑人用眼睛看，表只是一个参考。

龙窑上摆满了干柴。它们似乎在讲述铜官陶瓷的悠久历史和艺术魅力。

享受　　快乐

　　那天下午，我在长沙东二环的湖南美术出版社拜访了邹敏讷老先生。湖南衡阳人，1947年出生。满头白发的他，依然精神矍铄，也非常热情。曾担任湖南美术出版社编辑、室主任、副社长、编审，与湖南著名的考古学家、陶瓷研究专家周世荣老先生也是忘年之交，周老先生后期多本湖南古陶瓷的著作均由他编辑出版。他还一直笔耕不辍，创作了大量的版画、水彩画和插图，出版了数本文化艺术类的著作。说起长沙铜官窑和那里生产的瓷器，他立即来了兴致，滔滔不绝地讲了起来。

　　"我收藏与研究长沙窑的过程，就是享受快乐的过程。"他说。

　　邹敏讷最早看到长沙铜官窑瓷器是在20世纪80年代初。有天，一个朋友告诉他说，五一路韭菜园的省文物商店可以买到长沙窑的瓷器。他跟朋友跑到那里一看，对方拿出一盒长沙窑的"小麻雀"来，稍有破损，两角钱一个。他们问，还有没有好一点的。对方说，那要五角钱一个。说着，对方拿出了相对完整的"小动物"，以及其他的长沙窑瓷器。而这些文物大都是铜官一带的农民拿过来的，是一箩筐一箩筐地挑过来的，像卖白菜一样卖给文物商店或是文物贩子的。除了"小动物"，还有碗、壶和罐子等。但大都是残次品，完整的精致的瓷器早在1200年前就已经通过扬州或是广州出海，到达异国他乡了。当时邹敏讷的工资虽然不高，只有30多块钱一个月，但他还是咬牙买了好几个，他如获至宝，与其好像有一种与生俱来的邂逅，也从此开始了长沙窑瓷器的收藏与研究之旅。

最开始，他就喜欢收藏带字画的长沙窑瓷器，比较完整的器物很少，带字画的就更少，而且太贵。他只好收集上面有字画的残片，遇到这类瓷片，他就收藏，不论钱多钱少。有次，邹敏讷在清水塘古玩市场碰到一个姓王的老人。老人手里有一个瓷枕，底下全坏了，只剩下一块瓷片，但瓷片上还留有一幅很完整的画。水边的三枝芦苇迎风摇曳，一只小鸟栖于其上随风摇摆，仍神态适然，远处是大片留白。画面构图疏朗，动中有静，既有美丽的风景，也有灵动的小鸟。老人知道邹敏讷收藏带字画的瓷片，便问他收不收。当时一般的瓷片大都为几十块钱一块，但老人一开口就要价500块钱。让老人颇感意外的是，邹敏讷却一口答应了。他对老人说，我口袋里只有470块钱，就470吧。老人异常惊喜。

"虽然我买的只是一个瓷片，但瓷片上有唐朝先民留下的艺术作品，我不是收藏文物，是珍爱艺术与文化。"邹敏讷告诉我说，"几年前有人出了上万元的价格买它，但我没卖，舍不得，只要看着瓷片上的那幅绘画，我就仿佛走进了千年前的窑址，眼前是天水相连的湘江之畔，还有芦苇、小鸟……心中有种说不出的喜悦。"

社会上，甚至是国际上，对长沙铜官窑的广泛认识，还是"黑石号"的出现。几万件如此精美的彩瓷在一条阿拉伯的商船上出水，惊艳世人。这是长沙铜官窑的重要转折点。也是从那时开始，包括文博界的专家学者周世荣、萧湘、李建毛等，还有李效伟、邹敏讷、刘美观、吴跃坚、王跃、覃小惕、林安等在内的长沙铜官窑研究者和收藏者，更加深刻地认识到长沙铜官窑的价值与意义，都觉得应该为此做点什么了。

2002 年底的一天，时任湖南美术出版社社长的汪华对邹敏讷说，他有一个朋友，叫李效伟，这些年来一直倾心研究长沙窑，收藏长沙窑的瓷器，他想出本长沙窑的书。邹敏讷说，那是好事啊，怎么不可以呢？于是，他认识了李效伟，并给他编辑并出版了《长沙窑·大唐文化辉煌之焦点》。也是这次编辑，让他们擦出了灵感的火花，他们打算编辑出版一套多卷本的关于长沙铜官窑的大著。全书以长沙铜官窑的文化艺术价值为重点，能够比较全面、科学而又权威反映长沙铜官窑在国内外的研究成果、现状以及发展的趋势。这套书肯定是图文并茂的，以图片为主，这是湖南美术出版社的强项。邹敏讷在进行一番调查了解后，提出这一重大选题，并得到汪华的大力支持。虽然编著这套书需要投入巨大资金，花费巨大人力，但他们觉得值得付出，值得投入。出版前他对选题的重点、规模、结构做了多种设计，在周世荣先生、李建毛先生的帮助下，确定了全书的卷数，包括每卷的目录。

为编好这套书，邹敏讷他们几次前往新加坡商谈"黑石号"的版权，还邀请最熟悉了解长沙铜官窑的专家参加编写。李建毛、周世荣、萧湘负责综述卷的主要撰写，丁送来、万建新、龙伟清、佟华、李赛明、郑世俊等人负责图边文撰写，周世荣、王跃负责插图，王晓涛、邓明亮、申献友、刘伟、李国安等人负责图版摄影，林亦秋负责英文翻译。时任总编室主任的熊英负责近50位顾问、编委、撰稿、摄影等的联系，每天电话信息不断，组织多次编委会，很累，但她很高兴。从此她爱上了长沙铜官窑。

谁来当这套书的主编呢？最开始想到周世荣，或是李建毛，但他们都谦虚，互相推托，觉得请一个更大的陶瓷专家当主编更好。于是，他们将目光投向了北京，找到了北京故宫博物院研究员、中国古陶瓷研究会副会长李辉柄。他是我国著名的古陶瓷研究专家，也是最早研究长沙铜官窑的专家之一，祖籍还是湖南临澧的。接到来自家乡的邀请，李辉柄无法拒绝。时任湖南省博物馆副馆长的李建毛本人也是中国古陶瓷研究会的副会长，在他的参与下，请了中国古陶瓷研究会名誉会长耿宝昌作序言，又请了耿宝昌、汪庆正、王莉英、张浦生等中国古陶瓷权威专家担任顾问。

历经数易其稿，反复打磨，2年多后，三卷本的《长沙窑》终于在2004年12月由湖南美术出版社出版发行。该书2006年荣获首届中华优秀出版物（图书）奖。

也就在此时，长沙窑研究会应运而生。一批了解长沙窑、热爱长沙窑的文博专家、研究者、收藏者汇集在一起，共同守护长沙窑，不断挖掘其艺术价值和历史地位。

熟悉邹敏讷的人，或是来过他家的人，无不惊讶与钦佩。惊讶与钦佩的不是他拥有多么丰富的收藏品，而是他对历史与文化的那份赤诚。

快乐源于哪里？

源于对某种事物一种深刻的认识和理解，内心深处那份可贵的责任与担当。

长沙窑
就像
一位 湘妹子

一

林安几乎天天都在为长沙铜官窑奔走呼号。

国庆假期间给他打过电话，但他正带着"黑石号"沉船出水的几件长沙铜官窑瓷器在位于奥地利的维也纳联合国城进行艺术品鉴会，忙得不亦乐乎。虽然忙碌，但他依然耐心地告诉我，长沙窑瓷器在维也纳引起了较为强烈的反响。参观的有官员，也有普通民众；有华人，也有外国人；有中文报纸，更有外文报纸。学生占了很大比例。那里安检非常严格，牛仔服上的铜钉都不行。对他的采访不得不一拖再拖，直到年底。

个儿不高的林安是长沙本地人，却从小不能吃辣椒，成了亲戚朋友圈不大不小的一个"笑话"。虽然他成为知名的长沙铜官窑收藏研究学者，但他的本职工作却是一名电力工程师。

一见面，林安就首先讲起前不久在奥地利维也纳所经历的热气腾腾的故事。

他在长沙河西的麓谷有一个五层的自建房，总共有 500 多个平方。他拿出两层做私人收藏屋，主要是收藏长沙窑瓷器。不光收藏，还展览。随着知名度的提高，来这里参观的人越来越多，特别是国外的文博专家，先后有 30 多个国家的专家学者来此参观过。他的收藏屋，也是长沙窑的一个小小窗口。

2010 年，一个叫于峰的奥地利华人就来参观过他的收藏屋。于峰对长沙窑瓷器既惊讶，也赞叹。1962 年出生的于峰，是山东济南人，中等个头，偏胖，头发长长的，一看就是艺术家。他毕业于景德镇陶瓷大学，对长沙窑一直有关注，业余时间从事美术创作。后来，他留学奥地利，并最终留在了那里工作。

2015 年 9 月，于峰给林安打电话，说联合国维也纳办事处想开展一次关于中国的有文化内涵的展览活动，既能代表中国的独特文化，也能突出走出去的思想。他马上想到了长沙窑，想到了林安。"黑石号"上的瓷器不仅体现着中华民族博大精深的历史文化，也见证了中国古代的海上丝绸之路。既有文化价值，也有历史价值，还有现实意义。能不能在联合国维也纳办事处办个长沙窑的展览？办事处有来自世界各地一百多个国家和地区的六千多名官员。林安一听，立即表态，积极响应。能让长沙窑走出国门，向全世界介绍其独特的魅力，当然愿意。

为了促进此次展览的成功举行，林安和于峰都互相来回跑了一趟，就一些细节问题进行商谈，并最终达成一致。

2018 年 10 月 4 日，丝路明珠"黑石号"——唐代长沙窑陶瓷艺术品鉴会在维也纳联合国城举行。这个活动，吸引了在联合国和各国际组织工作的中外职员、家属和生活在奥地利的华侨华人争相前往，一睹珍贵唐长沙窑瓷器的真容。

利用这次机会，林安还去了德国、法国、匈牙利等国家。

首先去的德国。他早就听说德国斯图加特林登博物馆收藏了一只长沙窑青釉褐斑模印贴花椰枣纹壶。他徘徊林登博物馆，认真端详着这只远离家乡的瓷壶，一直将它的特征深深印入自己脑海才离开。

接着又去了法国。早些年，林安在法国的同学就告诉他，在巴黎八区的赛努奇博物馆有几件长沙窑的瓷器。他跑到那里一看，有六件长沙窑瓷器，有壶有罐有枕头，还有小动物。这时林安才知道，原来这是一家以人名命名的博物馆。亨利·赛努奇1821年出生于意大利米兰一个名门贵族家庭，1871年到1873年，他和好友进行了他们的亚洲之旅。他们来到中国时，正值清朝中后期。他们来到了扬州、广州、西安等地，收购了许多青铜器、字画、玉器、瓷器等文物，也包括当时还不知道出自何窑口的六件长沙窑瓷器。最后，亨利·赛努奇决定建立赛努奇博物馆，将自己收藏的所有东方古文物藏于此地。

"我不通中文也看不懂汉字，但我收藏的器物和资料可以供后人使用研究。"

亨利·赛努奇的这句话让林安感动不已，也沉思良久。

二

林安从小就喜欢看书，特别是历史类书籍，甚至看《中国通史》

《资治通鉴》和"二十四史"等古籍。他了解了历史，感受到中华文化的灿烂，更是对文物遗址感兴趣。比如北京的故宫、颐和园、十三陵、八达岭长城等，陕西的半坡遗址，甘肃的马家窑文化遗址等，比如甲骨文、青铜器、瓷器等。早在20世纪70年代末，不到二十岁的他就开始坐着火车咣当咣当游历全国。

20世纪80年代，林安创办的工厂需要卖掉一些废品。一次，他去废品店，发现很多准备做废铜处理的古钱币很漂亮，便用废铜换了十几个，回家一查资料，居然是明清时期的。喜爱历史的林安如获至宝，也从此更加热爱古旧的物品了。林安的企业略有盈利，他就成了长沙古玩摊的常客，明清瓷器、木雕、古旧家具等，凡是看上眼的，就是不吃饭，他也要想法攒钱买回来。随着藏品的增多，林安意识到，古董在历史价值、同一类藏品当中，年代越久，藏品越珍贵。于是，他开始关注明代以前的老东西。

他第一次接触长沙窑瓷器是20世纪90年代初。一次，他来到省文物商店，看到展柜里有破烂的碗和一些陶瓷残片。工作人员告诉他，听说省文物商店征集文物后，从20世纪80年代开始，就不断有农民用箩筐挑着陶瓷残片来卖。一担也就几块钱。虽然当时有些人认为长沙窑瓷器不漂亮，又大多为残片，不太看好，但林安却开始意识到长沙窑的重要性。他认为，衡量一件文物的价值，主要看它的历史价值、科学价值和艺术价值。长沙窑瓷器有釉下多彩的科技创新，有绘画和诗歌的艺术。虽然长沙窑瓷器产自唐朝，有一千多年历史，但它一直沉睡，真正面世的时间不长，在社会上的影响还不是很大，所以它的经济价值还不高。

为解读长沙窑的奥秘，他去上海、北京、西安等地参观博物馆，并开始收藏长沙铜官窑瓷器，且一发不可收。

1998 年，印尼勿里洞岛海域打捞出的"黑石号"沉船上，发现大量长沙窑瓷器，长沙窑瓷器在唐朝是有名的外销瓷一时众所周知，作为收藏家的林安开始关注流落在海外的长沙窑瓷器。他和长沙窑瓷器收藏者们一起，像蚂蚁搬家似的去国外收购长沙窑瓷器。这些年来，他个人收藏的各类长沙窑较完整的器物已逾千件，有研究价值的长沙窑残片 5000 多件。长沙窑 100 多种类型器物他基本都有，特别是"黑石号"上那些被渔民打捞后流落民间的碗，他尽可能更多地收藏起来。

三

爱上长沙窑的林安，萌生了重走海上丝绸之路的想法。

他说，长沙窑是高古瓷，年代久远，它的魅力是承载着创新，承载着很多文化内涵。长沙窑的成就体现了湖南人敢为人先、敢于创新、敢想敢干的性格。

他还向我列出了六点理由：

其一，长沙窑成功发明烧制铜红釉。在世界彩瓷史上是首开先例。

其二，长沙窑开创了模印贴花。长沙窑独具特色的模印贴花，是用陶泥模印出花纹后，粘贴在瓷壶的系纽或流下，再施以彩釉。

其三，长沙窑创造并发展了釉下彩绘。有花鸟画、动物画、人物画、山水景物画、写意画等，题材丰富，色彩绚丽，生动简洁，纹饰潇洒飘逸，对唐以后瓷绘艺术发展产生深远影响，是世界上最早的釉下彩绘。

其四，长沙窑涉足商品价值铭文、姓氏铭文。有时甚至把卖价直接制作在器物上，明码标价。

其五，长沙窑涉足商业广告语。经营者为了使自己的产品能占领更广泛的市场，博得买者青睐，在器物上用釉下彩文字标出"绝上""美酒""郑家小口，天下第一""言满天下无口过"等广告语。

其六，长沙窑样式丰富，几乎当时各个瓷窑的器型都能制作出来。除此之外，金银器、铜器、漆器、中东伊斯兰国家的金银锤碟器型，都能用瓷器做出。

面对众多的世界第一，林安越来越痴迷其中。

千年前，波涛汹涌的湘江边，各色瓷器成品堆积如山。江口停泊的货船上，满是窑工在忙碌搬运，一个瓷器的世界工厂在此尽显繁华。满载着"大唐制造"的瓷器船队，从潭州石渚出发，沿"海上陶瓷之路"乘风破浪。

千年后，林安追随而来。

"古人那时候多困难，没有动力，就靠季风，就靠人的冒险精神，这是一种非常了不起的精神，他们能做，我们现在条件这么好为什么不能做呢？"他想。

2012年，他开始重走海上丝绸之路。他按照8世纪中外贸易船只的航海路线：穿过马六甲海峡往西北到达印度、斯里兰卡等南亚国家，再经保克海峡经阿拉伯海，过霍尔木兹海峡到达伊朗和伊拉克等国，再经亚丁湾进入红海到达埃及和阿拉伯半岛国家，最后穿过苏伊士运河到达地中海约旦、叙利亚、以色列等国家。实地考察这些国家对长沙窑的收藏、展示、保护及研究的最新动态，和各国30多个博物馆、大学的专家学者进行了长沙窑的文化交流与研究，并汇集成书，从新的高度和领域，推介长沙窑的辉煌和魅力。

新加坡亚洲文明博物馆、国立大学博物馆，印度尼西亚勿里洞岛、国家博物馆、普兰班南神庙、婆罗浮屠神庙，伊朗的雷伊、伊斯法罕、波斯波利斯、色拉子、内沙布尔、马什哈德，埃及的开罗、福斯塔特、阿斯旺、阿伊扎布港遗迹、库赛尔港遗址、菲莱神庙、阿布辛贝神庙、埃德夫神庙、孟农巨像、帝王谷、赫尔格达、亚历山大港等地，都留下了他的足迹。

林安特意讲了内沙布尔的见闻。2016 年 7 月底，他来到位于伊朗东北部的古城内沙布尔。北部紧靠比纳卢德山脉，南部则是炎热的沙漠。这里与马什哈德一样，都是伊朗比较偏僻的山区城市。虽然偏僻，交通不便，但这里有多样的自然景观，更有诗歌和玫瑰。

看着这里出土的 8 世纪到 10 世纪的长沙窑瓷器，他仿佛看到沙漠上的绿洲、玫瑰，他无比自豪。然而，当他在内沙布尔博物馆看到 8 世纪到 10 世纪丝绸之路上那些先行者的骸骨时，他又无比伤感。从汉朝起，内沙布尔就是丝绸之路的必经驿站，有大量的中国人途经此地进行贸易。但大山将这里与希拉夫等海边港口以及河流隔开。来到这里的长沙窑瓷器，不论是从海上而来，还是从陆路而来，这片特殊的土地都赋予了它悲壮的色彩。

林安将他的海上丝绸之路延伸到了欧美国家。

近百年来，海上丝绸之路沿途国家都进行了大量的考古发掘，长沙窑瓷器也随之展现于世界各地。于是，他的脚步也来到了美国、加拿大、英国、法国、德国、意大利，以及希腊、匈牙利、斯洛伐克、克罗地亚等国家。

调查研究中他发现，在世界排名前一百名的大学博物馆里，几乎都收藏了中国古陶瓷，而这其中大部分有长沙窑瓷器。如美国哈佛大学博物馆、耶鲁大学博物馆、密歇根大学博物馆、维克森林大学博物馆等。特别是维克森林大学，一个叫林斯耀的美籍华人，他将自己收藏的 400 多件长沙窑瓷器捐给了这所大学，这里成为世界大学博物馆收藏长沙窑瓷器最多的地方。

在英国的大英博物馆，他看到了 100 多件长沙窑残片。虽然是残片，甚至根本不起眼，但大英博物馆有个基本定位：只有对人类文明有重大贡献的文物才能入馆并展示出来。显然，他们展示的不只是文物，更是文明。

他的海上丝绸之路还没结束，还在走向过去和未来。

"长沙窑就像一位湘妹子，值得用最多最多的爱去守护她！"

林安用了一个富有诗意的比喻。

现实的 论证

一

我想起曾经采访过的长沙年轻女子段雨汐。当时她才 30 岁，还是未婚状态，身材修长，脸蛋圆圆，在朋友圈里，她是公认的文艺范。喜欢书画和诗词歌赋，性格开朗的她，具有较好的英语口语表达能力，既喜欢旅游，也有湘妹子敢想敢干的劲头，时不时会冒出个脑洞大开的创意点子。

2016 年 9 月 G20 杭州峰会召开时，引起了段雨汐的注意。她注意到接待外宾的餐具上都标有杭州西湖的景色。当时已经与朋友合伙在望城经营餐饮的她，立即想到望城，想到了铜官陶瓷。望城铜官本来就生产陶瓷，为什么不将铜官陶瓷作为接待餐具呢。她立即联系了铜官的一家陶瓷作坊，对方很感兴趣。于是，她和作坊一起，开发了一系列的铜官陶瓷餐具产品。从茶杯到碗，再到筷子架、勺子等，不同的菜搭配不同的碗。虽然有点穿越感，但鲜明地体现了铜官窑特色，很受客户欢迎。铜官不缺陶瓷，更不缺历史底蕴，缺的只是思想和理念。她把陶瓷制作的老技艺与现代陶瓷制作的手法融合起来了，既保留了原始的特色和底蕴，又让现代年轻人能够接受。

开发铜官陶瓷餐具产品后，做贸易的朋友顺着这一理念，给了段雨汐灵感。朋友说，你的产品这么精致，这么有特色，完全可以出口。可以出口到北欧的芬兰，那里的玻璃器皿制作很有名，他们对铜官陶瓷应该会感兴趣。不光做餐具，还可以做其他产品。段雨汐深有同感，这些年她到世界各地旅游时，也会有意无意了解一下市场。现在世界格局，开放性和包容性都很强，铜官陶瓷产品完全能够走出去，也应该走出去。

她望着遥远的西方，心里默默地想着，铜官陶瓷能在那个北极圈上的国家碰撞出浪漫情怀吗？

二

探索就这样开始了。

2017 年 8 月，段雨汐通过这个做贸易的朋友联系到了位于芬兰东南部的铁路枢纽城市科沃拉的湖南农业产业园。产业园的老板是湖南娄底人，早在 2012 年便买下这块地经营和打造产业园。在她与这个产业园联系的两个月前，产业园组织了一个"湖湘文化走进芬兰"的活动，政府鼓励支持湖南的产品走出去。地域的就是民族的，民族的即是世界的。这更坚定了段雨汐带上铜官陶瓷走出去的信心。

于是，她通过邮件和视频与芬兰一家专门做出口的公司进行沟通，将公司注册到了这个产业园。

这年 12 月，她去了一趟芬兰。她看了湖南农业产业园，初步了解了芬兰的市场。她更加坚定，将茶具与茶叶结合起来开发，这样可以将湖湘文化演绎得更加鲜活。

2018 年 9 月下旬到 10 月上旬，段雨汐再次来到芬兰。这次去的是一个考察团，包括湖南省外事办、侨办、商务厅和发改委的相关领导。除了考察农业产业园，还要解决他们的实际困难和问题。比如企业资质问题、人文关怀问题、人身安全问题等。总之，政策层面的问题都得到了很好的解决，剩下的就是市场。具体说，就是如何打开市场。这需要经营者的意识和智慧。

段雨汐发现，芬兰人的生活方式挺简单的，不像中国人喜欢使用淘宝等网上购物。于是，她一家一家直接上门推销。在与芬兰人交流过程中，她发现，不少人对中国的了解还停留在北京、上海这样的一线城市，对城市的认识也还停留在北京烤鸭、八达岭长城上面。他们大都知道中国人喜欢喝茶，但却鲜有尝试。

"即便这样，芬兰人还是抱着包容开放与欢迎的态度。"段雨汐说，"他们做生意，注重规矩、诚信和质量。目前我们的产品得到了12 家超市的认可，并确定了订单。他们希望能给当地居民带来实用，并受欢迎。他们不是认可我，而是认可我们湖南，我们中国的产品。甚至有家中餐馆提出要做总代理。"

她不仅在科沃拉的湖南农业产业园注册了公司，还请当地一个人做了担保，担保人负责配送货物。在产业园的湖湘文化馆里，她还做了个茶室，里面布置了茶具和字画，满满的中国元素。

她知道，芬兰的市场不一定一下子就能接受，但必须满怀信心地勇敢地去面对。

三

现代国际社会很包容，市场很成熟，产品也很精致，也受到了一定程度的欢迎，却有现实的困难，比如海关、运输、市场、效益等等。

"主要是两国之间的文化和审美的差异。"段雨汐说。

"说具体点？"我说。

"他们对铜官陶瓷和湖南茶叶只是表面欣赏，还没有达到内在喜欢。他们知道这是中国茶具和茶叶，但怎么泡怎么喝就是另一回事了。他们有些奇怪，为什么陶瓷要用这种造型，要用这种颜色。"段雨汐说，"在他们的概念中，陶瓷都是白色的。白瓷瓷质细腻、坚致，釉色柔和、莹润，犹如凝脂润玉，釉色又常常白中闪黄。又如象牙。那才是他们疯狂追捧的艺术珍品。这需要一个相当长的时间，需要连续地深入地宣传推广。"

"这可能需要一个较为漫长的过程。"我说。

"我觉得有基础，更有希望。"段雨汐说。

"为什么？"

她笑着说："一下飞机，四处都有中文，还有中文服务，两国之间非常友好。"

段雨汐一直在尽自己的绵薄之力，她也向我讲述起在芬兰推介铜官陶瓷的经历。

每到一个地方，段雨汐总是努力地向他们介绍铜官陶瓷。

"不是在电脑上绘制而成，再用模型在工厂的流水线上批量生产出来的吗？"芬兰人问。

段雨汐微笑着摇头。

"我们可都是这样生产的呀！"芬兰人说，"那是怎么生产的？"

"我们铜官的陶瓷都是手工做出来的。"段雨汐说。

"一双手怎么能造出这么充满文化意味的器物来呢，上面还有书法和图画，太不可思议了！"芬兰人非常惊讶，"你们中国人太有智慧了！"

"你脑海里想做什么东西，我们的陶瓷艺人就能做出什么东西。"段雨汐的脸上充满荣光。

"有机会一定要到中国的陶瓷作坊看看。"芬兰人充满向往和期待。

走出去，表面上是出售商品，但实质是在推文化，是文化的交流与融合。段雨汐深刻地意识到这一点。当她穿着旗袍，在高雅优美的音乐中展示一道道茶艺时，他们惊呼，原来中国茶跟他们红酒品酒师一样有那么多学问。段雨汐告诉他们，中国茶叶不仅可以喝，还可以做成药包，可以做成枕头。他们觉得中国茶叶太神奇了，可以像咖啡豆一样冲泡出不同的口感和风味来。喝茶和喝咖啡一样，这么有仪式感。段雨汐还告诉他们，中国的茶文化源远流长，博大精深。

她还想到了十二生肖。应该推出十二生肖系列的铜官陶瓷茶杯，以及十二生肖的茶饼，让芬兰人知道中国的十二生肖，而不是国外的十二星座。让他们慢慢了解和接受中国元素，再来用中国的茶杯喝中国的茶。要坚持中国元素，但也要讲究入乡随俗。要有所改良，特别是包装方面，必须符合他们的审美观。

四

"'一带一路'对于我们年轻一代来讲，机遇和挑战并存。"

对于中国发出的"一带一路"倡议，以前段雨汐只是从新闻上或是文字里知道这个概念，现在她也有了自己切身的感受，有了一些"肤浅"的理解。机遇是，随着社会的发展，现在的地球是个国际大舞台，所有的交通与交往环节都打通了，提供了各种平台和可能。想做什么，想怎么做，都有可能。挑战是，随着时代和社会的发展，互联网正在升级，正在为全球产业发展构建起全新的发展和运行模式，推动产业组织模式、服务模式和商业模式全面创新，加速产业转型升级。而国与国之间的不同，如果不能根据情况调整和适应，如果不能跟着时代的步伐前行，就会面临诸多困难。"一带一路"不是简单地卖商品，而是技术的创新，文化的交融，思想的碰撞，要顺应时代潮流。

段雨汐说，她开发的铜官陶瓷产品和湖南茶叶，可能在短时间内看不到经济效益，但如果真正让芬兰人接受了，走进了他们的内心，或者说走入了北欧或是整个欧洲国家，市场却是无可估量的。现在她的初心，就是做好极具湖湘特色，蕴含着湖湘文化的陶瓷和茶叶。其中最为重要的就是创新，做成让芬兰人乃至欧洲人一看就知道是中国传统的产品，一看就喜欢并购买的产品。

当然，这只是段雨汐和她的铜官陶瓷产品的现状。在我们这个时代，我们还应该关注到，以工程机械、轨道交通装备、航空动力等为龙头的湖南先进制造业，不仅绘就了湖南工业最美的画卷，更是成了走向世界的金色名片。

…………

段雨汐的故事，千千万万个段雨汐的故事，让我深刻认识到唐朝长沙窑瓷器走出去的辉煌与艰难。

21 世纪
最伟大的
故事之一

一

我们这个时代该赋予长沙铜官窑和她孕育的彩瓷什么样的生命色彩？

时间已经到了 2017 年，历史与未来的交汇点。这年的 5 月 14 日至 15 日，首届"一带一路"国际合作高峰论坛在北京举行。来自 29 个国家的元首和政府首脑，140 多个国家、80 多个国际组织的 1600 多名代表与会。习近平主席出席论坛并主持领导人圆桌峰会，发表多篇重要讲话，深刻阐释丝路精神，系统总结建设成果，规划"一带一路"国际合作发展方向，为推动"一带一路"建设行稳致远擘画蓝图。

5 月 14 日，北京国家会议中心。"古丝绸之路绵亘万里，延续千年，积淀了以和平合作、开放包容、互学互鉴、互利共赢为核心的丝路精神。这是人类文明的宝贵遗产。"习近平主席在首届"一带一路"国际合作高峰论坛开幕式上发表主旨演讲时指出。他还特意提到了在印度尼西亚海域发现的千年沉船"黑石号"，以此讲述古丝绸之路上各国交往的绚烂历史。

四年前的秋天，习近平主席在哈萨克斯坦和印度尼西亚提出共建丝绸之路经济带和 21 世纪海上丝绸之路，即"一带一路"倡议。

根植历史，面向未来。共建"一带一路"倡议，唤起了沿线国家的共同记忆，赋予古丝绸之路新的时代内涵。

"'一带一路'是中国为人类文明贡献的真正的、原创的、开拓的方案。"美国库恩基金会主席罗伯特·库恩说，"它将成为 21 世纪最伟大的故事之一。"

二

2019 年 5 月 13 日。

2019 海上丝绸之路保护和联合申报世界文化遗产城市联盟联席会议在南京召开。会上，长沙市政府相关负责人签署《海上丝绸之路保护和联合申报世界文化遗产城市联盟章程》，这标志着长沙正式加入"海丝申遗城市联盟"。

这是中国首个内陆省份城市加入此联盟。

其底气来自长沙铜官窑：是唐朝最大的民窑制瓷基地，也是中国釉下多彩技术的发祥地，产品远销至东亚、东南亚、中亚、西亚和北非 20 多个国家和地区。

长沙的加入，是这个联盟的荣光：长沙是海外贸易商品铜官窑瓷器的产地，长沙加入"海丝申遗城市联盟"，拓展了海上丝绸之路的内涵，填充了"海丝申遗"的一个短板。

尾
声

启 示

灵感　与
　　　晨光

　　我在毛泽东文学院的办公室思考创作这部作品的意义。

　　清晨，学院鸟语花香，同事们还没有来，我已经思绪飞扬。这是我多年的坚持，安静地坐在桌前，面对一杯绿茶、一台电脑以及一摞摞堆得比我头还高的书，灵感与晨光一样在白墙上瞬息变幻。

　　创作这部作品的意义何在？

　　难道真的只是一个历史的呈现，对一件事物的探寻。显然不是。应该是通过写史实现把握中国的昨天、今天与明天的目标。因此，我的写作不仅仅是为了探讨过去，而更多的是为了助益当下甚至未来。

　　创作这部作品过程中，我还有太多的地方尚未踏足，还有太多的书籍尚未阅读。

　　我应该再深入读读费孝通老先生的作品。七八年前，为采写《乡村国是》，我怀着一种敬仰，尽可能地走近他。采访时，我甚至将《乡土中国》作为"口袋书"，带着它行走在贫困山区。它给予了我营养与力量。

或许也是受费孝通老先生的影响，创作这部以长沙铜官窑彩瓷为主题的报告文学，我更多是为了进一步了解中国社会，了解中国文化的来龙去脉。他在《关于"文化自觉"的一些自白》中说，"文化自觉"的意义在于生活在一定文化中的人对其文化有"自知之明"，明白它的来历、形成的过程、所具有的特色和它的发展趋向，自知之明是为了加强对文化转型的自主能力，取得决定适应新环境、新时代文化选择的自主地位。费孝通老先生的"文化自觉"的思想，并不是让我们关起门来思考中国的文化历史，而是要我们持一种全球化的眼光，站在全人类的利益高度来认识中国的文化历史。他说："我认为经济全球化后文化接触中的大波动必然会到来，迟早要发生的，我们要有准备地迎接这场世界性文化大论争。因此我们一方面要承认我们中国文化里边有好东西，进一步用现代科学的方法研究我们的历史，以完成我们'文化自觉'的使命，努力创造现代的中华文化。另一方面了解和认识这个世界上其他人的文化，学会解决处理文化接触的问题，为全人类的明天做出贡献。"

我似乎找到了答案，或者说找到了创作这部作品的当下价值。

其实任何历史都是"当代史"。历史不是死的，而是有生命的，它向我们呈现的东西并不是原本就封存在那里，我们随手就能取到的，而是要我们去寻觅，去将许许多多的碎片缝补起来。这就需要我们不断地去理解，不断地去重读。每个时代的人都有自己不同的理解方式，每个时代的人都会在重读历史的过程中找到自己这个时代所需要的养分。

毫无疑问，长沙彩瓷是中国乃至世界陶瓷史、世界贸易史、世界经济史、世界政治史、世界文化史和世界艺术史的一部分。创作中，我始终在努力地将长沙铜官窑纳入世界全球化的进程中描述，极力让自己的表述既有纵向的时间流动，也有横向的空间流动：你中有我，我中有你。

穿越时空
的　力量

　　写下这部作品最后一部时，我的另一部作品开始进入采访了。

　　这是一部拟记录湖南制造业的崛起，展现新时代湖南打造国家重要先进制造业高地的担当和作为的报告文学作品。以工程机械、轨道交通装备、航空动力等领域的重点企业为关注点，以典型人物为亮点，展现企业转型升级、低谷逆袭、创新发展、对外扩展等，以及科研机构专利如何转化为生产力，助力湖南制造业引领全国，走向世界。

　　采访是个辛苦活，但我向往采访，因为这是一个不断丰富自我的过程。

　　湖南省工信厅装备工业处二级调研员冯济武曾经是个文学青年，并在 20 世纪 90 年代初就成了长沙市作家协会会员。他性格温和，语速很慢，但他对湖南乃至中国工业的理解，特别是对先进制造业的理解，让我佩服与震撼。他说先进制造业是个相对概念，任何时代都有先进制造业。我茅塞顿开。虽然一个是历史题材，一个是现实题材，但说的实际上都是先进制造业。

我想起英国人类学家，结构功能论的创建者拉德克利夫·布朗所说的："一个文化的统一体会由于某个极其不同的文化的碰撞而处于严重的动乱之中，甚至也许会被摧毁和取而代之。这种受到瓦解的文化，在今天的世界上——从美洲或南太平洋到中国和印度——是非常普遍的。"

其实这段话告诉我们的是，新的工业文明的冲击导致中国从一个出口大国变成一个进口大国，从一个强国变成一个弱国，从一个先进的文化大国变成了一个落后的大国。

正是在这样的背景下，我们忘记了我们的历史。在欧美的许多大博物馆里，我们不仅可以看到当时从中国运去的许多精美的瓷器，还有许多代表了当时中国制造水平的各种精美家具、金银器、漆器、丝绸等。但在中国的博物馆里，大家却看不到这些精美的物质产品，所看到的大都是一些王宫贵族的奢侈品。

在过去很长一段时间内，我们忘却了自己曾作为制造大国的历史，而甘愿认为自己只是一个落后的农业文明的国家。而后来一段时间里我们虽然又成为出口大国，出口的却是廉价品，而不是时尚品和奢侈品，缺少设计，缺少自己的品牌。其根本的原因是，在历史上中国是一个文化发达的国家，其文化体系和文化价值是大家学习和模仿的对象，所以中国出口的不仅是物品，也是文化，是价值观。文化和价值观才是其商品的最大附加值。就像石渚窑彩瓷只是唐朝思想和文化的载体一样，任何商品都是那个时代文化的载体，都是思想意识的集中体现。无疑，对社会变革起决定性作用的是思想意识系统，而不是技术系统。

东方大国曾经沉睡，但又从沉睡中慢慢苏醒。

今天，高铁风驰电掣，盾构穿山掘地，岸桥力拔千钧，国产计算机算力翻倍……中国打造"大国重器"，装备中国，走向世界。越来越多的高科技在国内诞生，并且制造业所面临的短板也在被一项项突破，作为世界上拥有最为完善工业体系的国家，中国制造业已经创造或正在创造出更大的辉煌。

但这只是表象，其本质，是中国新时代思想、中国科技创新、中国文化创新的诞生、发展与强大。

石渚窑口生产的彩瓷，是唐朝时名副其实的世界级的先进制造业。

或许，我应该补上这么一句。

反思与铭记,

再出发

　　必须回到石渚,回到看得到、触摸得到的现实之中。这里是长沙铜官窑的起点,也是终点。

　　我不知道是多少次漫步于长沙铜官窑遗址一带了。这是我的故乡,这些年来,我见证了这里的发展变化。随着社会的发展,时代的变迁,这里在不断地发生着变化,人民的生活条件和水平,人民的幸福感,都有着鲜明的体现。

　　面对我们先民所创造的辉煌,所留下的这份珍贵的文化遗产,我们不应该只是惊叹和称赞,更应该是反思、铭记。

　　我们应该明白,长沙铜官窑的辉煌是在缺乏充分条件下创造的奇迹。长沙铜官窑地处内陆腹地,周边没有天然的出海口,产品的外销受到地理环境的制约,没有沿海地区便利。同时,它又不同于同时期的邢、越二窑,没有掌握最先进的制瓷技术,没有上等的制瓷原料，同时缺乏官方的支持。同时，长沙在唐朝时，虽已具城市规模，但离政治、经济中心较远，而且当地对陶瓷产品的消费需求也不大，只能依靠千里以外的扬州传播销售。这一切不利因素，使得长沙铜官窑只能依赖市场生存。但长沙铜官窑没有气馁，而是迎难而上。没有官府的束缚，它能更灵敏地反映市场变化，因此它比其他名窑更具竞争意识，其产品的风格和式样均以市场为导向。更为可贵的是，能顺应商品经济的发展趋势，积极应对社会需求，开发新产品。

我们应该明白，创新是长沙铜官窑成就辉煌的支点。与发展成熟的越窑相比，刚刚兴起的长沙铜官窑肯定是不能与之抗衡的。但长沙铜官窑却另辟蹊径，走上了彩瓷之路，并在装饰风格上独树一帜。它将大量的市井诗文、题记和商业铭文搬上瓷器的制作工艺中。它最突出的创新点，便是以文化手段来经营品牌，在品牌经营中提升文化品位。

我们应该明白，包容是长沙铜官窑得以发展的重要因素。具有广大包容胸怀才能取他人之所长，才能使其融入自己的创新中。故步自封，只会停滞不前。正是因为长沙铜官窑吸收了各家技艺之长，才能在此基础上创新，从长沙铜官窑的创新中，依然可以看到南北方瓷艺的痕迹。同时，它又整合来自西亚和南亚的诸多文化因素，也正是因为其包含多元文化因素，其产品才会为各民族所接受。长沙铜官窑的历史经验告诉我们，只有本着开放的心态，其产品才是世界性的。

回到石渚，进行反思与铭记，不只是回顾辉煌，重温历史，更是为了让我们更好地再次出发，找到自己的路，沿着这条路迂回曲折地回到自己。

主要参考文献和参考资料

一、图书专著

1.《黄巢起义》，侯忠义著，北京：中华书局，1974 年版。

2.《旧唐书》，[后晋]刘昫等撰，北京：中华书局，1975 年版。

3.《湖南陶瓷》，周世荣著，武汉：湖北人民出版社，1983 年版。

4.《陶瓷之路——东西文明接触点的探索》，（日）三上次男著，胡德芬译，天津：天津人民出版社，1983 年版。

5.《中国古代窑址调查发掘报告集》，文物编辑委员会编，北京：文物出版社，1984 年版。

6.《长沙铜官窑》，萧湘著，上海：上海人民美术出版社，1985 年版。

7.《中国陶瓷·长沙铜官窑》，中国陶瓷编辑委员会编，上海：上海人民美术出版社，1985 年版。

8.《广州港史》（古代部分），邓端本编著，北京：海洋出版社，1986 年版。

9.《中国陶瓷史》，中国硅酸盐学会主编，北京：文物出版社，1982 年版。

10.《中国古瓷在非洲的发现》，马文宽、孟凡人著，北京：紫禁城出版社，1987 年版。

11.《长江航运史》（古代部分），罗传栋主编，北京：人民交通出版社，1991 年版。

12.《河南陶瓷史》，赵青云著，北京：紫禁城出版社，1993 年版。

13《中国陶瓷美术史》，熊寥著，北京：紫禁城出版社，1993 年版。

14《中国陶瓷》，冯先铭主编，上海：上海古籍出版社，1996 年版。

15.《长沙窑瓷绘艺术》，周世荣编著，上海：上海人民美术出版社，1994 年版。

16《长沙窑》，长沙窑课题组编，北京：紫禁城出版社，1996 年版。

17.《中国通史》，白寿彝主编，上海：上海人民出版社，1999年版。

18.《长沙窑珍品新考》，李效伟著，长沙：湖南科学技术出版社，1999年版。

19.《中国陶瓷全集》，李辉柄主编，上海：上海人民美术出版社，2000年版。

20.《黄冶唐三彩窑》，河南省巩义市文物保护管理所编著，北京：科学出版社，2000年版。

21.《唐诗的弃儿》，萧湘著，北京：中国文联出版社，2000年版。

22.《东方明珠：唐代扬州》，诸祖煜著，贵阳：贵州人民出版社，2001年版。

23.《长沙窑彩瓷》，周世荣著，福州：福建美术出版社，2002年版。

24.《唐代扬州史考》，李廷先著，南京：江苏古籍出版社，2002年版。

25.《中国古陶瓷标本·湖南长沙窑》，周世荣著，广州：岭南美术出版社，2003年版。

26.《长沙窑——大唐文化辉煌之焦点》，李效伟著，长沙：湖南美术出版社，2003年版。

27.《长沙窑》，李辉柄主编，长沙：湖南美术出版社，2004年版。

28.《古瓷探妙》，毕克官著，天津：百花文艺出版社，2004年版。

29.《长沙窑咏叹调》，刘美观著，长沙：湖南美术出版社，2004年版。

30.《中国瓷器鉴定基础》，李辉柄著，北京：紫禁城出版社，2005年版。

31.《泉州港考古与海外交通史研究》，庄景辉著，长沙：岳麓书社，2006年版。

32.《陈万里陶瓷研究与鉴定》，陈万里著，穆青选编，北京：紫禁城出版社，2008年版。

33.《扬州唐城考古与研究资料选编》，董学芳主编，扬州唐城遗址文物保管所、扬州唐城遗址博物馆，2009 年 12 月。

34.《唐三彩》，焦小平编著，长春：吉林出版集团，2010 年版。

35.《长沙窑新析》，林安著，长沙：湖南美术出版社，2011 年版。

36.《南海考古》，郝思德编著，桂林：广西师范大学出版社，2011 年版。

37.《岳州窑新议》，周世荣、胡保民主编，延吉：延边大学出版社，2012 年版。

38.《南青北白长沙彩》，李效伟、吴跃坚主编，长沙：湖南美术出版社，2012 年版。

39《长沙通史》，谭仲池主编，长沙：湖南教育出版社，2013 年版。

40.《广州港口话沧桑》，程浩著，北京：中国文联出版社，2013 年版。

41.《中国陶瓷史》，方李莉著，济南：齐鲁书社，2013 年版。

42.《五代马楚政权研究》，彭文峰著，北京：中国社会科学出版社，2014 年版。

43.《远逝的风帆：海上丝绸之路与扬州》，朱江著，南京：东南大学出版社，2014 年版。

44.《扬州发展史话》，朱福烓著，扬州：广陵书社，2014 年版。

45.《海上丝绸之路》，国家文物局编，北京：文物出版社，2014 年版。

46.《湘雅老故事》，黄珊琦编撰，海口：海南出版社，2015 年版。

47.《扬州出土唐代长沙窑瓷器研究》，徐忠文、徐仁雨、周长源著，北京：文物出版社，2015 年版。

48.《海上丝绸之路》，李庆新著，合肥：黄山书社，2016 年版。

49.《海上丝路：大国海图的千年记忆与现实梦寻》，苏小红主编，广州：广东人民出版社，2016 年版。

50.《海上丝绸之路 2000 年》，梁二平著，上海：上海交通大学出版社，2016 年版。

51.《黑石号沉船的唐代国宝——海上丝绸之路传奇》，林亦秋著，新加坡，2016 年版。

52.《丝绸之路：一部全新的世界史》，（英）彼得·弗兰科潘著，邵旭东，孙芳译，杭州：浙江大学出版社，2016 年版。

53.《南海古代航海史》，阎根齐著，北京：海洋出版社，2016 年版。

54.《丝路记忆："一带一路"历史人物》，《环球人物》杂志编，吕文利撰，北京：人民出版社，2016 年版。

55.《百问长沙窑》，吴小平著，广州：广东经济出版社，2016 年版。

56.《中国长沙窑》，北京艺术博物馆编，北京：中国华侨出版社，2016 年版。

57.《海权简史：海权与大国兴衰》，熊显华著，北京：台海出版社，2017 年版。

58.《"一带一路"相关国家贸易投资关系研究·西亚北非十六国》，李敬、李然、谢晓英著，北京：经济日报出版社，2017 年版。

59.《大国之翼："一带一路"西行漫记》，（俄）尤里·塔夫罗夫斯基著，尹永波译，北京：中共中央党校出版社，2017 年版。

60.《中国海上丝绸之路城市廊道叙事》，刘士林等著，上海：东方出版中心，2017 年版。

61.《从丝绸之路到"一带一路"》，杨永发著，上海：上海交通大学出版社，2017 年版。

62.《全唐诗补：长沙窑唐诗遗存》，田申、刘鑫编，长沙：湖南美术出版社，2017 年版。

63.《习近平谈"一带一路"》，北京：中央文献出版社，2018 年版。

64.《诗随帆飞：唐代歌吟中的长江航运》，罗传栋著，武汉：武汉出版社，2018 年版。

二、文献论文

1. 湖南省文物管理委员会：《岳州窑遗址调查报告》，《文物参考资料》1953 年第 9 期。

2. 陈万里：《写在看了基建出土文物展览的陶瓷以后》，《文物参考资料》1954 年第 9 期。

3. 冯先铭：《从两次调查长沙铜官窑所得到的几点收获》，《文物》1960 年第 3 期。

4. 湖南省博物馆：《长沙瓦渣坪唐代窑址调查记》，《文物》1960 年第 3 期。

5. 段绍嘉：《介绍几件陕西出土的唐代青瓷器》，《文物》1960 年第 4 期。

6. 扬州市博物馆：《扬州发现两座唐墓》，《文物》1973 年第 5 期。

7. 林士民：《浙江宁波市出土一批唐代瓷器》，《文物》1976 年第 7 期。

8. 南京博物院、扬州博物馆、扬州师范学院发掘工作组：《扬州唐城遗址 1975 年考古工作简报》，《文物》1977 年第 9 期。

9. 长沙文物局文物组：《唐代长沙铜官窑址调查》，《考古学报》1980 年第 1 期。

10. 周世荣，冯玉辉：《湖南衡阳南朝至元明水井的调查与清理》，《考古》1980 年第 1 期。

11. 盛定国：《湖南益阳县赫山庙唐墓》，《考古》1981 年第 4 期。

12. 萧湘：《试论唐代长沙铜官窑瓷器的对外传布》，《求索》1982 年第 2 期。

13. 李知宴：《论越窑和铜官窑瓷器的发展和外销》，《考古与文物》1982 年第 4 期。

14. 朱江：《扬州出土的唐代阿拉伯文背水瓷壶》，《文物》1983 年第 2 期。

15. 三上次男：《伊朗发现的长沙铜官窑瓷和越州窑青瓷》，《中国古外销陶瓷研究资料》第 3 辑，中国古陶瓷研究会、中国古外销陶瓷研究会编，1983 年版。

16. 李辉柄：《中国—阿曼友谊的历史见证》，《外国史知识》1983 年第 10 期。

17. 蒋华：《江苏扬州出土的唐代陶瓷》，《文物》1984 年第 3 期。

18. 李辉柄：《略谈长沙窑瓷器的几个问题》，《故宫博物院院刊》1985 年第 1 期。

19. 刘建国：《江苏镇江唐墓》，《考古》1985 年第 2 期。

20. 周世荣：《石渚长沙窑出土的瓷器及其有关问题的研究》，《中国古代窑址调查发掘报告集》，北京：文物出版社，1984 年版。

21. 沈福伟：《中西文化交流史》，上海：上海人民出版社，1985 年版。

22. 高至喜：《长沙窑的兴衰初探》，《湖南文物》1986 年第 1 辑。

23. 全锦云：《武昌唐墓所见铜官窑瓷器及其相关问题》，《考古》1986 年第 12 期。

24. 何强：《略谈长沙窑外销瓷器的问题》，《湖南考古辑刊》第 3 辑，湖南省博物馆、湖南省考古研究所编，长沙：岳麓书社，1986 年版。

25. 宋良璧：《长沙铜官窑瓷器在广东》，《中国古代陶瓷的外销——1987 年福建晋江年会论文集》，中国古陶瓷研究会、中国古外销陶瓷研究会，北京：紫禁城出版社，1988 年版。

26. 周世荣：《试谈长沙窑销售路线和兴衰的主要原因》，《中国古代陶瓷的外销—— 1987 年福建晋江年会论文集》，中国古陶瓷研究会、中国古外销陶瓷研究会，北京：紫禁城出版社，1988 年版。

27. 周世荣：《关于唐代长沙瓷窑的定名问题》，《考古》1990 年第

2 期。

28. 顾风：《唐代扬州与长沙窑兴衰关系新探》，《东南文化》1993
年第 5 期。

29. 马文宽：《长沙窑瓷装饰艺术中的某些伊斯兰风格》，《文物》
1993 年第 5 期。

30. 中国社会科学院考古研究所等：《江苏扬州市文化宫唐代建筑基
址发掘简报》，《考古》1994 年第 5 期。

31. 秦大树：《埃及福斯塔特遗址中发现的中国陶瓷》，《海交史研
究》1995 年第 1 期。

32. 夏梅珍：《扬州出土的唐代长沙铜官窑器》，《东南文化》1996
年第 3 期。

33. 杨瑾、王锐：《美国印第安那艺术博物馆收藏的长沙铜官窑瓷
器》，《陕西历史博物馆馆刊》第 6 辑，1996 年。

34. 周世荣：《长沙窑唐诗录存》，《中国诗学》第 5 辑，南京：南京
大学出版社，1997 年版。

35. 王文强：《论长沙窑的历史地位》，《中国古陶瓷研究》第 4 辑，
中国古陶瓷学会编，北京：紫禁城出版社，1997 年版。

36. 蔡毅：《关于长沙窑彩瓷应是高温釉上彩的讨论》，《中国古陶瓷
研究》第 4 辑，中国古陶瓷学会编，北京：紫禁城出版社，1997 年版。

37. 周世荣：《岳州窑源流考》，《金石瓷币考古论丛》，长沙：岳麓
书社，1998 年版。

38. 徐俊：《唐五代长沙窑瓷器题诗校证》，《唐研究》第 4 卷，北京：
北京大学出版社，1996 年版。

39. 李建毛：《"大官"款瓷器及相关问题小议》，《东南文化》2002
年第 2 期。

40. 张福康：《邛崃窑的彩瓷同长沙窑有何相同与不同之处》，《中国
古陶瓷的科学》，上海：上海人民美术出版社，2000 年版。

41. 陆明华：《试述高温铜红釉彩的起源和发展——从长沙窑出土相关瓷器谈起》，《上海博物馆集刊》第9期，上海：上海书画出版社，2002年版。

42. 周世荣：《邛崃窑和长沙窑是一对孪生的姐妹窑》，《邛窑古陶瓷研究》，耿宝昌主编，合肥：中国科技大学出版社，2002年版。

43. 叶晓兰：《长沙窑瓷绘题材考》，《湖南轻工业高等专科学校学报》2003年第3期。

44. 长沙市文物考古研究所：《湖南望城县长沙窑1999年发掘简报》，《考古》2003年第5期。

45. 刘丽文：《镇江出土的长沙窑瓷器》，《中国古陶瓷研究》第9辑，中国古陶瓷学会编，北京：紫禁城出版社，2003年版。

46. 王文强：《长沙窑与北方窑瓷》，《中国古陶瓷研究》第9辑，中国古陶瓷学会编，北京：紫禁城出版社，2003年版。

47. 李军：《唐"海上丝绸之路"的兴起与长沙窑瓷器的外销》，《中国古陶瓷研究》第9辑，中国古陶瓷学会编，北京：紫禁城出版社，2003年版。

48. 陆明华：《长沙窑有关问题研究》，《中国古陶瓷研究》第9辑，中国古陶瓷学会编，北京：紫禁城出版社，2003年版。

49. 周丽丽：《略论湖南长沙铜官窑在中国瓷器装饰史上的地位》，《中国古陶瓷研究》第9辑，中国古陶瓷学会编，北京：紫禁城出版社，2003年版。

50. 林亦秋：《唐代长沙窑瓷远渡中东（上）》，《艺术市场》2004年第1期。

51. 林亦秋：《唐代长沙窑瓷远渡中东（下）》，《艺术市场》2004年第2期。

52. 马继东：《唐代著名外销瓷器长沙窑陶瓷调查（一）——从印尼打捞唐代"黑石号"沉船引发的调查》，《艺术市场》2004年第1期。

53. 马继东：《唐代著名外销瓷器长沙窑陶瓷调查（二）——从印尼打捞唐代"黑石号"沉船引发的调查》，《艺术市场》2004 年第 2 期。

54. 傅举有：《长沙窑与李白杜甫》，《文物天地》2004 年第 12 期。

55. 张天琚：《"长沙窑"源于"邛窑"说——兼与周世荣、刘伯元先生商榷》，《中国文物报》2004 年 6 月 16 日。

56. 张天琚：《长沙窑源于邛窑再说》，《中国文物报》2004 年 12 月 8 日。

57. 刘兰华：《越南中部出土的中国古代陶瓷》，《中国古陶瓷研究》第 10 辑，北京：紫禁城出版社，2004 年版。

58. 李建毛：《长沙窑瓷与唐代茶酒习俗》，《湖南省博物馆馆刊》2004 年第 1 期。

59. 罗平章：《岳州窑系传千古 自有芬芳昭后人——再评张天琚先生"长沙窑源于邛窑"说》，《中国文物报》2005 年第 2 期。

60.（日）弓场纪知：《埃及福斯塔特遗址中出土的晚唐至宋代的白瓷》，《中国古代白瓷国际学术研讨会论文集》，上海博物馆编，2005 年。

61.《长沙窑研究》（创刊号），长沙窑研究会编，2006 年 12 月。

62.《长沙窑研究》（第二期），长沙窑研究会编。

63. 益友：《谈谈安徽出土的长沙窑瓷器》，《湖南考古辑刊》第 4 集。

64. 张浦生：《中国古代彩绘溯源》，《中国古陶瓷研究》第 10 辑。

65. 萧湘：《铜官窑的釉下彩色绘画》，《美术丛刊》第 28 辑。

66. 陈万里：《建国以来对于古代窑址的调查》，《文物》1959 年第 10 期。

67. 何荣昌：《六朝隋唐时期长江流域航运交通的开发》，《苏州大学学报（哲学社会科学版）》1993 年第 2 期。

68. 杜文：《启示 陕西出土的唐长沙窑瓷器》，《收藏》2020 年第 7 期。

69. 黄凡：《浅议长沙窑外销瓷的历史文化价值》，《科技信息》2011 年第 14 期。

70. 陈坚红：《关于唐代广州港年外舶数及外商人数之质疑》，《海交史研究》1987 年第 2 期。

71. 王元林：《论唐代广州内外港与海上交通的关系》，《唐都学刊》2006 年第 6 期。

72. 思鉴著，刘歆益、庄奕杰译：《公元九到十世纪唐与黑衣大食间的印度洋贸易：需求、距离与收益》，《国家航海》2014 第 3 期。

73. 庄为玑：《泉州古城址的再探索》，《晋江地区社联通讯》1985 年第 4 期。

74. 张兴国：《樊家盂子的丝路漂流——记"黑石号"中的长沙窑瓷碗》，《中国文物报》2017 年第 6 期。

致　谢

　　这部作品的写作历时经年，有艰难与辛酸，但更多的是感动与欣喜。

　　已故的故宫博物院原研究员、中国古陶瓷研究会原副会长李辉柄老先生，新加坡饮流斋陶瓷鉴赏会会长、东南亚陶瓷学会副主席林亦秋先生，"黑石号"沉船打捞公司负责人、德国收藏家蒂尔曼·沃特法先生等一大批国内外文博专家、陶瓷收藏家、文化界朋友，长期关注关心长沙铜官窑，甚至为保护、宣传、推介长沙铜官窑而奔走呼吁、忘我工作、不遗余力。他们对我的采访与创作慷慨相助，曾给我鼓励和指点，并热情地与我分享得之不易的知识。

在这个艰辛的过程中，我的写作得到中国作家协会、《中国作家》杂志社、湖南省作家协会、湖南文艺出版社、中共长沙市委宣传部、中共长沙市望城区委宣传部、长沙铜官窑遗址管理处、长沙铜官窑博物馆、湖南省博物馆（现湖南博物院）、扬州博物馆、扬州唐城遗址博物馆，以及东南亚陶瓷学会、新加坡圣淘沙机构、新加坡旅游促进局、新加坡亚洲文明博物馆、印尼国家博物馆等单位的大力支持与帮助。特别是湖南文艺出版社的编辑团队，他们既是我的好友，也是想象力丰富而又思路清晰的编辑和出版者。我感谢他们对这本书抱以殷切期许。

由此，表示由衷的谢意和敬意。

我把这本书献给家乡——望城。如果不是这片赤诚土地上质朴、勤劳、智慧的人民，创造历史的辉煌，留下珍贵的文化遗产，我就不可能进行这次洗礼灵魂的远航。整个采写过程，望城一直在我身边，陪我走过每一步。